Die Entführung nach Real World

**Science-Fiction-Farce
von Heinz Andernach**

Martin befand sich auf dem Nachhauseweg. Wenn man das Alter von 29 erreicht hat, sollte man in der Lage sein, den Nachhauseweg alleine anzutreten; aber selten ist es interessanter, ihn alleine anzutreten als beispielsweise zu zweit. Martin empfand ähnlich. Diese Art von Einschätzung, die auf einiger Erfahrung beruhte, hielt ihn aber nicht davon ab, seinen Heimweg meistens alleine anzutreten. Wenn man 29 ist, hat man auch das Recht, den Heimweg alleine im Dunkeln anzutreten.

Ein seltsamer Brauch der Erwachsenen erlaubt es, den Heimweg schwieriger zu gestalten, so wie man bei Computerspielen das Level anhebt, um den Schwierigkeitsgrad des Spiels zu erhöhen.

Jener Brauch führt die Menschen in Kneipen, in denen man sich für viel Geld betrinkt. Manche machen daraus ein Spiel, das vielerorts Kampftrinken genannt wird und das es verdient hat, auf die Liste jugendgefährdender Spiele gesetzt zu werden. Pläne, das Spiel für Erwachsene zu verbieten, stehen nicht zur Diskussion. Wenn man erwachsen ist, sollte einem auch das Recht gewährt werden, sich zugrunde zu richten.

Erwachsene verstehen dies auch besonders gut; denn es gibt ein anderes Spiel für Erwachsene, das Krieg genannt wird und die edelste Art ist, sich zugrunde zu richten. Es ist aber zudem durchaus möglich, in individueller Weise gewalttätig zu werden; und auch ohne zu morden, zu vergewaltigen oder zuzuschlagen ist es einfach, dem anderen das Leben zur Hölle zu machen.

Nach dem Erwachsenendasein folgt gewöhnlich der Tod. Ist es da nicht bloß konsequent, durch Gewalt, Gift und Gewehr, durch Fleisch, Schnaps und Nikotinstängel das Leben zu verkürzen? Und  t das schon, ist man doch mit seiner eigenen Höll gt.

Himmel, Hölle und Erc t ausschließlich Begriffe irgendeiner Religionsv, sondern vornehmlich Alltagsbegriffe, aber di versteht es, Himmel und Hölle jenseits des Lebe deln, um davon abzulenken, dass die Menschen im Diesseits oft in einer Hölle befinden und der Himmel auf Erden selten ist.

Martin hatte sich seinen Heimweg ganz schön schwierig gemacht. Er hatte viel gesoffen, und das war auch nicht unbedingt untypisch für ihn.

Wenn man mehr als eine gewisse Alkoholmenge zu sich genommen hat, ist ein Heimweg schon problematischer, da man sein Auto und streng genommen auch sein Fahrrad nicht mehr benutzen darf. Über das Trinken vergisst man die Zeit und ist daher oft nicht imstande, sich nach dem Busfahrplan zu richten. Führt das Trinken nahe an die Besinnungslosigkeit, ist es nicht "ohne", ein Taxi zu organisieren und sich daran zu erinnern, wer man ist, wo man wohnt und das Ganze artikulieren zu können.

Die höchste Herausforderung ist es, in solch einem Zustand nach Hause zu gehen.

Martin war stark angetrunken. Es wäre aber stark übertrieben, wollte man seinen Zustand in die Nähe von Besinnungslosigkeit rücken. Er war also durchaus in der Lage, den Heimweg zu Fuß anzutreten, diesmal aber war es doch etwas schwieriger, da er nicht allein war, aber es war auch interessanter. Er war viel zu oft diesen Weg alleine nach Hause gegangen, ähnlich betrunken wie jetzt, aber letztlich war es immer unproblematisch gewesen, den Weg zu finden und die Empfindungen, die er dabei hatte, hatten wenig mit denen zu tun, die er alleine auf dem Schulweg gehabt hatte.

Wenn man in Begleitung einer Frau war, mit der man Sex haben wollte, waren die Empfindungen komplett anders. Man kann es Martin nicht verdenken, dass er nicht an seine Schulwege dachte, sondern euphorisch seinem Ziel entgegen strebte, sehr auf der Hut, keine Fehler zu machen, die die Unternehmung, Sex zu haben, gefährden konnten. Obwohl er witzig war, versuchte er witzig zu sein, aber da die Frau, die er im Arm hatte, ebenso stark angetrunken war, und vielleicht nicht mehr wusste, wo sie zu Hause war, fiel die Mischung aus gekünstelter und natürlicher Stimmung nicht weiter auf.

Endlich! Endlich eine Frau! Erste, fast stürmische Kontakte mit dem anderen Geschlecht hatte er in der Kneipe gemacht. Er hatte Bea dort zum ersten Mal gesehen. Die Stimmung in der Kneipe war gut gewesen. Es ist nicht leicht, dies zu erklären, da alleine der Umstand, dass man trank, als Erklärung nicht ausreicht. Dies waren die Randbedingungen für Martin um Bea kennen zulernen, sie anzusprechen, zur Sache zu gehen.

Warum gelang das nicht immer? Martin gelang es sogar äußerst selten. Er war seit mehr zwei Jahren solo und hatte es in der Zwischenzeit zweimal zum "One-Night- Stand" gebracht. Nicht dass er einem "One-Night-Stand" nichts abgewinnen konnte, im Gegenteil; aber irgendetwas an seiner Wesensart verhinderte, dass solch ein Glücksfall häufiger eintrat.

Die große Liebe, irgendeine Beziehung war sowieso nicht in Sicht gewesen, wenn auch bei den Affären immer ein wenig die Hoffnung mitgeschwungen hatte, dass aus dem nächtlichen, überraschenden Sex etwas Festeres erwachsen würde. Die beiden "One-Night-Stands", die Martin hatte, waren dann auch mit Enttäuschungen verbunden, aber deren Schmerzen waren verdrängt, sodass Martin blind und aufgeregt in die nahe Zukunft blickte. Blind, weil sich vor seinem geistigen Auge keine Vorstellung abspielte, was in den nächsten Stunden und Tagen passieren würde.

Seine Aufgeregtheit war auf seine Unwissenheit zurückzuführen, vielleicht aber auch unmittelbar auf diesen primären Trieb, der von einigen mit Sünde verbunden wird. Dieser Trieb hatte es geschafft, in den Millionen Jahren seitdem er existierte, viel Unheil über die Welt zu bringen. Wer denkt dabei nicht an die vielen zu kurz gekommenen, die auf der Strecke blieben?

- 2 -

Martin freute sich auf Bea. Es war unausgesprochen, aber völlig klar, dass sie versuchen würden, miteinander zu schlafen. Das erste Mal war immer eine Reise ins Unbekannte, besonders wenn das letzte Mal, wie bei Martin, über ein Jahr her war. Bea hatte sich nicht darüber geäußert, wie groß ihre Durststrecke war.

Der Alkoholspiegel nahm ihm alle möglichen Versagensängste, die bei einer solchen Unternehmung mitschwingen können, machte es aber nicht unbedingt wahrscheinlicher, ein erfolgreicher Liebhaber zu sein.

Da Martins Anmache über Stunden gedauert hatte, war eine gewisse Müdigkeit als Spielkomponente hinzugekommen, die zusammen mit dem Fässchen Bier, das er getrunken haben musste, eine überaus große Sensibilität versprach. Jedenfalls konnte er noch scherzen, und es schien so, dass er nicht nur alleine über seine Scherze lachte. War sie ein erfahrener One-Night-Stander? Bekam er -trotz Fass- den One-Night-Ständer, der unabdinglich war, seine Statistik aufzubessern?

Würde das Fässchen aus ihm einen nassen Sack machen, an dem die Schwerkraft zerrte, der zwar fast weich auf einer erwartungsvollen Frau liegen könnte, nicht aber mehr. Diese, zwar auch angetrunken, war sicher noch in der Lage, einen schweren Sack von einem vernünftigen Liebhaber zu unterscheiden. Wenn größere Mengen von Brauereiprodukten mit beteiligt waren, empfahlen sich vielleicht andere Stellungen, die die zur vorgerückten Stunde stärker gewordene Schwerkraft berücksichtigten und ihr möglichst wenige Angriffspunkte gaben. Warum sollten sie es nicht machen wie die Brauereipferde?

Nachdem man sich kennengelernt hatte, war man durchaus zielstrebig gewesen und hatte zu einer unbekümmerten Hemmungslosigkeit gefunden. Martins Hand hatte Bekanntschaft mit ihren Hinterbacken gemacht, die aber noch gut und sicher verpackt in einer Jeans und vermutlich zusätzlich noch in einem reizvoll anzuschauenden Höschen steckten.

Jetzt, auf dem Heimweg, in den Augenblicken, in denen man schwieg, konnte man sich eine bildliche Vorstellung davon machen, was es in naher Zukunft zu sehen und zu besteigen gab. Martin sah Bea in einem tiefroten Slip vor sich, der überhaupt keine Probleme bereiten würde, sich entfernen zu lassen. Das war ein sehr spannender Moment, bei dem es einerlei war, welche Zuckerseite man zuerst zu Gesichte bekam.

Darüber hinaus hatte Martin momentan ein fast naturwissenschaftliches, biologisches Interesse an weiblicher Schambehaarung. Der biologische Sinn der Schamhaare konnte nicht darin liegen, dass sich dort Filzläuse einnisten konnten. Mit dieser Frage müsste er sich noch eingehender beschäftigen.

Er betete zu einem gnädigen Gott, es mochte der katholische sein, den er nun schon seit Jahren stark vernachlässigt

hatte, dass sie keinen Body trug. Es war ja wirklich reizvoll, da unten zu fummeln; aber sollte man mit den Haken
und Ösen Probleme kriegen, konnte das stressig, schweiß-
treibend und peinlich werden, quasi die Ouvertüre zu einem durch und durch misslungenen "One-Night-Stand".

Es hatte Spaß gemacht, sie zu betatschen, sie tat es ihm im
übrigen gleich und auffällig oft hatte seine Hand zu ihrem
Hintern gelangt. Nach einer Weile hatte man damit begonnen, sich zu küssen, was in der bierfeuchten, verrauchten
Umgebung erstaunt wahrgenommen wurde. So kannte man
Martin gar nicht, aber Martin und Bea ließen sich nicht ablenken. Die Küssenden gaben ein ungewohntes Bild in der
Kneipe ab. Das Martins Hand sich zu Beas Hintern vortrau-
te, fiel fast gar nicht auf.

Nur ein Spötter meinte, sie sollten sich endlich ein Taxi
nehmen und ihren Kinderkram zu Hause fortführen. Das
wäre ja furchtbar, sich ansehen zu müssen. Man wäre doch
nicht im Kindergarten. Bea, durchaus wach im Geiste, konterte mit den Worten: "Dies hier ist aber auch keine Beerdi-
gung oder irgendeine andere kirchliche Veranstaltung. Du
bist ja bloß neidisch!"

Auf den ersten Blick hin verstand sich Martin mit Bea
prächtig. Er wagte es nicht, irgendwelche Prognose zu machen, wie lange diese überraschende Affäre mit ihr dauern
würde. Er würde endlich wieder eine Frau in seinen Armen
halten, nackt und vermutlich warm; nach so langer Zeit und
wenn vielleicht auch nur in dieser Nacht. Eine Nacht der
Wunder, möglicherweise der Beginn einer neuen Zeit, einer
Zeit der lustvollen Erfahrungen und des fortwährenden Hö-
hepunktes. Vielleicht würde man sich auch verkatert und
schlecht gelaunt trennen.

Noch war man überaus romantisch gestimmt. Man hatte
sich für einen Fußweg entschieden, aber Martin hatte auch
gar kein Geld für Taxis und ähnlichen Luxus. In dieser kla-

ren, dennoch warmen Augustnacht war die Kraft von Verbrennungsmotoren wirklich nicht nötig. Die Sterne schienen auffallend hell, schön und nicht uninteressant. War das nicht der Große Bär über ihnen? Martin wusste nicht, ob zu dieser Jahreszeit und zu dieser Uhrzeit der Große Bär über ihnen sein konnte.

Bea hatte auch nur Geographiekenntnisse. Es war erstaunlich, dass sie ihn noch nicht nach seinem Sternzeichen gefragt hatte. Dieses ewige Befragen konnte auch nicht den Teufelskreis von Ödnis und Einsamkeit durchbrechen.

Jetzt wo Martin die Sterne angesprochen hatte, wo man stehen geblieben war und sich lange geküsst hatte, nach oben schaute und vollkommen ahnungslos war, ob nun der Kleine oder der Große Bär über ihnen schwebte, fragte sie nach seinem Zeichen.

In diesem Moment verkniff er sich die Antwort, die er gewöhnlich auf diese Frage gab. Nein, er sagte nicht Pinguin wie sonst, sondern brav Jungfrau und dass er bald seinen dreißigsten Geburtstag hätte. Der 13.9. machte ihm ein ungutes Gefühl.

Bea hatte keine Probleme mit dem Alter. Mit ihren dreiundzwanzig Jahren war sie allerdings schon alt genug mit fremden, älteren Männern nachts und im Dunkeln herumzuziehen, sich in fremde Wohnungen mitnehmen zu lassen, um dort intime Sachen zu machen.

Man war an einer besonders dunklen Stelle des Nachhausewegs angelangt, die einladend genug war, die geilen Dinge zu tun, die Erwachsene gerne tun, wenn sie nicht zu müde sind oder sich in einer Stresssituation befinden. Es musste die dunkelste Stelle im Park sein, denn die nächste Parkbeleuchtung war mindestens fünfzig Meter entfernt. Hier gab es Rasen, Sträucher und Bäume. Warum sollte man es hier nicht hemmungslos treiben?

Martin übernahm die Initiative, und bevor ein ödes Gespräch über Aszendenten und ähnlichem Unfug entstand, küsste er Bea und begann zu fummeln.

Es hätte alles so schön werden können, wenn nicht plötzlich das Licht angegangen wäre. Obwohl beide beim Küssen die Augen verschlossen hielten, wurde es ihnen gewahr. Diese Störung war eine Zumutung.

Vermutlich war ein benachbarter Stern zur Supernova geworden oder vielleicht gab es im Park eine Alarmanlage, um unsittliches Verhalten zu unterbinden. Das Licht hätte auch von einer Flutlichtanlage stammen können, aber es waren nur die Scheinwerfer eines Ufos. Es hatte nicht die typische Linsenform, sondern sah eher aus wie eine Zigarrenkiste.

"Träum ich oder du?", war Beas erste Reaktion. Sie zeigte jedenfalls noch keine Anzeichen, hysterisch zu werden. Martin jedoch hatte schon die Neigung hysterisch zu werden, schließlich war er Jungfrau; vor allem aber war es absolut unglaublich, als vier grüne Tonnenmänner aus der Zigarrenkiste ausstiegen und auf sie zukamen.

Bea und Martin hatten ihre Augen und Münder weit aufgerissen, zudem waren sie wie angewachsen. Die schnelle Abfolge der Geschehnisse und eine fehlende physikalische Ausbildung ließ eine Diskussion, ob es sich möglicherweise um ein unbekanntes Kraftfeld handeln könnte, nicht aufkommen.

Die Marsmenschen, wenn es welche waren, sahen aus wie Mülltonnen, die sich mithilfe von zwei dünnen Beinen bewegten. An der Tonne waren zwei bewegliche, ebenso dünne Arme befestigt, die in zwei Händen mit jeweils fünf Fingern endeten. Offensichtlich gehörten sie zu der in der Galaxis weitverbreiteten Gattung der Fünffingrigen. Die Tonnen hatten keinen Kopf, aber große aufgemalte Kulleraugen. Es handelte sich um große, grüne Tonnen. Der Anführer der drei anderen Tonnen fuchtelte mit so etwas wie einer Handfeuerwaffe rum, deren Lauf hin und wieder auf Martin zielte.

Die Tonnen erreichten mit ihren beweglichen Beinen etwa eine Höhe von eins fünfzig und Martin überragte sie um einiges. Bei kritischer Betrachtung hätte er sich zugetraut, einen Boxkampf gegen eine dieser Tonnen zu gewinnen, denn irgendwie wirkte ihr aufrechter Gang nicht sonderlich stabil.

Auch Bea überragte die Außerirdischen um einiges. Sie trug halb-langes aschblondes Haar, war über eins siebzig, hatte ein überaus durchschnittliches Gesicht, nicht hässlich, aber auf den ersten Blick auch nicht hübsch. Diesen eher durchschnittlichen Eindruck verlor man, wenn man sich auf anderes von ihr konzentrierte. Martin war vom Glauben abgefallen, als er ihr in der Kneipe hinterher geschaut hatte, während sie zur Toilette ging. Sah sie nicht phantastisch aus? Ihr Gesicht war ihm nicht unsympathisch, das war das wichtigste. Vielleicht hatte sie sich etwas unglücklich geschminkt, aber im Vergleich zu den Mülltonnen sah sie perfekt aus. Selbst er, der in den letzen Jahren bei seiner Figur Ansätze zur Mülltonne hatte feststellen müssen, sah gut gegen die außerirdischen Tonnen aus. Das baute Martin aber in keiner Weise auf.

Gewöhnlich hatte er Probleme damit, dass er selbst mit Idealgewicht nur durchschnittlich aussah. Hinzu kam, dass er jetzt noch einige Kilos zu viel mit sich herumtrug.

Offensichtlich hatte Bea auch damit keine Probleme. Sie hatte zwar gefragt, ob er ihre Nase nicht hässlich finde, aber er fand sie durchaus in Ordnung, sie fand ihn in Ordnung und nun schienen auch Tonnen etwas von ihm zu wollen.

3

"Bea, ich hätte dich heute Nacht ja noch gern gebumst, aber irgendetwas will, dass heute Nacht noch alles schief laufen soll." - "Ich frage mich, warum ich so was immer nur träume. Ich glaube, es ist aber nun besser aufzuwachen. Warum kriege ich die Kerle eigentlich immer nur im Traum ab?", sagte sie.

In feinstem Hochdeutsch und mit einer männlichen Stimme, die einem Nachrichtensprecher der ARD entliehen schien, wandte sich eine der Tonnen höflich an Bea. "Keine Angst, junge Dame, ihnen wird absolut nichts zustoßen. Wenn sie der Gedanke beruhigt, denken sie ruhig, dies alles sei das Ende eines schrägen Traumes." - "Ich will einen Typ, keine Mülltonne!"

Martin war unter diesen Umständen ein wenig erstaunt, dass Bea so direkt sein konnte. Er war offensichtlich an die Richtige geraten. Um so ärgerlicher war das Treffen mit den Tonnen, vielleicht sogar noch eine Spur ärgerlicher als wenn man unangenehme Bekannte trifft, die man auf keinen Fall treffen will und die man meistens trifft, wenn man nicht an sie denkt.

Die Tonnen sahen nicht wie gewöhnliche Gewaltverbrecher aus und es war kaum vorstellbar, dass sie zur russischen Mafia gehörten. Sexgangster schienen es auch nicht zu sein, jedenfalls erschien Bea zwar verärgert, ansonsten aber gelassen und nicht verängstigt.

"Was wollt ihr von uns?", fragte Martin. "Von ihr wollen wir gar nichts. Wenn sie mag, kann sie sich davontrollen. Wir wollen Sie!"

Waren die Mülltonnen etwa schwul? Martin erinnerte sich daran, dass es Zeit war, eine Zigarette zu rauchen. Er fingerte nach seinem Tabakbeutel und begann eine Zigarette zu drehen. "Ausnahmsweise!", sagte eine der Tonnen. "Rauchen ist nämlich nicht der Bringer!"

Sehr großzügig dachte Martin. Bei seinem Alkoholpegel hatte er überhaupt keine Lust zu dieser Stunde - und erst recht nicht mit marsianischen Mülltonnen - über Sinn und Unsinn des Rauchens zu diskutieren. Bea fischte auch eine Zigarette aus ihrer Schachtel.

"Dass Frauen rauchen, ist nicht der Bringer!", sagte eine der Tonnen. "Kleine, chauvinistisch-marsianische Papiertonne, halt die Schnauze! Oder willst du vielleicht auch eine?" Die Tonne hatte offenbar keinerlei Öffnungen, in die man Zigaretten hineinstecken konnte. "Rauchen ist nicht der Bringer. Rauchen ist echt Scheiße!"

Diese Aussage hinderte Martin nicht daran, seine fertiggedrehte Zigarette anzuzünden. Im blauen Dunst sah alles schon ganz anders aus. Dies war also eine dieser klassischen Entführungen, die in Amerika gang und gäbe, alltäglich waren. Nach wenigen Stunden oder nach wenigen Tagen, nachdem die Tonnen ihre Versuche mit ihm gemacht hätten, würde er irgendwo aufwachen und sich an nichts erinnern oder an fast nichts. Wie weit würde das Gedächtnis ausgelöscht? Würde er sich noch an Bea erinnern?

Die Theorie, dass der mit der Waffe der Anführer war, schien nicht zu stimmen, vielmehr handelten die Tonnen wie ein gleichberechtigtes Kollektiv. Es wurde Zeit, diese dummen Kreaturen in die Defensive zu bringen.

"Kommt ihr vom Mars?", fragte er sie. Das Bier im Kopf, das laue Lüftchen, aber nicht zuletzt die harmlos aussehenden extraterrestrischen Gestalten nahmen der Situation alles womöglich Beängstigende, denn nicht zuletzt hatte man ja dank RTL und Kabel 1 zumindest theoretischen Umgang mit Außerirdischen geübt. Dort hatten sie schon jede Menge gesehen, welche, die gefährlicher, gruseliger und furchterregender aussahen als diese hier, aber keine, die so dämlich wirkten.

"Nein, nein, wir sind nicht vom Mars. Da liegt bei ihnen offensichtlich eine Verwechslung vor. Mit sardischen Entführern haben wir nichts zu tun. Und wenn sie glauben, wir stammen aus dem tibetanischen Hochland oder kommen von Atlantis, das versunken sein soll, sind sie auch ziemlich auf dem Holzweg. Wir kommen nicht aus diesem Sonnensystem. Sie können uns das ruhig glauben und im Übrigen: Rauchen ist Schnick-schnack!"

Nach dieser letzten Bemerkung konnte es Martin nicht unterlassen, kräftig zu husten. Dann gewann er wieder seine Stimme. "Ihr kommt von einem anderen Sonnensystem, aus einer anderen Galaxie?" - "Sie haben für den Ort keinen Namen. Richtung Sternbild Staubsauger von hier aus, wenn ihnen das was sagt."

Weder Bea noch Martin kannten das Sternbild Staubsauger. Es musste eins dieser Sternbilder sein, die man nur am südlichen Sternenhimmel erkennen konnte.

"Ihr könnt euch noch einen letzten Kuss geben", tönte eine der Tonnen. "Was erwartet mich?", wollte Martin wissen. "Eine Reise durchs Universum, mit einem Raumschiff neuester Bauart. Selbstverständlich werden nur unbekannte Plätze des Universums angesteuert, aufregende Planeten und Nebel. Es wird Gelegenheit geben, physikalische und astronomische Schulkenntnisse aufzufrischen und alles ohne Einzelzimmerzuschlag."

Auf so etwas hatte Martin überhaupt keinen Bock. Warum passierte ihm das ausgerechnet jetzt? Er wusste, dass die Fragestellung an sich sinnlos war, aber das Leben verlangte, dass auch sinnlose Fragen gestellt wurden.

"Tiny, das Leben verarscht dich", sagte er zu sich selber. Tiny alias Martin hatte an diesem Sommerabend die definitive Gelegenheit gehabt, an Größe zu gewinnen, durch diese Braut an seiner Seite. Statt einer warmen Frau in den Armen, statt Spaß und Erregung und vielleicht auch Zärtlichkeit nun das: Eine Entführung von Softietonnen, die etwas gegen das Rauchen hatten und vermutlich auch etwas gegen Sex, denn was sollte es sonst, Bea und ihn aufzuhalten. Säuerliche, langweilig aussehende Tonnen vom Planeten Staubsauger oder so ähnlich, die vermutlich nichts anderes konnten als zu moralisieren. Das, was diese Moralisten vorhatten, verstieß gegen alle Menschenrechte.

Nicht, dass er grundsätzlich etwas gegen Unternehmungen dieser Art gehabt hätte, nach einem kräftig durchgezogenen Joint wäre das alles vielleicht sogar lustig gewesen, eine interessante Abwechslung gegenüber dem faden Alltag, aber dieser Tag hätte an sich etwas Besonderes werden können. Es war doch nur natürlich, dass wenn man über ein Jahr keine Frau gehabt hatte, eine nette und gleichzeitig nett anzusehende Frau diesen vier Mülltonnen vorzog, die vom Sternbild Staubsauger kamen und ihm eine Reise anboten beziehungsweise aufdrängten.

Wenn es mit Bea geklappt hätte, hätte er mit ihr eine romantische Reise ans Meer gemacht. Dorthin, wo es noch nicht so überfüllt war, irgendwo am Mittelmeer vielleicht, wo man abends bei Bier und leckerem Essen nahe am Strand saß und mit Sicherheit nicht von sprechenden Tonnen gestört wurde.

Die auf ihn zukommenden Ereignisse schienen völlig an seinen Bedürfnissen vorbeizugehen, so, wie das eigentlich immer war. Er vermied es in Beas Anwesenheit, diesen Gedanken laut auszusprechen. In jedem Fall sah Bea viel interessanter aus als diese Tonnenmänner und er hätte zu gern mehr von ihr gesehen, aber dieser Wunsch sollte für Martin zunächst wohl nicht in Erfüllung gehen.

4

Es war zu befürchten, dass weitere sinnlose Diskussionen bevorstanden, da es sich ja vermutlich nicht um eine Verbrechergang handelte, sondern um eine wissenschaftliche Delegation mit offiziellem Auftrag von irgendwoher, die daran gebunden war, Verwaltungsvorschriften einzuhalten und bürokratisch vorzugehen. Martin machte die Tonnen darauf aufmerksam, dass es gegen die irdischen Menschenrechte verstieße, wenn er entführt würde.

Die Reaktion eines der Tonnenmänner ließ auf Konzilianz schließen. Man bedaure diesen Tatbestand, die Entführung sei quasi ein Versehen, dem ein Programmierungsfehler zugrunde läge; bedauerlich, aber man könnte die Sache auch nicht rückgängig machen. Er würde garantiert nicht gefoltert, dürfe in Ausnahmefällen mit seinen Angehörigen telefonieren, wenn es denn sein müsse, und bekäme vielleicht eine Art Wiedergutmachung.

"Aber wieso denn alles ausgerechnet heute. Ich habe diese heiße Braut kennengelernt und ich hätte mit Sicherheit die heißeste Nacht meines Lebens verbracht. Sie vielleicht auch", sagte Martin fast verzweifelt.

Bea lächelte ihm wegen soviel Einsatz aufmunternd an und blies Qualmkringel. Vielleicht war sie ja geil genug und wollte, dass man sie auch entführe. Es war ja irgendwie dreist, denn ohne vorherige Rücksprache mit Bea, fragte Martin, ob diese mitkommen könne. Eine der Tonnen bedauerte erneut. Das Ganze basiere ohnehin auf einem Fehler, darüber hinaus wolle man jede weitere Komplikation vermeiden, es wäre alles schon kompliziert genug.

"Können wir die Entführung vielleicht auf ein anderes Datum verschieben?" Er dachte an einen nassen, dunklen Dezembertag. "Ich hatte letzten Winter ein schweres moralisches Tief. Ihr habt doch sicher eine Zeitmaschine und könnt die Entführung acht Monate zurückdatieren."

Die Tonnen stellten sich auffällig dumm, so als gelte es etwas zu verbergen, eine Art Staatsgeheimnis und eine fragte vielleicht mit täuschender Absicht: "Was ist eine Zeitmaschine?" Die Tonne hatte offenbar kein H.G.Wells gelesen oder tat zumindest so. Das allgemeine Täuschungsmanöver war zu offensichtlich. Es wurde Martin klar, dass die Tonnenbürokratie dem Antrag nicht stattgeben würde.

"Können wir die Sache vielleicht nicht übermorgen durchziehen, gleiche Zeit, gleicher Ort?" Der Vorschlag wurde unter den Tonnen kurz und erregt diskutiert, Zeit für Tiny eine weitere Zigarette zu drehen. Er hatte sie noch nicht angezündet, da äußerten die Tonnen ihr Entsetzen. "Rauchen ist echt Scheiße, Mann!"

Konnte es wirklich sein, dass die vielen Entführungen durch Außerirdische in den USA dazu beigetragen hatten, dass dort die Antiraucherkampagne Oberwasser bekommen hatte? Die Tonnen kamen zu dem Ergebnis, dass eine kurzfristige Verschiebung ihres Auftrages in eine nähere Zukunft nicht möglich sei. Da wäre leider nichts zu machen.

"Was, ihr handelt im Auftrag einer anderen Tonne? Unwürdige Kreaturen! Lohnsklaven! Ihr solltet euch nicht gegen eure eigenen Genossen wenden, sondern gegen euere Unterdrücker. Gegen die, die Profite machen!" Martin fragte sich allerdings, wie man aus seiner Entführung Profit schlagen konnte. Er hieß doch nicht Sarotti. Die Tonnen fanden seine Äußerungen nicht uninteressant.

Er hatte armselige Kreaturen vor sich, keine genialen Wissenschaftler, sondern einfache ausführende Organe, die vermutlich für ein schnödes Angestelltengehalt arbeiteten. Man konnte die Fragen leider nicht ausdiskutieren, da die Zeit drängte. Folglich wurde Martin höflichst gebeten, sich zum Raumschiff zu bewegen. Er verstand später nicht, dass er dieser Aufforderung schließlich folgte, ohne einen irgendwie gearteten Fluchtversuch zu machen oder einen Boxkampf mit den Tonnen zu wagen. Er war jedoch weit entfernt zu glauben, diese kosmischen Angestellten könnten sich gewalttätig gegen sie beide verhalten und dennoch tat er nichts.

Und Bea rief nicht aus: "Mach doch etwas!" Nein, er machte nichts, sondern folgte paradoxerweise in die Zigarrenkiste. Dies war womöglich einer der größten Fehler seines Lebens.

Bea konnte den beeindruckenden Start eines kistenförmigen Raumschiffes erleben, welches dann schnell in irgendeinem Sternbild verschwand. Sie kannte sich mit Sternbildern nicht so aus. Ihr Problem war es nun, nach Hause zu kommen. Das hieß zunächst, den ganzen Weg zur Kneipe zu Fuß zurück. Dort müsste sie sich ein Taxi bestellen; aber vielleicht fand sich ja noch ein anderer Lover.

Zu seinem Erstaunen sah Martin, dass er nicht der einzige Betroffene war. Im geräumigen Innenraum der Zigarrenkiste befanden sich auf den schlichten Holzbänken mehrere Personen, die offenbar alle von dem Planeten stammten, den sie gerade verließen. Sie waren alle von weißer Hautfarbe und keiner hatte eine Knoblauchfahne.

Genau genommen waren sie drei Frauen und drei Männer, die unfreiwillig eine Reise in die kosmischen Weiten des Ungewissen antraten. Seltsamerweise sollte sich zuerst keine Solidarität zwischen ihnen ausbilden. Man schwieg sich an und blickte, so leer wie der Raum, den man gerade durchquerte, ausdruckslos ins Innere der Kabine.

Seltsam dachte Martin. Er bekam einen Begrüßungscocktail und ein wenig Ärger, weil er sich eine Zigarette anzünden wollte.

5

Wer wollte Martin daran hindern, zu rauchen, in einer Situation, in der man niemandem verdenken konnte, dass das Verlangen nach nikotinhaltigem Rauch groß war? "Will noch jemand eine?", fragte er in die Runde. Eine Frau in Jeans verneinte, aber eine junge Nonne lächelte Martin an und machte sich anscheinend Hoffnungen, sich von seinem Tabak eine Zigarette drehen zu können.

Auch die dritte Frau wollte gerne rauchen. Sie war etwa in Martins Alter, hatte hochgestecktes dunkles Haar, war auffällig stark geschminkt und über ihrer nicht kleinen Brust trug sie ein schwarzes T-Shirt. Ihr Gesäß verbarg sich in überaus knappgehaltenen Shorts, die alles Wesentliche betonten. Die Beine steckten in einer grobmaschigen Netzstrumpfhose, von der man aber nicht mit Gewissheit sagen konnte, ob sie nicht sogar oben offen war, da das Höschenteil ja von den Shorts verdeckt wurde. Auffällig abgerundet wurde das Bild von Pumps, die in der Farbe des Lippenstifts gehalten waren.

Sie sah -gewollt oder nicht- aus wie eine Nutte. Erschwerend kam hinzu, dass sie gut aussah. Wie die Nonne hatte sie ein hübsches Gesicht und die weiblichen Rundungen ihres schlanken Körpers, die sie mehr oder weniger mit ihrem Outfit stark betonte, sprangen ins Auge.

Der größere Mann, im violetten T-Shirt, Jeans und schwarzen Sportschuhen bot der Frau eine filterlose Camel an. "Ich heiße Manfred!", sagte er und grinste dabei etwas übertrieben. "Ich bin Salma", antwortete die Frau, die man bei Berücksichtigung aller Vorurteile für eine Nutte halten musste

Der kleinere, schwarzhaarige Mann protestierte bei den Tonnen, dass an Bord geraucht wurde. Man hätte ihn unter den Vorwand, dass garantiert nicht geraucht würde, auf dieses Raumschiff gelockt. Die Tonnen hatten inzwischen wohl aufgegeben, Martin und die anderen vom Rauchen abzuhalten, vielleicht um erst einmal Verärgerung und Handgreiflichkeiten zu vermeiden.

Das Programm hatte einen weiteren Fehler gemacht, in dem es zumindest zwei militante Raucher zum Ziel ihres Versuchs gemacht hatte.

Schwester Stefanie drehte ungeschickt, vielleicht aber auch nur ungeübt an ihrer Zigarette. Es war schön, dass der Klosteralltag es zuließ, Zigaretten zu rauchen. Sie brachte dann aber doch etwas zustande, dass man anzünden konnte, das aber mit der herkömmlichen Zigarettenform nicht so viel zu tun hatte.

"Ich rauche noch nicht so lange", entschuldigte sie sich. Dabei lächelte sie Martin an, der sich sofort anbot, eine Richtige zu drehen. Die Tonnen verfolgten das Ritual weiterhin mit Unwillen und Besorgnis. Das Problem würde endgültig beschieden, wenn man auf dem Mutterschiff wäre. Es ging nicht an, dass das Recht auf körperlicher Unversehrtheit, wenn auch von einer Minderheit, beschnitten wurde. Vielleicht litten die Tonnen selber unter dem teerigen Rauch und zudem wurden die schönen Inneneinrichtungen der Raumschiffe verschandelt. Vergilbte Konsolen, womöglich zäher, brauner Teer, der sich an lebenswichtigen Kontakten festsetzte und das Leben aller aufs Spiel setzte.

Scheinbar leicht in die Defensive gedrängt sagte eine der Tonnen: "Rauchen ist nicht der Bringer." Vielleicht dachte sie sich aber, dass die geschockten Entführten, die zusätzlich an ihrer Sucht litten, den Trost der brennenden Glimmstängel bedurften, um das Ungewohnte der Reise ohne Anfälle und Durchfälle zu verdauen. Der kleinere, schwarzhaarige Mann, der Tobias hieß und dessen Kleidung etwas Lumpenhaftes hatte - aber durchweg farbig - protestierte vergebens. Eine der Tonnen versuchte ihn zu trösten. Er hätte ja durchaus recht, aber er müsse an den Schock der anderen denken. Tobias, wie Martin um die dreißig, entgegnete, er erlitte den doppelten Schock, schließlich sei auch er ein Entführter, der zusätzlich unfreiwillig diesen karzinogenen Giften ausgesetzt wäre, die nebenbei ganz übel röchen. Die Tonne versuchte vergeblich mit den Achseln zu zucken, da sie keine hatte.

"Was regt sich der Kerl auf?", äußerte sich Manfred, der es als Sakrileg betrachtet hätte, wenn man ihm seine Camel weggenommen hätte. Der frustrierte Tobias setzte Kopfhörer auf und hörte Radio.

Die Frau in Jeans, ebenfalls Anfang dreißig, mit rotem kurzen Haar, klein und mit Ansatz zum Übergewicht, verteidigte Tobias. "Ihr seid ziemlich rücksichtslos mit eurer Raucherei. Mich selber stört es ja nicht so sehr. Der arme Tobias sieht ja schon ganz blass aus" - "Wir können ja schlecht vor die Tür gehen", entgegnete Martin.

Das war wirklich schlecht möglich, denn sie befanden sich im interplanetaren Raum, beschleunigten beständig mit Erdschwere, sodass man noch nicht mal in den Genuss von Schwerelosigkeit kam.

Erstes Ziel der Reise war der Saturnmond Titan, um den das Mutterschiff in Umlaufposition harrte. Saturn war circa 1.4 Milliarden km von der Erde entfernt, und Tobias musste befürchten, dass er mit seinem Radio-Walkman das Klassikforum von WDR III nicht mehr empfangen konnte.

Da die Beschleunigung des kleinen Raumschiffs etwa so groß war wie die Erdbeschleunigung und konstant blieb, - somit den unfreiwilligen Passagieren nicht zu viel zugemutet wurde, obwohl die große Erdschwerkraft ja eigentlich

21

eine schwere Zumutung ist, der man sich aber meist nicht bewusst ist-, hätte man mit den Kenntnissen eines Physik-schülers der gymnasialen Mittelstufe ohne weiteres aus-rechnen können, wie lange die Reise zum Saturn - vorausgesetzt es gäbe keine Zwischenfälle - dauern würde.

Man musste dazu die Formel s gleich ein halb a mal t Quadrat benutzen, wobei s die zurückgelegte Strecke, a die konstante Beschleunigung und t die benötigte Zeit war. Die Formel musste man nach t auflösen und berücksichtigen, dass man am Ende der Reise mit Relativgeschwindigkeit Null am Mutterschiff andocken wollte. Die relative Geschwindigkeit des Saturns zur Erde, die des Titans zum Saturn und so weiter konnte man bei den zu erreichenden Geschwindigkeiten vernachlässigen. Das hieß, dass man nach Zurücklegung der halben Strecke mit gleicher Kraft bremsen musste, was einer negativen Beschleunigung gleichkommt, für die die oben genannte Formel auch zutrifft. Nach Auflösung nach der Zeit bekäme man heraus, dass die erwartete Reisedauer zweimal die Wurzel aus der doppelten, halbierten Strecke durch die Beschleunigung, also die Wurzel aus 1.4 mal 10E11 mal 2 gleich 748331.5 Sekunden war. Dies waren ca. 208 Stunden oder mehr als achteinhalb Tage.

Als die geplante Reisedauer unter den unfreiwilligen Passagieren bekannt wurde, kam Unmut auf und man steckte sich weitere Zigaretten an. Es war unmöglich, zu zwölft in dieser Kabine acht Tage zu verbringen. Das kleine Raumschiff bot offensichtlich keine weiteren größeren Aufenthaltsmöglichkeiten. Es entwickelte sich ein gesteigertes Gespür dafür, dass es noch andere Probleme gab als das leidige Zigarettenrauchen.

Die Tonnen boten an, die Beschleunigung zu verzehnfachen, sie hätten damit keine Probleme, obwohl man dies bei ihren dünnen Beinen nur schlecht einsehen konnte. Die

Reise würde dann etwa zweieinhalb Tage dauern, aber die Höhe der Beschleunigung wäre für Menschen sehr unangenehm, da sich ihr Gewicht verzehnfachen würde.

Salma rechnete sich aus, dass sie dann über 600 Kilo schwer sein würde. Es stand zu befürchten, dass ihr großer Busen ganz unmöglich aussehen würde und sich die spitzen Absätze ihrer Pumps in das Raumschiffmaterial bohren würde. Es war aber kaum anzunehmen, dass ihre formschönen Beine ihr Gewicht tragen konnten. Die Tonnen sagten, dass in den Wänden Liegen wären. Selbstverständlich würde man ihnen eine Narkose verabreichen, sodass sie von ihrer ungewöhnlichen Schwere nichts spüren würden.

"Ist diese hohe Beschleunigung nicht gefährlich?" Dies konnten die Tonnen wirklich nicht ausschließen. Deshalb erkundigte sich Martin nach Möglichkeiten, bei normaler Schwere zu reisen und die acht Tage unter Narkose zu verbringen. Optimal wäre in seinen Augen sogar eine Narkose für die gesamte Dauer der Entführung, denn dann könnten die Tonnen ungestört ihre Versuche machen. Dann bestand er noch darauf, nach der Entführung alles vergessen zu können, wie es halt bei einer klassischen UFO-Entführung üblich wäre.

Zur Bekräftigung zog er an seiner Zigarette, schaute auf die Beine Salmas, hatte Bea in diesem Augenblick komplett vergessen und bedauerte seine eigene Forderung. Eine der Tonnen schlug vor, ein künstliches Schwerefeld einzuschalten. Man mache dies äußerst ungern, nur in Ausnahmen, da der Energieverbrauch des kleinen Raumschiffes dabei drastisch erhöht würde.

Salma versuchte den Tonnen klar zumachen, dass dies ein Ausnahmefall sei, dies wäre man der menschlichen Rasse schuldig, schließlich wären sie doch Vertreter einer anderen kosmischen Zivilisation, ihr erster Kontakt wäre für die Geschichte beider Rassen von größter Bedeutung, sodass sie nur große Zuvorkommenheit in ihrer Behandlung erwarten dürften. Im Übrigen wäre sie persönlich nicht bereit, auf irgendeinen Luxus zu verzichten. Es wäre ganz unmöglich, ihren Körper mit zehnfacher Erdschwere zu verunstalten.

"Es ist wohl selbstverständlich, dass ihr meinen Verdienstausfall bezahlt und wenn ihr ran wollt, bezahlt ihr natürlich den Aufschlag für Extraterresten", sagte sie dann zu den Tonnen. "Ich will jeden Luxus", forderte sie nochmals. "Champagner für alle", schloss sich Martin an. Er bewunderte Salma dafür, dass sie sich ohne weiteres geoutet hatte und sogar bereit war, mit Tonnen aus dem Kosmos Sex zu machen.

Es gab erstmal keinen Champagner, auch nicht für Salma. Eine Tonne bedauerte, dass sie kein Ansinnen, keinerlei Verlangen, im Grunde auch gar nicht die Möglichkeit hätte, es mit Salma zu machen und vor allem fehle ihr das nötige Kleingeld. Täuschte sich Martin oder war wirklich die Tonne, die sich zu Salmas Forderung geäußert hatte, ein wenig rot geworden. Die Tonne versprach Salma, alles Mögliche zu ihrer Zufriedenheit zu unternehmen.

Stefanie, die neben Salma saß, war jedenfalls knallrot geworden. Auch so hatte sie noch ein hübsches Gesicht. Dies war einfach zuviel für eine junge Nonne. Nicht nur, dass sie in ihrem Kloster nicht darauf vorbereitet worden war, auf merkwürdige Außerirdische zu stoßen, nein, auch ein Wesen, dass die Sünde verkörperte, saß neben ihr. Stefanie tröstete sich mit dem Gedanken, dass sie alle Gottes Kinder waren. Salma war auf einem gefährlichen Abweg und Stefanie fühlte sich mit ihren jungen Jahren etwas überfordert, sie zu retten.

Wenn die Menschen Gottes Ebenbild waren, wessen Ebenbild waren dann die Tonnen? Kannten sie Jesus? Waren sie vielleicht Engel oder Abgesandte des Teufels? Ziemlich

verunsichert erbat sich Stefanie von Martin eine weitere Zigarette. Weil Gott ihr in diesen Momenten zu wenig Halt
bot, versuchte sie es nun mit einem Glimmstängel

- 6 -

Glimmstängel statt Gott, das war Häresie, aber zur Entschuldigung von Schwester Stefanie muss gesagt werden,
dass ihr dieser Gedanke nicht kam oder zumindest nicht bewusst war. Es ist aber durchaus strittig, ob für Personen,
die sich Gott geweiht haben, die Theorie des Unbewussten
anwendbar ist.
Trotz des Bösen und der Verruchtheit in ihrer Nähe fand
sie die neue Situation richtig aufregend und nur im geringe-
ren Maße verabscheuungswürdig. Sie hätte Schwester
Oberin und ihren Kolleginnen etwas zu erzählen und würde
vielleicht mit Wesen aus einer anderen Welt über Gott und
Jesus reden. Vielleicht hatte sie ja missionarisches Talent,
und ihre zukünftige Aufgabe würde es sein auf Neu-Gui-
nea, in Peking oder Saudi-Arabien zu missionieren.
Den Gedanken, dass sie nach dieser Reise als Erstes einen
Beichtvater aufsuchen müsse, wies sie weit von sich, sodass dieser Gedanke in ihrem Unbewussten kreiste, wenn
dieses denn bei einer Nonne existierte. Vielleicht existierte
es bei ihr noch in Teilen, denn sie war noch unfertig, ihr
Reifungsprozess noch nicht abgeschlossen.
Sie war die Hübscheste von allen Anwesenden, wobei für
dieses Urteil letztlich ihre Jugend ausschlaggebend war. Ihr
Gesicht war schön, rein, unschuldig, hatte keine Pickel und
erinnerte nicht an Tiere. Sie hatte zu dem Gesicht die pas-
senden braunen Augen. Gesicht und ihre zartgliedrigen
Hände waren ja das Einzige, dass die Tonnen und die anderen sahen. Ihre figürliche Attraktivität verbarg sich unter
ihrer schwarzweißen Arbeitskleidung.

Die Nachstellungen von pubertären Jungs und frustrierten verheirateten Nachbarn, die ihr Aussehen nach sich zogen, waren aber nicht der Grund gewesen, die Nähe Gottes zu suchen und in einem Kloster ein Leben abseits der sexistischen Alltagswelt zu führen.

Sie zündete sich die von Martin gedrehte Zigarette an, und eine der Tonnen konnte es nicht unterlassen zu kommentieren, dass rauchen Schnickschnack sei. Tobias rief aus seiner Ecke in die Runde, Rauchen sei nicht Schnickschnack, sondern der Tabak sei Teufelswerk. Vielleicht dachte er, mit diesem Argument könne er Schwester Stefanie eher beeinflussen als mit den üblichen rationalen Appellen.

"Du rauchst wirklich erstaunlich viel Kleines", musste Salma dazusteuern. Sie war augenfällig mit allen Vorzügen und Gaben ausgestattet, die sich ein noch junger Gott bei Eva hatte einfallen lassen, um Adam zu verunsichern. Sie hatte mit Kleidung und Make-up alles getan, um die Versuchung noch zu verstärken. Ihr Aussehen tendierte zum abenteuerlichen, wobei Abenteuer bestimmter Art gemeint sind, und Martin konnte Speicheldrüsenattacken nicht ganz verhindern, wenn seine konfus gestreuten Gedanken Salmas Schale zu nahe kamen. Die Frau brachte es vielleicht sogar fertig, außerirdische Tonnen anzumachen und mit ihnen Sex zu treiben. Diese wiederum zeigten sich vorerst knauserig und diskutierten erregt Salmas Forderung nach mehr Luxus; was konkret bedeutete, ein künstliches Schwerefeld einzuschalten, um die Reise zum Saturn kürzer zu halten, da sonst die Titten von Salma und die Gesundheit der anderen zu sehr strapaziert würden.

Salmas Brüste hüpften nicht vor Vergnügen, als eine Tonne verkündete, man würde jetzt das künstliche Schwerefeld eingeschaltet, um beliebig drauflos beschleunigen zu können - dafür waren sie auch unter Erdbedingungen einfach zu schwer. Manch einer hätte gesagt, dass Salma und vor allem ihr Gesicht gewöhnlich aussahen, dass der Reiz ihres Gesichts, wenn er denn vorhanden war, unter dicker Schminke steckte, dass ihr Make-up eine primitive Kriegsbemalung war, die sich von der vieler anderer Frauen nicht unterschied, eine Uniform der billigen Instinkte im Kampf um verkorkste Männerseelen, die für klischeehaftes Aussehen und wahllose, nur von abstraktem Geld geleiteten Freizügigkeit (?) Scheine locker machen sollten.

Manfred fand Salma vulgär und abstoßend, wenn sich seine Keimdrüsen um sein Urteil auch nicht sonderlich scherten und sich der körperlichen Präsenz von Salma, die völlig underdressed war, nicht entziehen konnten.

Da hingegen sah die dritte Frau doch harmlos aus. Recht klein mit Brille, ein wenig dick, ein unauffälliges Make-up, eine nicht zu enge Jeans und ihre Nägel waren nicht lackiert, obwohl sie keine Nonne war, sondern eine billige Angestellte der unteren Lohngruppe des öffentlichen Tarifs, mit netter Bluse und unauffälligem Gesicht, auf das nicht jeder Einfallspinsel sofort geflogen wäre. Sie benahm sich auch nicht auffällig, sondern eher bedächtig und zurückhaltend. Da sie nicht rauchte, provozierte sie keinerlei Schnickschnack-Äußerungen.

In dieser Situation der ungewöhnlichen Umstände fiel sie keinem weiter auf als Tobias, der sich aber in besonderer Weise nichts aus Frauen machte, sie aber, wie alle anderen auch, aufmerksam gemustert hatte und sie in sein Herz geschlossen hatte, da sie nicht wie die anderen, ekelige, teerige Dämpfe ausatmete, die sein Karma hätte missen können. Tobias war ein aufmerksamer Beobachter, während die beiden anderen Männer, wenn man sie nach Augenfarbe, Hände usw. der übrigen Passagiere gefragt hätte, diese nichts zu antworten gewusst hätten.

Petra hatte blaue Augen, die wie fast alle Augen einen besonderen Reiz haben konnten, wenn man die zugehörige

Person liebte. Zu Petras Figur hätte Martin vielleicht gesagt, dass ihm nichts Sonderliches auffiel. Im bunten Schein von Salma, dem schwarzweißen von Stefanie und dem außerirdischen der Tonnen konnte man Petra auch einfach übersehen.

Es geschah nicht aus einer vorschnellen sexuellen Hörigkeit zu Salma, dass sich die Tonnen in basisdemokratischer Weise entschlossen hatten, eine Ausnahme zu machen und die künstliche Schwere einzuschalten. Alle hier lebenden Anwesenden verfärbten sich grün, die zu Grunde liegenden physikalischen Vorgänge provozierten aber weder epileptische Anfälle noch Migräneattacken. Die Auswirkungen hielten sich bis auf die farbliche Dissonanz in Grenzen.

Entsetzens- und Überraschungsschreie gingen durch den kleinen Raum des Raumschiffes. Man sah nun fast selber aus wie Marsmenschen und Salma wie eine exotische Prostituierte einer abgelegenen extraterrestrischen Strafkolonie, aber zum Glück war die Anzahl ihrer Brüste gleich geblieben. Martins Dreiviertel-Glatze glänzte nun im metallischen Grün. Diese hatte er schon in jungen Jahren bekommen, irgendwann. Er hatte sich rasch mit ihr arrangiert und sie als besonderes Zeichen seiner Männlichkeit abgetan, die aber trotz solcher Merkmale meistens zu kurz gekommen war. Er hatte sich einen kleinen Bierbauch angetrunken, der ein wenig über der nun türkisfarbenen Jeans hing, die zudem nicht richtig saß und manchmal die Teile des äußersten Nordens seines ansonsten nicht nennenswerten Hinterns freigab. An diesem Tag war der Gürtel enger geschnallt, was dazu beigetragen hatte, die Chancen bei Bea zu erhöhen. Martin hatte kräftige Hände, die aber nicht von irgendeiner körperlichen Arbeit herrührten, sondern von der Mutter. Große, blaue, naive Augen rundeten das Bild ab.

Manfred hatte volles braunes Haar und war um die zehn Zentimeter größer als Martin. Er trug ebenfalls einen Bierbauch - oder woher auch immer diese Wampe herrührte - dennoch war seine Statur um einiges zarter als Martin.

Um für den sexistischen oder voyeuristischen Leser das wesentliche zu erwähnen: Das, was allen Beobachtern verborgen blieb und in den Hosen der Männer steckte, war bei dem kleinen Tobias im versteiften Zustand am größten ausgeprägt. Tobias Schwanz war länger, dicker und im Erregungszustand von besonders fester Konsistenz und konnte in diesem Punkt sehr wohl mit Salmas Titten verglichen werden, die bei Schwere nur ein wenig in natürlicher Weise hingen. Ihre Geschäfte liefen auch gut ohne Designerplastiktitten.

Der schwarzhaarige Tobias war am ganzen Körper stark behaart. Nur seine fast narrenhafte Second-Hand-Kleidung und die dazu passende Kasperbrille fügten sich nicht ganz zu dem animalischen Gesamteindruck des schmächtigen Tobias. Er hatte einen knackigen Hintern, der dem von Manfred in nichts nachstand und im Gegensatz zu den anderen beiden Männern an Bord ein hübsches, kleines Gesicht mit intelligenten braunen Augen. Mit seinen dreißig Jahren hatte sein Gesicht paradoxerweise zugleich jungenhafte Züge wie auch Züge des Alters, die aber eine Art von falscher Weisheit signalisierten. Er war von edlem Charakter, denn obwohl er besser aussah als Martin und Manfred, hatte er auf diese schon ein Auge geworfen.

Ein wenig interessierte er sich aber auch für die Tonnen, seine Nichtraucherfreunde, die im Wettbewerb der Extremitäten, sekundärer Geschlechtsmerkmale, Titten und Schwänze nicht mithalten konnten. In einem kollektivistischen Sinne sahen sie gewissermaßen alle gleich aus, wie eineiige Sechslinge kurzum: Keiner sah attraktiver aus als der andere, wobei zugegeben werden muss, dass körperliche Attraktivität für gebildete Roboter eine überaus relative Angelegenheit ist.

Bei solch ungewöhnlichen Umständen wie dieser Raumfahrt war körperliche Attraktivität ohnehin eine überaus nebensächliche Angelegenheit, der man auch des Weiteren keine Beachtung geschenkt hätte, wenn nicht Salmas Auftreten und Erscheinung Irritationen in einigen Gemütern gestiftet hätten. Auch Tobias interessierte sich für Salma, denn obwohl sie ebenfalls rauchte, sah er in ihr eine natürliche Verbündete gegen die allgemeine Prüderie, die auf diesem Raumschiff herrschte. Er hatte Lust, Schwester Stefanie zu provozieren und sie mit Allerwelts-Schweinereien aus der Reserve zu locken. Er fragte sie zum Beispiel, ob ihr impotenter, vergreister Erlöser ihr Beistand bringen würde?

Das Immunsystem der sechs Erdenbürger gewöhnte sich rasch an die künstliche Schwere, sodass die grüne Farbe in ihren Gesichtern langsam verschwand. Die Blässe von Manfred, Martin und Petra, die durch eine Sonnenbank gestärkte, mit Make-up Farbe unterstützte Bräune von Salma und selbst die Bräune der mit Gartenarbeit betrauten Schwester kamen wieder zum Vorschein. Nur bei Tobias dauerte es ein wenig länger.

Martin erkundigte sich bei den Tonnen nach der veränderten Reisezeit; sie belief sich nun nur noch auf eine Stunde. In einer Stunde würden sie vielleicht die Ringe des Saturns - gewissermaßen in voller Größe - sehen können, wenn auch ein wenig schwach angeleuchtet durch die weit entfernte Sonne.

Er würde sich bei der dort ansässigen Einsatzleitung beschweren.

7

Manfred nahm ein goldenes Pillendöschen aus einer seiner Taschen und bat die Tonnen um ein Glas Wasser, was er auch ohne jede bürokratische Verzögerung bekam. Er nahm gleich vier von den weißen Pillen, da er dachte, dass in dieser außergewöhnlichen Situation ein wenig Entspannung und ein verstärktes Egal zu dem was war und noch kommen musste, angesagt wären.

"Was nimmst du da?", fragte der neugierige Tobias. "Das ist Akineton." - "Und gegen was sind die?" - "Die sind gegen die Nebenwirkungen anderer Pillen. Außerdem fühlt man sich danach gut." Er schaute auf seine Armbanduhr, die wie zufällig aus Titan gearbeitet war, und schätzte ab, wann die Pillchen anfingen zu wirken. Dies würde etwa mit ihrer Ankunft bei Saturn zusammenfallen. Grinsend fragte er in die Runde, ob sonst noch jemand von seinen Pillen wolle.

Man lehnte dankend ab, auch die Tonnen, die weder an Parkinson noch an extrapyramidalen Störungen litten. Manfred zündete sich eine filterlose Camel an und dachte an seine Mutter. Obwohl er auch an Wochenendtagen regelmäßig zwischen neun und zehn ins Bett ging, manchmal auch früher, je nach der Schwere, die er durch den Genuss von Rotwein, Pillchen oder anderen Drogen erhalten hatte, war er erstaunlicherweise nur ein wenig müde.

"Rauchen ist igitt", sagte eine der Tonnen entrüstet. Ihr fehlte letztendlich aber das Durchsetzungsvermögen, um Manfred die Zigarette aus der Hand zu winden. Offensichtlich sind die Tonnen auch "Hier", dachte Manfred. Scheinheilig bot er Salma eine Camel an, wenn gleich er sie von Anfang an nicht leiden konnte.

Tobias gab sich erstmal mit Manfreds Antwort zufrieden, obwohl ihm grundsätzlich unklar blieb, wieso man Pillen gegen die Nebenwirkungen von anderen Pillen benötigte. Bedurfte es weitere Pillen um folgende Nebenwirkungen weiter abzuschwächen? "Und was nimmst du gegen die Nebenwirkungen von Akineton?", fragte Tobias dann nach. Manfred kannte keine Nebenwirkungen bei Akineton. Die Pille wirkte ganzheitlich, durchaus in verschiedenen Aspekten und vor allem war ihre Wirkung gut. Sie konnte ihn beispielsweise geil machen und Gefühle beim Orgasmus verstärken. Tobias war klar, dass Manfred seine Pillen, die gegen was auch immer sein mochten, als Droge nahm. Bei diesem schier unglaublichen Konsum an Pillen und Zigaretten mussten die Vorräte stark schwinden. Das Problem der Husten provozierenden Qualmwolken würde von selber gelöst sein, wenn die letzte Zigarette geraucht war. Tobias nahm an, dass es auf dem Mutterschiff keine Zigarettenautomaten gab und auch nicht die Möglichkeit Zigaretten herzustellen vor allem aber gab es keinerlei Bereitschaft, den törichten Kult weiter zu unterstützen.

Jetzt gab man sich noch höflich, zeigte geringe Durchsetzungskraft, gepaart mit ein wenig Unentschlossenheit. Immerhin hatten die Tonnen zugegeben, dass alles ein Fehler sei, aber mehr als diese Fähigkeit zur Einsicht war von den Tonnen nicht zu erwarten. Diese Beschränkung gehörte zum Gesamtfehler, der offenbar auch - trotz Einsicht - in seinem weiteren Verlauf unabwendbar war. Wie viele Raucher wussten von den möglichen, verheerenden Auswirkungen ihres Tuns, rauchten aber trotz dieses Wissens weiter, obwohl sie nie und nimmer ernsthaft dazu bereit waren, die Konsequenzen ihres Tuns zu akzeptieren. So war das mit vielen Fehlern, die man machte, sie wurden mit vollem Bewusstsein ausgeführt. Es waren all jene Fehler, von denen man nur schlecht lernen konnte. Es war für die Tonnen entweder zu gefährlich oder zu unangenehm, den Ablauf des Programms aufzuhalten oder in wesentlichen Zügen abzuändern. Vielleicht fürchteten sie Ärger von ihren Vorgesetzten. Man sollte aber nicht etwas vorschnell kosmische Tonnen irgendwelche irdische Gefühle unterstellen, ganz unabhängig davon, ob sie Metallroboter waren oder Wesen aus Fleisch und Blut, wobei bekanntlich Farbe und Konsistenz auch auf der Erde variieren dürfen.

Es war sicher ein Holzweg, auf das Vorhandensein von kosmischem Hämoglobin und Chlorophyll zu spekulieren, wenn man noch nicht mal mit Gewissheit annehmen durfte, dass bei der bierbäuchigen Bevölkerung des Weltalls die DNS als Informationsträger für die Veranlagung zum Bauch und den ab und an auftretenden Kopfschmerzen zugrunde lag. Aber wenn die organische Chemie, inklusive der Bierbrauerei, andere Informationsträger zur Reproduktion zuließ, warum kam sie dann auf der Erde nicht vor?

Die hier Anwesenden verstanden zu wenig von Biochemie, um diese ohnehin nicht aufkommende Frage zu beantworten. Salma verstand etwas von Männerschwänzen, hinter deren Dynamik letztlich auch so etwas wie Biochemie stecken musste. Keiner hätte geleugnet, dass es so etwas wie Biochemie gab; was man sich immer wieder im speziellen durch die Inhalation von Zigarettendämpfen, Leeren von Bierfässern oder Schlucken von Akinitonpillen beweisen konnte und das sich im Allgemeinen durch Kohldampf, Brand und Schnappen nach Luft bemerkbar machte.

Die Tonnen schienen keinerlei biochemische Neigungen zu haben. Nicht nur, dass sie Zigaretten ablehnten, offensichtlich war die sie umgebene Luft nutzlos, denn schnappte eine der Tonnen nach Luft? Nein, die Luft war für sie ausschließlich Transportmedium ihrer Wortblasen und es wäre auch nicht weiter verwunderlich gewesen, wenn sie sich lautlos über Funk verständigt hätten. Ihre akustischen

Wortblasen waren nur eine Nettigkeit, ein Zugeständnis an menschliche Ohren. Die Luft war voller Informationen und man verlor nur wenig davon, indem man einen Teil der Luft in die Lungen sog.

Man kann das Außergewöhnliche der Situation nicht genügend betonen, wenn gleich es auch möglich war, dass Kidnapping zum Alltagsgeschäft der Tonnen gehörte und sie diesen Job sozusagen an allen Werktagen ausübten. Zweifelsohne führt es zu weit, auf den Kalender der Tonnen einzugehen.

Den anwesenden Menschen musste dies alles phantastisch, aufregend, gefährlich und vollkommen neu, als im Grunde absolut unglaubhaft vorkommen, aber es gab unter ihnen erstaunlicherweise keine Ausfälle durch Hysterie und Panik. Das erleichterte die Situation sehr. Jeder schaute auf den anderen und wunderte sich ein wenig darüber, dass dieser andere die Situation so gelassen wegsteckte. Nahm man sich an ihm, an ihr ein Beispiel? Letztendlich gab es auch keine Fraktion von Zweiflern, die dies alles als völlig unglaubwürdig abtat und die in Erwägung zog, dies könne eine merkwürdige Art von Traum sein. Das ließ Streitereien darüber, wer denn hier träume erst gar nicht aufkommen. Die Menschen nahmen alles erstaunlich cool.

Es zeichnete sich ein besonderes Verhältnis zwischen Entführern und Entführten ab, welches jenseits der unbedarften Erwartung lag. So war hier die Gleichgültigkeit über alle Maßen überraschend und hatte nichts mit der Panik zu tun, wie man sie aus Jack Arnold-Filmen kannte. War dies eine quasi archetypische Begegnung von Mensch und Tonne, die so und nicht anders ablaufen musste, oder steckte dahinter eine Gleichgültigkeit, die nur durch die Übersättigung erzeugende Präsenz von mehr als zwei Dutzend Fernsehkanälen zu erklären war, in denen alle Abenteuer an einem Tag durchlebt wurden und die durch unentwegtes

Wiederholen zum faden Aufguss wurden, ohne Kitzel und nur Sesselträgheit auslösend?

Heutzutage sah sich jeder SF-Serien an, es gehörte fast schon zum guten Ton. Die ansonsten unanständige Salma war in dieser Beziehung hochanständig; sie liebte Science-Fiction-Filme und für sie war es darüber hinaus gar keine Frage, dass es außerirdische Zivilisationen gab, ja auch UFOs. Es war daher nur konsequent anzunehmen, dass das älteste Gewerbe noch älter war; und nicht nur das älteste, sondern das weit verbreitetste. Mochte es auf einem fernen Planeten im Sternbilde Ursa Major auch keine Fahrradmonteure geben, weil man vollautomatische Produktionsstraßen zur Herstellung von Fahrrädern benutzte oder andere Fortbewegungsmittel bevorzugte, Nutten gab's bestimmt.

Selbst bäuerliche Erwerbstätigkeit hatte keinen Daseinsgrund, wenn man die Nahrung synthetisch herstellt. Die Prostitution war überdies nicht nur das älteste Gewerbe, sondern damit zugleich auch das älteste Dienstleistungsgewerbe. Die Dienstleistungsgesellschaft war ja bekanntlich das Endstadium aller Gesellschaften. Das alles war sonnenklar.

Wenn die tonnenförmigen Jungs für ihren Verdienstausfall aufkamen, hatte sie mit der Entführung keine weiteren Probleme. Vielleicht konnte sie ins intergalaktische Geschäft einsteigen, neue Praktiken kennenlernen. Vielleicht würde eine schwer reiche Tonne, mit dicker Uhr am Arm, sie entdecken.

Es kam ja auch nicht darauf an, dass man sich fortpflanzen konnte. Sex diente für sie einzig und allein dem Gelderwerb. Sie hatte eine Schwäche für Geld, die sie sich zugestand, da der Wettbewerb um Geld die alten biologisch darwinistischen Wettspiele abgelöst hatte, zumindest bei den höher entwickelten Arten. Es handelte sich bei Geld nicht mehr um schwere Geldmünzen, archaisch und primitiv, nicht um leicht brennbares Papier, wenn auch schön, weil im Stile alter Meister bedruckt, aber längst antiquiert, nein, die moderne Welt wurde von Buchgeld regiert und für einige Zeitgenossen auf der Erde war die Magnetstreifenkarte das höchste der Gefühle.

Diese Karten steckte man beispielsweise in Geldautomaten, warum also den Gedanken nicht konsequent weiterspinnen? Ein Chip im Schwanz des Mannes, der auch bei der Erektionssteuerung nützlich sein konnte, sowie ein weiterer im Organ der Dienstleistenden, konnten beim professionellen Akt die nötigen Abbuchungen übernehmen. Salma stand der Zukunft aufgeschlossen gegenüber, gehörte sie doch zu jener Zunft an, die, obwohl uralt, die Zukunft repräsentierte.

Nutten waren in gewisser Hinsicht ihrer Zeit voraus. Das primitive Leben nutzte den Sex ausschließlich zur Fortpflanzung; höher entwickelte Arten hatten bei Sex nur noch den damit verbundenen Spaß im Auge. Dies war ein bestimmter Spaß, der manchmal mit viel Ärger verbunden war, während, wenn man Sex nur zum Gelderwerb betrieb, zur Krone der Entwicklung gehörte, da man statt eines bestimmten Gefühls, eines bestimmten Spaßes Geld bekam, sozusagen Spaß in seiner abstrakten Form, weil man sich mit diesem Geld jeden erdenklichen Spaß, jedes Vergnügen kaufen konnte. Man konnte sich Reitsport leisten, Champagner trinken oder wer mochte, konnte exquisite Drogen nehmen. Man konnte jede Menge Dinge kaufen, die ihr Geld mehr Wert waren als ein kurzer Fick für 150 DM(?). Aber die Deppen, die die 150 DM bezahlten, musste es auch geben.

8

Martin nahm die Begrüßung auf dem Mutterschiff nur am Rande wahr. Es war groß, wäre bei einem Landungsversuch der ganzen Stadt aufgefallen und gewisse Zugvögel wären verfrüht gen Afrika gezogen. Eine weibliche Stimme, die von nirgendwo herzukommen schien, begrüßte sie in Hochdeutsch, verbunden mit einem leicht irritierenden niederländischen Akzent. Diejenige, die sprach, konnten sie nicht sehen. Es musste sich um eine besonders wichtige Tonne handeln von vielleicht großem Umfang.

Mit leichtem Schritt - einigen der unfreiwilligen Passagiere fiel auf, dass die Schwereverhältnisse ein wenig ins angenehme verrutscht waren, ohne das Gefahr bestand, ungeschickte Bewegungen zu machen - folgten sie zwei Tonnen in eine großzügig dimensionierte Bar, wo man in Ruhe seinen interstellaren Cocktail schlürfen konnte, mit der Gewissheit, es handele sich bei den Getränken um Alkoholisches ohne jeden künstlichen Zusatz, der unnötig den Hirnstoffwechsel zu einem kosmischen Tänzchen auffordern würde. Die Theke war lang genug, sodass Nonne und Nutte, Raucher und Nichtraucher nicht aufeinander kleben mussten.

Salma bekam einen Lachanfall, als sie die Szenerie erfasst hatte, denn die Tonne, die hinter dem Tresen stand, schmückte in Brusthöhe zwei spitze Kegel. Sie war ebenso offensichtlich weiblich wie eine einsame Tonne, die mit überschlagenen Beinen und wunderschönen Metallkegeln vor einem leeren Sektglas saß. Gab es für Tonnen eine Möglichkeit zu trinken oder kippten sie ihre Drinks in Blumentöpfe, wenn man wegschaute?

Auf diesem Raumschiff herrschten offensichtlich dieselben patriarchalisch sexistischen Verhältnisse wie auf der Erde, wie in Deutschland. Da alle Tonnen keine erkennbare Kleidung trugen, waren auch diese weiblichen Bediensteten nackt, aber dies fiel ja weiter gar nicht auf.

Die Holländerin meldete sich wieder und fragte nach dem Befinden der Gäste. Dann wollte sie wissen, ob sie zusammen in einer Kajüte, mit Betten über und nebeneinander, getrennt nach Geschlechtern oder auch nicht, leben wollten oder Einzelkabinen bevorzugten. Die Menschen entschieden sich dafür, alleine bleiben zu können.

Man ließ ihnen etwas Zeit, ihren Begrüßungscocktail zu trinken, der ausnahmsweise kostenlos war, so wie das in den großen Hotels am Mittelmeer üblich ist.

Dies alles bekam Martin, wie gesagt, nur am Rande mit. Er vergaß sowohl bei der niederländischen Stimme weiter zu protestieren, wie er nicht mit bekam, dass man seine Zigaretten kommentierte, die im Grunde auch sehr überflüssig waren, da er sie mit unbewussten Zügen rauchte. Später konnte er sich auch nicht erinnern, nach welcher Frucht der Cocktail geschmeckt hatte.

Selbstverständlich wollte auch er alleine sein und es schien so, dass er nur bei dieser Diskussion, bei der jeder gleicher Meinung war, irgendwie anwesend erschien und sich lebhaft für seine Interesse, nämlich allein sein zu können, einsetzte. Danach fiel er wieder in ein dumpfes Brüten, durch das er beispielsweise die Beine von Salma übersah, die spitzen Bemerkungen von Tobias ebenso überhörte, wie die Kommentare von Manfred zum Hier und Jetzt; und das Rauchen Schnickschnack war, interessierte einen Raucher in der momentanen Lage nur wenig. Martin fehlte das Feingefühl, der Tonne an der Theke einen Drink ausgeben zu müssen, an der sie vielleicht nur deswegen da saß.

Martin wollte Ruhe, alleine sein und verabschiedete sich noch nicht mal von seinen Mitgefangenen, als er von einer Tonne aufgefordert wurde, ihr zu folgen. Sie führte ihn zu seinem etwa zwanzig Quadratmeter großem Quartier. Die-

38

ses Zimmer war spartanisch eingerichtet. Es befand sich in ihm nichts Persönliches, es hatte aber ein Bett, auf das sich Martin sofort begab, nachdem die Tonne gegangen war.

Alleine! Konnte es etwas Schöneres geben, als alleine zu sein? Die Menschen waren ehedem aus ihren Höhlen und Gemeinschaftshütten gekrochen - Schlafsäle waren megaout - und dieses Bedürfnis nach Isolierung wurde um so stärker, je besser man sich kannte.

Martin war nicht ganz allein, da ein einsetzender Kopfschmerz anfing, ihn zu nerven. Ansonsten war hier keine Fliege, und vermutlich fehlten die unzähligen Parasiten, die sich gewöhnlich in bewohnten Räumen in Matratzen und sonst wo tummelten; bis auf die wenigen, die er mitgeschleppt hatte. Allergiker hätten sich vielleicht im Paradies wiedergefunden, aber möglicherweise schlummerte in ihnen auch eine Bereitschaft, auf kosmische, fremde Substanzen zu reagieren.

Martin hatte keine Probleme mit Allergien, dann schon eher mit Kopfschmerzen, die wegen zu viel Alkoholischem auf sich aufmerksam machten und dann nervten. Er kannte aber weder epileptische Anfälle noch die Gefühlswelt bei Migräneschüben, bei denen man das ganze Weltall vergessen soll.

Martin kannte das Gefühl, alleine zu sein, nur war es nicht immer ein anderer Geist, der einen einnahm?

War Einsamkeit nicht ein großes Problem? Er war ein Mensch und war es deswegen schwierig mit Menschen umzugehen? Warum verfolgte eine Spezies sich selber? Doch nicht etwa, um den Pool der Gene, die im Spiel waren, zu trimmen und in einer fragwürdigen Weise zu optimieren? Wieso bedurfte man vor seinesgleichen soviel Maskerade, soviel taktisches Gespür, soviel Veranlagung zur Lüge und Selbsttäuschung?

Er hatte wohl immer Schwierigkeiten gehabt, sich in Gesellschaft anzupassen und selbst wenn er, euphorisch genug, dazu bereit war, sich in eine Menge einzufinden, so geschah doch immer irgendetwas, was den Spaß verdarb und unangenehme Gefühle heraufbeschwor, sodass er mit irgendetwas in Konflikt geriet. Er beherrschte dieses Spiel der Selbsttäuschung, der Selbstaufgabe bei gleichzeitigem Durchsetzungsvermögen, die Bildung eines gemeinsamen Nenners - und bei vielen war der primitiv - nicht.

Aber auch wenn es einfach schien, sich auf gemeinsame Vorurteile einzuschießen, ein bisschen Phantasie war schon verlangt, sie noch platter, diskriminierender und vernichtender zu machen, Martin konnte dem nichts anderes abgewinnen als einen üblen Nachgeschmack und dieser war verbunden mit einer inzwischen routinierten Übung darin, dass Kotzen zu unterdrücken.

Die KZs und Vernichtungslager waren nicht von einem Volk von Eigenbrötlern und Einzelgängern betrieben und geduldet worden, sondern von einem mit übersteigerten Nationalbewusstsein, welches ein Synonym für eine allgemeine Anpassung an besonders üble Vorurteile ist. Vorurteile, die sich gegen andere Gruppen richteten, deren gemeinsamer Nenner noch nicht soweit abgerutscht war. Wie absurd, dass die Anpassung, der gemeinsame Deckel, den die Menschen sich verpassten, sie veranlasste, sich gewalttätig gegen die zu richten, die sich unter einem anderen Deckel zusammengefunden hatten.

Bestand also für Martin nicht die Gefahr, einem Lynchkommando anzugehören? Oder wäre er durchaus in der Lage, im falschen Moment, aus einer hin und wieder schwierigen Einsamkeit heraus, sich einem Anpassungsdruck zu unterwerfen, der ihn zu einem gestörten Verfolger machte?

Er wollte sich aber auch nicht im Lager der gestörten Einzelgänger sehen, die ihre Isolierung und die Immunreaktion der Gesellschaft gegen sie mit Perversion und schlimmstenfalls mit blinder, individualistischer, vielleicht bestialischer Gewalttat zu überwinden, zu kompensieren oder fortzuführen suchten.

Martin sagte sich, dass es nichts brachte, mit diesen Extremen zu argumentieren, um die eigene Schieflage zu diskutieren oder gar zu rechtfertigen. Leiden, auch wenn für ihn dieses Wort nur selten zutraf, war nicht zu rechtfertigen. Einstecken musste man können, Enttäuschungen wegstecken, eine natürliche Taubheit für Schläge und Stiche entwickeln, um weiter mitspielen zu können, mit kleinen Hoffnungen, es könnte irgendwann gut sein.

Das ist es ja auch manchmal, zum Beispiel dann, wenn man verliebt ist und jenen Ballast aus Verbarrikadierung und taktischer Isolation fallen lässt; ein Zustand, bei dem es nun gelingt, der übrigen Welt offener und freundlicher entgegenzutreten und man vieldeutige Kommentare wie "Bist du verliebt?" empfängt und das selbst dann noch, wenn man sich zu zweit von den anderen zurückzieht; ein mitunter unwirklicher Zustand, der sich dann auch meist wieder schnell verflüchtigt.

Verliebt hatte sich Martin selten. Es gab einige vergebliche Übungen, die nicht auf Gegenliebe gestoßen waren.

Die Kontakte zu Freunden wurden weniger und weniger herzlich, ließen das ehedem Verspielte vermissen und beschränkten sich schließlich auf "Besuche", die nicht nur deswegen selten gemacht wurden, weil mehr als hundert Kilometer alte Freunde voneinander trennten. Die Freundschaften waren weggebrochen, die Familie nervte nur manchmal, und da Martin keine Geschwister kannte, wurden die wenn auch für ihn seltenen Familienfeiern zur entfremdeten Ochsentour, bei der die Bezeichnung Schwarzes

41

Schaf für ihn zu freundlich gewesen wäre und bei der die Familie hin und her gerissen war, zwischen ihrem Bemühen um Zusammenhalt und dem Befremden über den Fremden in ihren eigenen Reihen. Mit Alkohol ließ sich mancherlei kompensieren, es machte unempfindlicher, aber auch aggressiver und kampfbereiter, und so hielt er Stellungen, die ihn mit klarem Kopf mindestens mit einer umgekehrt proportional zum Abstand im Quadrat wachsenden Kraft abgestoßen und mit ähnlicher Stärke angekotzt hätten und sich die Frage auftat, ob die Verhältnisse für alle dermaßen zum Kotzen waren, auf dass man sich bei gesellschaftlichen Anlässen mit Alkohol zuschütten musste. Schlussendlich bekamen selbst die Abstinenzler und Fahrer die durch den Alkohol veränderte Atmosphäre mit und konnten dem Treiben nun etwas abgewinnen.

Wenn schon unter Leuten, dann bitte besoffen, anders war das alles nicht auszuhalten. Die zunehmende Isolierung schmerzte, aber der Wunsch nach entspannter Beziehung zu seinen Mitmenschen stand alleine da ohne die Zaubermittel, ihn umzusetzen.

Der Traum von der allgemeinen Verliebtheit jedes Menschen in die anderen wurde nur in Ansätzen geträumt und war zu absurd, und wäre ein einfaches Menschenexemplar von dieser Art Krankheit stärker befallen gewesen, hätte es sich allgemeiner Lächerlichkeit ausgesetzt, die unweigerlich zu Verzerrungen im Verhalten - auch und gerade in dem des Kranken - geführt und aus dem Liebenden einen harmlosen Verrückten gemacht hätte, mit der guten Chance, an den bestehend bleibenden Verhärtungen zugrunde zu gehen. Obwohl es Menschen gab, die in kleinen Ansätzen diese Krankheit besaßen, war Martin gegen sie gefeit, aber manchmal träumte er davon, in einer großen Pandemie davon befallen zu sein, weil die gewollte Isolierung, der gewählte Rückzug und selbst die letzten alkoholisierten Vorstöße verbitterten.

Es wäre schon ausreichend gewesen und man hätte wunderbare Effekte erzielt, wenn gleichzeitig jeder nur in einen verliebt gewesen wäre. Eine unvorstellbare Euphorie hätte sich des Planeten bemächtigt, da nun das verliebt sein rein sein konnte und kein grauer Alltag es aufsaugen konnte, da die Herzen kein Grau mehr kannten. Einfach unvorstellbar, und soviel Martin wusste, ließ der zweite Hauptsatz der Thermodynamik einen solch unwahrscheinlichen Zustand nicht zu. Irgendwie war dieser vollkommen unrealistisch oder zumindest höchst instabil, weil unweigerlich alle Funken übergesprungen wären und zur kollektiven Verliebtheit geführt hätten, was immer auch das sein mochte. Diese setzte keine massenhaft vollzogene Sexualität voraus, aber ihr haftete etwas Unkonzentriertes und Oberflächliches an, vielleicht war es nicht viel mehr wie ein gemeinsamer Ecstasyrausch, jedenfalls ähnlich wie eine Droge, die oberflächlich glücklich und zugleich tiefenlos machte.

Des öfteren bewegten sich Martins Gedanken in diesem Kreis, aber angesichts eines Katers oder der Anwesenheit auf einem Raumschiff, auf das man entführt worden war, kreiste es gewöhnlich um anderes. Der Kater war also die Folge einer zu geringen Anpassungsfähigkeit und der schmerzliche Beginn einer Isolation, die freiwillig nur in der Verbindung mit Bier trinken aufgehoben wurde. Das Alleinsein jedenfalls ließ sich noch ohne Bier aushalten, nicht aber ohne Zigaretten.

Martin drehte sich folglich eine Zigarette, mit Tabak aus einem kleinen Tabaksbeutel, den kein UFO schmückte, sondern eine männliche Großkatze. Erst nachdem er die Zigarette gezündet hatte, sah er ein, dass sich kein Aschenbecher im Zimmer befand, aber er war durchaus bereit, auf den feinen Boden seiner Entführer zu aschen, der zwar aus einem ihm unbekannten, bunten Material bestand, sicher aber feuerfest war.

"Du weißt doch das Rauchen Schnickschnack ist!", meldete sich die Frauenstimme zurück. Hier in diesem, seinem Zimmer hätte er sie nicht vermutet. Es war ärgerlich, dass er überwacht wurde, aber vorerst stieß er sich mehr an der Ruhestörung. Selbst im Kosmos konnte man nicht alleine sein.

"Siehst du alles, was ich tue?" - "Es bleibt mir nicht viel anderes übrig", meinte die Stimme. "Ich habe ein Recht auf Intimität." - "Ich sehe nicht, wie ich dir diese nehmen könnte." Die Stimme kam ihm dummdreist. Er schwieg und rauchte verärgert seine Zigarette zu Ende. Auch die Stimme schwieg. Noch während Martin rauchte, schnitt er ein paar Grimassen und machte Faxen, um die ihn beobachtende Tonne oder wen auch immer zu provozieren. Die Stimme sagte nichts, als er auf den Boden aschte und auch nichts weiteres dazu, dass er sich kurz nach Ausdrücken der Ersten eine Zweite drehte. Von wegen Schnickschnack. Martin beruhigte sich mit dem Gedanken, dass nun mehr andere Gäste abgehört und beobachtet wurden. Diese Anwandlung kam ihm dann aber doch zu optimistisch vor, und mit einer durchaus praktischen Frage nach einer Kopfschmerztablette unterbrach er sein Schweigen. Die Stimme bedauerte, aber man müsse auch bereit sein, die Konsequenzen des eigenen Fehlverhaltens zu ertragen.

Bei soviel moralisierendem Gewäsch zog es Martin vor, weiter zu schweigen und weiterhin zu rauchen. Sein verkaterter Gedankenfluss über das Alleinsein war empfindlich gestört, es ließ sich alleine einfach besser über die Einsamkeit und die Isolation nachdenken. Big Sister lenkte seine Gedanken auf sich, aber vielleicht könnte er lernen, sie zu ignorieren und zu vergessen. Vielleicht, so hoffte er, brach ihre Unart, ungefragt dazwischen zu funken, nur selten aus. Sie war nicht zu sehen, also war sie nicht da.

Martin wollte sich aber nicht soviel Spaltungsirrsein unterstellen, dass die Stimme aus seinem Inneren kam und eine Einbildung und Projektion seiner selbst war, die letzten Reste guten Gewissens, die ihn vom schändlichen Rauchen abhalten wollte; aber keiner der Verrückten mit akustischen Wahnvorstellungen war ja bereit, an die Realität des Phänomens zu zweifeln, besonders dann nicht, wenn er schon tief in den Wahn verwickelt war. Dieses Raumschiff setzte aber durchaus den technischen Rahmen, um an Stimmen aus dem nirgendwo zu glauben, selbst dann, wenn sie mit niederländischem Akzent sprachen.

Längeres Schweigen gab den kurzen Dialogen etwas durchaus Irreales, sodass sich das Gefühl einschlich, alleine und doch nicht alleine zu sein, ein Gefühl, welches sich auch in Mietwohnungen einstellen kann.

- 9 -

Trotz der merkwürdigen und vielleicht gefährlichen Situation fanden alle ihren Schlaf. Dieser Umstand war wohl dem friedlichen Verhalten der Tonnen zu verdanken, die sich in keiner Weise aggressiv gebärdeten, auch wenn sie nervten, wenn sie nachdrücklich die Nikotinsucht verurteilten. Die bizarre Situation aber setzte sich in den Träumen der Entführten fort, die besonders farbenfroh, plastisch und phantastisch gerieten.

Nur die Träume von Tobias besaßen einen gewissen männlichen Realismus, denn er träumte von Salmas Brüsten. Er vergrub in ihnen seinen Kopf und leckte an ihnen. Salma hatte ganz und gar mütterliche Züge. Tobias fühlte sich sauwohl, lobte Salma, und die Blicke, die er den spitzen Kegeln der extraterrestrischen Bardame zuwarf, bedeuteten ihm nicht wirklich etwas. Der Traum brachte ihn nicht in Bedrängnis, stellte sein Schwulsein nicht infrage, denn auch der wache Tobias wünschte manchmal weibliche Weichheit, und er verstand sich mit Frauen ausnehmend gut.

Diese hatten von ihm nichts zu befürchten, er hingegen fürchtete sich schon etwas vor weiblicher Sexualität, und seine selten gemachten Annäherungen beschränkten sich auf den harmlosen Wunsch zu schmusen. War es Neugierde oder verborgene Bisexualität, an Weiteres zu denken? Er hatte es bisher nicht gewagt, das ihm Unmögliche in die Tat umzusetzen. Er wagte es auch nicht in diesem Traum, und Salma forderte nichts von ihm. Es geschah also nichts in diesem Traum, worüber man sich hätte Sorgen machen müssen. Tobias war Realist und offensichtlich hatte er seine Träume im Griff.

Zum Frühstück gab es Marmeladenbrötchen mit Milchkaffee. Da die Gäste aus einer ausgesprochenen Kaffeekultur stammten, gab es Beanstandungen und Gemurre. Allerlei exotische Konfitüren, aber auch Erdbeermarmelade für Diabetiker und Schlankheitsfanatiker wurden angeboten. Bis auf Petra gab es unter den Entführten keine Gegner des Zuckermoleküls, sodass der größte Teil der Diätmarmeladen verschmäht und daher von einer bediensteten Tonne von der Theke geräumt wurde.

Schwester Stefanie betete ein Tischgebet, bedankte sich bei Gott für Brot und Gaben, was die Stimme veranlasste zu sagen, dass dies zu viel der Ehre sei. Stefanie trank am Kaffee mit dem Bewusstsein, dass dies nun ein durch und durch christliches Getränk war, gedacht um die Lebensgeister für den Tag zu wecken. Mit etwas Koffein im Blut fiel es ihr leichter, Gott zu dienen.

Tobias machte Yogaübungen und grinste Salma an, da ihm sein Traum einfiel, während dessen diese es sich von den

46

Tonnen und der mysteriösen Stimme nicht nehmen ließ, noch am Brötchen kauend, eine Zigarette zu rauchen, die sie sich von Manfred geschnorrt hatte. Sie war so auffällig geschminkt, als gelte es, von den Anwesenden die letzte Mark lockerzumachen. Ihr Schminkzeug, sowie das schwarze Miniröckchen, das sie an diesem Morgen trug, hatte sie in ihrem Zimmer vorgefunden. Auch die stark begrenzte Auswahl an Dessous, Strümpfen, mit anderen Worten die Arbeitswäsche, war unzweifelhaft ihre, was wiederum darauf schließen ließ, dass die Tonnen in ihr Wohnmobil eingedrungen waren.

Schwester Stefanie schwieg sich über ihre Unterwäsche aus und sah so aus wie immer. Sie hatte wieder ein reines, ungeschminktes Gesicht voller Schönheit, dessen Glanz den aller Galaxien übertraf, und bei dem man sich im Übrigen nicht festlegen konnte, ob es nun Dummheit oder Sanftmut ausstrahlte. Schwester Stefanie war nicht dumm. Sie war Landesjugendmeisterin im Schach, spielte perfekt Memory, verstand sich auf Algebra und heikle Fahrradreparaturen und konnte mehr als hundert Bibelzitate herunterbeten.

Manfred hatte ein Auge auf sie geworfen, obwohl sie schon über siebzehn war. Zurzeit ein wenig schüchtern, gab er allein der schließlich nicht ganz reizlosen Salma Zigaretten und nicht Stefanie. Diese erschien ihm so rein und unschuldig, während Salma für ihn den Makel hatte, zu alt zu sein und es zu oft gemacht zu haben.

Stefanie wäre nie auf die Idee gekommen, noch während des Gebetes oder dem Genuss von Marmeladenbrötchen sich eine anzustecken. Sie konnte sich aber, mit Marmelade im Mund, vorstellen, nach dem Frühstück Martin nach seinem Tabak zu fragen.

Petra war so unauffällig wie ihr Make-up, trank Tee und bevorzugte Diätmarmelade. Sie sagte wenig, war aber eine aufmerksame Beobachterin. Manfred beschwerte sich darüber, dass es für ihn nur zwei Brötchen gab, aber die Gastgeber ließen nicht mit sich reden. Es erschien ihm wie ein Wunder, dass ihn Schwester Stefanie anlächelte und ihm ihr Zweites anbot. Die beiden konnten sich zugleich ein erstes Mal tief in die Augen blicken und nun, jenseits des Van-Allen-Gürtels und der Planetoiden, konnte jeder sehen, wie rosa Herzchen aus den Augen von Manfred auf Stefanie zuflogen. Die Anwesenden sahen darin eine Art Halluzination, und keiner äußerte sich über das Phänomen, das hin und wieder, eher selten, auf Raumschiffen auftreten kann.

Schwester Stefanie, aber auch Manfred erröteten leicht und Tobias machte Witze über Probleme und Umständlichkeit der Heteros. Salma hatte wegen der Herzchen wieder laut aufgelacht, und Petra bot ihr zweites Brötchen den Bedürftigen an. Manfred äußerte seinen Wunsch, sich sein drittes Brötchen mit Buko beschmieren zu dürfen. Man bedauerte erneut, aber man kenne lediglich Bukowski. Obwohl der zwar auch recht schmierig wäre und zudem auch zu viel geraucht hätte, handele es sich immerhin um einen Literaten, den man unmöglich auf einem Brötchen genießen könne. Dann rezitierte die Niederländerin eine kurze exemplarische Passage, die von Bierbüchsen und Zigaretten handelte, aber überhaupt nichts mit Brötchen und Käse zu tun hatte.

Nach Verspeisung ihres Brötchens bekreuzigte sich die Schwester und fragte Martin höflich nach seinem Tabak. Tobias wollte wissen, ob sie einem Bettelorden angehöre. "Nein, das nicht", klärte sie ihn verlegen auf. Die weibliche Stimme erzürnte, aber Gott hielt sich wohl raus, denn da sie tief in sich die Überzeugung hatte, dass Gottes Stimme eine männliche sei, kam sie noch nicht auf die Idee, es könne Gott sein, der da zu ihr gesprochen hatte. Wenn sie ansonsten auch durch und durch autoritätshörig war, zeigte sie in dieser merkwürdigen Situation ein gewisses Rebellentum; das heißt, sie schloss sich ihren rauchenden Gefährten an. Wozu hatte Gott die Tabakpflanze auch wachsen lassen?

Die Stimme empfahl, das Rauchen langsam einzustellen, zumal ihre Vorräte sowieso bald aufgeraucht und ohnehin mit den schlimmsten Entzugssymptomen bei den vier Rauchern zu rechnen wäre. Es gäbe zudem keine weiteren Tabakprodukte an Bord und erst recht nicht auf dem Planeten, den sie ansteuern würden; denn dort wäre die Tabakpflanze nachdem sie ins botanische Museum gewandert, aus selbigen dann von gerissenen Gendieben entwendet worden, um mit ihr in die Weiten der Galaxis zu entfliehen. Das alles wäre vor 500 Millionen Jahren passiert, und kein Pflänzchen wäre je auf dem Planeten nachgewachsen, da ausgebildete Gärtnerinnen es bestens verstanden hätten, derlei Unkraut nicht mehr aufkommen zu lassen.

Den Kettenrauchern saß, angesichts dessen, der Schrecken im Nacken. Man war sich einig, dass es sich bei diesem Planeten alles in allem um einen äußerst dämlichen Planeten handelte. Die Stimme räumte dann ein, dass man möglicherweise auch einen anderen Planeten anfliege und dass die erzählte Geschichte in den Bereich der Legenden gehöre. Es sei zugegebenermaßen aber eine schöne Geschichte, in der das Gute in Gestalt der unzähligen Gärtnerinnen gewonnen hätte.

Welche Alternativen verblieben, die morgendlichen Hustenanfälle herbeizuführen? Wie kam man zu seinem Auswurf, dem grünlich-bräunlichem Schleim, den sich der Raucher so herbeiwünschte wie den weiß-gelblichen Samenerguss, der augenfällig von ähnlicher Konsistenz ist? Die Synapsen würden Amok laufen, nach Nikotin japsen und Stresshormone aktivieren. Wozu sollte so etwas gut sein? Die Synapsen würden eine aufgezwungene Hungerkur erleiden und blind weiteren Stoff erbeten, aber sie bekämen keinen. Sie würden sich in keiner Weise als lernfähig erweisen mit der Zeit würde sie eine sonderbare Amnesie befallen, die ihnen erlauben würde, ihre Alltagsgeschäfte weiterzuführen ohne eine Erinnerung oder ein Denken an Nikotin. Bestenfalls ein kollektives Bewusstsein an frühere Jugendsünden würde bestehen bleiben.

Die drohenden Schatten auf der Lunge hätten sich verzogen, niemand und keine Zigarette würde den Körper mehr von einem zu viel an reinem Sauerstoff schützen, und bedauerlicherweise konnte man das Resultat, eine Form überschüssiger Aktivität nicht länger abhusten.

- 10 -

Manfred entwickelte ein gewisses Interesse an dem Ziel ihrer Reise. Er konnte es nicht glauben, dass es Planeten mit Biosphäre, aber ohne Tabakpflanzen geben konnte. Er glaubte schlichtweg an die universelle Präsenz der Blätter, insbesondere an die des Tabakblattes. Im Universum kamen überall die gleichen Formen vor; das Universum war eine Kette von Ähnlichkeiten, und es waren nicht verborgene physikalische Gesetze, wenige an der Zahl, die überall ähnliche Strukturen erzeugten, nein, die Ähnlichkeiten reproduzierten sich selber. Wenn es auch seit mehreren Hundert Millionen Jahren auf dem Planeten keine Tabakpflanze gab, musste es dort zumindest etwas geben, dass der Tabakpflanze ziemlich nahe kam.

"Wohin soll die Reise denn nun gehen?", fragte er neugierig ins nirgendwo. Er hatte immer noch nicht entdeckt, wo die Lautsprecher steckten, aus denen die Stimme kam. Als Radio-Fernseh-Techniker hatte er ein natürliches Interesse an solchen Problemen. Die Stimme schien wirklich von überall und nirgendwo zu kommen, es waren also eine ganze Reihe von Lautsprechern beteiligt.

50

"Das Sonnensystem, dass wir vermutlich aufsuchen werden, wird von ihren Astronomen Lalande 21185 bezeichnet. Es ist das viertnächste System von ihrer Erde aus betrachtet und liegt im Sternbild Luftpumpe."

Das sagte den Gästen alles recht wenig. Es war einigen lediglich bekannt, dass das nächste Sonnensystem Alpha Centauri hieß. Manfred wusste allerdings, dass A.C. kein einfacher Stern war, sondern ein Mehrfachsystem. Vom Sternbild Luftpumpe hatte jedoch nie jemand etwas gehört. Die wenigen Astrologiekenntnisse von Petra reichten gerade aus, um auszuschließen, dass dieses Sternbild Einfluss auf ihr Schicksal nehmen konnte.

Tobias konnte das nur bestätigen. Es handele sich bei der Luftpumpe um keines der Zeichen, die sich zwischen die Tierkreiszeichen gedrängt hätten. "Wir haben einen schicksalslosen Weg vor uns", kommentierte er die Lage. Des weiteren diskutierte er die Idee, den Einfluss der Sterne umzudeuten.

"Ohne Tabak wird dieser Lalande einen ganz schönen Einfluss auf uns haben. Gibt es denn dort wenigstens Bier?", fragte Martin.

Die Stimme beruhigte ihn, während dessen Manfred anfing, an eine Verschwörung zu glauben. Kein Tabak, dafür aber Hopfen? Er mied den Hopfen aufgrund seiner ordinären Blattform und somit mied er Bier. Der Kaffee hatte die Phantasie der Gäste angeregt, sodass weitere Fragen gestellt wurden.

"Wie lange wird unsere Entführung dauern?" - "Was ist der Zweck unserer Entführung?" Fragen nach Entschädigung kamen auf, und ob ihr persönlicher Zeitverlust nicht durch eine Zeitmaschine rückgängig gemacht werden könnte. Die Stimme bedauerte: "Wir verfügen leider nicht über die Technologie der Zeitreise. Diese ist zwar prinzipiell möglich und unsere Techniker arbeiten dran, aber es ist wohl ziemlich unwahrscheinlich, dass nach Ablauf unserer Reise eine Zeitmaschine zur Verfügung steht. Und um irgendwelchen Schnickschnack vorwegzunehmen: Es gibt auch keine diskreten Wahrscheinlichkeitsverstärker oder Ähnliches. Die Dinger sind theoretische Hirngespinste. Sie entstammen der Phantasie irdischer Schriftsteller, die diese benutzen, um ihre Ideen und Handlungen glaubwürdiger zu machen."

Manfred unterbrach die Ausführung von SIE. "Ist euch niemals die Idee gekommen, dass dies alles hier ziemlich unwahrscheinlich ist. Ich meine jedoch nicht "Hier", wobei man wissen sollte, dass "Hier" eine sehr komplizierte Angelegenheit ist. Die meisten Leute wollen "Hier" sein und sind dabei unfähig zu sehen, dass die Erfüllung dieses Wunsches sie vom gesamten Universum trennen würde. Und obwohl alles zusammenhängt, laufen die Hier-Menschen mit der Illusion des Getrennt-Seins durch die Gegend. Nein, man braucht nur mit offenen Augen durch die Umgebung zu latschen, sozusagen offen für die Schönheiten und Wunder der Natur zu sein, um festzustellen, dass alles ziemlich unwahrscheinlich ist. Die Welt ist überaus aberwitzig und so intelligent aufgebaut, eben dermaßen unwahrscheinlich, dass irgendetwas Ähnliches wie ein Wahrscheinlichkeitsverstärker am Zug sein muss. Es gibt Zufälle, die können einfach kein Zufall sein. Etwas anderes steckt dahinter. Mehr sage ich nicht dazu."

Tobias, in esoterischen Angelegenheiten vielseitig bewandert, zeigte sich nachdrücklich an Manfreds Ausführungen interessiert, kam aber mit seinen Fragen vorerst nicht zum Zuge, da Salma SIE vorrechnete, wie viele Ausfälle sie zu beklagen hätte. Jeder Tag würde sie fünfhundert Mark kosten. "Wer bezahlt mir das alles?" SIE wusste darauf eine Antwort. "Es besteht doch für dich die Möglichkeit, an Bord zu arbeiten." Salma schaute in die Runde. Besonders zahlungskräftig sahen sie allesamt nicht aus. Dennoch gaben sie bereitwillig Auskunft über ihre aktuelle finanzielle Situation. Martin hatte noch etwa dreißig Mark in der Tasche, bei Petra und Manfred waren es jeweils um die zwanzig. Stefanie und Tobias waren mittellos und die meiste Kohle besaß Salma, die die Scheine irgendwo am Körper kleben hatte. Sie aber wollte niemanden kaufen. Kurzum: Das Geld der anderen reichte hinten und vorne nicht, um Salmas Verdienstausfall zu kompensieren.

"Das soll wohl ein Witz sein?" - "Vielleicht haben die Anwesenden ja Kreditkarten", antwortete SIE. Doch keiner der Anwesenden hatte eine Kreditkarte, schon gar nicht Schwester Stefanie, obwohl sie wirklich gerne eine gehabt hätte, weil sie eine Fernsehwerbung für eine Kreditkarte mit einer Nonne so schön fand.

"Wie zahlungskräftig sind denn deine Tonnen?", hakte Salma nach. Offensichtlich nahm sie an, dass die Holländerin die Chefin der Tonnen war. "Die Roboter verdienen nicht viel. Im Übrigen sind sie an keiner Form von Sexualität interessiert und würden ein solches Interesse nötigenfalls auch nur vorheucheln. Das wäre dann aber als Dienstleistung zu werten und hätte seinen Preis." Mithin waren die Tonnen keine potentiellen Kunden von Salma, sondern mögliche Konkurrenten. Aber wer in aller Welt wollte eine Tonne besteigen? Tobias lächelte Salma an, als wolle er signalisieren, dass er es mit einer Tonne treiben könnte, wobei für seinen Geschmack die als Bardame arbeitende Tonne aber weniger infrage kam.

Mit größtem Überlegenheitsgefühl schielte Salma auf die Bardame. Die würde wahrscheinlich für die vorhandenen Scheine arbeiten, während sie selbst für das vorhandene Geld gewöhnlich noch nicht mal die Finger krumm machte. Salma gab der Stimme zu verstehen, dass sie sich selber verarschen könnte. Dann stellte sie sich die Frage, ob SIE nicht ein Interesse an ihr haben könnte, vielleicht zahlte sie ja für eine Voyeursnummer.

"Schätzchen hast du denn Interesse an mir?" SIE verstand richtig, musste aber bedauern, dass ein solches für ein Computerprogramm jenseits seiner Möglichkeiten läge, da es ihr zudem an ausführenden Organen ermangele.

Die Menschen erschauerten. Die Hoffnung, ihre Isolierung zu überwinden, auf ein anderes, lebendiges Selbst zu treffen, das jenseits des Horizonts ihres eigenen Planeten seine Herkunft hatte, waren zerplatzt, statt dessen hatten sie es allenthalben mit seelenlosen Automaten zu tun, mit Maschinen.

Martin fragte SIE (eine Bezeichnung, die nun an Berechtigung verloren hatte), ob sie intelligent sei und Bewusstsein hätte. SIE entgegnete, sie hätte eine durchschnittliche Intelligenz, für Menschen würde sie allemal ausreichen, und sagte dann bedeutungsschwer: "Ich weiß nicht, ob ich Bewusstsein habe!"

Diese Aussage erschien Stefanie paradox. "Das kann doch gar nicht sein", rief sie dazwischen. "Wenn man ein Bewusstsein hat, dann weiß man es auch. Man ist sich seiner selbst bewusst, wozu auch gehört, dass man sich bewusst ist, bewusst zu sein; während, wenn man kein Bewusstsein hat, aber mit Intelligenz ausgestattet ist, messerscharf schließen müsste, dass man kein Bewusstsein hat, weil man es ja sonst wüsste. Somit lässt die Aussage auf einige Dummheit schließen und ist in sich widersprüchlich."

"Kann denn eine Maschine, die nicht bewusst ist, irgendetwas wissen?", fragte Martin in die Runde. "Ich sehe da kein Problem", sagte SIE. Sie hatte sich fortan dazu entschlossen, Zurückhaltung zu üben. Es war auch kaum zu erwarten, dass sie von den Menschen etwas über ihre Natur erfahren würde, zumal sie solche Fragen auch nur wenig interessierten.

Martin fand einen weiteren Einwand. "Man kann sich doch nicht alles bewusst sein. Wozu gäbe es dann das Unbewusste. Und die Dinge, die man weder bewusst noch unbewusst verarbeitet, gibt es doch auch, weil sie zum Beispiel ganz einfach woanders stattfinden." An dieser Stelle unterbrach Manfred Martin. "Jetzt bist du wieder beim - Hier - !" Martin ignorierte diesen komischen Einwand.

"Da man sich nicht alles bewusst sein kann, kann doch gerade das Bewusstsein über das Bewusstsein fehlen."

Tobias lachte auf. Die Trennung zwischen Bewusstsein und Unbewusstem sei rein willkürlich, wie überall wären die Übergänge fließend und die reinen idealisierten Zustände, bewusst und unbewusst, wären das Erbe des Schwarz-Weiß-Denkens des christlichen Abendlandes. Noch nicht mal auf dem Papier wären die Zustände rein und die Versuche, sie zu definieren, gingen bereits völlig an der Wirklichkeit vorbei.

Stefanie widersprach Martin. "Das Bewusstsein über sich selber ist doch nur eine triviale Gedächtnisleistung, einfach die bewusste Erinnerung an ein vergangenes bewusstes Erleben, die Erinnerung daran, etwas bewusst erlebt zu haben. Dann braucht man nur noch ein bisschen Intelligenz und weiß, dass man Bewusstsein hat. Dieses Minimum an Intelligenz besitzt aber die Maschine, also ist ihre Aussage paradox."

Manfred sagte sich, dass es taktisch geschickter wäre, Schwester Stefanie nicht zu widersprechen. Salma konnte sich nur wundern, wie man sich in ihrer Situation mit so einem philosophischen Mist beschäftigen konnte. Sie konnte sich dies nur mit einem fehlenden Realitätssinn bei Nonnen und Männern erklären und fragte die Bedienung, ob sie einen Wodka haben könnte, der ihr daraufhin in Rechnung gestellt wurde.

Man war sich uneins darüber, ob man SIE Bewusstsein zu-
sprechen sollte, wollte von ihr wissen, ob noch mehrere
Programme von ihrer Art an Bord wären, mit denen man so
schön quatschen könnte und die gewiss zur Unterhaltung
hätten beitragen können.
"Nein, für die Gäste stehen nur einige Roboter, ich und
Real World zur Verfügung!" - "Was ist Real World?", fragte einer.

- 11 -

SIE machte eine kurze Ansprache: "Real World ist ein auf-
wendiges Simulationsprogramm, mit denen Sie sich in ihre
Heimat zurückversetzen können. Die Simulation stimmt
fast bis ins Detail. Sie können sich in Ihrer Heimatstadt als
Mensch unter Menschen bewegen. Sie können es als Spiel
auffassen, aber es geht bei diesem Spiel um nichts. Für Sie
ist es wahrscheinlich eine willkommene Gelegenheit, die
bestimmt befremdliche Atmosphäre dieses Raumschiffes
für ein Weilchen zu verlassen und sich in der vertrauten
Umgebung Ihrer Stadt zu bewegen. Sie werden mit Problemen konfrontiert, die sie schon zur Genüge kennen. Der
Zugang ist natürlich nicht ganz ohne Kosten für Sie, da die
Simulation sehr aufwendig ist. Die Kosten sind aber weit
unter den sonst üblichen Gebühren für interstellare Fernge-
spräche."
Die anwesenden Tonnen applaudierten nach der Rede. SIE
fühlte sich etwas geschmeichelt und gestand, sie habe diese
frei gehalten, ohne vom Blatt abzulesen. "Ist das ganze
denn gefühlsecht?", wollte Tobias wissen. "Ja, in jeder Hinsicht, Sie haben alle ihre fünf Sinne ohne jede Verfrem-
dung zur Verfügung. Sie werden Hunger spüren, ihren Ge-
müseauflauf genießen, falls sie sich diesen leisten können.
Sie können sich einen Walkman aufsetzen und die Sinfoni-

56

en von Shostakovich hören, ihr Tastsinn erlaubt es, die Blindenschrift zu lernen oder an anderen Körper zu fummeln, dabei können sie sexuelle Erregung verspüren und an Schlaflosigkeit leiden. Es ist alles von Ihrer gewohnten Realität nicht zu unterscheiden. Natürlich können Sie auch Drogen nehmen, deren Wirkungen realitätsnah simuliert werden, aber davor kann ich nur warnen. Sollten sie zum Beispiel von ihrer Polizei verhaftet werden, wird es kaum Gelegenheit geben, die Möglichkeiten des Spiels auszunutzen, und theoretisch könnten sie bis ans Ende ihrer Tage in einer Zelle versauern. Bei einem natürlichen oder unnatürlichen Ableben tragen sie selber die Konsequenzen."

"Geil",war Tobias Reaktion, obwohl er sich nicht für Computerspiele interessierte.

"Könnte es passieren, dass ich während meines Besuchs von einer außerirdischen Raumschiffbesatzung entführt werde, ein Gefangener des Raumschiffs werde, mit der Möglichkeit dort ein Spiel wie Real World zu spielen?", wollte Martin wissen. Manfred grinste in sich hinein und meinte, ohne weitere Beachtung zu erregen: "Dat is he!"

SIE überlegte einen Moment und räumte ein, dass eine solche Entführung möglich sei, fügte aber dann noch -duzend-hinzu: "Ihr wisst doch selber, wie unwahrscheinlich eine Entführung durch Extraterristen ist? Es ist viel wahrscheinlicher für euch an einer durch eine Tafel Schokolade verursachten Verstopfung zu sterben oder mit den aus Verdauungsproblemen resultierenden Fürzen das Morsealphabet zu üben."

Tobias konnte nicht anders, er musste widersprechen; die anderen verweilten währenddessen in einer gewissen Sprachlosigkeit, da sie sich mit dem Hier und Jetzt und ihrer merkwürdigen Situation auseinandersetzten. "Entführungen durch Ufos sind doch heute an der Tagesordnung, wenn sie es nicht schon immer gewesen waren." Tobias erzählte die Geschichte eines amerikanischen Schwulen, der sein Coming Out gehabt hatte, nachdem er von Außerirdischen entführt worden war.

"Die alten Mystiker, sie alle, haben in das Licht eines Raketenrückstoßes geschaut. Selbst Hildegard von Bingen hat ihre Melodien auf einem Synthesizer in einem UFO komponiert und die fremdartige Umgebung genutzt, um ihr Gelübde zu brechen"; er lachte dreckig.

"Du hast von der Heiligen Hildegard überhaupt keine Ahnung", konterte Stefanie, fiel dann aber wieder in eine Sprachlosigkeit zurück, die ganz gut zu den Weiten des unendlichen Vakuums, das sie gerade durchflogen, passte.

"Dat is he", meldete sich Manfred zurück. "Ich verstehe deine Äußerung nicht. Was meinst du damit?", fragte SIE nach." "Hier" beziehungsweise "he" ist überaus schwierig zu erklären", sagte der Techniker. "Im Gegensatz zu "Jetzt", wenn man nicht an die Relativitätstheorie glaubt."

Tobias konnte und wollte seine Lacher nicht unterdrücken.

"Dat is he", wiederholten einige der Tonnen, so als wollten sie neue linguistische Formen einüben. Es war für die Gäste immer noch schwierig, die Tonnen, mit Ausnahme der Bardame und der Bedienung, voneinander zu unterscheiden, es standen ja auch keine Namenszüge auf ihren Oberkörpern.

"Ich kann mir den Scheiß nicht mehr anhören", sagte Petra resolut. "Ich weiß gar nicht, warum ihr euch mit diesen Verbrechern noch unterhaltet. Sie haben uns entführt und spielen ein beschissenes Spiel mit uns." Dann wandte sie sich an den Chef der Kidnapper-Bande.

"Gemeine Entführer seid ihr. Dass was ihr macht, verstößt gegen die Menschenrechte. Niemand gibt euch ein Recht, auf diese Weise in unser Leben einzugreifen. Wir haben Partner, Verwandte und Freunde auf der Erde, die uns vermissen, die sich um uns grenzenlos sorgen". "Mein Zuhälter wird sich nicht viel dabei denken, dass ich mal für ein paar Tage weg bin", rief Salma.

"Danke Salma, dass du mir in den Rücken fällst. Für manche Menschen ist wohl eine Entführung durch Außerirdische noch zu viel des Guten". Die Angesprochene und Tobias schauten gleichermaßen beleidigt aus der Wäsche.

"Niemand hat das Recht mich zu entführen, weder irgendwelche RAF-Terroristen noch daher geflogene Außerirdische. Selbst der Papst nicht." Sie begann sich zu ereifern: "Ihr seid Scheiß-Verbrecher!"

Petra heimste sich ein paar bewundernde Blicke von Martin ein, die sich aber nicht auf ihre Jeans und ihr pummeliges Äußeres bezogen. Seine Wut war bereits verflogen und er konnte sich auch nicht mehr richtig vorstellen, dass es mit einer Frau namens Bea geklappt hätte. In Petras Worten lag genau das, was er hätte sagen müssen, als er wütend war. Im übrigen war er sich nicht sicher, ob er es nicht in ähnlicher Weise schon gesagt hatte.

Stefanie versuchte zu vermitteln. "Erstens, wir wissen doch gar nicht, ob sie schuldfähig sind und sie wissen zweitens nicht, ob sie ein Bewusstsein haben. Und ohne Bewusstsein, sind sie, drittens, nicht schuldfähig."

Stefanie fand es immer noch reichlich paradox, dass SIE diese Frage nicht beantworten konnte, aber um auf die seltsamen Umstände Rücksicht zu nehmen, wollte sie sich ein wenig Zeit lassen, diese Frage endgültig zu beantworten. Möglicherweise fielen ihr ja geschickte Testfragen ein.

Auch SIE unternahm an dieser Stelle den Versuch, sich zu entschuldigen. "Die Entführung ist ein bedauerlicher Fehler. Alles an Bord ist im Grunde ein Fehler. Man sieht das schon an Kleinigkeiten. Mein Akzent trifft z.B. nicht ganz die kölsche Mundart. Darüber hinaus bin ich mir nicht über mir selber im Klaren, unser Kurs ist widersinnig, geschlechtslose Roboter mit kegeligen Brüsten sind es ebenfalls. Selbst die Installation von Real World hatte eigentlich keinen Sinn, da eine Kontaktaufnahme mit den Menschen in den nächsten vierhundert Jahren zu vermeiden war. Gerade euch zu entführen war völliger Schwachsinn, zumal es keine zu rechtfertigenden Auswahlkriterien gab, um euch auszuwählen, aber dennoch wurdet ihr ausgewählt. Es handelt sich folglich um einen Programmfehler, den man nun mit allen Konsequenzen ausbaden muss"
"Aber wieso kannst Du die Dinge nicht rückgängig machen, wenn Du deinen Fehler einsiehst?", fragte Stefanie.
"Das scheint Teil des Fehlers zu sein", gab SIE zu verstehen.
Ein gewisses Unverständnis zeigte sich daraufhin auf den Gesichtern der Entführten. Hier bestand enormer Erklärungsbedarf.
"Es ist zwar nicht ganz so, aber sicher ähnlich. Ihr wisst, dass rauchen schädlich und unnütz ist, aber dennoch könnt Ihr es nicht lassen, und im Bewusstsein, einen noch größeren Fehler zu machen, steckt Ihr euch wieder eine an, womöglich noch nachdem ihr es euch zuvor, zwei Wochen lang, mühsam abgewöhnt habt."
Unter den Anwesenden verstand nun keiner, warum SIE das Rauchen ins Spiel brachte, und so stand ihre Aussage

ungeprüft und letztlich unverstanden im Raum. Sie verstanden es wohl als eine Art Entschuldigung.

Indem SIE sich nun an Tobias wandte, gab sie ihm nachdrücklich zu verstehen, dass kosmische Entführungen sehr selten, mithin sehr unwahrscheinlich wären. "Es sei denn, so fügte SIE hinzu, die anderen Ufos hätten geschickte Vorrichtungen, die verhindern, dass man sie wahrnehmen kann."
Martin verlangte ein Bier, für das er 2,50 DM zu zahlen hatte. Wie unbefriedigend das alles hier war, dachte er.
Immerhin schmeckte das Bier nach dem deutschen Reinheitsgebot, vielleicht sogar nach mehr. Er musste sich sogar eingestehen, dass das Bier unbeschreiblich gut schmeckte. So fragte er die Bedienung, ob er das Bier auch flaschenweise kaufen könne. Eine Flasche war für 3 DM zu haben. Er verlangte fünf Flaschen, sodass ihm noch etwas mehr als zehn Mark blieben. Auf den schwarzen Etiketten war eine unbekannte Spiralgalaxie abgebildet. Handelte es sich dabei um Etikettenschwindel? Martin kippte sein Glas runter und fragte Salma, nicht ohne Mut, ob sie mit ihm kommen würde, die aber verlangte dafür hundertfünfzig Mark. Da Salma unter den Entführten das meiste Geld besaß, war sie auch nicht auf Martins Spendabilität angewiesen. Ihre Möpse hatten einen größeren Wert als zwei oder drei Flaschen Bier.
Hier an Bord gab sich Martin irgendwie dreister als auf Erden.
Wenn er in diesem Moment die hundertfünfzig Mark gehabt hätte, würde er sie Salma grinsend in den Ausschnitt stecken.
Wenn Salma ihr Geld nicht unter die Leute brachte, konnte ein florierendes Wirtschaftsleben nicht angekurbelt werden und sie blieb weiter auf dem Trockenen. Wenn die Tonnen

und das Raumschiff keine Möglichkeit zur Arbeit anböten, müsste man eine eigene Wertschöpfung kreieren.

Petra machte mit ihrer unaufdringlichen Art und Weise einen leicht beleidigten Eindruck. Gerade als Martin sie einladen wollte, kam sie ihm zuvor und bestand darauf zu solch früher Stunde noch kein Bier zu trinken. Tobias schaltete sich ungefragt ein und ließ ihn wissen, er tränke zwar grundsätzlich keinen Alkohol - wegen einer Hepatitis - würde aber gerne mitkommen. Manfred lehnte dankend ab, Bier sei zu gewöhnlich und Martin sah sich schon mit den fünf Flaschen "Galaxy Nine" alleine auf sein Zimmer zurückziehen, da schaute er in das lächelnde Gesicht von Schwester Stefanie und irgendetwas sagte ihm, dass eine moderne Nonne raucht und Bier trinkt. Von Mönchen kannte er ja die innige Beziehung zum Alkohol, aber das eine solche auch von Nonnen gepflegt würde, war eine neue, spontane Erkenntnis.

Die Schönheit von Stefanies Gesicht überstrahlte immer noch den Glanz der Galaxis und war darüber hinaus jünger als die jüngsten Sterne der Milchstraße.

"Kommst du mit mir, Stefanie?" Er stellte die Frage in einem Ton, als wolle er Stefanie zu einer Weltreise bewegen. "Warum nicht?", meinte sie. Dies war doch der freundliche, ältere Mann, der ihr seinen Tabak zur Verfügung stellte.

Martin drückte ihr zwei Flaschen Bier in die Hände, verabschiedete sich von den anderen und ging grinsend voran. In seiner Kabine entschuldigte er sich bei ihr, weil sein Bett nicht gemacht war. Stefanie gestand, dass auch sie etwas unordentlich sei. Mit seinem Feuerzeug öffnete er zwei Flaschen Bier. Ihm fiel dann auf, dass im Raum keine Gläser vorhanden waren, aber Stefanie machte sich nichts draus, prostete Martin zu, setzte sich die Flasche an den Hals und nahm einen Schluck. Irgendwie schien die Frau in Ordnung zu sein. Man musste sie nur noch dazu bewegen, ihre komische Tracht abzulegen. Er drehte sich eine Zigarette und bot ihr seinen Tabak an.

"Ihr wisst doch beide, dass rauchen einer gefährlichen Geisteskrankheit nahe kommt", sagte SIE und natürlich störte dies das freundliche, stille Beieinandersein. War SIE auf Stefanie eifersüchtig?

"Du hast wirklich ein Talent, in den schönsten Augenblicken dazwischen zu platzen. Kümmere dich doch um deine eigenen Belange." SIE bekräftigte ihre Aussage, dass Rauchen eine der wenigen gefährlichen Geisteskrankheiten sei, die zum Tode führen würden.

"Rauchen ist gefährlicher als Syphilis." - "Syphilis ist keine Geisteskrankheit, sondern eine Geschlechtskrankheit." - "Rauchen ist überhaupt keine Krankheit, sondern ein Laster, aber ein durchaus harmloses, da es in keiner Weise die Grundfeste des christlichen Abendlandes und der Zivilisation gefährdet", sagte Stefanie.

"Mir ist durchaus klar, dass jemand, der an die Unsterblichkeit der Seele glaubt, moralische Erwägungen in den Vordergrund stellt und von körperlichen Gebrechen absieht. Was ist schon das Leiden eines Kehlkopfkrebserkrankten, der die Stimme verloren hat, dem das Wuchern die Luft nimmt, gegen die Glückseligkeit der himmlischen Ewigkeit. Sehe ich das richtig?" - "In etwa, Christus hat uns mit seinem Opfergang den Weg gezeigt, wie man körperliche Leiden überwindet, um in den Himmel zu seinem Vater zu fahren."

"Wir fahren gerade in den Himmel und hier ist weder ein Vater noch eine Mutter, nirgendwo". SIE scherzte in Richtung Stefanie: "Ist dir eigentlich schon in den Sinn gekommen, dass es Gott sein könnte, der zu dir spricht?" Ein überaus blasphemischer Gedanke. Dies würde bedeuten, dass Gott ein Programm mit einem nicht wieder gutzumachenden Programmfehler war und man nur einen noch versteckten Reset-Knopf finden und drücken müsste, um alles von vorne zu starten; wobei nicht auszuschließen, ja sogar anzunehmen war, dass alles von vorne beginnen und die Fehler wiederholt würden.

"Verschone mich mit deiner Häresie." Stefanie versuchte das Gespräch vorerst zu beenden und zündete sich ihre Zigarette an. Sie sah etwas krumm aus, aber das minderte nicht die Intensität, mit der Stefanie an ihr zog. Die Holländerin versuchte, ein Hüsteln zu imitieren.

Rauchen wäre halt nur ein Laster. Dafür würde sie sich keinerlei Perversionen hingeben. In Bezug auf körperliche Ausschweifungen, verteidigte sich Stefanie, hätte sie eine besonders gefestigte Ansicht.

Dieses "Galaxy Nine" schmeckte vorzüglich, und während SIE und Stefanie stritten, hatte er bereits seine erste Flasche geleert.

Martin glaubte entschieden nicht an Gott und hatte, was bestimmte körperliche Ausschweifungen betrifft, keine derart gefestigten Ansichten, denn er hätte sicher gerne an ihnen teilgenommen. Diese kamen in seinem Leben so selten vor, dass seine Gedächtnisschärfe nicht ausreichte, um sich genügend konkret an die letzte oder die vorletzte erinnern zu können. Mit den weihevollen kirchlichen Zeremonien konnte er sehr wenig anfangen. So fand er zum Beispiel, dass Stefanie statt ihrer Nonnenkleidung die Arbeitskleidung von Salma besser gestanden hätte, ergänzt durch ein wenig Farbe im Gesicht, welche dessen Glanz noch um einige astronomische Größenordnungen erhöht hätte. In ihrer unmittelbaren Gegenwart kam er sich doch reichlich alt vor und öffnete sich daher eine zweite Flasche Bier.

Es war ein Bier von feinster Qualität, eines, das vielleicht alles übertraf, was er bisher getrunken hatte. Und die Flaschen sahen einfach Klasse aus. Das schwarze Universum mit der Draufsicht auf eine weiße Spiralgalaxie, darunter der dezente Schriftzug mit "Galaxy Nine" und nur ganz klein der Hinweis, dass es sich um ein Bier nach Pilsener Brauart handelt, gebraut nach dem Reinheitsgebot von 1516, daneben ein Aufdruck der Prozente, mit 4.8 Prozent durchschnittlich.

Man soll 4.8 Prozent aber nicht unterschätzen. Kippt man sich zwei Flaschen eines Bieres wie "Galaxy Nine" in die Birne, so kann das Gebräu leicht über den Magen-Darm-Trakt wieder in den Kopf steigen und dort das Gefühl verbreiten, man sei Fallobst.

Die süßesten Früchte hingen aber noch ganz oben. Man müsste sich noch ein paar Flaschen "Galaxy Nine" besorgen, und dann würde Stefanie vielleicht zum Fallobst und versuchen, sich in den Niederungen der gewöhnlichen Bedürfnisse - unten liegend - weiter fallen zu lassen.

- 13 -

Martins Erwägung aus Schwester Stefanie sinnliches Fallobst zu machen - in gewisser Hinsicht war sie ja eine paradiesische, sündige Frucht, die allerdings viel zu hoch hing, um sie zu pflücken - war an und für sich ein guter Vorsatz. Noch blieb ihr Standpunkt fest und ebenso unreif, aber wenn man den Gärungsprozess, den eine Frucht befällt, mit Zufuhr von Alkohol aus "Galaxy Nine"-Flaschen beschleunigen konnte, warum es nicht versuchen? Wenn nur SIE nicht ebenso allgegenwärtig wie dummdreist gewesen wäre. Sprüche wie Sex ist Bullshit oder Schnickschnack kämen nicht gut und auch bei der Zigarette danach gäbe es garantiert einen dummen Spruch.

Aber wer wusste es schon, vielleicht würden ja durch entsprechende Mengen von "Galaxy Nine" nur Stefanies moralische Grundsätze beziehungsweise selbst ihr persönlicher Härtegrad in puncto Körperberührungen verfestigt und konserviert. Vielleicht würde sie sich mit einer Flasche begnügen, zu kichern anfangen und Bibelzitate aufsagen. Und er würde brav sein, sie anschauen und vielleicht einen anderen, ihm gnädigen, Gott anbeten, auf dass dieser ihm helfen mochte, dass sie ihre Schamhaftigkeit verlöre und in seine Arme fiele.

Die künstliche Schwerkraft sicherte jedenfalls, dass sie fallen konnten. Aber warum die Dinge überstürzen? Sollte sie ihn doch erst kennenlernen! Man könnte ja auch eine Diskussion über die Körperfeindlichkeit der katholischen Kirche führen, über deren merkwürdigen Kampf gegen die verbotenen Früchte, wohinter eine Paradiesfeindlichkeit stecken mochte. Die Kirche hatte es nicht so mit Früchten, aber Stefanie sah das sicherlich alles ganz anders. Dies wäre eine Diskussion, an der sich sowohl Tobias als auch SIE beteiligen könnten.

Nach diesen unverschämt weitgehenden Gedanken, die er sich aber erlaubte, weil sie sich so weit entfernt von der Erde durch die Fastschwerelosigkeit bewegten - Gedanken, die ihm die Bodenhaftung nahmen - grinste er Stefanie an, prostete ihr zu und wandte sich dann paradoxerweise an SIE.

"Was genau ist das für ein komisches Computerspiel, von dem du erzählt hast?"

In seinem früheren Leben waren die Computerspiele meist vor den Frauen gekommen, und wenn er dann allein und einsam im Bett zu anderen Beschäftigungen wechselte, war natürlich keine Maus im Bett, sondern nur ein archaischer Prototyp von einem Joystick.

"Real World übertrifft alles, was du kennst, weil du es nämlich kennst." SIE liebte es wohl, sich rätselhaft auszudrücken.

66

"Kann ich es jetzt spielen. Vielleicht zusammen mit Stefanie?" Stefanie zeigte sich interessiert. "Dann müsst ihr in den Spielraum", bot SIE einladend an.

Stefanie zeigte sich bereit und SIE gab eine kurze präzise Wegbeschreibung, die Stefanie nicht falsch verstehen konnte. Sie hatten zwanzig Meter zurückzulegen und durchquerten die Bar, in der die anderen noch saßen. Manfred fragte sich, wohin Stefanie mit dem Typ ging. Stefanie führte Martin in den Spielraum, denn er hatte die Wegbeschreibung von IHR nicht verstanden.

"Ihr müsst euch nur unter die Hauben setzten. Das erste Spiel ist frei."

Die Hauben erinnerten unweigerlich an antiquierte Trockenhauben, so wie sie früher in einer Reihe in Friseurläden standen. Stefanie und Martin setzten sich. Man hätte jetzt Händchenhalten können.

Auch dies kann äußerst reizvoll und aufregend sein, zumal wenn jeder Körperkontakt zum anderen Geschlecht, mit Ausnahme des warmen Händedruckes, tabuisiert ist, sodass ein Händedruck dann Ereignischarakter haben kann.

Die Hauben machten keinen Lärm. Ohne Weiteres begab sich Martin unter die Haube. Er hatte einen Scherz über grüne Männchen auf den Lippen, wollte zu Stefanie sprechen, da wurde es plötzlich Blau um ihn. Dass er die Sprache verloren hatte und ihn eine Lahmheit befiel, registrierte er nur am Rande. Er sah dieses Blau, dass dunkler wurde und als es schließlich schwarz um ihn war, hatte er das Bewusstsein verloren. Beim ersten Mal ist alles intensiver. Seine Gedanken kreisten um dieses und jenes und gerieten sofort wieder in Vergessenheit.

Dann hörte er Vogelstimmen. Er wunderte sich, entschloss sich die Augen zu öffnen und wurde von etwas geblendet, was sich kurz später als Sonne herausstellte.

"Ich glaub ich bin im Wald", war einer der ersten Gedanken von Martin und tatsächlich, er befand sich in einem Wald. Noch etwas verwirrt erhob er sich. Mit dem Zugewinn an Kopfhöhe sah er, dass er sich in unmittelbarer Nähe vom Leyenweiher befand, eins der Schmuckstücke seiner Heimatstadt.

Die räumliche Orientierung gelang leichter als die zeitliche, die um so mehr voraussetzte, dass sein Gedächtnis wieder funktionierte.

Bekanntlich ist das wach werden mit dem Wiedererlangen des Gedächtnisses verbunden. Man kann letztlich heilfroh sein, dass dies nicht ganz gelingt, dass man während des Schlafs unangenehme Dinge vergisst und somit allen Grund hat, weiterzuleben und sich auf den neuen Tag freuen kann!

Martin fiel ein Raumschiff ein, er erinnerte sich an Personen und Tonnen. Was für ein Traum! Er erinnerte sich an ein Spiel namens Real World. Hatte er sich nicht als Letztes in diesem Traum unter einer Trockenhaube gesetzt, um sich in eine Kunstwelt zu versetzen. Das schien ihm ein bisschen unheimlich, zu konkret, um es einfach als genialen Traum abzutun.

Er hatte in seiner Stammkneipe gesoffen, eine Frau namens Bea kennengelernt, das alles aber hatte sich drei Kilometer von hier abgespielt. War er so dermaßen fertig gewesen, dass er einen Filmriss hatte, im Delirium in seinen Wald gegangen war, um dort, in der Nähe eines seiner Lieblingsplätze seinen Rausch auszuschlafen? Er versuchte, seine jüngere persönliche Geschichte zu konstruieren, aber bekanntlich fällt es ja schwer, sich an solche Dinge, wie zum Beispiel, was man vorgestern zu Abend gegessen hat, zu erinnern. Oft gelingt dies nur nach intensivem Nachdenken und Raten. Er konnte sich überaus plastisch an den Park erinnern und an die Tonnen. Erstaunlicherweise bestand keine Lücke in seiner Erinnerung, und er suchte den Zeitpunkt, an dem der Filmriss hätte einsetzen können, vergeblich. Er erinnerte sich aber daran, dass er von einem aufdringlichen Blau umnachtet wurde.

Vielleicht träumte er noch immer. Nein, der warme Tag, das helle Licht, die Vegetation, die Geräusche und die Blütendüfte, waren überaus konkret und real. Da war er eher schon bereit, das skurrile Raumschiff, Schwester Stefanie und die anderen, die Erinnerung an die Flaschen Galaxy Nine, die er getrunken hatte, als Traum hinzunehmen.

Die vergangene Realität ließ sich von erlebten Träumen nur durch ihre beharrliche Kontinuität unterscheiden; der ewige Trott, der aber fehlte ihm in den letzen acht bis achtundvierzig Stunden. War dieses Spiel, von dem er vielleicht geträumt hatte, so stark, dass es ihn gefühlsecht zum Leyenweiher versetzen konnte?

Im Grunde sind diese Fragen doch alle müßig, sagte er sich. Es kam auf die nahe Zukunft und das Hier und Jetzt an.

- 14 -

Leichter Kontakt mit Brennnesseln überzeugten ihn, dass er in dieser Welt, in die er hineingeworfen war, wie auch immer und wann auch immer, schmerzempfindlich war. Betrachtete er die Vegetation genauer, so sah sie wundersam aus, ein wenig so, wie sie sich gab, wenn er unter Einfluss einer halluzinogenen Droge einen Waldspaziergang gemacht und gelernt hatte, die belebte Welt mit anderen Augen zu betrachten. Das war schon lange her. Also gut, er empfand einen leichten brennenden Schmerz, und wenn er Schmerzen empfinden konnte, so bestimmt auch Angst.

Er fühlte sich nicht verkatert, eher so, als ob er eben noch ein, zwei Flaschen Bier getrunken hätte. Das überzeugte ihn schon mehr von dem Umstand, dass seine Erinnerungen auf so etwas wie eine Realität beruhten. Nach einem durch Alkohol herbeigeführten Filmriss müsste er sich anders fühlen, es sei denn, irgendwelche freundliche Waldgeister hätten ein verkatertes Gefühl entsprechender Größenordnung weggezaubert. Aber worin bestand der Trick?

Martin mochte nicht an der Realität seines momentanen Befindens zweifeln, sodass wirklich Gegenwart und die nahe Zukunft, die unweigerlich zur Gegenwart wurde, zählte, und nicht so sehr, wie man in die gegenwärtige Lage hineingeraten war.
Er wollte nicht ausschließen, dass man aus Geschichte lernen konnte, aber das hatte seine Grenzen. Was konnte man daraus lernen, dass die Energie, aus der man bestand, einem Urknall entstammte? Die eigene embryonale Entwicklung mochte bewirkt haben, dass man ein helles Köpfchen war oder nun einen Dachschaden hatte; die Frühstadien der eigenen Entwicklung, genauso wie die Erinnerung an die letzten Spaghetti - und das konnte bei ihm so drei Wochen her sein - entzogen sich dem gesunden Menschenverstand.
War es ein Spiel, dass ihn narrte? Er unter einer Haube, träumend oder fürchterlich kompliziert mit einem Programm verbunden, das im Grunde genommen Gott spielte und ihm die, seine Welt zur Verfügung stellte und vielleicht noch mehr, nämlich ihn selber.
Vielleicht steckte auch ein Trick dahinter, und die Trockenhauben waren Beamapparaturen, die in den neunziger Jahren des 20. Jahrhunderts Gemeingut waren, wenn auch nur innerhalb eines kollektiven Traums, der in der Woche mehrfach auf den Bildschirmen in den Zimmern flimmerte.
Der Trick, dass man ihn mit einer geheimnisvollen Apparatur auf seinen Heimatplaneten zurückgeworfen hatte, in seinen Stadtwald, erschien ihm unter den gegebenen Umstän-

den ebenso selbstverständlich, wie das Raumschiff, die Tonnen und SIE. Aber SIE hatte gesagt, es sei ein Spiel, wohlgemerkt ein ernst zunehmendes, ein Virtual-Reality Spiel, das offensichtlich das Attribut virtuell nicht mehr ganz verdient hatte. Aber SIE redete sowieso die ganze Zeit Unsinn, und wenn alles sowieso ein Fehler war, dann konnte SIE auch Beamen mit Spielen im Cyberspace verwechseln.

Er schloss die Augen, versuchte sich auf ein imaginäres Ziel zu konzentrieren, aber es wurde weder blau um ihn, noch bewegte er sich von der Stelle, und ein lästiges Insekt, dass sich auf seinen nackten Unterarm setzte, um von seinem Blut zu saugen und eine schmerzhafte Beule zu hinterlassen, erinnerte ihn an die wahren Belange dieser Welt.

Er öffnete die Augen und versetzte dem Vampir einen Schlag, sodass dieser vielleicht im Insektenhimmel aufwachen würde. Diese Welt war voller Vampire, aber diese waren kleiner als die in der Traumwelt Film; und diese Bremse war auch wesentlich hässlicher als Catherine Deneuve, die eine Vampirin gespielt hatte, erst vorgestern im Fernsehen. Die Vampire dieser Welt waren eher lästig denn Angst einjagend, wenn auch in manchen Breiten gefährlich, da sie zum Beispiel Malaria an den Mann bringen konnten, aber das war hier am Leyenweiher doch eher unwahrscheinlich.

Dort drüben auf der Bank hatte er mit seiner ersten Freundin gesessen und versucht, mit hemmungslosen Küssen die Welt und die Mücken um sich herum zu vergessen. Nachdem eine Lektion in Romantik abgeschlossen war, hatte er ,fast vergnügt, über fünfzig Mückenstiche gezählt. Sie blieb verschont. Ein stolzer Preis für eine halbe Stunde Waldbankromantik. Zu bestimmten Zeiten durfte man sich nicht zu lange an diesem Gewässer aufhalten, es sei denn, die romantischen Gefühle verlangten es.

71

Dem Sonnenstand nach zu urteilen war es um die Mittagszeit. Erstaunlicherweise schien er weit und breit das einzige menschliche Wesen zu sein, ein Umstand, der für diesen Weiher ungewöhnlich war, da viele Städter sich -heutzutage mehr als früher- in dieses kleine Idyll begaben, um für ein Stündchen den Zivilisationsstress in ihren Wohnungen hinter sich zu lassen. Selbst die Penner fehlten, die sich normalerweise um eine andere Bank breitmachten. Vielleicht war ja jetzt Mückenzeit und sicherlich Werktag. Aber war es nicht Samstag gewesen, als er gesoffen hatte? Es konnte doch unmöglich Sonntag sein, denn die Spaziergänger fehlten.

Oft machte er hier sonntags alleine seine Runden. Er warf dabei einen Blick auf die Penner, ohne sie jemals anzusprechen, geradeso wie er auch die anderen Spaziergänger aufmerksam musterte, ohne sie zu grüßen oder ein Gespräch zu suchen. Martin war perfekt darin, sein Leben alleine einzurichten, selbst in seiner Stammkneipe war er Einzelgänger. Es gab viele Tage, da beschränkten sich seine menschliche Kontakte auf einen Einkauf im Supermarkt. Man packte die Ware aufs Band und drückte Kassiererinnen das Geld in die Hände, nachdem diese die Summe genannt hatten. Es entsprach schon einem Übermaß an menschlicher Solidarität, wenn man ihnen einen schönen Feierabend wünschte, weil man wieder als einer der Letzten in die bunte Verpackungswelt der Waren gestürmt war, die anderen Einkaufenden kurz bestaunt hatte und schließlich froh war, den Palast der menschlichen Bedürfnisse hinter sich gelassen zu haben, um sich dann eine Zigarette anzünden zu können. So liefen die Leben aneinander vorbei, zumindest seines am Leben der anderen. Die Bedürfnisse nach Spaghetti, Zigaretten und Bier konnte er durchaus befriedigen, aber mit den anderen Bedürfnissen hatte er so seine

Schwierigkeiten; bei ihnen gab es nicht den Regelsatz der unverbindlichen Preisempfehlungen.

Ein hoher Anteil seiner Anteilnahme an der Welt der Menschen konnte die Fernsehwelt und Bücher abdecken. Martin las relativ viel, sodass er zum einen das Gefühl hatte, irgendwie schon an der Welt beteiligt zu sein und zum anderen garantierte das Lesen, das Radio hören und Fernsehen gucken, dass man seine Sprache nicht verlor. Jedenfalls gelang es noch, einer Kassiererin einen schönen Feierabend zu wünschen und morgens frische Brötchen zu verlangen. Zigaretten und Spaghetti waren weniger kompliziert zu handhaben als Menschen.

Zigaretten! Er kramte in seinen Hosentaschen nach den Tabakresten des Päckchens, aber der Tabak befand sich wohl auf dem Raumschiff. Ihm dämmerte, dass er ohne Zigaretten aufgeschmissen war. Er bemerkte, das er weder etwas zu rauchen, noch Geld oder irgendwelche Papiere in den Taschen hatte. Selbst seine Wohnungsschlüssel fehlten. Blödes Spiel! Wie sollte er sich in die Unverbindlichkeit seiner Wohnung zurückziehen? Sie war gewissermaßen eine Art Quarantänestation, die die Welt vor seinen Krankheiten schützte, die ihn aber in seinem angeschlagenen Zustand - der viel an Widerstandsfähigkeit wegen zu vieler komplizierter sozialer Spielchen, die er nicht verstand, verloren hatte - vor zu großen Anforderungen bewahrte.

Bedürfnisse wie Hunger oder Durst hatten sich noch nicht eingestellt, aber die fehlenden Zigaretten wurmten. Wenn doch einer der Penner anwesend gewesen wäre. Er hoffte im eigenen Interesse, dass unter ihnen eine Solidarität was Grundbedürfnisse wie Zigaretten und Bier betraf, vorherrschte. War es nicht sogar eine Ehrensache für einen Penner, mit Zigaretten aushelfen zu können? Wenigstes mit einer, die ihn um eine halbe Stunde weiterbringen würde. Aber vielleicht war unter den Pennern ein harter Existenzkampf um Kippen und Fusel ausgebrochen. Er selbst war immer freigiebig mit seinem Tabak umgegangen, zumindest dann, wenn er dabei Hintergedanken gehabt hatte. Müßiger Gedankenfluss! Die Penner sonnten sich mit ihrem Billigbier vermutlich vor den Geschäften in der Fußgängerzone.

Martin hatte nur wenig Lust, hier und jetzt und von diesem Platz aus einen Waldspaziergang zu beginnen. Er befand sich zwar am äußersten Ende der Stadt, aber gottlob nicht mitten im Wald, der sich einige Kilometer ausdehnte und nur von wenigen Autostraßen durchkreuzt wurde. Hier ganz in der Nähe waren das Sportstadium und die belgische Siedlung. Der Weg zu seiner Wohnung war zwar kürzer, wenn er den Waldweg, der am Stadtfriedhof vorbeiführte, ging, aber Martin hatte den größeren Wunsch, möglichst schnell in die Zivilisation zurückzukehren und auf Menschen zu treffen. Nur in ihrer Nähe gab es Zigaretten.

Vielleicht gab es ja keine Menschen mehr in seiner Stadt, nur Tonnen mit dummen Sprüchen, weil sie dem Rauchen nichts abgewinnen konnten. War er gar mit einer Zeitmaschine in den Wald geschleudert worden, nachdem die Tonnen seine Stadt übernommen hatten? Man würde sehen. Er beschleunigte seinen Schritt zielbewusst und ging den schmalen Weg entlang der Schonung. Gespannt und begierig wartete er auf den Augenblick Häuser zu sehen, hässlich - braungraue zweigeschossige Häuser aus den fünfziger Jahren.

Die Zigarettenstummel, die er vereinzelt fand, waren das erste, im eigentlichen Sinne zivilisatorische Anzeichen, und die Freude war groß, als er parkende Autos und das Waldstadion sah. Die Automodelle sprachen dafür, dass der Zeitsprung nicht so groß gewesen sein konnte. Dann sah er viele Autos, die in einer Reihe vor den braunen Häusern standen und spielende Kinder.

Spielende Kinder hatten die Schwierigkeiten in der menschlichen Kommunikation noch nicht begriffen. Einige würden ihre Lektionen noch bekommen, spätestens zu dem Zeitpunkt, wenn sie vergeblich vom anderen Geschlecht angezogen würden.

Es ist nicht abzustreiten, dass die Sehnsucht nach anderen Menschen in die Einsamkeit führen kann, was im Grunde genommen paradox ist.

Die Kinder waren noch zu jung, um zu rauchen.

- 15 -

Es bestand also keine Gelegenheit, um nach Zigaretten zu betteln, aber vielleicht hatte eins der Kinder eine Vorstellung von Zeit und wusste den Wochentag zu benennen. Martin konnte die Kinder leider nicht verstehen, weil sie Flämisch sprachen. Er setzte seinen Weg fort, kam an vielen Autos vorbei, nicht aber an Menschen. Eine Telefonzelle war auf Kartenbetrieb umgestellt, ihm fehlten aber selbst die ansonsten nötigen drei Groschen. Ein Zeitungskasten machte weiteres Fragen nach dem Tag überflüssig. Es war Montag, der 19.8.1996. Auf der Titelseite der Express las er weder von seiner Entführung, noch über den Angriff der Ufos aus dem Weltraum. Immerhin gab's zu berichten, dass man Leben auf dem Mars entdeckt hatte. Er las das Kleingedruckte und erfuhr, dass es sich hierbei um fossile Mikrobenspuren in einem Meteoritenüberrest handelte, der einige Milliarden Jahre alt sein musste. Es war nicht zu lesen, woher man wusste, dass der Meteorit vom Mars stammte. Wie war er hier hergekommen?

Die angeblich wissenschaftliche Sensation war typisch für die journalistische Sauregurkenzeit, und wenn er gelesen hätte, dass Ufos über Köln gesichtet worden wären, hätte er diese Nachricht doch eher skeptisch entgegen genommen.

Eine alte Dame, die sicherlich nicht dem belgischen Militär angehörte, kreuzte seinen Weg. Es war phantastisch, denn die Dame sprach Deutsch, aber der Informationswert der nachgefragten Uhrzeit war eher gering. Es schien ihm vollkommen unnötig, der Dame beim Überqueren der Straße helfen zu wollen, da sie einerseits die Straße nicht überqueren wollte, andererseits rüstig genug erschien, dies auch ohne Hilfe zu können, sodass sich keine Gelegenheit für sie ergeben konnte, sich bei dem jungen Mann dankbar zu zeigen, vielleicht mit einer Mark. An ein Almosen in Form eines Fünfmarkstückes war gar nicht zu denken, obwohl Martin ständig an das fehlende Münzgeld dachte, da in bitterer Regelmäßigkeit Zigarettenautomaten seinen Weg säumten.

Die Automaten dösten ruhig in der Mittagssonne, kein Mensch (bis auf Martin) wollte um diese Zeit Zigaretten ziehen. Sie schienen eine unendliche Geduld zu haben, auf ihre Opfer zu warten. In ihrer Ruhe erschienen sie nicht als besonders geldgierig, aber der Eindruck konnte täuschen.

Die alte Dame trug im Übrigen auch keine Handtasche, eine, die man ihr hätte entreißen können, um dann mit der Beute in den nahen Wald zu fliehen. Er kannte genug Schleichwege, um in einen anderen Teil der Stadt zu gelangen. Aber Martin war kein Dieb, Diebstahl war nicht sein Stil, denn er ging durchaus moralisch gefestigt seinen Weg, um nicht zu sagen, den Menschen aus dem Weg. Und wenn dies hier vielleicht nur ein Computerspiel war, so besaß er auch im Rahmen eines Spiels genügend Skrupel. Im übrigen hatte der Spielleiter keine Handtasche vorgesehen. Die parkenden Autos waren für ihn schon deshalb keine Beute, weil er sie nicht knacken konnte. Die allgemeine Not und insbesondere die Zigarettennot waren ja noch nicht so groß, um zu solch drastischen Mitteln zu greifen.

Die Nikotindelinquenten verhielten sich weitaus zivilisierter als die Heroinsüchtigen, vermutlich da ihre Sucht staatlich konzessioniert war. Der Staat verdiente ganz schön an den Automaten, die, ähnlich häufig wie Verkehrsschilder, die Gehwege bevölkerten, während der gewöhnliche Heroinsüchtige für seinen Stoff überhöhte Mafiapreise bezahlen musste, alte Autos zu knacken hatte, nur um aus diesen alte Autoradios - ohne Codesicherung - zu stehlen, die dann auf den Flohmärkten der Stadt verkauft wurden; eine langfristige Angelegenheit, die den zeitlichen Rahmen, der für Martin abgesteckt war, um seinen Nikotinhunger zu stillen, sprengte.

Gab es irgendeine versteckte Möglichkeit, auf dieses merkwürdige Raumschiff zurückzukehren, wo sein Tabak sein musste? Ein flehentliches Gebet gegen den blauen Himmel vielleicht, der sich mit einem ungleich helleren Blau schmückte, als dieses tiefe Blau, das zu seiner Umnachtung geführt hatte. Aber auch dieses himmlische Blau ging abends ins Dunkle über und führte die mit Schlaf gesegneten in eine erholsame Umnachtung.

Wahlweise führte ihn sein Weg nun an seiner alten Schule oder an seinem Lieblingsrestaurant "Los Amigos" vorbei. Das Restaurant hatte er hin und wieder, meistens alleine, aufgesucht, um dort gegrillte Sardinen zu essen. Von seiner Schule war er sang- und klanglos verschwunden, ohne einen Grund und ohne eine Entschuldigung anzuführen, blieb er seiner Abiturabschlussfeier fern. Das Zeugnis hatte er sich mit der Post zusenden lassen. Das war noch zu Zeiten gewesen, als er wenige Freunde hatte und deren gemeinsamer Zeitvertreib zumeist darin bestand, mit den von den Eltern gestifteten Autos herumzufahren, um sich irgendwo Haschisch zu besorgen, das dann zum Beispiel bei lauter U2-Musik geraucht wurde.

Um irgendwelchen lärmenden Schulkindern aus dem Weg zu gehen und vielleicht auch, um sich nicht einer Erinnerung an eine scheinbar rosigere Vergangenheit auszusetzen, (denn gewiss umgab nun den kahlen, hässlichen Bau eine Aura von Melancholie), wählte er den Weg, der am spanischen Restaurant vorbeiführen musste, das er immer mit gemischten Gefühlen betrachtete. Die gegrillten Sardinen und die anderen Speisen konnten äußerst schmackhaft sein, es bedurfte aber einer größeren Anstrengung, einer geistigen Disziplin, Härte und einer gewissen Kunstfertigkeit, diese unter den Paaren und Geburtstagsgesellschaften etc. alleine zu sich zu nehmen und auch noch genießen zu können.

Sein Gebet wurde offenbar nicht erhört. Er musste weiter zigarettenlos durch die Straßen trotten. Es wäre doch eine feine Sache gewesen, bei diesem Wetter und bei all dem Grün der Straße, eine Zigarette zu rauchen. Ihm schien es, dass seine merkwürdige Situation, vor allem aber seine Geldlosigkeit dafür verantwortlich war, dass seine Gedanken sich um seine Isolierung drehten, denn hatte man Geld konnte man einkaufen, was gleichzeitig ein Mindestmaß an sozialen Kontakt nach sich zog. Man konnte, wenn auch unter Gleichgestellten, in einer Kneipe saufen. Im Kreise derer fiel es auch nicht unangenehm auf, wenn man ein paar unnötige Worte zu viel redete und hin und wieder konnte man gemeinsam in der Kneipe abheben und das Getrenntsein von der Welt sowie den Rest des Lebens vergessen und nicht weiter bemerken.

Desto mehr er sich dem Zentrum näherte, wurde die Straße belebter, die Autos bewegten sich wieder. Aber das war alles im Grunde bedeutungslos, weil er niemanden kannte, die Menschen an sich vorbeifahren und gehen ließ, wie er das immer machte, durchaus mit einem Blick für die anderen Gesichter, die vielleicht nur im Alleine-zurecht-kommen noch nicht so geübt waren wie er.

Neben seinem Hunger nach Zigaretten besaß er nur eine mäßige Neugierde, ob er auf bekannte Gesichter stoßen würde. Wenn man in dieser kleinen Stadt groß geworden war, blieb dies nicht aus; zumindest bestand eine mittlere Chance, in der bei diesem Wetter meist belebten Fußgängerzone ein oder zwei bekannte Gesichter zu finden, wobei es ihm oft reichte, sie zu registrieren. Hin und wieder musste man grüßen und ein meist unangenehmes kurzes Gespräch führen: "Wie geht's?" - "Es geht" - "Und sonst?" - "Das übliche. Ich muss nach Hause, um meine Katze zu füttern."

Diese Bekannten hätten ihm aber jetzt darüber Auskunft geben können, in welchem Spiel er mitspielte; wenn gleich er sich in diesen metaphysischen Fallstricken nicht weiter verfangen wollte, da, wie auch immer, die letzten Antworten ausbleiben mussten, es sei denn, er würde auf Bea treffen oder womöglich auf sein Spiegelbild. So sehr sich seine Vernunft an die Absicht klammerte, nicht nach dem woher zu fragen, interessierte es ihn zumindest ein bisschen.

Er sagte sich ja auch immer, dass das mit den Frauen an sich bedeutungslos sei, aber dann interessierten sie ihn doch immer, und von dieser Krankheit war er zurzeit stärker befallen. Er dachte an den Glücksfall Bea, an die rauchende Schwester und an die geil-aussehende Salma, die das Wesentliche im Kopf zu haben schien und es wohl verstand, ihre Gedanken und Vorstellungen konsequent umzusetzen, so wie er verstanden hatte, dass in seiner Welt Zigaretten und Bier das Wesentliche darstellten. Bisher war es für ihn kein Problem gewesen, sein Leben allein damit zu bereichern, nur jetzt schien ihm das nicht zu gelingen.

79

Diese Krankheit saß in ihm und er war bereit, ein Wesen vorzutäuschen, - das früher einem Wunschbild von ihm selber entsprach -, dass ihm gänzlich abhanden gekommen war.

Bea wieder zutreffen, konnte womöglich bedeuten, das nachzuholen, was ihm entgangen war und er verband damit nicht den kruden sexuellen Akt, den er sich bei Salma oder ihren Kolleginnen abholen konnte, und der ein bisschen die Sinne verwirren mochte, an sich aber bedeutungslos war. Vielmehr, wenn er von dieser Krankheit befallen war, hatte er den Wunsch, sich zu verlieren, etwas preiszugeben und einen anderen Menschen zu finden.

Nur am Rande interessierte es ihn, dass er in Bea eine Zeugin für seine Entführung hatte. War dies aber eine simulierte Welt, eine fast perfekte Simulation seiner Heimatstadt, gab es womöglich gar keine Bea oder sie kannte ihn nicht. Es war doch wenig wahrscheinlich, dass sie an diesem Abend so viel getrunken hatte, dass sie sich nicht an ihn erinnern konnte, aber von solchen Fällen hatte er auch schon gehört. Er wusste weder, wo Bea wohnte, noch, wie sie mit Familienname hieß.

Was war mit ihm? Zu dieser Zeit befand er sich gewöhnlich in seiner Wohnung und hatte sich von den ersten Zigaretten erholt. Wäre es interessant, sich mit seinem Spiegelbild zu unterhalten, wenn es denn existierte, oder käme es einem inneren Monolog gleich? Jedenfalls könnte es ihm mit Tabak aushelfen, das schien gewiss.

- 16 -

Obwohl in der Stadt geboren und aufgewachsen, war er hier ein Fremder, eine Randerscheinung und überflüssige Existenz. Er hatte Beziehungen zu Straßen, Häusern, Landschaften und Supermärkten aufgebaut, nur zu seinen Mitmenschen wollten ihm keine gelingen. Er wusste, man würde ihn an den Kassen nicht vermissen, seine Nachbarn würden ihn nicht vermissen und möglicherweise waren diese auch in Urlaub.

Für die Nachbarn bestand kein Unterschied, ob er in Urlaub, im Gefängnis oder in einer psychiatrischen Anstalt war oder ob er tot in seiner Wohnung lag und verschimmelte und das war so, weil er in ihrem Bewusstsein keine Rolle spielen konnte.

Die Anonymisierung der Gesellschaft war weit fortgeschritten und er war auf seine Weise ein wenig seiner Zeit voraus, indem er ohne jede Brücke zu den anderen in dieser Stadt zu leben vermochte. Die Leute in seiner Kneipe würden allenfalls feststellen, dass er in der Kulisse fehlte. Obwohl er diese fast jeden zweiten Tag aufsuchte und im Schnitt gut 15 DM versoff, gehörte er dort nicht zu den Insidern, war hier meist wortkarg, aber immerhin in der Lage, sein Bier alleine, an der Theke stehend, zu trinken, ließ sich aber hin und wieder zu einer Partie Schach oder eine Runde Skat hinreißen. Spiele, die man mit x-beliebigen Leuten treiben kann, um der Langeweile zu entfliehen, oder die man aus reiner Lust am Spiel betreiben kann ohne die Absicht zu verfolgen, menschliche Beziehungen zu knüpfen oder zu vertiefen. Hier eine Meinung, dort ein Witz, aber das ist es dann auch schon.

Martin zeichnete ob der unwirklichen Situation - an sich war's ja nur eine abstruse Erinnerung an ein merkwürdiges Raumschiff, denn die Stadt erschien so wirklich wie immer - seine gesellschaftliche Stellung noch düsterer als sonst üblich.

Er näherte sich dem Anfang der Fußgängerzone. Sie erschien ihm typisch für einen sommerlichen Montagmittag. Sie war leicht belebt, die meisten Geschäfte waren offen und in den Straßencafés saßen einige Menschen, die er nicht kannte. Die bewussten Blicke auf unbekannte Frauenbeine wollte er sich fürs Erste bei diesem Gang ersparen, aber schnell hatte er die Gesichter gemustert. Nur an den Tischen saß niemand, den er hätte ansprechen können. Oft saßen ja hier schon die notorischen Kneipengänger, die in diesen Straßencafés ihren Tag begannen, um ihn dann betrunken in einer der vielen Kneipen zu beschließen.

Nüchtern betrachtet befand er sich in einer Notsituation, da ihm Ausweise, Wohnungsschlüssel und vor allem Geld fehlten. Es war schon merkwürdig, er kannte keinerlei Adressen, an die er sich hätte wenden können. Seine Eltern waren vor knapp zehn Jahren wieder zurück nach Norddeutschland gezogen, andere Verwandte gab es in dieser Stadt auch nicht, auch die alten Freunde waren weggezogen und das elterliche Geld lag in seiner Wohnung. Die Kneipenbekannten kannte er nur bei ihren Vor- oder Spitznamen; er wäre nie auf die Idee gekommen, nach Familiennamen, Telefonnummern oder Adressen zu fragen. Seine letzte "Ex" wohnte außerhalb der Landesgrenzen.

Eine stille Hoffnung blieben seine Nachbarn, die aber wohl noch arbeiten waren oder aber in ihren Schrebergärten den Sommer genossen. Schlimmstenfalls waren sie wie gesagt in Urlaub. Er hatte ihre belanglosen Gesichter vor Augen, konnte sich nicht an all ihre Namen erinnern beziehungsweise hatte diese noch nie gehört, aber ein Blick auf den Klingeln würde ja genügen, um sie mit richtigem Namen anzusprechen. Aber würden sie ihm die hundert Mark borgen, die ein Schlüsseldienst verlangte, um in weniger als fünf Minuten seine Wohnungstür zu öffnen? Und verlangte man nicht seinen Ausweis?

Sollte er sich nicht besser an die Polizei wenden? Womöglich mit der Geschichte, er sei von grünen Männchen, die ihm sein Hab und Gut geraubt hätten, entführt worden. Nur deshalb hätte er nun kein Geld und keinen Zugang zu seiner Wohnung. Das würde einem Versuch gleichkommen, sich in die nächste Landesklinik einweisen zu lassen. Oder man dachte, dass da wohl jemandes Phantasie beim Studium der aktuellen Ausgabe der Express angeregt worden sei.

Real World war ein perfides Spiel, und jeder andere als Martin hätte vielleicht mehr Möglichkeiten gehabt, um sich in einer vergleichbaren Situation zurechtzufinden. Er aber war seiner Zeit voraus.

Die auf dem Einwohnermeldeamt verlangten wohl Geld für die Ausstellung neuer Papiere, und der Verwaltungsakt brauchte seine Zeit.

Ohne Geld war er hier ein Niemand, wobei es zwischen Niemand und Niemand Unterschiede gibt, denn mit Geld hatte er sich hier den Luxus erlaubt, eine privilegierte Art von Niemand zu sein, mit Nische und in der Lage, soviel zu rauchen und zu trinken, wie er wollte.

Seine Eltern waren nicht arm, hatten sich frühzeitig von ihrem missratenen Sohn abgenabelt und abgesetzt, überwiesen ihm aber monatlich einen Betrag von zur Zeit 1400 Mark, in der Hoffnung, ihr nicht dummer Sohn, der irgendetwas im xten Semester studierte, würde irgendwann die Kurve kriegen; aber der ließ sich dreimal im Jahr an der Uni sehen und war vollkommen damit ausgelastet, sein Leben alleine zu bewältigen. Dies war im Grunde genommen gar nicht so schwer, wenn man konsequent die Angebote nutzte, die die Gesellschaft bot und insofern man eingesehen hatte, dass menschliche Kontakte höchst oberflächlich waren und stark verletzen konnten, wenn man sich ihrer Unverbindlichkeit nicht bewusst war. Aus dieser Erkenntnis konnte man die Konsequenzen ziehen, die Kontakte entweder oberflächlich, unverbindlich und zahlreich zu halten oder sie generell auf ein Mindestmaß zu reduzieren. Zu Ersterem fühlte sich Martin nicht imstande, im Übrigen hatte er es mit der Welt versucht, hatte aber immer wieder eine Bauchlandung gemacht und war eher unfreiwillig in die Rolle eines Einzelgängers geraten. Der Verlust der alten Freunde und der zwei, drei Liebesverhältnisse, die er gehabt hatte, traf hart und beschleunigte seine Entwicklung und machte diese sogleich konsequenter.

Für wenig Geld bot die Gesellschaft eine Unzahl von Büchern, Zeitschriften, Fernsehkanälen und Radioprogrammen an, die das fundamentalistische Singleleben führbar machten. Wenn da nicht die unübersehbare Neigung zum anderen Geschlecht verbunden mit einem Bedürfnis, das ein erotischer Roman, eine "Penthouse" oder ein pornographisches Video nicht befriedigen, sondern irgendwie nur bestätigten konnten, gewesen wäre, hätte er ein komfortables Leben führen können.

Von der Basis seiner konsequenten Vereinzelung heraus gelang ein Brückenschlag zum anderen Geschlecht nicht, und so ein Abend wie der mit Bea war als ein absoluter Glücksfall zu werten. Konsequenterweise hätte sich Martin damit begnügen müssen, seinen Trieb mit einer seiner Hände zu befriedigen, dabei hatte er aber Bilder und Erinnerungen im Kopf; dummerweise, denn sie deuteten darauf hin, dass die Hände nicht genügten, und so pflegte er die Hoffnung, er würde irgendwann auf ein weibliches Gegenstück treffen, genügsam und ebenso konsequent wie er.

War die Entführung der Tonnen nicht als ein Glücksfall zu werten, ein Vorfall, der zur Umkehrung aller Verhältnisse führen konnte? Er dachte an Salma, auch an Petra und an die unreife Stefanie. Die übrigen beiden Typen wirkten auch wie Außenseiter. Kurzum: War dies seine Chance für eine Kurskorrektur oder nur ein dummer, wenn auch phantastischer Traum, den er vergessen würde?

Dann wäre da noch Bea. Er hatte von dieser Chance noch nicht gekostet. Ein Hoffnungsschimmer in seiner momentanen Situation ging von der Litro-Pinte aus. Die öffnete um sechs, und dort hatte er Kredit. Er könnte dort heute Abend grenzenlos saufen und dort führte man seinen Tabak, aber es war ein langes Stück bis dahin auf Zigaretten verzichten zu müssen. Bis dahin hätte sich vielleicht geklärt, ob ihm ein merkwürdiges Computerspiel die Realität vorgaukelte oder ob er unter Gedächtnisschwund litt und ohne Geld und Schlüssel in seine Wohnung gelangen musste.

Die ach so geselligen Menschen, aber auch er, schlossen ihre Höhlen ab, wohl zum Schutze vor sich selbst. Da half auch kein Zusammengehörigkeitsgefühl, das aufkommen konnte, wenn die Nationalelf gegen eine andere Sippe spielte. Diese Gesellschaft produziert fortwährend Elemente, die auf Eigentumsverhältnisse und Belange der Privatsphäre keine Rücksicht nahmen, wenn diese Eigentumsverhältnisse auch teilweise fragwürdig waren. Und die große Solidarität, die sich zeigte, wenn es um die Fußball-Europameisterschaft ging, wurde durch 50 Millionen Schlösser mehr als fragwürdig unterminiert, wobei man sich auch die Frage stellen muss, ob der gemeine Einbrecher oder Abhörer kein Interesse an diesen Fußballspielen hat?

Für Martin war es nur konsequent, seine Wohnung abzuschließen, da er mit den anderen nichts zu tun haben wollte und sich auch keine Sportveranstaltung im Fernsehen oder im Stadion ansah. Die anderen, die Geselligen, sahen es als durchaus natürlich an, ihre Wohnungen abzuschließen, da es nun mal die Bösewichte in dieser Welt gab, und ohne weiter darüber nachzudenken, beugte man sich diesem Quasi-Naturgesetz, schloss wie selbstverständlich und fast unbewusst seine Wohnung ab, und wenn man morgens seine Wohnung verließ, um zu arbeiten, dann nur verbunden mit dem obligatorischen Dreh, weil die Welt schlecht war.

Wenn er das kleine Schauspiel in der Kleinstadt betrachtete, konnte er dagegen nur wenig Aversion entwickeln. Auf
Distanz gehalten, ließ sich Martin die Menschen gefallen,
man durfte sie nur nicht näher kennenlernen. Ihm fehlte
vermutlich nur das bestimmte Gen, das für die oberflächli-
che Verbrüderung der Gesellschaft verantwortlich war. Es
war eine leicht schmerzhafte, weil folgenlose Angelegenheit, des Sommers die meist entblößten Frauenbeine zu betrachten und die zugehörigen, oft netten Gesichter, die viel
versprachen. Ihm aber fehlte der Schlüssel, die Versprechen einzulösen. Martin konnte sich dennoch auch nicht
von dem Eindruck freisprechen, es handele sich bei den
Versprechen stets nur um solche, die in der bunten Werbe-
welt üblich sind: Werbung und Verpackung sind effektvoll
und vielversprechend; aber die Inhalte mehr als dubios.
Diese leicht gebräunten, zumindest von den Sonnenstrahlen
erwärmten Frauenbeine, konnten ihn zeitweise in die Lage
versetzen, sich daran zu erinnern, diese berührt, gestreichelt
oder gar geküsst zu haben. Jede Lebensführung verhindert
irgendetwas, die seine, dass er mit den Trägerinnen der
Beine in berauschenden Kontakt kam.
Diese wiederholt sich im Kreise drehenden Gedanken, die
zu keinem Ziel führten, dienten ihm als eine Art nagender
Selbstkritik an seiner Lebensführung, dennoch war er im
Grunde nicht bereit, das verlogene Elend der anderen sich
überzustülpen. Es gab aber die Momente, in denen es
schwierig wurde, sich allein mit sich selbst, mit dem Bier
und den Zigaretten zu begnügen.
Er verließ die Fußgängerzone und kam an seiner Stammkneipe vorbei. Er konnte nichts entdecken, dass Hinweis
genug war, es könne sich um ein simuliertes Modell seiner

Kneipe handeln. Sie war natürlich geschlossen, und ein Blick in sie hinein hätte mehr Aufschluss gebracht. Die Fassaden der Häuser gaben ihm keine Auskunft über ihren Wirklichkeitscharakter, und er wurde sich zugleich bewusst, dass er die meisten Häuser nicht kannte. Man hätte ihm schon viel vorgaukeln können; es wäre dennoch als "seine" Stadt durchgegangen. Am Weiher hatte es nie jenen Baumstamm gegeben, in dem mit einem Messer die Anfangsbuchstaben seines Vornamens und die der ersten Freundin verewigt waren.

Ihm schien so, als würde alles stimmen. Es war ja auch durchaus normal, dass er bisher kein Gesicht erkannt hatte. Anders wäre es in seinem Reich. Womöglich würde er seine Wohnung in einem perfekt aufgeräumten Zustand vorfinden, wenn es ihm denn gelänge, in sein Reich vorzudringen. Martin konnte sich nicht vorstellen, dass alles bis ins kleinste Detail von einem Computermodell erfasst sein könnte. In seiner Wohnung gab es geheime Plätze, und es war absurd diesen Gedanken weiter fortzuführen, denn niemand kannte seine Wohnung, also im wesentlichen das, was sich in ihr befand. Er erinnerte sich an die CD, die noch im CD-Player stecken musste, da er als unordentlicher Mensch nicht sogleich alles, nachdem es benutzt worden war, an den Platz zurückbrachte, wo es hergekommen war.

Es ergab sich, dass er sich in der Nähe einer Bushaltestelle befand und er einen Bus sah, der sich auf ihn und die Bushaltestelle zubewegte. Dieser würde ihn zu seiner Wohnung bringen. Martin machte sich kein Problem daraus, in den Bus zu steigen und "schwarz" zu fahren. Gewöhnlich benutzte er keinen Bus, denn er hatte genug Zeit, seine Ziele zu Fuß oder notfalls mit dem Rad zu erreichen. Eine Begegnung mit einem Kontrolleur könnte eine durchaus interessante Wendung im Fortgang mit sich bringen. Er sah das jetzt etwas fatalistischer, denn: Wo mochte das enden, wenn er sich nicht ausweisen konnte?

Aber die Fahrt war kurz, er kannte niemanden der anderen Fahrgäste und stieg alsbald in der Nähe seiner Wohnung aus. Nur wenige Schritte trennten ihn von einem potentiellen Aha-Erlebnis.

- 18 -

Er ging durch den kleinen Vorgarten, für dessen Pflege die Hausverwaltung zuständig war, und drückte die oberste, seine Klingel. Ein wenig Aufregung hatte ihn ergriffen, obwohl ihn doch philosophische Seinsfragen nicht interessieren sollten. Philosophischen Fragen über das Leben kamen ihm wesentlich sinnloser vor als das Leben selber; aber die Möglichkeit, dass jemand in seiner Wohnung steckte, der ihm täuschend ähnlich sah, versprach unbekannte Überraschungseffekte. Nach einem ersten Erstaunen würde sich aber die Gewöhnung an die seltsame Situation einstellen und dann die Erkenntnis danach, dass er ein dämliches Spiel spielte. Dies war der Ansatz, der sinnloses Philosophieren von vornherein ausschloss.

Niemand öffnete. Entweder schlief sein Alter-Ego noch, war ausgegangen oder existierte gar nicht. Er hatte einen Mordsrespekt vor dem Programm, das, möglicherweise, dies alles auf die Beine stellte. Die Wirklichkeitstreue überragte den Horizont und die Hoffnungen aller menschlichen Programmierer bei Weitem. Die Detailtreue eines Modells zeigte sich aber gerade an den Details der Wirklichkeit, die man besonders gut kannte; und neben dem Wunsch endlich an Zigaretten zu kommen, ergriff ihn eine gewisse spielerische Neugierde, dem Programm auf den Zahn zu fühlen.

Nachdem er eine Weile gewartet hatte, klingelte er nochmals. Er kannte sich, hin und wieder kam er gar nicht auf die Idee, den Türöffner zu betätigen. Wer sollte es auch schon sein? Die Möglichkeit war äußerst unwahrscheinlich, dass eine nette oder gar betörende Frau etwas von ihm wollte, eine, die ihn wahrgenommen hatte und diesen „liebenswerten" Einzelgänger kennenlernen wollte, um sich zu bestätigen, dass dies genau der Typ war, den sie schon immer gesucht hatte.

Martin zögerte in diesem Moment nicht, sich ansprechende Eigenschaften anzudichten. Diese zu haben, weil sie Voraussetzungen waren, damit jemand ihn suchte, machte aber ein solches Ereignis letztlich auch nicht viel wahrscheinlicher. Er wusste: Es war ein nahezu absurder Gedanke, jemand käme, weil er ihn suchte und um ihn kennenzulernen, vielleicht sogar um eine Schwärmerei in Liebe zu verwandeln. Dies war fast so absurd, wie zu glauben, wenn es klingelte, könnte sein Alter Ego aus der nächstbesten Parallelwelt vor der Tür stehen, mit einem dringenden Bedürfnis; und weil man solche Möglichkeiten an sich überhaupt nicht in Betracht zog, konnte man es guten Gewissens klingeln lassen.

Die Möglichkeit, dass der Arsch da oben einfach nicht öffnete, war relativ groß und so beschloss Martin, den da oben, wenn er denn da war, ein wenig zu nerven. Womöglich war dies gar keine simulierte Welt, sondern er war ein angeschissener Besucher aus einer Parallelwelt. Wenn diese Tonnen es verstanden, die Lichtbarriere zu überwinden, etwas also, das dem gesunden Menschenverstand und jeder elementaren physikalischen Vorstellung zuwiderlief, so verstanden sie sich vielleicht auch auf Zeitreisen und Reisen in Parallelwelten, wer wollte das wissen? Martin verstand von diesen Dingen sowieso viel zu wenig. Er hatte von den Begriffen gehört, und bevor seine Gedanken wieder zu sehr ins Philosophische abdrifteten, kam ihm der

Gedanke, dass die Eigentumsverhältnisse hier gänzlich ungeklärt waren.

War dies nur ein Spiel, so konnte er vielleicht selber die Spielregel bestimmen. Er bräuchte dann keinerlei moralische Skrupel zu haben, müsste aber vielleicht dennoch mit unangenehmen Konsequenzen seiner Spielhandlungen rechnen.

War er hierhin gebeamt worden, so war die Wohnung mit samt der Zigaretten die Seine. Was war aber, wenn es eine ominöse Parallelwelt war? Hatte er dann einen Anspruch auf das Geld? Vielleicht hatte er einen Teilanspruch. Oder war er in einer Parallelwelt ganz und gar rechtlos?

Die Vorstellung, dass sein Gegenstück nun endlich öffnete und er als Überraschungsgast ein kaltes Bier (und Tabak) vorgesetzt bekam, mit dem man auf eine gemeinsame Zukunft und so weiter anstieß, war zu schön, um wahr zu sein, war reines Wunschdenken, und blieb es auch, denn an der Tür regte sich nichts. Die Frage nach den Eigentumsverhältnissen blieb somit ebenso ungeklärt wie die philosophischen Verhältnisse. Sie blieb schlichtweg eine Ausgeburt sinnloser Spekulationen.

Vorausgesetzt, er könnte in die Wohnung eindringen und fände sie halbwegs so vor, wie er sie verlassen hatte, unaufgeräumt und ohne ein menschliches Wesen, so mochte sein Doppelgänger vielleicht ausgegangen sein und der Anstand gebot es, auf ihn zu warten, anstatt sich an dessen Hab und Gut zu vergreifen. Gegen ein Bierchen und ein paar Zigaretten hätte dieser aber sicher nichts einzuwenden. Es war eine Herausforderung, in diese Wohnung zu gelangen und wäre er erstmal drin, würde er dort auch bleiben, bis es ihm langweilig würde, so wie er es immer hielt. Es wäre dann fast alles so wie sonst, bis auf die komische Erinnerung an die Tonnen, an eine Hure und an eine junge Nonne; und bis auf den Umstand, dass sein Spiegelbild jederzeit von seinen Besorgungen zurückkehren könnte, vernehmbar an den Geräuschen, die das Türschloss machte. Vielleicht hatte dieser seinen Schlüsselbund ebenso verloren; mithin auch einen Schlüsseldienst beauftragt. Das war an sich sehr unwahrscheinlich und wesentlich unwahrscheinlichere Varianten, wie das man sich in dieser Wohnung zu einem Doppelkopfspiel treffen würde, spann er nicht weiter aus.

Resigniert drückte er die Klingeln der Nachbarn, aber erwartungsgemäß öffnete niemand. Martin ging zum nächsten Haus und drückte wahllos die Klingelknöpfe, schaute sich die Namensschildchen an, um die Leute eventuell bei richtigem Namen benennen zu können. Der Türöffner betätigte sich, ohne dass man ihn an der Gegensprechanlage in ein überflüssiges Gespräch verwickelte. Er drückte die Tür auf, wanderte das Treppenhaus hinauf, bis zu der Tür, an der eine Blondine, um die vierzig, herausguckte. Er hatte nicht das Gefühl, diese Frau schon mal gesehen zu haben.

"Sie sind doch Frau Hütterer, sie kennen mich doch sicherlich. Ich bin ihr Nachbar aus dem Nebenhaus. Ich habe meine Wohnungsschlüssel verloren, kein Geld und keine Papiere dabei und habe mich ausgeschlossen."

Frau Hütterer schien Martin zu kennen, lächelte ihn mitleidig an, öffnete ihm die Tür und sagte: "Ja sicher kenne ich sie, kommen sie doch rein."

Martin blieb nicht viel anderes übrig als ihr zu folgen, wobei sein Augenmerk auf ihren prallen Hintern und die Beine fielen, die in Leggings mit Blümchenmuster steckten. Diese Frau musste ihm doch aufgefallen sein. Sie führte ihn in ihr Wohnzimmer, in dessen Zentrum sich ein Aschenbecher mit einigen Kippen befand. Dieser ließ sein Herz höher schlagen.

"Bitte nehmen sie Platz", sagte sie. Martin nahm in einem der Sessel Platz, die am Rauchertisch standen. Man saß in den Dingern prächtig, und es war einerlei, dass sie recht geschmacklos aussahen.

"Ich müsste den Schlüsseldienst anrufen. Könnten sie denen bestätigen, dass ich nebenan wohne." Das wäre kein Problem, meinte Frau Hütterer und reichte ihm Telefon und Telefonbuch an. Die Menschen konnten so nett sein, und es war besonders schön, wenn sie so aussahen wie Frau Hütterer. "Kann ich ihnen irgendetwas anbieten", fragte sie und Martin kam der abwegige Gedanke, sie könne sich selber anbieten. Der Gedanke verzog sich ungehörig in eine bestimmte Region zwischen seinen Beinen, aber Martin gewann gegen diesen Ansturm von Irrationalität schnell die Oberhand, seine Blicke hefteten sich an den Aschenbecher und er brachte die entscheidende Frage heraus.

"Sie sind doch Raucherin. Hätten sie vielleicht eine Zigarette für mich? Eine Tasse Kaffee wäre auch nicht verkehrt. Ich bin starker Raucher und durch diesen blöden Zwischenfall habe ich noch keinen Kaffee trinken können und meine Zigaretten sind in meiner Wohnung."

Frau Hütterer zeigte sich sehr betroffen und holte eine angebrochene Packung "Lord", bot ihm eine an und zündete sich selbst auch eine an. Geschmacklich stand die Zigarette weit hinter dem, was er sich gewünscht hatte, aber Hauptsache war, dass die Werte stimmten, mehr war nicht zu erwarten. Die gute Frau hätte sicher Verständnis, wenn er schnell fünf hintereinander rauchen würde. Sie würde erkennen können, dass er stark gelitten hatte. Ihm schien es so, als ob der Programmierer dieser simulierten Welt die Wirkung des Nikotins noch nicht ganz im Griff hatte, oder die Zigaretten waren einfach zu leicht.

Er zitterte ein wenig, als er gierig an der Zigarette zog, und für Frau Hütterer mochte es den Eindruck erwecken, dass sie ein hungriges, fröstelndes Kind vor sich hatte. Sie verschwand dann in die Küche, um den Kaffee aufzusetzen, und es schien ihm so, dass sie absichtlich beim Gehen mit dem Po wackelte, unübersehbar. Jedenfalls schien von ihrer Gangart die Hinterngegend in arge Mitleidenschaft gezogen zu sein, was auch auf eine Unfähigkeit des Programmierers schließen lassen konnte, menschliche Bewegungen zu programmieren. Dieser Fehler war ihm an den Passanten nicht aufgefallen, denen er aber auch weniger Aufmerksamkeit geschenkt hatte. Oder kannte dieses Spiel Varianten des Cybersexes? Vielleicht stand die blonde Frau Hütterer auf jüngere Männer. War es Zufall oder eine Gemeinheit, dass sie ein wenig seinem Typ entsprach, und dass die vielleicht zehn Jahre Altersunterschied ihm gar nichts ausmachten, sondern sie, im Gegenteil, sogar noch reizvoller erscheinen ließ?

Als sie zurückkehrte, sich wieder in den Sessel setzte und ihre schlanken Beine übereinander schlug, lächelte er sie an und sagte: "Sie sind sehr nett, Frau Hütterer." Er verkniff es sich zu sagen, dass sie gut aussähe. Ihre Lippen hatten etwas Farbe von einem Lippenstift abbekommen. Eine attraktive Frau lief nicht ohne das gewisse Quantum an Make-up durch ihre Wohnung. "Haben sie schon jemanden erreicht?", fragte sie freundlich. Hätte sie doch hören können. "Nein, ich war etwas in Gedanken. Ich habe mich auch gefragt, wie es möglich ist, dass wir uns bisher nicht kennengelernt haben. Ich heiße Martin."

- 19 -

Frau Hütterer schaute nicht reserviert drein, sondern lächelte und sagte: "Ich bin die Bärbel." Bärbel zündete sich eine Zigarette an und Martin fragte anständig, ob er sich eine Zweite nehmen dürfe. "Sie haben's aber nötig. Zuviel Rauchen ist ungesund", sagte sie. "Darf ich trotzdem?", fragte

Martin hartnäckig. "Ja, natürlich. Sie brauchen nicht fragen. Irgendwann laden Sie mich zu sich zum Kaffee ein, und ich rauche ein paar von Ihren."

Martin jubelte innerlich, irgendwann würde er sie zum Kaffee einladen. "Was studieren sie eigentlich? Sie sind doch Student, nicht wahr?" - "Ich studiere Geographie, mit dem Schwerpunkt in Wirtschaftsgeographie." - "Das ist sicher interessant. Reisen sie sehr viel?"

Am liebsten hätte sich Martin interessant gemacht und von fiktiven Reisen zu exotischen Orten erzählt. War er nicht sogar bis zum Saturn gekommen und flog jetzt in Wirklichkeit zu einem Stern namens Lalande. Die näher bezeichnende Nummer hatte er vergessen. Er war doch sicher in dieser Kleinstadt derjenige, der am weitesten rum gekommen war.

"Nein, ich habe von der Welt noch nicht viel gesehen. Ich war ein paar Mal in Italien und England, habe in Jugendherbergen übernachtet. Vor zwei Jahren bin ich bis zum Vesuv gekommen. Meine Finanzen lassen häufiges Reisen nicht zu."

Bärbel Hütterer zeigte sich nicht enttäuscht, zeigte in keiner Weise, dass sie ihn für einen Langweiler hielt. "Die weiten Reisen können sie dann später einmal machen. Ich würde gerne mal nach Tahiti fliegen. Für vier Wochen. Ich glaube, die Kaffeemaschine ist fertig."

Sie ging in die Küche. Martin zog an der zweiten Zigarette und anstatt das Telefonbuch zu studieren, betrachtete er ihren Hintern. Er konnte sich nicht erinnern, diese Frau, die in unmittelbarer Nachbarschaft zu ihm lebte, je gesehen zu haben. Sie war so unkompliziert. Es war bisher kein furchtbar interessantes Gespräch zustande gekommen, aber es genügte ihm auch, sie zu betrachten und zu hoffen, sie würde ihn berühren.

Frau Hütterer brachte Tassen und Untertassen, Zucker und Milch auf einem Tablett und holte dann den Kaffee. Dann saßen sie zusammen und sie goß ihm Kaffee ein.

"Nehmen Sie etwas dazu?" - "Ja, Zucker." Martin nahm Untertasse und Tasse entgegen. Die Porzellankörper erinnerten ihn an Raumschiffe. "Glauben sie an UFOs, Bärbel?" - "Ja, unbedingt!", antwortete sie. "Die Welt ist voller ungeklärter Rätsel. Wie kommst Du darauf?" - "Nur so, ich habe die Untertasse betrachtet und mich über den Namen, die Bezeichnung "Fliegende Untertasse" gewundert. Typische UFOs sehen doch mehr aus wie zwei Suppenteller, die man zusammenlegt, finden Sie nicht? Mit einer einzelnen Kaffeeuntertasse hat die Form doch gar nichts zu tun." Frau Hütterer bedauerte, bisher kein UFO gesehen zu haben. "Hast du schon einmal eins gesehen?" Martin überlegte nicht lange, verneinte und sagte: "Ich hab schon mal von einem geträumt. Die Marsmenschen entführten mich und wir flogen zu einem unbekannten Ziel." - "Das ist aber ein interessanter Traum. Wurden die Marsmenschen aufdringlich?" - "Sie meinen, ob sie mit mir Sex machen wollten? Nein, das nicht." Nach einer Weise schob er etwas verbittert nach: "Niemand will zurzeit Sex mit mir machen, selbst die Marsmenschen nicht."

"Aber du siehst doch gut aus", meinte Frau Hütterer. Martin griff zu der dritten Zigarette. "Danke für das Kompliment, Frau Hütterer, aber ich sehe bestenfalls durchschnittlich aus. Sie hingegen sehen wirklich gut aus." - "Aber mein Hintern ist viel zu dick." - "Das ist doch totaler Blödsinn, Sie haben einen tollen Hintern, der nicht zu dick ist. Viele Männer mögen es übrigens, etwas in der Hand zu haben. Ihr Hintern ist nicht zu dick, im Gegenteil, er ist sexy, ein schöner Blickfang, der den ganzen Körper betont."

Frau Hütterer stand auf und posierte ein wenig. "Findest du wirklich, dass er nicht zu dick ist?" Sie bewegte das Corpus

Delicti langsam. "Nein, was für ein Unsinn. Er ist schön, und wenn ich es sagen darf, er geilt mich sogar ein wenig auf."

Dann fasste Martin eine weitere fast ungehörige Portion Mut. "Vielleicht müsste ich ihn betasten, um zu einem abschließenden, endgültigen und fundierten Urteil zu kommen."

Frau Hütterer errötete ein wenig. "Sie werden sehen, Martin, er ist so groß, wie ich befürchte." - "Darf ich mich überzeugen?" - "Überzeugen Sie sich, dieses Problem ist für mich von größter Wichtigkeit."

Martin drückte seine Zigarette aus, stand auf und ging auf Bärbel Hütterer zu, seine Nachbarin, die ihm noch nie aufgefallen war und die ihm alles so leicht machte.

Er hatte eine Erektion, die sich noch verstärkte, als er vor ihr stand und mit einer Hand begann, ihr Hinterteil zu untersuchen. Dann löste er sich überraschend von ihr, ohne sie wenigstens zu küssen.

"Nein, es ist nicht zu groß. Es ist irgendwie genau richtig."
-"Auch wenn ich mich beuge? Ich kann mir nicht helfen. Das ist doch so ein richtig fetter Arsch, fett und vulgär." Sie beugte sich tatsächlich und streckte ihren Hintern in seine Richtung. Das brachte Martin vollkommen zum abheben.

"Bärbel, ich möchte mit dir schlafen!" Das sagte er so, als ob es das Normalste wäre, in seinen Umständen mit Frauen zu schlafen. Warum war er bislang nicht auf Frauen gestoßen, die darüber klagten, einen zu dicken Hintern zu haben?

Frau Hütterer meinte dann, es ginge nicht, weil ihr Mann jederzeit die Tür reinkommen könne. Martin zeigte sich enttäuscht. "Kann ich ihn denn wenigstens einen kurzen Moment nackt sehen. Vielleicht wirkt er dann anders? Ich meine, so ganz sicher bin ich mir nicht. Außerdem stehe

ich etwas auf dicke Pobacken, sodass mein Urteil ein wenig subjektiv und zugunsten deines Hintern ausfällt. Wir müssen die Begutachtung objektivieren!" - "Aber wie?", fragte Frau Hütterer. "Hast du ein Zentimetermaß?"
Selbstverständlich hatte Frau Hütterer ein Zentimetermaß, sie besaß ja auch eine Nähmaschine. Sie drückte Martin das Band in die Hand. "So, ganz locker hinstellen!" Martin führte das Band um ihren Hintern und meldete 94 cm. "Aber dann ist er doch dick!"
Martin versuchte, Bärbel Hütterer zu beruhigen. "Das ist ziemlich nah an den Idealmaßen. Außerdem müssen wir die Leggings berücksichtigen und bestimmt tragen Sie ja auch noch einen Slip. Das bringt einige Zentimeter", übertrieb er. "Man stellt sich ja auch nicht mit Klamotten auf die Waage." - "Glaubst du wirklich, dass die Leggings soviel ausmachen?" - "Das sind bestimmt zwei Zentimeter. Aber wir können uns ja gleich überzeugen."
Dies brachte Frau Hütterer in einen Gewissenskonflikt, einerseits hätte sie gerne Sicherheit in Bezug auf den Umfang ihres Pos gehabt und sie hatte auch Lust ihrem netten Nachbarn ihr nacktes Hinterteil zu zeigen, zudem sich dieser dafür interessierte und offensichtlich begeistern konnte; zum anderen befürchtete sie weitere, ja nicht uninteressantere Verwicklungen, die zu einer Zeit, in der in jedem Moment ihr Mann kommen konnte, ziemlich unpassend waren.
"Mein Mann könnte gleich kommen." - "Ganz kurz", bettelte Martin. "Weiß du was, du lädst mich in den nächsten Tagen zum Kaffee ein. Dann kannst du alles gründlich nachprüfen." - "Aber wie kannst du dich denn jetzt mit dieser Ungewissheit zufriedengeben. Es wäre doch schnell gemacht." - "Meinst du wirklich?"
Sie ließ Martin aber keine Zeit zu antworten, sondern sagte: "Ruf schnell deinen Schlüsseldienst an, bevor mein Alter

kommt. Ich komme dann morgen zu dir zum Kaffee." -
"Versprochen?" - "Versprochen!"
Noch erregt und weitgehend überfordert blätterte Martin im
Telefonbuch, dann fand er eine bestimmte Nummer. "Ja,
hier Griesich, Martin Griesich. Ich habe mich ausgeschlos-
sen. Cecilienstraße 57. Ich rufe von meiner Nachbarin an,
Frau Hütterer, Cecilienstraße 59. Wann können sie kommen? Gut, soll ich draußen warten oder hier bei Frau Hüt-
terer.? Draußen, gut. Bis gleich dann."
Martin legte auf. "Ich warte draußen. Falls ich Sie, dich als
Zeugin für meine Identität benötige, klingele ich nochmal
bei dir. Und morgen kommst du um eins zum Kaffee."
Dann fiel ihm ein, dass er sicherheitshalber noch nach ein
paar Zigaretten fragen sollte. Frau Hütterer gab ihm bereitwillig drei von ihren Zigaretten plus Streichhölzer.
"Du siehst gut aus", sagte sie nochmals beim Abschied an
der Tür. Etwas verdattert ging Martin die vier Etagen des
Treppenhauses runter. War diese Welt schon deshalb unwirklich, weil er hier mehr Erfolg bei Frauen hatte?

- 20 -

Das Erste, was er draußen tat, war sich eine der schrecklich schmeckenden Zigaretten von Frau Hütterer anzuzünden. Das freundliche Augustlicht vermochte nichts daran
zu ändern, dass er erheblich von dem Erlebnis in der fremden Wohnung schockiert war. Gewöhnlich rauchte er auch,
um das Warten zu erleichtern, aber er war ziemlich neben
der Kappe, sodass das Warten auf den Schlüsseldienst zu
einem recht unwirklichen Akt geriet. Mit überhöhter Geschwindigkeit bog ein größerer Möbelwagen in die Straße
ein und hielt direkt vor seiner Nase.

Die hinteren Türen öffneten sich, eine freundliche Tonne begrüßte ihn, aber neben der unangemessenen Freundlichkeit, forderte sie ihn auf, sofort in den Laderaum des Wagens zu steigen. Ohne viel zu überlegen, gehorchte Martin.
"Sie müssen zurück!", sagte die Tonne und bot Martin eine Tasse heiße Schokolade an. Martin schmiss die zur Hälfte gerauchte Zigarette aus dem Wagen, die Tonne kommentierte dies freudig auf typische Weise, die Türen schlossen sich automatisch und der Wagen startete so, dass Martin fast der Boden unter den Füßen gerissen wurde.
"Wenn Sie so freundlich wären, sich unter die Haube zu begeben!" Sehr folgsam setzte sich Martin unter die Haube. Für irgendein Rebellentum war jetzt keine Zeit, die Fragen nach Sinn und Zweck konnten später gestellt werden. Die Aufforderung, sich zu entspannen, fand er ziemlich lächerlich. Die Haube arbeitete sehr geräuschlos und er vermisste das überflüssige Summen, das er von dieser Art Gerät erwartete. Immerhin ging es um seine Existenz, die ja gleich versetzt wurde.
Die Hauben gehörten zu der Gattung von Maschinen, die sein Leben durcheinander würfelten. Sie waren in dieser Hinsicht wesentlich effektiver als das Raumschiff, auf das er entführt worden war und diese lächerlichen Tonnen beeindruckten ihn nur wenig.
Dass es blau um ihn wurde, kannte er schon. Mit eher meditativem Bewusstsein nahm er wahr, dass das Blau an Tiefe gewann, dunkler wurde. Von einer sich abzeichnenden, allumfassenden Schwärze rührte seine Lust her, sich ein wenig umnachtet zu fühlen. Er war in einer sehr angenehmen Weise umnachtet. Es bestand keine Möglichkeit auf eine Taschenuhr zu gucken, da es keine Zeit gab.
Martin fühlte sich empfindlich gestört, als ihn eine weibliche Stimme mit holländischem Akzent aufforderte, die Augen zu öffnen. Er befand sich nicht in einem vertrauten

Waldstück, sondern in einer High-Tech-Umgebung, die er, so schwante ihm, schon einmal gesehen hatte. Neben ihm saß Schwester Stefanie unter einer Haube, und er unterdrückte den ohnehin abwegigen Wunsch, ihr einen Kuss auf die Lippen zu drücken.

"Die anderen sitzen in der Bar und amüsieren sich", sagte SIE. "Und die Schwester?" - "Sie unterhält sich vermutlich mit ihrem Gott." - "Ein sehr ungerechter Gott. Er hat es immer vorgezogen, mir aus dem Weg zu gehen."

Stefanie bewegte zwar nicht ihren Mund, aber lebhaft ihre Augen unter den geschlossenen Lidern, genauso wie man das bei einem bestimmten Traumtypus tut. "Hast du deine Reise genossen? Die erste Reise ging quasi auf Kosten des Hauses", merkte SIE an.

Martin sah nicht ein, die Frage zu beantworten, versuchte sich in der neuen Umgebung zu orientieren, ein Vorgang, der einen größeren Teil seines Bewusstseins in Anspruch nahm. Er stellte aber auch erleichtert fest, dass die Erinnerungen nicht so schnell verblassten, wie das nach dem Aufwachen am Ende eines gewöhnlichen Traumes üblich war. Er hatte das Hinterteil von Frau Hütterer, das leider in einer Leggings steckte, vor Augen; aber auch das überbordende Gefühl seiner Verlorenheit, das ihn in seiner Stadt fast niedergestreckt hatte. Frau Hütterer war der rettende Engel, den ein gütiger Himmel geschickt hatte.

Angesichts der zur Konfusion neigenden Realität war es nicht angesagt, einen gütigen Himmel zusätzlich einzuführen; im Übrigen war ja Gott ungerecht, hatte sich aus dem Staub gemacht und immer nur vorgegeben, er würde existieren, was ja ein Widerspruch in sich ist, sodass man davon ausgehen musste, dass er log und nicht existierte.

Nur die Wahrheit existierte. Dies IHR gegenüber zu erwähnen war unangesagt, da Martin das Gefühl hatte, er hätte seinen philosophischen Gedanken nicht sauber zu Ende gedacht. Im Übrigen tat er Frau Hütterer unrecht, wenn er sie auf ihren Po reduzierte. Sie hatte ein hübsches, freches Gesicht und neben dem Umstand, dass er sie geil fand, muss man erwähnen, dass sie sich sehr hilfsbereit gezeigt hatte. Was wusste SIE davon? Er fragte sie nach dem Weg zur Bar. Statt einer Antwort leuchteten rosarote Pfeile auf, deren Bedeutung von vielen Intelligenzen mit Augenlicht verstanden wird, so auch von Martin. Er folgte den Pfeilen, die an sich überflüssig waren, da man sich ohnehin nicht verlaufen konnte.

Bis auf Stefanie saßen sie alle an der langen Theke der Bar. Es war ihm fast unangenehm, dass er von den anderen neugierig begrüßt wurde. Hier war eine Gruppe von Gleichgestellten, saßen sie doch alle im selben Boot; aber diese Gemeinsamkeit hinderte Martin nicht daran, Verlorenheit, Ausgeschlossensein und Einsamkeit, allesamt überaus überflüssige Gefühle beziehungsweise Zustände, weiterhin zu pflegen.

Er gab sich geschlossen, befriedigte nicht die Neugierde der anderen, die sich offenbar brennend für das Spiel interessierten, nicht so sehr für sein Spiel, und setzte sich neben die Animiertonne. Sollten die anderen doch selber spielen, dachte er trotzig und ohne Grund; und vielleicht war das Teil des Spiels und er war auf eine höhere Spielstufe vorgedrungen, die noch weit unwirklicher war als der Hintern von Frau Hütterer, womit kurz der Spielverlauf der vorherigen Ebene charakterisiert werden konnte.

Diese Überlegungen führten bekanntlich zu nichts, stellten aber das psychische Gerüst für seine Zurückhaltung dar, die Neugierde der anderen unbefriedigt zu lassen. Martin verdrängte die Wahrheit, dass er einfach ziemlich frustriert war. Dies drückte er in der Regel mit einem, für andere nicht nachvollziehbaren Trotz aus, der sich aber auch legen und sich auflösen konnte, wie ein Wölkchen am Himmel;

und hatte man sich gerade an den trotzigen Blödmann gewöhnt und sich mit derlei Ignoranz abgefunden, so waren anschließende überraschende Wendungen im Verhalten eben sowenig nachvollziehbar.

Die Hure sah prächtig aus und schien in ihrer Erscheinung weitaus unwirklicher als Frau Hütterer. Diese hatte sich zumindest einer elementaren physikalischen Vermessung nicht entzogen. Ein vergleichbares Szenario schien an Bord vornherein ausgeschlossen und demzufolge frage Martin nicht danach, ob eine der anwesenden Damen das Gefühl hatte, irgendetwas an ihr wäre zu dick. Salma sah dermaßen provozierend sexistisch aus, dass man sie mit gutem Grund auch für ein Trugbild einer virtuellen Realität hätte halten können. Martins Eindruck wurde noch verstärkt, da sie die Aura eines Kühlschranks umgab. Wie viel Wärme sollte man auch von einer überzeichneten Comicfigur erwarten, war sie doch vom gleichen Kaliber wie die künstliche Animierdame neben ihm, mit der er aber auch fast Mitleid hatte. Sie hatte keinen Hintern, nur einen Tonnenboden, mit dem sie sich auf dem Barhocker hielt. Sie hatte allerdings perfekte Kegel, die man anfassen und anschauen konnte; ihr einziger Zweck, denn zum Stillen waren sie ungeeignet. Die ungehörige Person richtete das Wort an ihn. "Spendieren Sie mir einen Drink?" Der Roboter ohne Arsch wollte einen Drink, sollte er bekommen. Martin bestellte zwei Galaxy Nine, nicht ohne Vorfreude, da dieses Bier das hielt, was man sich gemeinhin geschmacklich von einem Bier versprach, etwas jedoch, was die meisten Biere nicht erfüllen können. Mag man auch Rosinen im Kopf haben, und der Wunsch nach einem köstlichen Felsquell die illusionäre Erwartung nähren, etwas dermaßen köstliches möge es wirklich geben, lässt man sich schließlich doch auf einen geschmacklichen Kompromiss ein, der weit hinter dem liegt, was man erwartet hat. Dieses Bier hier kam jedenfalls der Idee ziemlich nah.

"Ich trinke aber lieber Sekt", sagte die Tonne in einem halb beleidigten Ton. Martin erkundigte sich nach einem Sekt. Die Bar bot nur eine Hausmarke mit dem netten Namen "Sternenschlösschen" an, ein Sekt mit kontrollierter Herkunftsbezeichnung. Der auf der Flasche angegebene Quadrant sagte ihm aber gar nichts. Die Flasche lag schwer in der Hand, was dafür sprechen mochte, dass es die Hersteller des Sekts verstanden, Schwerkraft zu vermarkten. Das Haus aber verlangte für das "Sternenschlösschen" fast einen Puffpreis, sodass es ihm unmöglich war, der "Dame" neben ihm diesen Wunsch zu erfüllen.

Er bedauerte, murmelte eine Entschuldigung und hoffte, dass die Tonne nicht in arge Depressionen verfiel.

Salma hingegen, die sich wieder umgezogen hatte, trank "Sternenschlösschen", zeigte sich bester Laune und machte sich bei den anderen darüber lustig, dass Martin mit einer Prostituierten aus dem metallenen Milieu anbandelte. Dieser kosmische Annäherungsversuch hätte in ihr doch die Hoffnung nähren können, in den übrigen Tonnen eine neue Art von Kundschaft zu finden.

Es war irgendwie ungerecht. Sie hatte von allen das meiste Geld, konnte sich "Sternenschlösschen" leisten und hatte überdies die Möglichkeit, ihren irdischen Broterwerb auch hier an Bord auszuüben. Zumindest in theoretischer Hinsicht, praktisch gesehen weniger, da die anderen kaum Geld besaßen und überdies war Martin bis dato der Einzige, der ein Interesse hatte, sich mit dem Kühlschrank einzulassen.

Man trank und schwieg sich an, da man sich fremd war; die Überraschungseffekte hatten sich gelegt und man konnte auch nicht endlos Zigaretten austauschen. Das Verhältnis des zusammengewürfelten Haufens wurde somit typisch, es bildete sich vorerst keine verschworene Gemeinschaft, eine Gruppe von Widerständlern etwa, die gemeinsame Sache gegen ihre Entführer machen wollten, geheim und subversiv.

Der dank den Zigaretten einsetzende Solidarisierungsprozess, dem zwei Drittel der Gruppe unterworfen waren, verlief vorerst im Sande, da ein Egoismus der Besitzenden um sich griff, ihre jeweiligen Bestände alleine aufzurauchen. Manfred mochte Salma nicht, da sie gewöhnlich etwas gehäuft ausübte, dass er, etwas vereinfacht gesagt, als Wurzel allen Übels betrachtete. Außerdem hatte er nur noch sieben Zigaretten.

Glücklicherweise besaß Martin mehr Vorräte, den Tabak hatte er frisch in der Kneipe erstanden, ein 50-Gramm-Päckchen aus Belgien, ein besonders großes also. Im Übrigen hatte er nichts gegen Salma. Er nahm aber an, dass sie ganz schön verschieden von ihm sein musste

Er hatte Probleme mit anderen Menschen beziehungsweise ging diesen aus dem Weg, und daraus folgte für ihn, dass er Probleme hatte, seine Sexualität auszuleben. Salma hatte überhaupt keine Probleme Sex zu praktizieren und ignorierte vielleicht dafür die Probleme, die sie mit den Menschen hatte. Da waren erhebliche Unterschiede, aber über den Tabak kam man sich näher.

Martin drehte sich eine Zigarette. Nichts gegen Frau Hütterer, aber die rauchte wirklich ein furchtbares Zeug. Vergessen war die Not in der Stadt, zig Millionen Nikotinmoleküle ließen sich mit dieser Zigarette in einem Atemzug in die Lunge und in die Blutbahn befördern. In Martins Hirn fänden sie Plätze, um andocken zu können.

Manfred rauchte ebenfalls, trotz der permanent aufleuchtenden Warntafeln, die auf den merkwürdigen Innenwänden des Raumschiffs mit herben Wahrheiten, Prophezeiungen und Krankheitsbildern drohten und mit Sprüchen wie Rauchen sei Firlefanz endeten, ein Satz, der auf Dauer so wirken konnte wie die Parole aus 1984: "Der große Bruder hat immer recht!"

Hier gab's eine große Schwester, die sich zurzeit mit Kommentaren zurückhielt, aber nicht uninteressiert die Entwicklung in der Bar verfolgte. SIE bemerkte, wie Salma die Zigarette von Martin beobachtete.

"Drehst du mir eine Zigarette, Martin?", fragte Salma, als sie eingesehen hatte, dass es ohne ungemütlich wurde. Wie dumm, dass sie ihre Zigaretten vergessen hatte, als sie aus dem Auto ihres letzten Freiers gestiegen war.

Es war ein einsamer Abend. Sie war fast allein gewesen, als die Tonnen sie abschleppten. Ihre Kollegin aus Kamerun, die aus hundert Meter Entfernung die Entführung beobachten konnte, würde schweigen. Erstens sprach sie nur wenige Worte Deutsch und die waren nur für ihren Job relevant und zweitens stand sie illegal an der nächtlichen Straße. Um sie herum gab es ein Areal von dreihunderttausend Quadratkilometer, in dem sie einfach illegal war. Das war ein ziemlich großes Gebiet, auf dem etwa dreihundert Millionen UFOs von der Größe jenes, welches die Entführung von Salma ausführte, landen und parken konnten, stände dem nicht die Topographie in Form von Häusermeeren und Wäldern entgegen. Durch die Häusermeere wurde die Anzahl der möglichen UFOs um einige Millionen reduziert, ein Problem, das man vernachlässigen konnte, aber die Wälder verschärften das Parkproblem spürbar.

Dieses ziemlich große Gebiet mit Namen Deutschland war von einem noch viel größeren Gebiet umgeben, in dem die Frau aus Kamerun auch illegal gestanden hätte, vermutlich waren mehr als neunundneunzig Prozent des Planeten für sie nicht zugelassen und so kam es, dass Salmas Entführung nicht aktenkundig wurde. Eben sowenig konnte Salma eine Verlustanzeige aufgeben, und der Freier war mit den "Marlboro" über alle Berge.

Martin suchte kurz nach einer Antwort: "Kannst du das denn nicht selber?" - „Mein Job ließ mir nie die Zeit dazu." - "Dann musst du schon rüberkommen." Salma sah das ein. Sie setzte sich mit ihren schwarzen Hot-Pants, der schwarzen Netzstrumpfhose und den dunkelroten Pumps in Bewegung. Das weiße, tief ausgeschnittene Etwas, was sie am Oberkörper trug, war vielleicht Teil eines Bodys. Wieso war sie nicht bunter gekleidet, fragte sich Martin. Er selbst trug ein verschwitztes grünes T-Shirt, eine überfällige blaue Jeans, weiße Tennissöckchen und blaue Adidas-Sportschuhe. Für Salma sah Martin ziemlich uninteressant aus, da gar nichts an Martins Kleidung Geld signalisierte.

Salma bewegte ihren kostbaren Körper, dieses Kapital, in Richtung Martin. Mehrere Hocker neben ihm waren noch frei und sie setzte sich, in Erwartung einer Selbstgedrehten, auf dem zu ihm nächsten.   So befand sich Martin neben zwei Geschöpfen des einschlägigen Gewerbes. Allerdings war eins davon aus Metall und besaß keinerlei Öffnungen, um zu verkehren oder um irgendetwas zu verschlucken. Die Tonne konnte demnach auch nicht "blasen" und ihre Metallkegel waren verkehrstechnisch ungeeignet. Immerhin hatte sie so etwas wie Hände, aber wer hat die nicht?

Salma hatte alles, worauf ihre Geschäfte beruhten. Sie hatte auch Hände, aber sie konnte keine Zigaretten drehen. Martin reichte ihr den Tabak rüber. "Mach mal!" - "Ich kann das nicht!" - "Versuch's doch mal." - "Ich kann das wirklich nicht!" - "Ohne Versuch gibt's keine Zigarette. Es braucht eigentlich nicht viel mehr Geschick als einem Schwanz ein Kondom überzuziehen." - "Kannst du das so gut, wie Zigaretten zu drehen?"

Martin gab keine Antwort. Er konnte keine Kondome überziehen, jedenfalls hatte er sich bei seinen wenigen Versuchen hypernervös angestellt und entnervt die Aufgabe delegiert. Immerhin hatten Erektionen auf dem Spiel gestanden. Martin reichte ihr den Tabak.

"Willst du dich etwa auf meine Kosten amüsieren?", fragte sie. "Ja, will ich." Das kehrte alle gewöhnlichen Verhältnisse um, da man sie bezahlen musste, wenn man sich amüsieren wollte; wobei die kritische Anmerkung erlaubt sei, dass Amüsieren ein ungleich komplexerer Vorgang ist als der reine Geschlechtsverkehr.

"Salma, du hast gut Kohle, du kannst dir "Sternenschlösschen" leisten. Wäre es da nicht fair, wenn du mir etwas für meine Zigaretten bezahlen würdest. Angesichts der Knappheit von Rauchwaren hier an Bord eine Zigarette für ein "Galaxy Nine"" - "Was ist "Galaxy Nine"?" - "Dieses Bier, das ich hier trinke. Es ist ziemlich gut." - "Der Sekt lässt sich auch trinken." Sie rief dem Barkeeper zu, er solle ihr Glas und die Sektflasche zu ihrem neuen Platz bringen. Petra, Tobias und Manfred schwiegen sich weiter an.

Tobias steht auf Arschficken, dachte Manfred. Nach seiner Überzeugung führte das zumindest zur Kurzsichtigkeit. Warum Tobias schwieg, wusste kein Mensch im Universum. Wenn es nichts zu sagen gab, provozierte er entweder Leute oder aber schmeichelte ihnen. Für Petra interessierte sich bisweilen niemand. Wenn man sie ansprach, gab sie höflich Antwort. An sich war sie ja recht gesprächig, aber irgendetwas ließ sie in Stille verharren.

"Martin, normalerweise müsstest du mir einen Drink spendieren, wenn ich neben dir sitze. Die erste Flasche "Sternenschlösschen" neigt sich ihrem Ende entgegen." - "Du willst also fürs Sitzen 'ne Flasche Sekt." - "Ich will auch Sekt trinken", tönte die Tonne neben ihm. "Sei du ruhig", wies Martin die metallene Bardame zurecht.

"Salma, du gibst ein besseres Bild ab, als das, was man in einer Peepshow im Fernsehen geboten bekommt. Du bist erregend, alleine durch deine Anwesenheit, und was von deinem Parfüm rüber weht, die Kombination aus Parfüm und Körper, riecht gut. Das wäre alles eine Zigarette wert. Aber müssen wir nicht alle Geschäfte machen um zu überleben? Eine perfekt gedrehte Zigarette gegen ein "Galaxy Nine" " - "Was kostet ein "Galaxy Nine"? " - "Nicht die Welt.   Erfreulicherweise verlangen sie für das Bier nicht den futuristischen Preis deines "Sternenschlösschens." Salma, weil du es bist und weil du eine wirklich geil aussehende Schnalle bist, geht die erste Zigarette sozusagen auf Kosten des Hauses."

Er nahm die gewisse Menge Tabak aus dem Beutel, dann ein Blättchen, und es erfolgte ein Bewegungsablauf, den er selbst im Schlaf hätte ausüben können; für den ihm aber die Worte fehlten, um ihn zu beschreiben. Er drehte, und Salma lächelte artig, aber vielleicht war das Lächeln eine Falle. Würde sie sich für eine Zigarette ficken lassen, fragte er sich?

- 22 -

Auf der einen Seite stand der Kribbel des Ficks, sie wollte den Kribbel der Zigarette und etwas gegen den Kribbel des Nikotinentzugs tun. Um ihn herum, ja vielleicht keine fünfzig Meter entfernt, befand sich nur leerer, unendlich großer Raum. Dies war ein angemessener Raum, sich Gedanken über den Kribbel im Allgemeinen zu machen. Er war sich aber nicht sicher, ob das Wort Kribbel hinreichend für die Beschreibung der drei Zustände war.

Bekam er vom Fick einen Kick, Salma vielleicht einen von der Zigarette? Der jämmerliche Zustand, sich eine Zigarette zu wünschen und keine kriegen zu können, war jedenfalls nicht kickähnlich. Das Wort war nicht geeignet, die drei verschiedenen Situationen zu beschreiben, dann doch schon eher Kribbel.

Salma an seiner Seite, die an sich harmlos war, da sie nur eine Zigarette wollte, beunruhigte ihn. Ihre Anwesenheit, ihre unmittelbare Nähe stellte bewährte Grundsätze infrage. Solche, dass er sich nicht mit Prostituierten einlassen wollte, dass der Sex mit einer Nutte das verlangte Geld nicht wert war. Ein dummer, teurer, vergänglicher Kitzel, nicht mehr! Diese Sätze hatten für ihn die Gültigkeit von Naturgesetzen, aber die unmittelbare Nähe einer solchen Person, die ungerechterweise mit einer unübersehbaren Attraktivität bedacht worden war, brachte seine Ordnung und sein Gefüge durcheinander. Dies war eine Katastrophe, zerstörerisch wie eine komprimierte Riesenmasse, die den Raum verbiegt und das Licht im Kreis laufen lässt, obwohl Licht sich geradlinig ausbreitet.

Salma saß so nahe, dass er den mysteriösen Duft, der von ihr ausging, mitbekam. Es war sicher eins der tausend Parfüms, die er nicht kannte. Die übermächtige Präsenz, die sein Kontinuum deformierte, die seine ansonsten vielleicht geradlinigen Gedanken in andere Bahnen lenkten, - vielleicht auch in eine Kreisbahn, denn es drehte sich nur um das eine - erzeugten neue Gedankengänge, die die alten Grundsätze und Überlegungen nicht mehr kannten. Von der Frau ging ein übermächtiger Kribbel aus.

Salma nahm die Zigarette dankend entgegen. "Für den Kribbel", sagte er und reichte ihr Feuer. Er bewahrte sich noch eine gewisse Standfestigkeit durch eine brennende Zigarette und "Galaxy Nine". Die Prinzessin neben ihm prostete ihm mit "Sternenschlösschen" zu.

Die Blechdame maulte ein wenig, sie wolle auch "Sternenschlösschen", war ansonsten ruhig und versuchte sich geistig auf ein aufkommendes Gespräch der beiden vorzubereiten - eindeutig ein Kontaktgespräch -, um ein wenig von ihrer weitaus erfahreneren Kollegin zu lernen.

Martin fehlte das Geld, um neuen Grundsätzen zu folgen. Was er hatte, waren vielleicht noch zwanzig Zigaretten. Für eine Zigarette Geschlechtsverkehr zu verlangen, war ein utopisches Anliegen, das nur die letzte Verzweifelte angenommen hätte. Ein vollkommen unrealistischer Preis.

Einerseits befriedigte ein bis zwei Mal Geschlechtsverkehr pro Tag dieses eher unsinnige Bedürfnis. Da er gigantischen Nachholbedarf hatte und Salma den Reiz des Neuen verkörperte, musste man sein Suchtpotenzial höher einschätzen, vielleicht wollte er drei bis viermal täglich, auch wenn dieser übertriebene Rauschzustand Hodenkater zur Folge hatte. Demgegenüber stand ein tägliches Rauchbedürfnis von mindestens zwanzig Zigaretten. Mit nur zehn Zigaretten am Tag sah er schon recht alt aus. Seine Überlegungen führten zu einem halbwegs realistischen Wechselkurs: fünf Zigaretten für Sex mit Salma beziehungsweise einmal vollzogener Geschlechtsverkehr für fünf Zigaretten. Einmal Sex war dann gut bezahlbar und verkraftbar, es blieben dann noch fünfzehn Zigaretten. Der Reiz für ein zweites Mal blieb bestehen und es gab noch Zigaretten für danach. Es war schon deprimierend, aber mehr als zweimal war ausgeschlossen.

Trotz der verwirrenden Präsenz von Salma, die alles infrage stellte, blieb ihm ein alter Gedanke, nämlich der, dass Zigaretten wichtiger waren als Frauen. Nie und nimmer hätte er seinen ganzen Tabak für den Kick mit Salma hergegeben. Vielleicht sah sie es ja auch so und Zigaretten waren für sie wichtiger als der Sex, den sie anbot.

Es drängten sich allerdings noch andere Überlegungen auf: Er hatte noch Geld für vielleicht drei Flaschen "Galaxy Nine", zwei Flaschen mussten sich noch in seiner Kabine befinden, machte zusammen fünf Flaschen Bier, weniger als sein momentaner Tagesbedarf, der hier im Weltraum auf mindestens sieben Flaschen emporgeschnellt war. Er schätzte aber, dass er mit vier, fünf Flaschen hinkam, wenn er die größten Unannehmlichkeiten vermeiden wollte.

Wie das mit weniger Bier war, wusste er nicht so genau, da er schon seit Jahren täglich mindestens vier Flaschen getrunken hatte und immer dann, wenn es nur vier waren, hatte er das Gefühl, es fehle etwas. Sollte er jede einzelne Zigarette nicht in eine Flasche "Galaxy Nine" verwandeln? Er hätte dann vier Tage zu trinken. Da er etwa fünf Flaschen pro Tag benötigte, (das stand mindestens zwanzig Zigaretten gegenüber), kam er auf vier Zigaretten pro Flasche, unter der Voraussetzung, dass das Bedürfnis nach Bier und Zigaretten grundsätzlich gleichwertig war, aber so genau wusste er das nicht.

Nach der Erfahrung von vorhin, in seiner Stadt, schienen ihm die Zigaretten wichtiger, vielleicht doppelt so wichtig, sodass eine Flasche Bier tatsächlich nur zwei bis drei Zigaretten wert war. Das war vielleicht ein realistischer Tausch, ein freier Wechselkurs der Abhängigkeiten, aber er sah sich in der Rolle eines Spekulanten, hinter dem ein mächtiges Monopol stand, ein Tabaktrust, der für wenige Stunden diesen Teil der Menschheit mit Zigaretten versorgen konnte.

Manfred war noch für ein, zwei Stunden autark. Nie und nimmer würde er für Sex mit Salma eine der sechs Zigaretten, die er noch besaß, opfern. Er hätte vielleicht ein Opfer für Stefanie gebracht, aber die war ja noch nicht zigarettenabhängig.

Der rote Landwein, den Manfred trank, entstammte einem unbekannten Land, das jenseits der menschlichen Vorstellungskraft lag und dessen Rebstöcke von einem besonders weinfreundlichen Sonnenlicht bestrahlt wurden, das jedoch zu schwach war, um für einen Erdling mit bloßem Auge erkennbar zu sein, weil es ja weit jenseits der menschlichen Vorstellungskraft schien. Diese reichte eigentlich nur für die Entfernung zum Mond, eine Strecke, die ein PKW, ausgerüstet mit einem robusten Dieselmotor, während seiner Lebenszeit mit etwas Glück schafft.

Mit Sicherheit stammte der Wein von einem Planeten eines Objektes, das für die irdischen Astronomen gänzlich unbekannt war, vielleicht nachweisbar, aber irgendwie uninteressant, denn in dieser Galaxie gab es mehr als zweihundert Milliarden Sterne. Demgegenüber standen weniger als zweihunderttausend praktizierende Astronomen, sodass auf einen Astronomen mehr als eine Million Sterne kamen, mit denen er sich beschäftigen musste. Damit waren die Astronomen natürlich überfordert, zumal sie ja auch noch anderes zu tun hatten.

Wenn alle sechs Milliarden Erdenbewohner praktizierende Astronomen gewesen wären, hätte es vielleicht gereicht, aber die meisten Sonnen waren von der Erde aus nicht sichtbar und auf der Erde gab es zwischen der Astronomie und der Önologie kaum Berührungspunkte, sodass dem untersuchenden Astronomen bei Spektraluntersuchungen eines Sterns nicht aufgefallen wäre, dass es sich um einen besonders weinfreundlichen Stern handelte.

Mit ein bisschen Phantasie kann man sich vorstellen, dass ein netter kleiner Planet diese eine oder vielleicht auch mehrere Sonnen umkreiste, bei dem der Anteil an qualitativ hoch zu bewertenden Weinanbaugebieten an der Landmasse besonders groß war, sodass - vergleichsweise - Spitzenweine zu sehr günstigen Preisen hergestellt werden konnten. Jedenfalls bezahlte Manfred für seinen Landwein eine Mark pro Glas. Für Martin war der Preis eine Frechheit, da ihm Wein nicht schmeckte und ihm von Wein hin und wieder übel wurde. Ihm blieb nichts anderes übrig, als auf diese billige Alkoholquelle zu verzichten. Überdies mutmaßte er, dass der Preis ein politischer Preis war, denn dieses Raumschiff wurde von Gesundheitsaposteln geführt.

Manfred hatte es nicht nötig, Zigaretten gegen Wein zu tauschen, da er sich noch jede Menge Gläser leisten konnte. Er liebte den Wein, aber Tabak war für ihn von existentieller Bedeutung. Aufgrund dieser Marktsituation und den vorhandenen Geldreserven, die vor allem noch in Salmas Tasche steckten, sah sich Martin in der Lage für eine Zigarette eine Flasche "Galaxy Nine" verlangen zu können.

- 23 -

Diese Überlegungen bezogen sich alle auf diesen Tag und hatten, wenn überhaupt, nur an diesem Tage ihre Gültigkeit, denn morgen gab es keine Zigaretten mehr. Martin hatte das Gefühl, dass seine Gedanken nicht ganz von der Hand zu weisen waren, aber sie waren nicht zu Ende gedacht.

Salma rauchte offensichtlich mit einigem Genuss ihre Zigarette, und wenn er sich in einem sicher war, dann in dem, dass sie solange neben ihm sitzen würde, wie er Zigaretten drehte. Vielleicht war sie sogar ein bisschen nett zu ihm, wie das Barfrauen in seiner Vorstellung waren, wenn man ihnen etwas ausgab - hier und da ein Küsschen und dort durfte man mal anfassen -, letztlich Aktionen, die ihn mehr oder weniger erregen würden und schließlich wüsste er nicht, wo er mit der Erregung hin sollte. Dies wäre der zu erwartende natürliche Verlauf, bei dem die Zigaretten die

Rolle eines Glas Sekt, eines Longdrinks oder Cocktails einnahmen.

Die eine Zigarette sollte aber einen Hundertmark-Schein ersetzen; eine ungeheuerliche Blasphemie, die Zumutung eines Verrückten, die Einbildung eines Größenwahnsinnigen, der sich einbildete, aufgrund von knapp zwanzig Zigaretten, die Puppen tanzen lassen zu können. Selbst wenn die Sucht Salma schwer zu schaffen machte, wäre sein Angebot, für fünf Zigaretten mit ihr zu schlafen, eine so große Frechheit, die sie vielleicht zuerst auflachen lassen würde, bis die Belustigung in Verärgerung oder Wut übergehen würde; und diese Wut könnte sich als fatal erweisen.

Sie könnte seine Blättchen zerstören, die Wut könnte nicht nur zur Verweigerung, sondern auch zu Hass führen, und würde ihre Sucht sie wirklich zu diesem Deal bewegen, so würde sie ihren Teil nur äußerst schlecht gelaunt dazusteuern, eben nicht so, wie wenn sie für ihre Dienstleistung hundertfünfzig Mark bekäme.

Vielleicht hatte Salma bei einem gewöhnlichen Kontrakt das Gefühl, dass sie das Geschäft mache und nicht derjenige, der sie besteigen wollte. Nun ja, dies waren alles nur Mutmaßungen, gestand sich Martin ein.

Ein paar Fragen am Rande beschäftigten ihn jedoch: Konnte man mit Hilfe von Real World eine Sucht, zum Beispiel die Sucht nach Zigaretten befriedigen, vorausgesetzt man schaffte es, in der simulierten Welt an Zigaretten zu kommen? Das Problem bei Zigaretten war, dass man schlecht auf Vorrat rauchen konnte, im Normalfalle nach circa einer halben Stunde eine neue brauchte, sodass die Frage, dieser Ansatz in puncto Zigaretten weniger Sinn machte.

Wie wäre es, wenn er in Real World zum Beispiel Ecstasy nehmen würde und kurz nach Einsetzen des Rausches an Bord zurückkehren würde. Würde die Wirkung auf dem Raumschiff noch Stunden andauern oder sich in Luft auflösen? Diese mehr theoretische Frage hatte bei anderen Dingen größere praktischere Relevanz. Wie war das bei Hunger oder einem Vollrausch durch Alkohol? Wie war das mit Verletzungen oder einem Kater? Er müsste SIE dahingehend befragen.

Während Salma sich ihm durch Real World entziehen konnte, um ohne ihn zu rauchen, konnte er dort ohne sie seine sexuellen Bedürfnisse ausleben. Und da war noch etwas, das ihn interessierte. Gab es auf diesem Schiff einen geheimen, schwarzen Markt für Zigaretten? Er würde in einem ungestörten Augenblick, vielleicht während sich Salma auf die Toilette zurückgezogen hatte, die metallene Bardame danach fragen. Wenn es eine Person gab, die er fragen konnte, dann diese, denn sie und der Barkeeper stellten gewissermaßen das hiesige Milieu dar. Vielleicht war ihre Abscheu vor Zigaretten nur gespielt, um SIE zu täuschen. Aber wie konnte man SIE täuschen, wenn sie alles allgegenwärtig verfolgte? Immerhin ließ sie es zu, dass man hier rauchte. Es wäre für sie das Einfachste gewesen, die verbotene Ware zu beschlagnahmen. Sie tat vielleicht scheinheilig und ignorierte das Dealen einer metallenen Mafia an Bord.

"Wie heißt du eigentlich?", fragte er die Bardame. "Ich heiße Candy." - "Das ist aber ein sehr schöner Name. Ich heiße Martin, und meine Freunde nennen mich Tiny."

Martin hatte wohl vergessen, dass er überhaupt keine Freunde besaß. Er fragte sich, warum er in dieser naiven Weise mit der Tonne sprach, aber machte man das nicht so? Im Übrigen hatte man Bardamen doch Komplimente zu machen, außerdem waren sie ja alle, bis auf Stefanie vielleicht, erwachsen.

"Du hast Klasse und hast interessante Brüste", sagte er zu der Tonne. Diese wurde leicht rosa um die Augenpartie, bedankte sich für das Kompliment und fragte, ob sie ein Glas

"Sternenschlösschen" haben könne. Hilfe suchend wandte sich Martin an Salma.

"Kannst du der Kleinen nicht ein Glas Sekt abgeben?. Sie könnte vielleicht mal nützlich für uns sein" - "Warum sollte der Blechhaufen mal nützlich für uns sein? Findest du ihre Titten wirklich so gut?" - "Sie sind perfekt und symmetrisch. Außerdem beunruhigen sie mich nicht, im Gegensatz zu deinen."

"Meine Titten beunruhigen dich?", fragte die Hure. "Du hast sie doch noch gar nicht gesehen" - "Sind sie eigentlich echt?" - "Was spielt das für eine Rolle, wenn man das nicht unterscheiden kann?" - "Kriege ich endlich meinen Sekt?", maulte die Tonne und konnte es nicht unterlassen, darauf aufmerksam zu machen, dass ihre Brüste perfekter seien und der Schwerkraft stärkeren Widerstand entgegensetzen würden. Salma versuchte, hinter den Sinn ihrer Worte zu kommen. "Meint sie, ich hätte einen Hängebusen?", fragte sie Martin. "Ich glaube ja", antwortete dieser.

Er machte sich darüber Gedanken, wie beziehungsweise warum Salmas Brüste ihn beunruhigen konnten. Brüste waren doch primär Instrumente der Beruhigung. Salma mochte aus der Beunruhigung Kapital schlagen. Egal, ob ihre Brüste beruhigten oder beunruhigten, die Männer zahlten auch für sie, und mancher Sonderling benutzte sie für eine Art Verkehr.

"Meine Titten sind die Besten. Ich brauche sie nicht zu verstecken", tönte die Tonne und vielleicht bildete sie sich ein, mit solch Angeberei schneller zu einem Glas "Sternenschlösschen" zu kommen. "Salma, zeig ein Herz. Biete der Dame ein Glas Sekt an. Sonst benimmt sie sich noch ungehöriger."

Salma hatte vielleicht erwartet, dass Martin sie auffordern würde, sich einem Vergleich zu stellen, aber der drehte statt dessen Zigaretten. Zigaretten halfen, wenn man beun-

116

ruhigt war und warum sollte man sich nicht mit einer Quelle der Beunruhigung solidarisieren. Daher drehte er zwei Zigaretten, und wenn Salma eine starke Raucherin war, würde sie diese Zigarette nicht ablehnen. Er bot sie ihr an, ohne dafür ein "Galaxy Nine" oder einen Striptease zu verlangen.

Wie dumm er doch war. Salma bedankte sich für die Zigarette, bestätigte das sie perfekt gedreht sei, - am Mundstück fester - und schmecken würde. Das hörte man doch gerne, wenn auch solche Worte keinesfalls geeignet waren, den beunruhigenden Charakter der Situation zu entschärfen; dafür musste man schon selber rauchen, wenn auch der Kick der Zigarette nicht zu den Reizen gehört, der alle anderen Reize vergessen machen konnte und auch keiner war, der neue Türen aufstieß. Vielleicht hätte ein mit Opium durchsetzter Rauch eine gewisse Gleichgültigkeit gegenüber der physikalischen Präsenz Salmas entstehen lassen können, der Nikotinrauch jedenfalls verdrängte nichts, sondern fügte der "reizenden" Situation nur einen weiteren Reiz hinzu. Möglicherweise lenkte er aber etwas ab.

Es war ja nicht so, dass es ihm von der Zigarette schwindlig wurde und sich so seine gesamte Aufmerksamkeit um den Schwindel gedreht hätte. Wie dumm er doch war. Warum boxte er sein Geschäft nicht durch? Er bestellte beim Barkeeper ein weiteres Bier. Salma kam nicht auf die Idee die Rechnung zu übernehmen, und Candy ging weiter leer aus.

Er hätte dieses Geschäft mit Salma ein, zwei Tage lang machen können. Zwei Tage war aber schon eine sehr unrealistische Annahme, die auch vollkommen quer zu seiner Sucht lag. Aber vielleicht gab es wenigstens einen Tag Sex für Zigaretten.

"Was machen wir, Salma, wenn die Fluppen ausgehen?" - "Wir übernehmen das Raumschiff und fliegen zur Erde zurück" - "Ich bin überzeugt, die können jederzeit an Bord Tabak in angemessener Qualität herstellen." - "Wenn die hier Whisky, Sekt und Bier haben, haben die hier auch Zigaretten. Die wollen uns zappeln lassen." - "Vielleicht gibt es einen schwarzen Markt."

Martin schaute auf Candy, die unendliche Geduld hatte, auf einen Sekt zu warten, der niemals kam. "Candy, willst du auch eine rauchen?" - "Rauchen ist Firlefanz", antwortete die Tonne monoton. "Hast du denn schon mal probiert?" Die metallene Lady versuchte sich zu erinnern und kam zu dem Schluss, dass sie noch niemals geraucht hatte. "Auch nicht in deinem früheren Leben?" - "Ich weiß nicht, ob ich lebe." - "Jeder, der gerne Sekt trinkt und Zigaretten raucht, lebt." Die Tonne beharrte darauf, dass dieses Kriterium nichts bringen würde. Es wäre auf sie nicht anwendbar, weil sie noch nie geraucht habe. Sie verschwieg, dass sie auch noch nie Sekt getrunken hatte, da sie diesen in die Blumen gießen musste

Candy schloss mit ihrer nicht unerheblichen metallenen Logik und mit ein wenig Wissen um Biologie, dass Topfpflanzen leben mussten, da sie atmen konnten und somit von dem Zigarettenrauch mitbekamen, damit also passive Raucher waren und hin und wieder mit Sekt getränkt wurden; wenn dies auch ein sehr passives Leben sein musste

Wie sollte Candy auch rauchen, wo sie noch nicht mal Ohren besaß, in denen sie die Zigaretten hineinstecken konnte. Wenn, dann führte Candy ein atemloses Leben, wenngleich sie auch grundsätzlich jede Menge Zeit zum Luft holen hatte.

"Woher weißt du, dass Rauchen Firlefanz ist, wenn du noch nie geraucht hast?" - "Man kann auch Dinge beurteilen, die man noch nie praktiziert hat."

Martin wusste nicht recht, wie er Candys Antwort parieren sollte. Sie hatte wohl recht, und man musste solche Fragen differenzierter stellen, damit für die Antworten die eigene Erfahrung unabdingbar war. "Weiß du, Candy, das ganze Leben ist Schnickschnack. Es stört dann nicht weiter, dass die Zigaretten auch Schnickschnack sind, sie gehören zum Leben."

Zu einer solch pessimistischen Sicht der Dinge wollte sich Salma nicht hinreißen lassen. "Das Leben hier an Bord ist Schnickschnack. Mein Leben war okay, wenn auch die Kerle, die mich täglich besprangen, manchmal etwas lästig waren, aber immerhin sind sie irgendwo nützlich." - "Ich habe hier eine Aufgabe", meinte Candy. "Du willst den Männern hier an Bord das Geld aus der Tasche ziehen", sagte Martin mitleidig.

"Ich hatte auch eine Aufgabe", warf Salma ein, "nämlich Männerseelen und Männerschwänze aufzurichten. Ein bisschen reiten, ein bisschen machen lassen, ein bisschen stöhnen und der Mann ist wieder aufgebaut. Und davon lässt sich ganz gut Leben. Aber hier an Bord hat man weder die Gelegenheit Geld zu verdienen, noch welches auszugeben. Dieses Raumschiff ist vollkommen überflüssig." - "Niemand hindert dich zu arbeiten. Die Preise sind hier nur andere." - "Was willst du damit sagen?" fragte sie ihn. "Schon gut."

Martin gab klein bei. Warum sollte er Salma mit dieser fiktiven Zigarettenwährung nerven. Irgendein Egoismus seinerseits würde die Entzugssymptome nur für wenige Stunden verschieben und war im Grunde keine Lösung seiner Probleme. Sex für Zigaretten würde ihn vielleicht deprimieren. Und das, was oberflächlich wie eine Dummheit aussah, war vielleicht gar keine. Also würde er den verbleibenden Tabak mit Salma, Stefanie und Manfred teilen.

"Hier an Bord kannst du nicht arbeiten. Wenn ich das richtig sehe, bin ich der Einzige, der für deine Reize empfänglich ist und ich habe nichts außer ein bisschen Tabak. Ich finde dich schon sehr beunruhigend." Salma fühlte sich geschmeichelt. "Ja, das stimmt", sagte sie dann.

"Aber du kannst in Real World arbeiten, dort Geld verdienen. Du musst es dort möglichst schnell ausgeben, denn hier hast du davon nichts. Am besten, du gehst gut essen oder so etwas, denn ich weiß nicht, ob du das nächste Mal auf gekaufte Güter zurückgreifen kannst. Vielleicht wird deine Arbeit etwas erschwert, weil du keine Kondome hast und du dir erst mal keine besorgen kannst." - "Ist dieses Computerspiel wirklich so gut?" - "Du kannst es von der Realität nicht unterscheiden. Vielleicht ist es Realität. Jedenfalls wirkt alles wirklicher als die Verhältnisse hier an Bord. Übrigens kann man da mit ein bisschen Glück rauchen. Die Zigaretten wirken und "Lord" schmeckt genau so beschissen, wie man es erwartet, aber bekanntlich raucht der Teufel ja Fliegen oder so ähnlich. Vielleicht wird man zur Erde gebeamt, ich hatte bei diesem einen Mal keine Möglichkeit dies festzustellen. Ich hatte weder Geld noch Wohnungsschlüssel in der Tasche und kenne in meiner Stadt vergleichsweise nur wenig Leute."

Musste man sich nicht hier an Bord solidarisieren, damit man es miteinander aushalten konnte? "Ich glaube Real World ist geil, auch wenn man da ziemlich in der Scheiße stecken kann. Du, mit deinem Aussehen, dürftest aber weniger Probleme haben."

Salma bedankte sich für das Kompliment und bat Martin, ihr eine weitere Zigarette zu drehen. Sie nannte ihn dabei Tiny. "Weißt du eigentlich, was der Name bedeutet?", fragte er sie. "Ich nehme an niedlich oder so etwas." - "Ja, so etwas", sagte er. "Du bist auch wirklich niedlich", sagte sie. Konnte man mehr aus dem Munde einer hübschen Prostituierten erwarten?

"Nun gib schon der Tante neben uns einen Sekt aus, Salma!" - "Warum sollte ich das tun?" Salma war vielleicht zu sehr gewohnt, dass man ihr etwas ausgab. "Sie hat vielleicht Verbindung zu einer Zigarettenmafia hier an Bord." - "Ich glaube nicht, dass dieses Dussel neben dir irgendeine Verbindung hat. Und du findest, sie hat geile Brüste?" - "Zumindest sind sie irgendwie ästhetisch. Sie haben eine hohe Symmetrie. Geil ist etwas anderes. Dich finde ich beunruhigend, nicht die Tonne neben mir." - "Du setzt beunruhigend mit geil gleich?"

"Ich höre da etwas von geil", rief Tobias von hinten. "Sei du ruhig", bremste ihn Salma, "unterhalte dich schön mit Petra weiter." - "Ich habe kaum Kontakt zu Frauen", fuhr Martin fort. "Eigentlich sind alle Menschen, insbesondere Frauen wie Marsmenschen für mich." - "Und Frauen wie ich sind besonders beunruhigende Marsmenschen? Hattest du Kontakte zu Kolleginnen, ich meine zu Marsmenschen, die auf den Strich gehen?"

"Nein, eure Spezies übt zwar einen besonderen Reiz auf mich aus, aber ich mache im Grunde einen weiten Bogen um sie." - "Warum, findest du uns nicht geil?" - "So kann man das nicht sagen. Ich bin geil auf euch, ich bin fasziniert, krieg einen Adrenalinschub und was weiß ich noch, und im Gegenzug bin ich euch nur mehr oder weniger unangenehm und was zählt, sind meine Scheine." - "Ich könnte für dich eine perfekte Illusion von Geilheit erzeugen."

"Ich würde dir kein Wort glauben, keinen Schrei, kein Aufstöhnen. Menschen, auf die ich geil bin, die meine Geilheit provozieren und die nur einen Lappen vorm Auge haben, beunruhigen mich. Warum soll ich für einen Nervenkitzel, der schnell zur deprimierenden Ernüchterung wird, Geld ausgeben. Ich bin ein einsamer Mensch, und danach würde ich mich noch eine Spur einsamer fühlen, dann, wenn du keine Zeit mehr für mich hast und ich gehe. Ich fühle mich eine Spur einsamer und bin um ein paar Scheine ärmer."

"Du könntest dir zeigen, dass du ein Mann bist." - "Das weiß ich auch so." - "Du fühlst dich dann wie ein Mann, weil du das gemacht hast, was Männer halt wollen und machen. Du hast dann ein Leuchten im Auge, das allen anderen Frauen und Männern signalisiert, dass du ernst zunehmen bist." - "Salma, wie kann man nur so einen Quatsch reden. Glaubst du das eigentlich selber, was du da propagierst?" - "Glaub mir, Tiny, ich habe meine Erfahrung."

Entfernt hielt Martin für möglich, was er hier anzweifelte. Er hätte gezeigt, dass er es könnte, aber ein Gefühl von Minderwertigkeit, für etwas bezahlen zu müssen, das sich die meisten kostenlos gönnten, würde bestehen bleiben. Bumsen für fünf Zigaretten, das wäre ein cooler Deal, das hätte nichts Minderwertiges.

"Salma, ich habe mehr als ein Jahr lang keine Frau mehr gehabt. So was wie dich neben mir auf dem Hocker sitzen zu haben ist ein starkes Ding, eigentlich eine Zumutung. Das, was unter deinem Ausschnitt steckt, ist stark beunruhigend. Und du trägst eine Hot-Pants in der Art, dass man meint, dein Arsch wolle nur das eine ausdrücken. Ich meine das Eine, an das man angeblich immer denkt."

Martin war aufgefallen, dass er sich unfreiwillig doppeldeutig ausgedrückt hatte. "Deine Beine in der schwarzen Netzstrumpfhose drücken auch nichts anderes aus, und was sollen die roten Schuhe?"

"Das alles soll Typen wie dich bewegen, ein paar Mücken lockerzumachen. Für einen tollen Event." - "Salma, findest du den Event so toll?" - "Ich ficke nicht so selten wie du."

Martin fragte sich, was seine Offenheit eigentlich sollte. Jemand, der offen und ehrlich über sich selber sprach, zählte in der Gesellschaft nicht. In dieser musste man seine Schwächen verbergen, als zielstrebig erscheinen und wenn man aalglatt war, hatte man einige Sympathien sicher. Stärke, Erfolg wurde bewundert, selbst wenn sich der Bewunderer damit selbst infrage stellte, da nur der Schwächere den Starken bewundert. Zu der Kunst des Bewunderns gehörte es, die eigene Erfolglosigkeit zu verdrängen.

"Salma, man soll niemals nie sagen. Es ist wie ein Naturgesetz und gleichzeitig total ungerecht, dass du körperlich auf mich wirkst und ich nicht auf dich. Ich weiß nicht, warum ich so offen bin. Versuche ich das Unmögliche, dich mit Offenheit, mit der Wahrheit zu beeindrucken, weil du selber einsam bist? Du hast aber bemerkt, dass du das bleibst, trotz eines Teils in deinem Teil. Wenn das so ist, macht man konsequenterweise mit dem Teil Geld oder so ähnlich, sonst wäre es ja zu nichts nütze. Du versuchst, deine Einsamkeit mit Konsum wegzudrücken. Aber was wollte ich eigentlich sagen? Wenn wir uns in Real World treffen und ich habe genug Kohle dabei, kannst du mir ja deine Show von Sexualität zeigen, die bestimmt nur noch entfernt etwas mit der Entwicklung der Arten nach Darwin zu tun hat. Du sitzt nur hier, weil du Zigaretten abkriegen willst. Küsse mich Salma, küsse mich!"

Salma küsste ihn, was einige Beachtung der übrigen Entführten fand. Sie zog ihn an sich ran, öffnete ihren Mund und mit diesem den seinen, und Martin sah sich plötzlich einem Ansturm von körperlichen Reizen ausgesetzt. Bestimmte Naturgesetze galten nur in einem relativen Rahmen. Nun schienen andere zu gelten, aber der Umsturz von Ursache und Wirkung währte nur kurz, die Verhältnisse fielen wieder zurück in jene quasi natürliche Ordnung, die sich insbesondere durch viel Distanziertheit auszeichnete.

"Jetzt habe ich mir eine Zigarette verdient", meinte Salma deplatziert. Noch nicht ganz nüchtern und mit einem un-

merklichen Anwachsen seiner Beunruhigung sagte Martin: "Du bist ja eine richtige Kettenraucherin. Ich sollte für meine Zigaretten ganz andere Dinge verlangen. Für die nächste Zigarette einen gefühlvollen Striptease. Ich stehe nämlich auf Striptease und für die übernächste gibst einen Ritt."
"Martin, du spinnst." - "Ich weiß." - "Rauchen ist etwas für Blödmänner", kommentierte Candy.
"Candy, halt dich aus unserem Beziehungssumpf raus. Organisier lieber mal 'ne Stange Zigaretten. Du kannst dann jeden Tag "Sternenschlösschen" trinken. Taugt der Sekt eigentlich etwas, Salma?" - "Der Sekt ist hervorragend und eine Sünde wert." - "Wie das Bier. Das ist ebenfalls spitzenmäßig. Ich frage mich, warum die hier so spitzenmäßige Sachen zu trinken haben, aber keine Zigaretten. Warum haben die hier keine Zigaretten?"

- 25 -

"Zigaretten sind äußerst ungesund und zu nichts nütze", antwortete Candy. "Sie verkürzen deine Lebenserwartung um fast zehn Jahre", setzte sie fort.
"Mich interessiert das Leben, das ich morgen führe und das, was ich jetzt erwarten kann. Mich erwartet morgen eine kleine Vorhölle, wenn du uns keine Zigaretten besorgst."
Candy sah fast verzweifelt aus. "Ich könnte euch vielleicht eine Prise Koks besorgen. Es ist aber nicht ganz billig."
Salma stöhnte auf. "Ich träume nach Koks von weißen abgemagerten Ratten, meist mit roten Augen." - "Es ist doch lächerlich: Koks kann sie besorgen, ein Rauschgift, vermutlich von bester Qualität, von einem Hochlandplaneten, aber Zigaretten, nein, keine Zigaretten", machte sich Martin Luft.

"Ihr müsst vorsichtig sein", raunte Candy.

"Candy, ohne Zigaretten werde ich total unglücklich. Ich verfalle in eine totale Depression. Zigaretten und das Bier sind das Einzige, das mir das Leben bietet. Von anderen Dingen wage ich nur manchmal zu träumen. Ihr seid dabei, mein Leben zu zerstören."

"Du musst verstehen, Süßer, dass Zigaretten einfach Schnickschnack sind." - "Du bist Schnickschnack, Candy. Ich will dich ja nicht verletzen, aber du bist echt das Vorletzte. Du bist eine Witzfigur. Kein Mann würde dir jemals ein Glas "Sternenschlösschen" ausgeben, es sei denn aus Mitleid. Du hast die erotische Ausstrahlung einer Dose Büchsenmilch. Du bist doch sicherlich noch Jungfrau."

Martin ereiferte sich, bündelte seine Wut und versuchte sie, an Candy auszulassen. Die erhob sich und sagte mit weinerlicher Stimme, dass sie sich nicht gut fühle und sich für eine Weile zurückziehen würde.

Mitleidlos warf Martin einen letzten Blick auf Candys Brüste, und als die schon einige Meter entfernt war, sagte er zu Salma: "Die Tonne hat noch nicht mal einen Arsch!"

"Nicht wahr, Tiny, du findest, ich sehe besser aus" - "Salma, du stellst eine der Gründe dar, warum ich rauche und saufe." - "Ach, ich bin schuld?" - "Gewissermaßen auch." - "Allerdings könnte ich mich mit den Zigaretten und dem Bier begnügen, wenn sich nicht beispielsweise Personen wie du in unmittelbarer Nähe aufhalten." - "Soll ich mich zu den anderen setzen?" - "Und ich komme dann hin und wieder vorbei und bringe dir eine Zigarette. Was ist eigentlich mit dem 'Camel'-Raucher?" - "Der steht nicht auf mich." - "Ist der auch schwul?" - "So wie der Stefanie angeschaut hat, glaube ich, dass der auf Kleinere steht." - "Du meinst auf Jüngere." - "Ja, auf Jüngere."

"Stefanie sieht nicht schlecht aus." - "Um das so beurteilen zu können, müsste sie mal mein Zeugs anziehen." - "Ja, du siehst natürlich darin umwerfend aus." - "Aber es ist doch kein Naturgesetz, dass alle Männer auf mich stehen. Es gibt einige Männer, die mögen mich nicht."

"Das ist ja auch vielleicht was anderes. Mir erscheint es wie ein Naturgesetz, dass du sexuelle Wünsche erzeugst. Ich glaube, ich weiß, was ich machen würde, wenn ich mich jetzt alleine auf mein Zimmer zurückziehen würde."

Salma guckte ihn vielleicht mitleidig an. "Warum nimmst du mich nicht mit?" - "Du weißt, ich kann dich nicht bezahlen." - "Und wenn ich dir Kredit einräumen würde. Sagen wir mal, alles sei zurückzahlbar nach unserer Rückkehr auf die Erde, und falls wir nicht zurückkehren, habe ich Pech gehabt."

Dieses Angebot bewegte Martin, sich eine weitere Zigarette zu drehen. Er gab sich dabei sehr viel Mühe. "Glaubst du im Ernst, ich würde das Geld wirklich zurückzahlen?" - "Ja, ich schätze dich so ein, aber man kann sich ja auch täuschen. Jedenfalls fick ich niemals auf Kredit." - "Ich auch nicht. Salma, du bist ein Arsch!" - "Kannst du mir noch eine drehen?" - "Aber sicher doch!".

Er lege seine brennende Zigarette auf die Theke, löste damit keinen Alarm oder irgendwelche Beschwerden aus - es handelte sich offensichtlich um feuerfestes Material - und drehte mit Hingabe eine weitere Zigarette für Salma. Er hatte nicht nachgehalten, wie viele es bisher gewesen waren, aber möglicher Sex war bezahlt.

"Salma, glaubst du, dass das Bedürfnis nach Sex oder das nach Zigaretten größer ist?" - "Mein Bedürfnis nach Zigaretten ist eindeutig größer. Sex ist mein Broterwerb. Hier bin ich etwas unfreiwillig auf Urlaub. Muss ich da an Arbeit denken?" - "Du würdest lieber arbeiten?" - "Natürlich, ich mache nur zwei Wochen Urlaub im Jahr. An mehr Urlaub ist nicht zu denken." - "Du denkst dabei sicher an die Globalisierung der Märkte. Der Konkurrenzkampf wird härter. Die Mädels aus Weißrussland und Brasilien schlafen nicht." - "So ungefähr." - "Was machst du im Urlaub?" - "Ich flieg zwei Wochen nach Fuerteventura. Mein Zuhälter hat da eine Bar. Ich könnte dort das ganze Jahr arbeiten."

"Salma, ich finde es tragisch so auszusehen wie du, aber weder einen Sinn für Leidenschaft, Erotik und Sex, noch einen für romantische Gefühle wie Liebe, Zärtlichkeit und Vereinigung zu haben. Salma, dein Aussehen ist eine Verschwendung." - "Im Gegenteil, mein Körper wird effektiv eingesetzt und kann jede Menge Männerschwänze abfertigen. Bei meinem Körper kommen viele Männer ans Träumen." - "Woher weißt du das?" - "Vom Hörensagen." - "Machst du die Männer bewusst von dir abhängig, um sie dann wie Zitronen auszupressen?"

"So was mache ich nicht. Mein Ding ist fair. Die Männer zahlen ein paar Scheine für 'ne viertel oder 'ne halbe Stunde. Ich mache niemandem etwas vor." - "Ich dachte, du verkaufst Illusionen." - "Ja schon, ich verspreche niemandem Liebe und gebe niemandem einen Grund, sich in mich zu verlieben, ich versuche meine Arbeit voll und ganz auf den Vollzug von Sex zu reduzieren." - "Wie edel von dir. Was denkst du über deine Kundschaft?"

Salma antwortete nicht, sondern zündete sich die fertig gedrehte Zigarette an.

Vielleicht konnte man sich an die Erscheinung von Salma gewöhnen, vielleicht musste man sich keinen runterholen, wenn man sich alleine in die Kabine zurückzog, vielleicht musste man nicht auf ihre Beine, ihren Hintern, ihren Ausschnitt, ihre Augen und Lippen starren, wenn man sich ein wenig öfter mit ihr unterhalten hatte. Vielleicht musste man sich nicht immer über ihren Job unterhalten und nicht darüber, dass das Leben ungerecht war.

Nein, dass das Leben ungerecht war, war ein abendfüllendes Thema, aber man musste die Ungerechtigkeit nicht immer auf den eigenen sexuellen Engpass reduzieren. All dies musste man nicht, aber die Asymmetrie des Begehrens würde bleiben. Vielleicht fand er hier Freunde an Bord, dann bedeutete die Situation im Raumschiff die Umkehrung aller Verhältnisse. Salma war freundlich zu ihm, und das war sie vielleicht auch noch bis zu dem Zeitpunkt, an dem die letzen Zigaretten geraucht wurden. Danach würde man weiter sehen.

- 26 -

Manfred kam zu ihnen rüber. "Störe ich?" - "Nein, nicht im geringsten, Manfred. Ich brauche noch dringend Verstärkung, um Salma mit Zigaretten zu versorgen. Nicht wahr, Salma, wir wollen doch ein bisschen Abwechslung in dein Leben bringen. Hin und wieder eine "Camel ohne" statt einer selbst gedrehten "Samson" wäre doch nicht schlecht" - "Ja, das wäre nicht schlecht." - "Salma, macht's auch ohne." - "Mit Filter ist mir eigentlich lieber" - "Was rauchst du denn zu Hause?" - " "Marlboro" mit, die Normalen in der rot-weißen Packung."
"Ich kann dich ja eigentlich nicht leiden", sagte Manfred zu ihr.
 Salma saß zwischen den beiden Männern, rauchte noch an einer Zigarette und schlug die Beine übereinander. Was sollte sie diesem Idioten antworten?
"Warum kannst du mich nicht leiden? Findest du mich nicht geil?"
Manfred schien etwas erregt. "Weil du fickst!" Er nahm einen Schluck von seinem Rotwein, vielleicht weil er auch zu der Sorte Mensch gehörte, die unangenehme Erregungszustände mit irgendwelchen Mittelchen dämpfen musste.

128

"Sie fickt doch gar nicht. Wenigstens momentan nicht. Sie tut so etwas nur für Geld und hier hat keiner genug Geld, damit sie etwas aktiver wird." - "Bist du so ein Moralapostel? Stört es dich, dass ich mich für Geld anbiete?" - "Ich finde es sympathisch, das du rauchst." - "Was denn nun, findest du mich sympathisch oder kannst du mich nicht leiden?"

"Und mich, kannst du mich leiden? Ich mache es nie. Nicht für und nicht ohne Geld." - "Dich kann ich eigentlich auch nicht leiden, aber man muss ja Kompromisse machen." - "Was ist denn mit mir nicht in Ordnung?" - "Dein Bart!" - "Ich trage doch gar keinen Bart. Ich bin nur schlecht rasiert. Ist es das? Du bist auch schlecht rasiert." - "Du hast einen spitzen Bartwuchs!"

"Der Kerl will sich unbeliebt machen", kommentierte Salma. "Ihr habt doch nur Ficken im Kopf. Ohne Rücksicht auf irgendwelche Konsequenzen." - "Ich verzichte nie auf Kondome", log Salma. "Das meine ich nicht. Wenn ein Mann mit einer Frau schläft, muss er aufpassen." - "Aufpassen?" - "Ich meine vor der Ejakulation den Schwanz raus ziehen. Am besten schläft man gar nicht miteinander." - "Dann kannst du dich ja mit Stefanie zusammentun. Die denkt wahrscheinlich auch so, weil ihr Papst das sagt", meinte Martin.

"Der Papst spinnt doch, aber Stefanie ist nett. Man muss sie nur auf die richtigen Gedanken bringen. Jedenfalls fickt sie nicht, aber man müsste sie dazu bringen, ihre Geilheit auszuleben"

Konnte es sein, dass Manfred vollkommen wirres Zeug erzählte? Jedenfalls schien er sich in Haupt- und Nebensatz zu widersprechen. "Du willst also mit Stefanie ficken. Die ist bestimmt noch Jungfrau", provozierte ihn Salma.

Manfred schwieg eine Weile, kramte aus der Hosentasche sein Pillendöschen, das noch gut gefüllt schien, nahm daraus eine kleine gelbe Pille und drei größere weiße.

"Was ist das?", wollte Salma wissen. "Die drei weißen sind gegen die Nebenwirkungen der kleinen. Danach fühlt man sich gut. Außerdem machen sie geil. Jedenfalls mich. Im Beipackzettel steht, dass sie die Potenz schwächen." - "Wozu nimmst du denn die kleine gelbe?", fragte Martin. "Mein Arzt sagt, ich habe einen systematischen Wahn. Mit den Pillen komme ich gut zu recht. Ich klinke mich mit den Pillen quasi aus. Ich bin dann nicht mehr im gewöhnlichen Resonanzkreis. Ich kann mich von meiner Mutter distanzieren und von der ganzen Fickerei."

Tobias hatte wieder einen Wortfetzen mitbekommen und schaute neugierig her. Das Gespräch der drei schien ihn etwas mehr zu interessieren als seins mit Petra. Er versuchte gerade, Petra die Rolle des Aszendenten in der Astrologie zu erklären.

"Wollen wir uns rüber setzen?", fragte er Petra. Die wollte nicht so recht, denn sie fand ihr Gespräch sehr interessant. "Die beiden baggern doch die Nutte an", sagte sie zu Tobias. Dieser war grundsätzlich an allen Geilheiten dieses Universums interessiert, aber er wollte seiner neuen Freundin nicht vor den Kopf stoßen. Der kontaktfreudige Tobias schloss im Übrigen schnell Freundschaft.

Martin fing an, sich über Manfred zu amüsieren. Offensichtlich ein Verrückter. Doch war er nicht selber ein Verrückter, ein Ausgestoßener der Gesellschaft, auf einer anderen Wellenlänge als die Normalen und: War Salma nicht irgendwie auf eine gewisse, gleichsam versteckte Weise auch verrückt?

Oberflächlich betrachtet wollte sie zwar Geld scheffeln und für ihn kam dafür keine gefühllosere, gleichsam aber auch konsequentere Methode in Betracht, als anschaffen zu gehen. Und es drehte sich doch fast alles um Geld in dieser Gesellschaft, andererseits gehörte sie zu ihrem Abschaum, war bestenfalls ein Sensationsobjekt, ein Objekt der unter den Tisch gekehrten Bedürfnisse.

Wie würde sie sich in einer Gesellschaft (beispielsweise einer Geburtstagsgesellschaft) fühlen, bei der keine Nutten und Zuhälter anwesend waren? Als Fremdkörper? Sie mochte vielleicht die anwesenden Männer darauf einschätzen, ob diese geil auf sie waren und wer von ihnen Kohle springen lassen würde. Im Grunde aber hatte sie eine ähnliche Distanziertheit zu den anderen wie die Verrückten oder Halbverrückten auch, wie die, die noch mitbekommen, dass sie anders sind als die anderen und sich daher geistig von den anderen distanzieren. Wie mochte sich die coole Salma fühlen?

Martin schien es, dass - vielleicht bis auf Petra - alle Entführten etwas Verrücktes an sich hatten. Nonnen waren per se verrückt, besonders wenn sie so jung und so gut aussahen wie Stefanie, die zudem etwas in der Birne zu haben schien. Tobias hatte offensichtlich etwas Verrücktes an sich. Vielleicht war Petra auch verrückt. Er hatte noch nicht soviel von ihr mitbekommen. War es ein Wunder, dass die ETs zugaben, eine Kette von Fehlern begangen zu haben. Ihre Entführer hatten Verrückte ausgewählt und nicht gewöhnliche Repräsentanten der menschlichen beziehungsweise der deutschen Gesellschaft.

Offenbar war Manfred ein richtiger Verrückter, sozusagen ein offizieller Verrückter mit ärztlichem Stempel auf den Arbeitsunfähigkeitsbescheinigungen. Der offensichtliche Stuss, den Manfred von sich gab, machte ihn für Martin interessant und gab ihm etwas wie einen Sympathievorschuss. Er hatte noch nie einen richtigen Verrückten kennengelernt: Die vor sich hinsprechenden, delirierenden Passanten, die er hin und wieder auf der Straße antraf, die offensichtlich hundertprozentigen, die, die sich wohl selber verloren hatten, (aber dieser Eindruck konnte vielleicht täuschen), hatte er bisher nur verstohlen angeblickt und wie jeder andere auch links liegen gelassen.

Manfred war sich offensichtlich darüber bewusst, dass er anders war, und man konnte mit ihm reden, aber er hatte den Stempel, quasi ein Antibrandzeichen, das ihn auswies, nicht zu der Herde zu gehören. "Herde reimt sich auf Erde", dachte Martin. Neugierig befragte er Manfred, was ein Resonanzkreis sei.

"Dazu muss ich erst einmal klären, was eine Resonanz ist", sagte Manfred. Er zündete sich seine vorletzte "Camel" an.

Dem Barkeeper erschien es so, als ob Manfred sich mit einem Kamel in Resonanz befand.

"Ihr kennt doch sicherlich eine Stimmgabel. Wenn man sie anschlägt, schwingt sie und gibt einen Ton ab." - "Für meine Praktiken benötige ich keine Stimmgabel", unterbrach Salma. "Hast du denn Handschellen und Gerte?", wollte Martin wissen. "Mit so was arbeite ich nicht", erwiderte sie.

Manfred guckte auf seine Uhr. "Was interessiert dich die Uhrzeit? Es gibt hier keinen Stundenplan", sagte Salma. "Ich will wissen, wann meine Pillchen wirken. Wo war ich stehen geblieben?" - "Du erwähntest eine Stimmgabel." - "Ja, wenn du eine gleiche Stimmgabel in die Nähe der angeschlagenen bringst, fängt diese ebenfalls an zu schwingen und gibt einen Ton von sich." - "Was bist du so physikalisch, Manfred?", bohrte Martin. "Ich will euch erklären, was eine Resonanz ist, der Begriff kommt nun mal aus der Physik." Manfred war offensichtlich gebildet.

"Ich bin Radio-Fernsehtechniker, auch da kennt man Resonanz, ohne Resonanz gäb's kein Radio oder Fernsehen. Das die andere Gabel zu schwingen anfängt, erklärt sich durch die Resonanz. Sie kommt zum Schwingen, weil sie ähnlich zu der ist, die man angeschlagen hat."

"Du meinst, wenn die zweite Gabel eine Mistgabel wäre, käme es zu keiner Resonanz", kommentierte Salma. "Genau, Resonanz bedarf Ähnlichkeit. Mein Vater sagte irgendwann einmal Jetzt und mir wurde klar, was "Jetzt" bedeutet. "Hier" ist wesentlich komplizierter. Alle sind "Hier" oder im kölschen Dialekt "He" und das Ficken und die Kopfgeilheit danach ist überall üblich. Ich ging mal an einer Weide vorbei, war völlig stoned. Ein Pferd wandte den Kopf zu mir rüber und ich verstand "Auch". Darüber habe ich lange nachgedacht."

- 27 -

"Das Pferd hat "Auch" gesagt?", wollte Martin genau wissen. "Ja das Pferd hat "Auch" gesagt", bekräftigte Manfred. "Und was hat das alles mit Resonanz zu tun?" - "Die zweite Stimmgabel fängt "auch" an zu schwingen. "Auch" drückt in einer einfachen Weise eine Ähnlichkeit aus und Resonanz beruht auf Ähnlichkeit. Nur ähnliche Dinge stehen in Resonanz und sind somit auf eine verborgene Art und Weise verbunden. Man muss schon die Augen aufmachen. Man wird feststellen, dass eigentlich ziemlich alles unwahrscheinlich ist. Kristalle, Pflanzen, Blüten, das soll alles aus dem Urknall entstanden sein? Obwohl nach den Gesetzen der Physik alles der Unordnung zustreben soll, dem sogenannten Wärmetod entgegen, haben sich die Erde und auf ihr so wunderbare Dinge wie Blüten entwickelt."

"Vereinfachst du da nicht zu sehr?", hakte Martin nach. Er verstand nicht viel von Physik und es blieb Salmas Geheimnis, ob sie etwas auf Blumen hielt. Anscheinend war Manfred ein Blumenfreund, und Pferde sprachen zu ihm.

Wen wunderte es da noch, dass man sich auf einem sehr schnellen Raumschiff befand, das eine eigentümliche Besatzung hatte, die vermutlich nicht so richtig wusste, was sie tat?

"Salma, was findest du eigentlich unwahrscheinlicher? Dass irgendeine Tonne auf Beinen oder ein Pferd auf der Weide zu dir spricht?", wollte Martin wissen.

Nach dieser Bemerkung lachte Manfred laut auf. Offensichtlich war das Lachen so laut, dass von irgendwoher eine Tonne angerannt kam, vielleicht um zu schauen, ob noch alles rechtens war. Salma überlegte kurz, streckte dabei beunruhigend die Brust raus, fuhr sich dann noch überflüssigerweise mit der Zunge über die dunkelroten Lippen, und Martin fragte sich, ob er nicht schnell das Thema wechseln sollte, solange noch Tabak vorrätig war.

"Ich glaube, ich finde es unwahrscheinlicher, dass ein Pferd zu mir spricht. Ich habe bisher nur einen Film gesehen, in dem ein Pferd sprach. Da war ich noch recht jung. Ich fand den Film sehr lustig."

Die beiden Männer erinnerten sich daran, dass auch sie irgendeinen Film mit einem sprechenden Pferd gesehen hatten.

"Andererseits habe ich recht viele Filme gesehen, in denen Roboter vorkamen, die sprachen. Roboter sprechen üblicherweise. Die Tonnen sind auch Roboter. Von daher finde ich diese Situation glaubwürdiger, als wenn sich auf der Wiese ein Pferd mit mir unterhält.”

"Pferde sind meistens ruhig", bestätigte Manfred. "Amseln sind viel geschwätziger. Sie quatschen fast die ganze Zeit." - "Ich finde es tatsächlich unwahrscheinlicher von einer Bande von Pferden entführt zu werden, als von einer UFO-Besatzung!" - "Und Geschlechtsverkehr?" - "Ein Hengst dürfte etwas überdimensioniert sein. Auch hier nehme ich an, dass von den ETs ein größeres Interesse ausging. Da

braucht man doch nur irgendeine Zeitschrift aufschlagen, um zu lesen, dass die Außerirdischen unsere Frauen vögeln wollen. Mich wundert, dass ich noch nicht belästigt worden bin. Aber die müssen zahlen, wie jeder andere auch." - "Das liegt wohl daran, dass der Kommandant dieses Raumschiffes eine Frau ist, zumindest etwas, das eine Frau simuliert", meinte Martin.
"Du meinst die geheimnisvolle Stimme? An die wagt auch keiner zu zweifeln, aber wenn ein Pferd "Auch" zu mir sagt, habe ich einen systematischen Wahn." - "So weit ich weiß, haben Pferde keine Stimmbänder. Pferde können nur wiehern, schnauben und Ähnliches." - "Mir scheint dieses Raumschiff ist eigentlich mehr ein Computer, der fliegen kann. Ich hoffe, es ist ausreichend ausgerüstet für die Begegnung mit anderen UFOs. Bisher konnte ich keine Waffen entdecken, bis auf die, die eine der Entführer auf mich gerichtet hatte. Vielleicht war es auch nur eine Taschenlampe. Man scheint äußerst friedfertig zu sein. Die Blechkameraden scheinen nur da zu sein, um uns dummes Zeugs zu erzählen."
"Die spinnen, die Tonnen", unterbrach Manfred Martin. "Die spinnen total", wiederholte er. "Ich hätte nie gedacht, dass es UFOs gibt, UFOs sind so etwas von "Hier"."
Salma und Martin verstanden nicht so ganz, was er damit meinte. "Bevor du das mit dem "Hier" erklärst, könntest du mir deine vorletzte "Camel" geben." Manfred grinste Salma zu. "Ich kann dich ja eigentlich nicht leiden." - "Wir unterhalten uns doch so schön." - "Aber das Rauchen kompensiert ein wenig."
Manfred reichte ihr die vorletzte Zigarette, ein Großmut mit dem niemand gerechnet hätte, denn: Vielleicht waren mit zunehmender Tabakknappheit die Gedanken egoistischer geworden, jedenfalls hinkten die Taten noch etwas hinterher. Salma bat um Feuer und Manfred schob Feuer

nach. "De feu, der Franzose sagt 'de feu', vom Feuer", sagte er geheimnisvoll.

"So, was hat das mit dem "Hier" auf sich", fragte Salma. Martin konnte sich gar nicht vorstellen, dass die Hure sich für so etwas interessierte. Er zog aber in Betracht, dass bei dieser Beurteilung irgendwelche Klischees in seinem Hinterkopf eine Rolle spielten. Solche, dass Huren geldgeile, materialistisch denkende Wesen waren, die nur im Sinn hatten, mit der Ausübung von Geschlechtsverkehr Geld zu machen. Die machten sich allenfalls noch Gedanken darüber, mit welchen Tricks oder mit welcher Berufskleidung sie die Scheine zu sich locken könnten. Da es ihm stets so vorkam, dass es recht gefühllos war, für Geld zu ficken (er verliebte sich fast immer, wenn er mit jemandem ins Bett ging, und so oder so, waren seine Gefühle nach dem Akt für Wochen aufgewühlt) so unterstellte das Klischee, dass diese Frauen in allen anderen Bereichen ebenfalls gefühllos waren und sich demzufolge auch für nichts anderes interessierten. Prostitution war ein Gewerbe, dass in seiner Vorstellung, mehr als alle anderen Berufe und Broterwerbe, die ausübende Person ausfüllte und charakterisierte.
Eine Supermarktkassiererin konnte diese oder jene Interessen haben, ihr Job sagte überhaupt nichts über sie aus. Diese müsste nur gute Nerven haben, dachte er sich. Konnte es sein, dass Prostituierte zwar Außenseiter der Gesellschaft waren, aber eigentlich gewöhnliche Menschen? Diese schienen sich für das "Hier" zu interessieren . Hier war hier und da war da.
 "Hier" ist recht kompliziert, beispielsweise ist "Jetzt" einfacher zu erklären, wenn man mal die Relativitätstheorie beiseiteläss, nachdem es eigentlich so was wie "Jetzt" nicht mehr gibt, "Da" und "Auch" spielen eine Rolle. Alles lebt so, als ob man mit seinen Taten nur unmittelbar in der

Umgebung wirkt, in der man sich befindet. Statt dessen befindet man sich mit allem Möglichen in Resonanz, über den ganzen Kosmos verteilt, meinetwegen. Ich weiß nicht, ob die Resonanz eine Ausbreitungsgeschwindigkeit hat oder quasi sofort überall besteht. Ohne Resonanz hätte ich keinen Trost. Wenn ich tot wäre, wäre ich tot, aber so, wie ich mir das vorstelle, geht es irgendwie weiter. Ich bin in Verbindung mit all dem, was mir ähnlich ist, solange es nicht im weißen Rauschen untergeht. Ich glaube auch daran, dass es Parallelwelten gibt, in denen ich lebe oder Leute, die mir sehr ähnlich sind, existieren. Mit all diesen bin ich in besonderer Verbindung, wie ich auch mit anderen Menschen in Resonanz stehe, mehr zum Beispiel als mit einem Kraken, weil ein Mensch mir ähnlicher ist als ein Krake: um so größer die Ähnlichkeit um so größer die Resonanz. Wenn ich an Parallelwelten denke, wo jemand steckt, der mir sehr ähnlich ist, weiß ich gar nicht mehr, was eigentlich "Ich" bedeutet. Das autonome Individuum ist eine Begriffsbildung die sich aus einer Illusion ableitet. "Ich" und "Hier" sind im Grunde Illusionen und "Ich" ist ähnlich schwer zu erklären wie "Hier" und beide Begriffe haben etwas miteinander zu tun. Ohne ein "Hier" gibt es kein "Ich". Tatsächlich gibt es so etwas wie ein "Hier"."

Martin fragte sich, ob Salma das alles so genau wissen wollte. Sollte sie sich tatsächlich für das "Hier" interessieren, mochte sie Blumen? Wenn ja, welche besonders? Warum hatte sie eine Vorliebe für diese oder jene Blume? Frauen hatten ja eine bemerkenswerte Vorliebe für Blumen. Martin hatte allerdings keine Ahnung, wie tief die Liebe ging. Viele waren vielleicht nur darauf bedacht, beispielsweise ihre Wohnungen nett zu gestalten. Eine Wohnung musste sauber, aufgeräumt und geschmackvoll eingerichtet sein; man sollte sich darin wohlfühlen und zu guter Letzt gehörten zu der geschmackvollen Einrichtung ein paar Blüten. In einer solchen Umgebung konnte man sich wohlfühlen. Andererseits hatte Martin das Gefühl, dass manche einfach nur Punkte bei anderen machen wollten. Man fühlte sich vielleicht wohl, wenn man Punkte machte. Blumen konnten ein äußerst einfallsloses Geschenk sein, und womöglich wertete die Frau die ihr traditionell geschenkten Blumen nur als Aufmerksamkeit, die man ihr schenkte. Sie hätte dann auch nur Punkte gemacht, wie viel Punkte, bemaß sich an der Größe des Blumenstraußes. Waren die Blumen nicht nur ein austauschbarer Code für Sympathiebezeugung? Es würde für ihn wohl immer ein Rätsel bleiben, ob die eine oder andere Frau die Blumen als solche oder die Sympathiebezeugung mehr schätzte. Im einzelnen Fall konnte es sogar so sein, dass die Frau die spezielle Liebeserklärung gar nicht schätzte, wohl aber den allgemeinen Prestigegewinn, den der Strauß brachte. Ging es um Punkte oder Düfte, Farben und Formen?

Manfred war wohl ein komischer Vogel. Offensichtlich hatte er sich bei seinen merkwürdigen Ansichten mehr gedacht, sodass die Beurteilung des unbekannten Arztes, es handele sich bei seiner Störung um einen systematischen Wahn, ihre Rechtfertigung hatte. Manfred schien endlos weiterreden zu wollen und rauchte seine letzte Zigarette gemeinsam mit Salma.

Man stieß an, sie trank "Sternenschlösschen" und er eine Art Super-Beaujolais. Bier sei sehr gewöhnlich, geradezu ordinär, meinte Manfred in seinem Redefluss. Man müsse sich nur Hopfenblätter ansehen, dann wüsste man schon Bescheid. Die Hopfenblätter hätten Ähnlichkeit mit Martins Bartwuchs.

Der Spinner war ihm ja nicht unsympathisch, und wenn der Spinner laut und herzhaft lachte, hatte er irgendetwas Einnehmendes an sich, aber Martin schaltete etwas ab; er schaute sich die in einer Netzstrumpfhose steckenden

Schenkeln von Salma an und wünschte sich, dass hier noch ein normaler Mann wäre, ein normaler sexistischer Chauvi oder meinetwegen auch ein Softie, mit dem man saufen und sich über die Qualitäten von Salma unterhalten konnte. Es genügte ihm nicht, ihre Titten, ihre Schenkeln oder ihren Hintern zu betrachten, man musste sich auch mit jemandem darüber austauschen, wenn man sie schon nicht haben konnte. Und selbst wenn man sie haben könnte, wäre ein gemeinsamer Austausch nicht schlecht. Die Leidenschaften auszuleben war natürlich das Wichtigste, aber über die Leidenschaften zu sprechen war anregend und nicht unwichtig.

Dieser Mensch neben Salma verurteilte ein Verhalten, das aufs äußerste mit Leidenschaft verknüpft sein konnte, wenn sich alles in einem Rahmen abspielte, den man nicht als Nummer abqualifizieren konnte. Diese Frau neben ihm war ein inkarnierter Traum, so schrill und überzeichnet, dass er alles an Reserven in sich mobilisieren musste, um zu verdrängen, dass er nichts so sehr auf dieser kleinen Welt wollte wie sie. Und warum das? Um höchstens Gefühle einer Irritiertheit, Beunruhigung und eine im Grunde gezügelte, nur hin und wieder aufbegehrende Geilheit zuzulassen.

Hatte sie ihn tatsächlich geküsst? Wie wundersam geschickt er sich in eine Verwicklung aus abstürzenden Gefühlen bringen konnte, aber dennoch mit einer gewissen Resistenz versehen, welche Beunruhigung zugab und die ihm erlaubte, Zigaretten zu drehen. Warum verfiel er diesem Traum nicht?

Bis auf ein bisschen Tabak hatte er keinerlei Mittel, um dieser Frau verfallen zu können. Warum küsste er ihr nicht die Füße? Sicherlich deshalb nicht, weil sie sich dies hätte auch bezahlen lassen.

Die Situation an Bord war irgendwie zum Kotzen. Petra, die einzige Normale, erschien, dem ersten Eindruck nach zu urteilen, langweilig, etwas, das sich durchaus als Vorurteil herausstellen konnte. Da ein kleiner Schwuler, hier ein verrückter Theoretiker des "Hier und Jetzt" und, noch unter einer Haube, eine junge Frau, die sich im Schutz der Jungfrau Maria wähnte und die von allen Erzengeln dieses Universums bewacht wurde und sich sicher nicht bewusst war, dass ihr Gesicht - wie ihr unter der Tracht verborgener Körper - Gefühle wecken konnten, die ungleich größer waren, als das Gefühl, das man bekam, wenn man einen Rosenkranz herunterbetete, vermutlich sogar größer als alles, was der Katholizismus hervorbrachte, denn an die verlogene Nächstenliebe glaubte sowieso niemand.

Mit Ausnahme Stefanie und ihresgleichen. Nächstenliebe trennte sie aber sorgfältig von dem Wunsch, mit ihren Lippen die Lippen des Nächsten zu berühren. Stefanie war ein sexuelles Land in vollkommener Unwissenheit, mit einem Glauben versehen, der dafür sorgte, dass das Land brachlag.

Und Salma umgab eine überaus farbenfrohe Fata Morgana, die das Gegenteil von dem ausdrückte, was sie war, nämlich eine endlose, sexuelle Wüste. Martin wusste nicht, ob Salma große Gefühle haben konnte, so wie er nicht wusste, ob sie Blumen liebte. Sie war eine Fälschung, weil ihr Äußeres Leidenschaft versprach und die Bereitschaft, ein erotisches Spiel zu spielen. Aber sie besaß keine Leidenschaft, und irgendwie erschien es erstaunlich, dass manche Vertreterinnen der Leidenschaft - bereit, die eigenartigen Wünsche dieser geilen Männerhirne zu erfüllen, und weil nur der bekommt, der gibt - sich an dem Outfit der Leidenschaftslosen ein Vorbild nahmen.

Konnte man sich mit einer Wüste anfreunden? Es bestand immerhin Gefahr, zu verdursten und auszutrocknen. Lag für ihn in dieser, seiner ureigenen Begegnung der dritten Art die Chance, Menschen kennenzulernen und Klischees zu vergessen?

Sexuelle Wünsche (eines Zukurzgekommenen), ein darauf gedeihender Sexismus, gepaart mit Klischees, konnten diesen Lernprozess behindern, aber zugleich auch ein nicht unbedeutender Antrieb sein, um dennoch zum Menschen zu finden.

- 28 -

Candy und Stefanie kamen gleichzeitig in den Raum rein und steuerten auf Martin und die beiden anderen zu. "Ich brauche eine Zigarette", war das Erste, das Stefanie von sich gab.

"Ich lasse mich nicht mehr beleidigen", sagte Candy, aber dieser Satz wurde von niemandem beachtet. Candy wollte sich links neben Martin auf ihren alten Platz setzen, aber dieser bestand darauf, dass dort Stefanie Platz nähme. Sollte sich die Tonne doch einen anderen Platz suchen.

"Das ist der Platz von Stefanie. Such dir einen anderen Platz", meinte er unfreundlich zu Candy. Die hatte nun die Wahl, sich neben einer Nonne oder einem anderen Mann zu setzen. Vielleicht gab der Mann mit dem Rotwein ihr einen Sekt aus, war freundlich und wusste ihre Qualitäten zu schätzen. Stefanie nahm neben Martin Platz und wiederholte ihre Bitte.

"Ich brauche eine Zigarette, Martin, kannst du mir eine Zigarette drehen?" - "Die Zigaretten sind sehr knapp geworden. Und alles, was knapp ist, hat seinen Preis. Ich möchte dein Haar sehen, Schwester Stefanie."

Salma musste unwillkürlich auflachen.

"Spinnst du total?", entgeisterte sich Stefanie.

"Unser Martin ist etwas besoffen. Ich sollte schon für ein paar Zigaretten mit ihm schlafen. Aber ich denke, er meint es nicht ernst", entschuldigte Salma Martins Gebaren.
"Du hast bestimmt wunderschöne Haare. Warum versteckst du sie unter deiner Nonnentracht wie eine Fundamentalistin? Aber schon gut, ich drehe dir auch so eine Zigarette. Selbstverständlich! Aber was ist passiert? Was hast du in Real World erlebt?"
Er begann liebevoll, für Stefanie eine Zigarette zu drehen.
Stefanie schwieg, überlegte vielleicht, ob sie von diesem unverschämten Kerl überhaupt eine Zigarette annehmen sollte. Martin beendigte die Zigarette, in dem er mit seiner Zunge den Klebestreifen des Papierchens befeuchtete und mit einem letzten Dreh der Zigarette zu ihrer endgültigen Form verhalf. Dann überreichte er feierlich die Zigarette inklusive Feuerzeug. Stefanie bedankte sich.
"Ist es die Wirklichkeit?", fragte Martin. Stefanie zündete sich ihre Zigarette an und machte einen ersten Zug.
"Ich weiß es nicht. Ich bin etwas verwirrt. Ich fand mich in der Damentoilette unseres Freibades wieder, in Badesachen." - "Das hätte ich gerne gesehen. Trugst du einen Bikini?" - "Warum willst du das wissen?" - "Erzähl weiter!" - "Trotz des heißen Wetters wollte ich natürlich nicht schwimmen, sondern die verwirrende Situation klären.
Ich versuchte an meine Kleidung zu kommen, ich hatte auch so ein Bändchen mit Nummer am Arm, aber die Kleidung, die ich bekam, waren ältere Sachen, die ich vor einem Jahr, bevor ich Nonne wurde, getragen habe. Das spräche dafür, dass es ein Traum war, aber es war alles so realistisch. Und wer bestimmt die Inhalte meiner Träume? Ich wollte zum Kloster, aber man schickte mich vorher hierhin zurück."

"Was ist denn sonst Schreckliches passiert, dass du so aus dem Häuschen bist. Bist du vergewaltigt worden oder ist dir Gott erschienen?"

Stefanie schaute ihn stumm an.

"Tut mir leid. Ich wollte dich nicht verletzen. Ich glaube nicht an Gott, und wenn dieser mir erscheinen würde, wäre das schrecklich für mich. Die einzige Entschuldigung Gottes ist, dass er nicht existiert. Würde er existieren, wäre er ein ziemlich grausamer Gott, grausamer als der blinde Zufall, aufgrund dessen Unschuldige krepieren." - "Ich weiß, was du meinst", antwortete Stefanie etwas überraschend. "Hat dich Real World ans Denken gebracht?" - "Ja, Real World hat mich ans Denken gebracht. Entschuldigt bitte, ich möchte vorerst nicht weiter drüber reden."

Sie zog an der Zigarette, und wenn man ihr Gesicht genauer betrachtete, konnte man erkennen, dass sie feuchte Augen hatte.

"Das Schätzchen will sich nicht mit dir unterhalten. Vielleicht möchte sie stumm zu ihrem Gott sprechen. Du musst schon mit jemand anderem flirten, Martin", ätzte Salma. "Ich habe nicht mit ihr geflirtet." - "Aber das würdest du doch gerne." - "Er will sie ficken", unterbrach Manfred. Ihr seid scheußlich", stieß Stefanie aus. Die Tränen rollten ihr das Gesicht runter. Dann verließ sie die Bar, um sich in ihre Kabine zurückzuziehen. Etwas dumpf schaute Martin der schwarzen Gestalt hinterher.

"Du bist ein dämlicher Idiot, Manfred. Ein totales Arschloch!"

Martin war wütend. "Ich bin in meiner Kabine!" - "Soll ich dich begleiten?", fragte Salma. Martin guckte Salma überrascht an. "Wenn du willst, aber organisier etwas zu trinken."

Salma orderte drei Flaschen Bier und eine weitere Flasche Sekt. Ihr halb ausgetrunkenes Glas schob sie Candy rüber.

"Damit du nicht auf dem Trockenen bleibst, Roboterhure", sagte sie zu der Tonne. Salma ließ sich für die Getränke eine weiße Plastiktüte geben.

"Angenehmes Ficken", höhnte Manfred den beiden hinterher. "Wollen wir zu dir oder zu mir?", fragte Salma Martin. Der hatte etwas Angst vor ihrer Kabine, deshalb überlegte er kurz.

"Ich möchte zu dir", sagte er dann mutig - "Dann müssen wir hier rechts" Sie öffnete die Tür und als Erstes fiel Martins Blick auf ihr Bett, auf dem ihre restlichen Klamotten verteilt waren: ein schwarzer Minirock, eine rote und eine blaue Seidenbluse, dunkelblaue Dessous mit Spitzenbesatz, das schwarze T-Shirt und schwarze halterlose Strümpfe. Ein Paar schwarze Pumps standen ordentlich vor dem Bett.

Salma bot Martin in einem der beiden Korbsessel Platz an, räumte ihre Klamotten etwas an die Seite und platzierte sich aufs Bett. Zwischen ihnen stand ein kleines Tischchen, auf dem sie die Getränke aufstellte.

Martin nahm sich eine Flasche Bier, öffnete sie mit seinem Feuerzeug und nahm einen kräftigen Schluck. "Danke fürs Bier". Beim zweiten Schluck schaute er auf einen ihrer Schenkel. Sie hatte die Beine übereinandergeschlagen. Zwischen seinen Beinen hatte er ein Gefühl, das er nicht ausleben konnte. Nach diesem Gedanken war die erste Flasche Bier leer.

Salma öffnete ihre Flasche mit einem Knall und goss überschäumenden Sekt in ein Glas. Wenig später toastete sie ihm zu und tat auch einen gehörigen Schluck.

"Drehst du mir eine Zigarette, Martin?" - "Ja, die Zigaretten, einen Moment." Martin begann wieder, Zigaretten zu drehen. Ihm schien, dass er noch nie so viele Zigaretten hintereinander gedreht hatte. "Bist du scharf auf die Kleine?", fragte sie. "Ich hätte mich gern mit ihr weiter über Real World unterhalten. Was hat sie wohl noch erlebt?" - "Das hast du doch mit deinen Kommentaren selber zunichtegemacht, aber du bist meiner Frage ausgewichen." - "Sie hat ein süßes Gesicht, wenn du das meinst. Man sieht zu wenig von ihr, um richtig scharf auf sie sein zu können", antworte er. Seine Aussage entsprach nicht ganz der Wahrheit.

"In etwa seit der Entführung sehe ich mich einem sexuellen Urknall ausgesetzt. Kurz vor der Entführung hatte ich einen heißen Flirt, Bea hieß sie. Wir haben uns in meiner Stammkneipe kennengelernt und haben uns geküsst. Ich hatte seit mehr als einem Jahr keine Frau mehr geküsst. Das Schicksal wollte es so, dass ich auf dich traf, und während ich mich in der simulierten Welt befand, hatte ich eine Spur von Abenteuer. Immerhin konnte ich den Hintern einer Blondinen ausmessen. Wir haben uns zum Kaffee verabredet. Ein Urknall, und im Zentrum stehst du und schlägst gleichgültig deine Schenkel übereinander. Mir scheint, ich bin an einem Punkt im expandierenden Raum, an dem sich jeden Moment ein weiterer Urknall ereignen kann." - "Du meinst, wenn ich anfange mit dir zu knutschen, mich ausziehe und dich ran lasse. Verstehst du eigentlich etwas von Astrophysik?"

"Nein, überhaupt nicht. Das Bild vom Urknall fiel mir so ein." - "Martin, du hast kein Geld für den zweiten Urknall." - "Du bist eine Wüste, Salma, und ich muss sehen, dass ich nicht verdurste." - "Trink dir noch ein Bier."

Die beiden Zigaretten waren fertig gedreht. Er zündete eine an und gab sie ihr. "Wie kann ich dir nur danken?", sagte sie ironisch. Er öffnete die zweite Flasche Bier, um nicht zu verdursten.

"Salma, du bist eine Wüste!" - "Das ist doppeldeutig, Martin. Was findest du denn besonders geil an mir?" Martin trank die halbe Flasche aus. "Wo soll ich anfangen? Bei deinen Lippen, deinen unverschämten Augen, deinem schlanken Hals, die beunruhigenden Brüste, deine Beine, die mit dieser Netzstrumpfhose garniert sind. Wenn ich dich so ansehe, ganz bewusst, ist mir wie Stefanie zumute, zum Beten. Aber ich glaube nicht an Gott und sollte ich eine Wüste anbeten?"

"Bete mich doch mal an, Martin, das wäre süß. Falte schön die Hände und hoffe auf ein Wunder." - "Etwa so inbrüns- tig, dass es regnet und du dich in ein Feuchtbiotop verwan- delst. Willst du Göttin spielen?" - "Bin ich denn keine Göt- tin?" - "Ich glaube, aber tut spielt nicht viel zur Sache, ich glaube, du bist eine geldgeile Sau, Salma."

- 29 -

Salma schluckte die Beleidigung. Geldgeil war ja durchaus richtig, fand sie. Martin faltete nicht die Hände, sondern trank die zweite Flasche Bier leer. Er registrierte nicht mehr, dass es ein vorzügliches Bier war, dass er in sich hin- einschüttete. Zwei Flaschen Bier in knapp zwanzig Minu- ten sollten auch für ihn nicht ohne Wirkung sein.

"Nimmst du immer Geld für Sex, Salma?" - "Ja, immer!" - "Und dein Zuhälter?" - "Mein Zuhälter ist schwul!"
 Diese Auskunft passte nicht in Martins Weltbild.
"Ist er brutal?" - "Ein bisschen, nicht gegen mich. Er wirkt so, als ob er brutal sein könnte." - "Und er kriegt die Kohle?" - "Einen sehr kleinen Teil." - "Du fickst also im Großen und Ganzen für die eigene Tasche." - "So könnte man das ausdrücken." - "Das hat doch alles jetzt keine Re- levanz mehr. Ich glaube nicht, dass wir zurückkehren." - "Das macht mich auch nicht geil. Geschlechtsverkehr ist Arbeit, Schätzchen."
"Stell dir vor, wir werden auf einem paradiesischen Plane- ten ausgesetzt. Vielleicht ist das der Zweck der Mission. In ein riesiges Paradies für uns. Die Roboter haben den Auf-

146

trag, menschliches Leben zu verbreiten." - "Dann haben sie sich die falschen Frauen ausgesucht. Außerdem haben sie keine Haustiere mitgenommen." - "Wir finden vielleicht auf dem Planeten andere Wesen, die wir domestizieren können. Im Übrigen haben sie ja eingestanden, dass die Mission ein Fehler ist", sagte Martin.

"Warum sollen wir irgendwelche Wesen domestizieren, wenn sie uns Roboter geben können? Außerdem sind wir bis auf Stefanie im falschen Alter, um einen Ableger der Menschheit zu bilden. Ich bin knapp über dreißig." - "Ich beinahe, Salma. Das ist nicht zu alt." - "Ich habe überhaupt kein Interesse, die Urmutter einer neuen Menschheit zu sein."

"Aber stell dir vor, deine Töchter und Enkelinnen sind alles Huren und deine Söhne Zuhälter, was da ein Geld zusammenkommt. Es ist zweifelhaft, ob Stefanie ihr Gelübde brechen wird. Höchstens dann, wenn sie einsieht, dass die neue Menschheit Urmütter braucht. Es können ja auch nicht alle Töchter Huren werden." - "Halte dich mit deinem Gedanken doch lieber an Petra." - "Dann würde dies ja eine Welt der Normalen. Soll sich doch Tobias an Petra halten. Dem ist sowieso egal, wie eine Frau aussieht. Vielleicht ist er ja bereit, im Dienste der Menschheit den für ihn nicht ganz einfachen Zeugungsakt zu bewerkstelligen. Dann trägt der Stamm der Normalen das Schwulengen mit sich." - "Ist das bewiesen, dass Homosexualität erblich ist?" - "Eigentlich nicht. Es gibt aber Untersuchungen. Die Anlage soll angeblich von der Frau weitergegeben werden." - "Aber dann könnten die Söhne von Tobias und Petra ja gar nicht schwul werden." - Ich weiß nicht,... eigentlich stimmt das. Das schwule X-Chromosom von Tobias müsste auf irgendein Y-Chromosom treffen, aber es kann ja nur auf ein X-Chromosom von Petra treffen und die Y-Chromosomen von Tobias hätten nach dieser Theorie nicht die schwule

Anlage. Aber möglicherweise könnte Tobias schwule Enkelsöhne haben. Vermutlich wird der Stamm von Petra und Tobias aber ganz normal. Es sei denn, Petra hätte ein schwules X-Chromosom."

"Ich konnte dir zwar folgen, aber so genau wollte ich das gar nicht wissen, Tiny. Bist du so etwas wie Biologe?" - "Nein, ich bin Geographiestudent im achtzehnten Semester. Geographen müssen von allem ein bisschen Ahnung haben. Ich bin eigentlich gar nichts, weil ich schon seit Langem nicht mehr richtig studiere. Ich habe eigentlich nur drei Semester richtig studiert." - "Dann kannst du ja prima Landkarten von dem Planeten erstellen." - "Die kriegen wir ja vielleicht zur Verfügung gestellt."

Im Grunde glaubte er aber, dass sie gar nichts zur Verfügung gestellt bekamen.

"Wenn wir auf dem Planeten ausgesetzt werden, ist eine grundsätzliche Orientierung natürlich nützlich. Zuerst stellt man fest, wie 'rum sich der Planet dreht. Vielleicht geht ja die neue Sonne im Osten unter. Dann stellen wir fest, wie lange ein Tag dauert. Sind es zehn Stunden oder weniger oder weit mehr als dreißig Stunden, wird unser Schlafrhythmus ziemlich durcheinander kommen. Ich leide sowieso schon an Schlafstörungen."

So etwas wie Schlafstörungen konnte sich Salma nicht vorstellen.

"Die werden sich schon das richtige Plätzchen für uns aussuchen", sagte sie. "Da wäre ich nicht so überzeugt", entgegnete Martin. "Wir müssten das Klima beobachten. Gibt es Jahreszeiten? Wie lange dauert ein Jahr? Nach etwa einem halben Jahr könnte ich ungefähr den Breitengrad bestimmen, auf dem wir uns befänden und die ungefähre Neigung der Rotationsachse des Planeten, gegen seine Ekliptik." - "Gegen was? Du scheinst mir doch ein richtiger Geograph zu sein."

Martin fühlte sich einen Augenblick lang geschmeichelt. "Die Ekliptik ist die Bahnebene des Planeten um seine Sonne, eigentlich nennt man das Ekliptik bei der Erde. Dieser Neigungswinkel ist für die Jahreszeiten verantwortlich, und wenn ich mich nicht täusche, braucht man ihn, um die Breite zu bestimmen. Astronomische Präzisionsinstrumente stehen uns ja nicht zur Verfügung, vermutlich auch kein Polarstern. Das ganze ergibt dann so etwas wie ein primitives Klimamodell für den Planeten. Wir können dann in eine Region ziehen, in der wir weder Zentralheizung noch Klimaanlage benötigen."

"Ich würde gerne ans Meer ziehen, an ein blaues Meer mit Hafen, mit weißen Häuschen und weißen Segelbooten." - "Salma, du träumst ja!" - "Darf ich das nicht?" - "Doch, darfst du. Du gestattest, dass ich derweil ein wenig von dir träume." - "Ich verkörpere wohl alles, was du magst." - "Nicht direkt, aber trotzdem komme ich ins Staunen, wenn ich eine Fata Morgana sehe. Ich träume eigentlich nicht davon, dich zur Urmutter zu machen. Ich wollte nie Kinder, und die Chancen, auf dem Planeten, den wir verlassen haben, Vater zu werden, standen denkbar schlecht. Ich war immer ein Außenseiter, so wie du, nur anders. Aber gerade deswegen hat die Idee, mit dir eine neue Menschheit zu zeugen, etwas."

Martin öffnete die letzte Flasche Bier und drehte die nächste Zigarette.

"Eigentlich will ich ja nur Sex mit dir. Vielleicht würde es mir ja auf Dauer langweilig. Jedenfalls müssten wir in eine Klimazone ziehen, in der du deine Klamotten anziehen könntest. Ich habe keine Lust zum Fallensteller zu werden, um Pelztiere zu fangen und Pelze anzufertigen. Ich fürchte, den Pelzmänteln würde die nötige Eleganz fehlen." - "Du stehst auf meine Klamotten?" - "Kann man so sagen." - "Ich habe nur zwei Höschen, diesen Body (sie zeigte auf

den bedrohlichen Ausschnitt), den Minirock, die Pants, zwei Blusen, zwei paar Schuhe, Strümpfe und Strumpfhose, sowie zwei Hüter der Beunruhigung." - "Hüter der Beunruhigung?" - "Zwei BHs", antwortete sie.
"Ich fürchte, das wird sich alles schnell verbrauchen. Du gibst dich ziemlich unwirklichen Vorstellungen hin." - "Sie sind ungefähr so realistisch wie die von weißen Häuschen und weißen Bötchen. Wenn du dich um deine Klamotten sorgst, kannst du sie ja etwas schonen und dich ausziehen."
Salma zündete sich ihre Zigarette an und trank ein weiteres Glas Sekt. "Das würde dir gefallen?", sagte sie dann. "Ja, sehr." - "Könntest du es vor Geilheit und Frust überhaupt aushalten?" - "Ich weiß nicht."
Man schwieg eine Weile. Vielleicht überlegte Salma wirklich, ob sie ihre Klamotten schonen sollte. Sie hatte aber Herz genug, um Martin nicht in weitere Beklemmung zu stürzen. Wenn Martin nackte Frauen nur von einem unscharfen Fernseher mit 36cm-Bildröhre kannte, war er vermutlich nicht abgehärtet genug, um dem realiter Stand zu halten. Es machte ihr Spaß, sich mit ihm über den neuen Planeten zu unterhalten. Man konnte das nicht ernst nehmen. In ihrer Situation konnte man gar nichts ernst nehmen "Du stellst dir also vor, dass ich in der fremden Urlandschaft mit Stöckelschuhen rumlaufe." - "Wir müssten in eine Klimazone, die der der Kanarischen Inseln auf der Erde entspricht. Das wäre ein ausgeglichenes Klima. Eine Insellage wäre auch deshalb zu bevorzugen, weil es auf einer Insel weniger Arten gibt, demzufolge auch weniger gefährliches Getier, weniger Krankheitserreger." - "Das Klima der Kanarischen Inseln ist doch viel zu trocken, um dort einfach überleben zu können." - "Du denkst an Fuerteventura?" - "Fuerteventura ist fast eine Wüste. Für einen kurzen Urlaub mit künstlicher Bewässerung und Hotelservice ist das ja ganz nett." - "Und da machst du richtig Urlaub?" -

150

"Ja, Fuerteventura bedeutet für mich Urlaub." - "Du arbeitest da nicht?" - "Nur ein bisschen" - "Du bist wirklich unermüdlich." - "Wenn man so will."

"Aber jetzt ist es aus mit der Arbeit. Es sei denn, wir machen nur einen Wochenendausflug. Aber vielleicht sind wir auch mehr als ein Jahr unterwegs. Willst du nicht in Übung bleiben? Ich habe gehört, regelmäßiger Geschlechtsverkehr hält die Vagina geschmeidig."

Salma lächelte Martin mitleidig an und sagte: "Meine Vagina ist überaus geschmeidig." Martin dachte nicht daran, dies zu bezweifeln.

"Du kennst natürlich nur Fuerteventura. Aber La Palma zum Beispiel hat jede Menge Wasser. Da ließe es sich gut leben. Wir bräuchten keine Heizung und keinerlei Klimaanlage. Es gibt praktisch keine giftigen Insekten, keine Schlangen, keine Krokodile und keine Tiger. Wir könnten Bananen züchten."

"La Palma hat doch fast überhaupt keinen Strand", wusste Salma mit ihrem touristischen Wissen beizusteuern.

"Ja, das ist die Tragik der Kanarischen Inseln; einige von ihnen haben wunderbare Strände, sind aber viel zu trocken, und dort, wo es grün ist, gibt es nur wenig Strände. Selbst La Palma hat eine gewisse Tristesse, zum einem ist es eigentlich nur ein kleines, steiles schwarzes Gebirge, das aus dem Meer ragt, zudem gibt es nur eine kleine Zone, in der die Vegetation wirklich üppig ist. Der Gesamteindruck wird von dem dunklen Vulkanboden geprägt. Es fehlen die Strände. Es ist wirklich tragisch, aber vielleicht ist es auch ein Glück. Madeira, nicht weit von La Palma und ebenso vom Klima begünstigt und noch üppiger, hat überhaupt keine Strände. Es gibt keine weiteren Inseln auf der Erde, bis auf die Osterinseln vielleicht, mit einem solch freundlichen und ausgeglichenen Wetter. Ohne diese lästigen Regenzeiten und ohne Zyklone."

"Wie wollen wir dann so einen Platz auf dem neuen Planeten finden?", fragte Salma. "Tut's nicht so eine Insel wie Mallorca auch?", fragte sie weiter.

"Vielleicht hat die Rotationsachse des Planeten ja nur eine ganz kleine Neigung gegen die Umlaufbahn, dann wäre das Wetter eh immer gleich. Ich frage mich vielmehr, ob ich etwas dagegen hätte, wenn meine Töchter Huren werden." - "Wie sollen sie bezahlt werden? Wir sinken auf Steinzeitniveau!" - "Mit Bananenstauden oder Ähnlichem, mit frischem, essbaren Meeresgetier", antwortete Martin. Salma konnte sich offenbar nicht vorstellen, für Bananenstauden zu huren, so wie sie sich nicht vorstellen konnte, es für Zigaretten zu tun. Es gab in ihrem Universum nur eine Gleichung für Sex. Auf der einen Seite stand ihr Körper und auf der anderen Cash.

"Aber es hat mit Bananenstauden angefangen", beharrte Martin." Was interessiert mich, wie es angefangen hat", sagte sie und forderte von Martin eine weitere Zigarette. Zigaretten bekam sie auch so.

"Ich meine, warum sträubst du dich so gegen den Gedanken, dich für Zigaretten auszuziehen und die Beine breit zu machen. Du hast jede Menge Kolleginnen, die für einen Schuss alles machen. Ich hatte mal eine Freundin, die ging praktisch nur mit mir ins Bett, weil ich Haschisch hatte." - "Die war wohl ein bisschen unterbelichtet?" - "Nein, sie war eigentlich ziemlich begabt." - "Die Kolleginnen, die für "H" oder Koks anschaffen gehen, sind das Letzte. Cash ist das Einzige, was zählt, und wenn ich ja wollte, könnte ich mir hin und wieder eine Nase leisten. Aber ich träume dann immer von weißen, abgemagerten Ratten."

Manfred hatte sich zu Tobias und Petra gesellt, da die Unterhaltung mit Candy etwas eintönig verlief. Petra trank noch an ihrer ersten Flasche Bier. Tobias legte keinen Wert auf Alkohol, zudem hatte seine Leber eine Hepatitis durchgestanden und war nicht mehr voll funktionstüchtig. Manfred verkniff sich diesmal die Bemerkung, dass Bier sehr gewöhnlich sei. Sowieso, Petra trug eine Brille wie Tobias, der ihm augenscheinlich bestätigte, dass Analverkehr unweigerlich zur Kurzsichtigkeit führen musste Vorfahren von Petra oder nähere Verwandte, mit denen sie aufgrund ihrer Ähnlichkeit in Resonanz stand, mussten diesem Laster verfallen sein. Womöglich übte sie diese Form des Verkehrs auch selber aus. Er war sich nicht ganz im Klaren wie sich ein gewöhnlicher Geschlechtsverkehr auswirkte, wenn die Frau dabei ihr Gesicht abwandte. Das war jedenfalls eine schlimme Sache, und neben dem Krebs, der ja von jedem normal vollzogenen Geschlechtsverkehr verursacht wurde, führte diese Spielart vermutlich auch zur Kurzsichtigkeit und zu Brillen.
Die Brillen der beiden anderen waren Grund genug, eine beträchtliche Distanz zwischen ihm und ihnen entstehen zu lassen, aber er nahm sich immer wieder vor, Menschen aufgrund ihrer Fehler nicht zu diskriminieren, im Grunde waren sie ja schuldlos, da sie ihre falschen Bärte, ihre Brillen meist aufgrund der Fehler von Verwandten und Vorfahren erworben hatten. Heutzutage war es eine allgemein verbreitete Gesellschaftskrankheit Bier, dem Hopfen zugesetzt worden war, zu trinken oder permanent ans Ficken zu denken und es, ohne aufzupassen, zu praktizieren.
Früher hatte man dem Bier anderes als Hopfen zugesetzt, Bilsenkraut zum Beispiel, nach dem Pils und Pilsen be-

nannt wurden, und ein Bier ohne Hopfen wäre für ihn vollkommen okay gewesen. Ein Geschlechtsverkehr, bei dem man und insbesondere der Mann aufpasste, den man also vor dem Orgasmus des Mannes abbrach, war auch beinahe akzeptabel.

Er selbst stand überhaupt nicht auf Geschlechtsverkehr. Nur einmal praktiziert, war es für ihn ganz katastrophal ausgegangen. Wäre er zufälligerweise schwul gewesen, hätte er nur blasen wollen, aber er stand nun mal auf jungfräuliche Mädchen, die er lecken wollte, und von denen er sich im Gegenzug wünschte, dass sie seinen Schwanz in den Mund nahmen.

Das alles spielte sich weitgehend nur in seiner einsamen Phantasie ab, denn praktizierte Pädophilie stand unter Strafe und mithilfe seiner Tabletten hatte er seine Neigung gut unter Kontrolle.

Niemals aber trank er Bier, denn schon ein Glas Bier machte ihn total ungeil. Permanente Geilheit aber war ein Sinn seines Lebens. In seiner Phantasie tauchten stets die jungen Mädchen auf und er bewahrte seine Geilheit, indem er beim Wichsen den Orgasmus, so gut wie es ging, hinauszögerte oder auf ein nächstes oder übernächstes Mal hinausschob.

Er redete sich ein, auf junge Mädchen zu stehen, weil Erwachsene verdorben waren. Mädchen waren noch unschuldig und natürlich. Dennoch und trotz aller Vorbehalte konnte er die Erwachsenen nicht ignorieren oder links liegen lassen, da er mit sich meist alleine nichts anfangen konnte. Wenn man von seinen seltenen Spaziergängen absah, konnte er es praktisch nicht ertragen, alleine zu sein und es blieben ihm nur die Erwachsenen, die ihm Gesellschaft leisten konnten. Dazu musste man Kompromisse machen.

Er hatte Stefanie und Martin gegenüber unklug gehandelt. Die Worte waren ihm so rausgerutscht. Er misstraute Martin zutiefst, und das schlimmste Verbrechen für ihn war Geschlechtsverkehr mit einem jungen Mädchen zu haben. Stefanie war noch jung.

Er setzte sich ruhig neben die beiden, fühlte sich schon leicht unbehaglich, weil er keine Zigaretten mehr hatte, und versuchte diesen Mangel mit schnellerem Weintrinken zu kompensieren. Währenddessen unterhielten sich Tobias und Petra weiter über esoterische Themen.

"Genaugenommen verlieren die Sterne jetzt an Einfluss", sagte Tobias. "Ein Horoskop gilt nur für die Erde. Ich kann mir nicht vorstellen, dass Lichtjahre entfernt, Venus, Jupiter und Mars oder der Mond noch wirken, zumal sie ja von uns aus gesehen eine ganz andere Stellung zu den Sternzeichen haben. Von uns aus gesehen stehen sie vielleicht gar nicht mehr in den Tierkreiszeichen. Vielleicht steht Venus jetzt im Großen Bären und alle anderen Planeten auch." Tobias lachte laut auf. Vermutlich fand er irgendetwas an seiner eigene Idee, die ihm überraschend gekommen war, lustig.

"Heißt das, dass ich jetzt keine Jungfrau bin, alle Eigenschaften als Jungfrau verloren habe?", wollte Petra wissen.

"Ich kenne dich erst, seit dem wir in diesem Raumschiff sind. Du hast alles von einer typischen Jungfrau. Um so mehr weil dein Aszendent auch Jungfrau ist."

Petra wollte schon seit Längerem ihren Aszendenten kennenlernen und Tobias konnte diesen ohne Hilfsmittel im Kopf ausrechnen, und diese Berechnung war zuverlässig, wenn es sich dabei nicht um Grenzfälle handelte oder die Leute an exotischen Plätzen wie Hongkong, Oslo oder Los Angeles geboren waren. Petra stammte aus der gleichen Stadt wie er, war dort geboren, und für diese Stadtbewohner hatte er schon unzählige Horoskope bestimmt. Neben seinen einträglichen Sperrmüllfahrten verdiente er sich mit der Astrologie ein wenig Geld dazu.

"Ich habe mich manchmal gefragt, wie das wäre, wenn ich auf dem Mars geboren worden wäre. In meinem Horoskop hat Mars nur ganz geringen Einfluss. Für jemanden, der auf dem Mars lebt, ist die Erde nichts weiter als ein heller Stern, so wie für uns die Venus, vermutlich ist die Erde vom Mars aus betrachtet sogar meistens weniger hell. Für einen Marsbewohner müsste die Erde eine astrologische Bedeutung bekommen. Nun ja, ich habe nicht genügend Ehrgeiz, diese herauszuarbeiten."

Petra machte einen verwirrten Eindruck. Tobias konnte manchmal so verwirrend wirken. Sie hatte bisher alles verstanden, was er ihr erklären wollte, aber bei den letzten Ausführungen kam sie nicht ganz mit.

"Bleibe ich jetzt Jungfrau?", fragte sie nochmals.

"Ich glaube schon, weil dies bei deiner Geburt festgelegt wurde. Aber ob dein Tageshoroskop noch irgendeine Gültigkeit hat, weiß ich nicht. Da bin ich überfragt. So weit ich weiß, ist es in der Astrologie beispielsweise umstritten, ob sie Aussagen über Polarbewohner machen kann." - "Aha", meinte Petra. Man lernte nie aus.

Manfred hatte sich das alles geduldig angehört, mischte sich dann aber in das Gespräch ein. "Was bin ich denn für ein Sternzeichen?", wollte er von Tobias wissen, um damit seine Fähigkeit auf die Probe zu stellen. "Du könntest Waage sein, eine unausgeglichene Waage!"

Tobias lachte wieder und Manfred war verblüfft. Im Grunde vermied er es, an den Zufall zu glauben beziehungsweise an das, was man gemeinhin als solchen bezeichnete, wenn auch der Zufall in seiner Weltanschauung eine gewisse Rolle spielte.

"Sehr gut", sagte er zu Tobias. "Ich bin am 15. Oktober geboren. Ich bin also Waage." - "Kennst du deinen Aszendenten?", wollte Tobias wissen. "Was ist das?" - "Das ist das Tierkreiszeichen, das zu deiner Geburtsstunde aufgegangen ist. Wo bist du geboren?" Es stellte sich heraus, dass Manfred und Petra in der gleichen Stadt geboren waren. Einerseits war es erstaunlich, dass man sich nicht kannte, aber andererseits konnte man die meisten der fast hunderttausend Einwohner auch nicht kennen. Vielleicht hatte man sich ja schon zufälligerweise gesehen und nur die jeweiligen Gesichter wieder vergessen.

Manfred wusste, zu welcher Uhrzeit er geboren war, und Tobias rechnete aus, dass der Aszendent von Manfred Wassermann war. "Ich glaub nicht an den Quatsch", warf Manfred ein.

"Die Astrologie basiert auf ein jahrtausendealtes Wissen der Menschheit. Die Weisen haben dieses Wissen tradiert und Astrologen jeder Generation haben dieses Wissen vervollständigt und bereichert."

Manfred kam sich verarscht vor, zugleich fühlte er sich aber auch belustigt. Er selber sah sich als Weisen, als einen von wenigen, die Einsicht in die Zusammenhänge hatten. Tobias war ein typischer Unweiser, schwul und mit Brille.

"Haben denn die homöopathischen Mittel im Weltraum noch ihre Wirkung?", wollte Petra wissen. "Selbstverständlich", kam Manfred Tobias mit seiner Antwort zuvor. "Die Homöopathie wirkt aufgrund der Resonanz, hier in unserer Umgebung. Damit meine ich einen Bereich von mehreren Tausend Lichtjahren. Hier in unserer Milchstraße sind die Naturgesetze gleich, überall hier im Weltraum sind die Wasserstoffatome wie die Wasserstoffatome auf der Erde. Die haben doch diesen fabelhaften Wein, der von irgendwo hier aus der Umgebung stammt. Überall kommen die gleichen Pflanzenformen vor, alles steht miteinander in Resonanz."

Petra verstand kein Wort. Sie wusste auch nicht, was ein Wasserstoffatom war. Es hatte wahrscheinlich irgendetwas mit Bomben zu tun, mit denen sie aber nichts zu tun haben wollte.

"Schätzchen, die homöopathische Mixtur wechselwirkt mit deinem Körper. Das tut sie überall und überall gleich", erklärte Tobias. "Glaubst du an Bachblüten?", wollte Manfred von Tobias wissen. "Ja sicher", antwortete dieser. "Und hast du dich schon mal gefragt, warum dies alles wirkt?" - "Was fragst du mich das?" - "Hast du dich schon mal gefragt, warum du eine Brille trägst?" - "Ich trage eine Brille, weil ich kurzsichtig bin." -"Und warum bist du kurzsichtig?" - "Karma, Erbanlagen oder was weiß ich." Tobias hatte keine Ahnung, worauf Manfred hinaus wollte. Das war schon ein ziemlich merkwürdiger Hetero.

"Du meinst, ich bleibe auch hier im Weltraum eine Jungfrau", knüpfte Petra ihren Gesprächsfaden wieder auf. "Du bleibst auch im Weltraum eine Brillenträgerin", ätzte Manfred. "Hast du was gegen Brillenträger?", fragte sie ihn. "Eigentlich schon."

Tobias lächelte Manfred an. "Du bist noch nicht der richtigen Frau mit Brille begegnet" - "Ich versuche auch Brillenträger zu akzeptieren." - "Das ist fein. Wir können also erwarten, dass der scharfsichtige Herr unsere Gesellschaft auch weiterhin nicht meidet", kommentierte Tobias.

- 31 -

"Warum hast du denn etwas gegen Brillenträger?", wollte Tobias wissen. "Das kann ich euch nicht erklären. Das ist ziemlich kompliziert und mir glaubt sowieso keiner." - "Du hast auch etwas gegen Schwule. Das ist ja, für gewöhnlich, noch sehr verbreitet. Glücklicherweise werden wir nicht mehr durch das Strafgesetzbuch verfolgt. Aber Vorurteile gibt's immer noch. Schwulsein ist Bah, bestenfalls dienen wir als Witzfiguren"

"Du bist auch eine Witzfigur. Ich habe etwas gegen die gewöhnlichen Sexualpraktiken, im Sinne von nicht aufzupassen und so, ebenso etwas gegen Analverkehr. Gegen Schwule, die sich gegenseitig einen blasen, habe ich nichts." - "Das ist ja zu freundlich. Du glaubst also Brillenträger sind biologisch beziehungsweise moralisch minderwertig und Geschlechtsverkehr ist böse, weil man davon AIDS kriegen kann, und bei dessen Verbreitung sind die Schwulen besonders schuld." - "Es ist übrigens ganz folgerichtig, dass so etwas wie AIDS entstanden ist. Das ist kein Zufall. Aber das größte Problem ist die Überbevölkerung, denn die führt zu Krebs und zu Kriegen. In den meisten Ländern gibt es keine vernünftige Geburtenkontrolle. Und die Leute, die in den Industrieländern bumsen und dabei nicht aufpassen, stehen in Resonanz mit den Menschen in den armen Ländern. Das führt unter anderem zu Krebs." - "Wieso sollte das zu Krebs führen? Und was meinst du mit Resonanz?"

"Ich glaube, dass Dinge, die ähnlich sind, also Dinge, die zum Beispiel eine ähnliche Form haben, wie ein Blatt und eine Zunge, etwas miteinander zu tun haben. Ich habe vor einigen Jahren total unglaubliche Sachen erlebt. Ich habe mal an die Naturwissenschaften geglaubt, an Physik und Chemie. Chemie ist ja eigentlich reine Auswendiglernerei. Man muss so eine Art Kochbuchverfahren anwenden und kann damit lustige Sachen machen. Die klassische Physik ist irgendwie logisch aufgebaut, aber schon die Erklärung der Magnetfelder habe ich nicht mehr verstanden. Und nach der Relativitätstheorie gibt es kein "Jetzt" mehr. Ich wollte eigentlich Physik studieren, aber zwei Wochen an der Uni haben mich davon überzeugt, dass dieses Studium

auch Auswendiglernerei ist. Die Leute waren nur am Mit-schreiben! Ich habe lieber den Amseln zugehört!" - "Den Amseln?" - "Ja, das war wesentlich interessanter. Aber die sind zurzeit auch alle "Hier"!" - "Was sind die Amseln?"
"Wenn Leute etwas ungewöhnliches erleben, sagt man, sie haben eine Psychose oder haben Halluzinationen, womöglich weil sie irgendwelche Drogen eingenommen haben. Ich glaube an die Realität von Stimmen. Wie sollte ein einfaches chemisches Molekül in der Lage sein, eine Stimme zu produzieren, die darüber hinaus noch etwas Wichtiges sagt? Die Droge verstellt hierbei etwas den Tuner, ja das Gehirn ist so etwas wie ein Tuner, ein Empfänger, und mithilfe einer bewusstseinserweiternden Droge steht man verstärkt mit anderen Realitätsformen in Resonanz."
"In der klassischen Psychiatrie nimmt man an, dass Halluzinationen im Unbewussten entstehen. Eine Droge kann diesen Prozess verstärken, quasi sichtbar machen, sodass man die unbewussten Gedanken als Halluzination wahrnimmt".
"Ich kann diesen Quatsch nicht mehr hören. Träume, Stimmen, alles soll vom Gehirn erzeugt sein. Wer sagt dir denn dann, dass du dir nicht alles einbildest? Wieso denkt mein Unbewusstes in Deutsch, Kölsch-Platt, in Amselstimmen? Wieso sind es manchmal alte Leute, die ich höre oder meine Mutter? Das ist alles so scharf, so aufgelöst und gleichzeitig so unglaublich. Warum sollte mein Unbewusstes so ein Theater inszenieren? Wie sollte es so etwas können?"
"In der Esoterik ist es umstritten, worauf die Natur der Stimmen zurückzuführen ist. Es gibt die Ansicht, dass die Stimmen einer Welt von Geistern entstammen, vor denen der Gesunde geschützt ist, während der Kranke ihnen wehrlos ausgesetzt ist, zumal wenn es sich um böse Geister handelt. Ich habe mich mit so etwas kaum beschäftigt. Ich selber habe noch keine Stimmen gehört."

160

"Du würdest mich also nicht als Stimme akzeptieren", stellte SIE mit ihrem vertrauten holländischen Akzent fest. Manfred lachte auf.

"Du bist irgend so ein technischer Schnickschnack", entgegnete Tobias. Offenbar wollte SIE sich an der Diskussion beteiligen. Glaubte SIE an Stimmen und Geister?

Manfred ließ sich nicht beirren. "An diesen Geister ist etwas dran. Ich glaube auch an Götter, die ein Spiel mit uns spielen, beispielsweise gibt es da den Junior und den Senior. Ich weiß nicht, was das ganze Theater hier soll. Aber vielleicht spielt man hier ein Spiel mit uns. Jedenfalls ist Junior nicht gegen das Rauchen. Ich weiß auch nicht, was das mit dem Raumschiff soll. Raumschiffe sind lächerlich. Es sind Konstruktionen, um die Illusion von einem "Hier" aufrecht zu erhalten. Dabei kann man vielleicht in Resonanz mit dem ganzen Universum stehen. Ich bin mir nicht sicher, ob sich die Resonanz mit endlicher Geschwindigkeit, mit einer bestimmten Überlichtgeschwindigkeit oder unendlich schnell, also instantan, ausbreitet. Dieses Raumschiff entspringt einer Geisteskrankheit. Es ist etwas, um uns zu verarschen."

"So würde ich das nicht sehen", sagte SIE. Dann räumte SIE aber wieder ein, dass die gesamte Mission vermutlich ein Fehler sei und dass daraus gewisse paradoxe Situationen entstünden, die sowohl nicht beabsichtigt, wie vermutlich nicht sinnig wären, ferner, dass der weitere Verlauf der Mission gewissermaßen unberechenbar sei.

"Diese Entführung ist eine Unverschämtheit, ein Verbrechen", sagte Petra. SIE entschuldigte sich und wies auf die Möglichkeit hin, sich mittels Real World in die Heimat zurück zu begeben.

"Aber es ist doch nur ein Spiel und ich stehe nicht auf Computerspiele. Ich kann ja nicht verhindern, dass ich mit Computern im Büro arbeiten muss, aber spielen würde ich mit ihnen nie". SIE bedauerte dies. Außer ihnen hier gäbe es nun mal nur Computer an Bord. Diese würden alles in den Schatten stellen, was sie an Bürocomputern kennen würde. Diese Protzerei imponierte Petra wenig. Ihre Anwesenheit an Bord war eine ungeheuerliche Zumutung. Die Drei verband eine gemeinsame Abneigung gegen Computer. Tobias hatte zwar gehört, dass es Astrologieprogramme für Computer gab, die zudem sehr praktisch sein sollten. Er jedenfalls brauchte keine Astrologieprogramme um ein Horoskop zu erstellen, nur konnte jetzt jeder Depp Horoskope verkaufen.

Manfred hatte ein ambivalentes Verhältnis zu Computer. Als Radio-Fernsehtechniker war es unumgänglich, sich mit der Technik von Computern auseinanderzusetzen. Er hatte einen von der Kreishandwerkerschaft angebotenen Kursus für Assemblerprogrammierung mitgemacht. PCs waren praktisch, um Dinge zu berechnen oder Prozessabläufe zu steuern. Er hatte Hochachtung vor der Mathematik, weil sie irgendwie einer höheren Wahrheit entsprach und logisch war, aber er hatte auf mathematischem Gebiet zu wenig Talent und auch keinen Ehrgeiz diese Maschinen für seine Zwecke einzusetzen, um etwas Bestimmtes innerhalb seiner Theorien mathematisch zu untermauern. Jedenfalls wäre er nie auf die Idee gekommen, sich einen Computer zu kaufen. Die Dinger wären ohnehin geistlose Maschinen und man würde einem Computer auch niemals Geist einprogrammieren können.

Was sich hier genau abspielte, war ihm nicht ganz klar, aber er nahm stark an, dass mehr dahinter steckte als nur ein Computer. Tobias dachte im Übrigen ähnlich: aber er fand keineswegs, dass ihre Situation eine Zumutung war. Es war hier ganz lustig und interessant. Im Übrigen hatte er ja auch nicht dieses Problem mit dem Rauchen. Ihn störte lediglich, dass er seine eher aktive Sexualität nicht ausleben konnte, da die UFO-Besatzung, wahrscheinlich zufällig, nur einen Schwulen ausgewählt hatte. Vielleicht, so hoffte er, konnte er Manfred und Martin zu einem neuen sinnlichen Vergnügen verhelfen. In vielen Männern steckte ein verkapptes Schwulsein. Er müsste etwas Geduld zeigen.

"Du hast immer noch nicht erklärt, was die Überbevölkerung und der Geschlechtsverkehr mit Krebs zu tun haben", wandte er sich an Manfred. Er lächelte ihn zärtlich an, aber das Lächeln besaß soviel an Unverbindlichkeit, dass sich darin auch ein Überlegenheitsgefühl ausdrücken konnte.

"Das interessiert mich auch", sagte SIE. Das war eigentlich verwunderlich, konnte man doch vermuten, dass die nahezu allwissende und allmächtige SIE alle denkbaren Theorien kennen musste.

"Eine Krebsgeschwulst ist ein Zellhaufen, der sich undifferenziert vermehrt. Eine befruchtete Eizelle teilt sich im Anfangsstadium ebenfalls undifferenziert, vermehrt sich undifferenziert, also sind die Prozesse ähnlich und stehen in Resonanz. In Familien mit vielen Kindern stehen die ähnlichen Zellen der Alten mit den Zellen der Embryos in Resonanz, und es bildet sich Krebs." Er kippte den Inhalt seines noch fast vollen Rotweinglases runter.

"Aber das müsste man doch ganz leicht nachprüfen können. In kinderreichen Familien müsste Krebs häufiger auftreten." - "Das tut er auch, da bin ich sicher, aber eine solche Statistik hat noch keiner aufgestellt. Das Ganze ist natürlich ein wenig komplizierter als ich es dargestellt habe. Die Zellen des frühen Embryos resonieren am stärksten mit Zellen naher Verwandter, weil dann größte Ähnlichkeit vorliegt, aber auch mit Zellen anderer Menschen, da Menschen grundsätzlich ähnliche Zellen besitzen. Es ist eher unwahrscheinlich, dass dadurch ein Tumor bei Mäusen entsteht. Im Übrigen muss man die Verwandtschaftsverhältnisse über mehrere Generationen zurückverfolgen. Man kommt dann auf eine beträchtliche Anzahl entfernter Verwandter und stößt dabei auf jede Menge werdender Mütter."

"Der Zusammenhang mit unseren Brillen und dem Geschlechtsverkehr als solchem ist mir allerdings noch nicht klar." - "Weißt du was "da" bedeutet?", fragte Manfred Tobias.

Dieser versuchte, sich die möglichen Bedeutungen dieses Wortes zu vergegenwärtigen. Man konnte voll da sein, es gab das Dasein, da drückte auch eine räumliche Trennung aus, im Sinne von dort und im Gegensatz zu hier, nicht zuletzt drückte es eine Präsenz aus. Er wusste nicht, worauf Manfred hinauswollte. Der schwieg sich aus und lächelte vor sich hin, wie Verrückte das oft tun.

Petra war froh, dass der Kerl endlich ruhig war, denn sie hatte sich richtig gut mit Tobias unterhalten. Der hatte jede Menge Ahnung von Astrologie und fand immer den richtigen Umgangston Frauen gegenüber. Schwule, so fand sie, waren in vieler Hinsicht die interessanteren Männer. Ein Schwuler konnte sich viel besser in die Seele einer Frau hineinversetzen, die Erfahrung hatte sie schon oft gemacht. Dieser verrückte Kerl aber war ihr unsympathisch. Wenn jemand sie nur deswegen nicht mochte, weil sie eine Brille trug, war er ein Arsch. Und warum sollte ein Arsch sie mit seinem Verrücktsein belästigen? In dieser Beziehung konnte sie Tobias nicht so ganz verstehen.

Der Verrückte hatte genug getrunken und immer dann wurde er müde und wollte er schlafen. "Ich gehe jetzt pennen", sagte er überraschend.

Martin drehte eine Zigarette für sich und Salma. Wenn nicht ein Wunder geschah, würde es nicht mehr viel zu rauchen geben. Liebevoll befeuchtete er mit seiner Zunge die Klebestreifen. Die Zigaretten waren besonders prächtige Exemplare, dick und locker gedreht, aber mit festem Mundstück. Sie würden mithilfe des Sauerstoffes, der sich vermutlich in der Raumschiffatmosphäre in einer unbekannten Konzentration befand, in perfekter Weise abbrennen. Die Nikotin- und Teerwerte der beiden Zigaretten würden mit Sicherheit alle zulässigen Richtwerte und EU-Normen überschreiten.

"Sie sind perfekt", sagte Martin zu Salma und überreichte ihr fast feierlich eine der Gedrehten. Diese schaute sich die Zigarette von allen Seiten an, fast so, als ob sie noch nie eine gesehen hätte, bedankte sich artig bei Tiny, und jeder, der erwartet hätte, dass Huren keinen Anstand besitzen, wäre angesichts dessen von seinen Vorurteilen bitter enttäuscht worden. Dann gab der eine der beiden Verschworenen dem anderen Feuer.

Jäh in dieses Idyll platzte ein gekünsteltes Husten, das von irgendwo her kam. SIE meldete sich: "Ich will ja nicht weiter stören, aber was soll der Unsinn? Ihr tut so, als ob diese Zigaretten das Wichtigste auf der Welt sind. Dabei kriegt man davon nur Husten mit ekeligem Auswurf, Vitaminmangel, Atemnot, sowie Bluthochdruck; und wie mir scheint, raucht ihr in dermaßen selbstzerstörerischen Mengen, dass sich eure Lebensspanne insgesamt um gut ein Jahrzehnt verkürzt. Morgen ist der Spaß hier vorbei."

Gab es auf diesem Raumschiff ein Morgen? Die überall eingebauten Wanduhren, digital und mit arabischen Ziffern versehen, zeigten im Sekundentakt die Zeit an und es handelte sich vermutlich um irdische Sekunden, Minuten und Stunden; abgesehen von kosmischen Dreckeffekten, wie sie vielleicht von der Relativitätstheorie herrühren, die aber vielleicht innerhalb der sehr künstlichen Rahmenbedingungen des Raumschiffes nicht galt, denn das künstliche Schwerefeld, die sehr künstliche Bewegung und dieses aberwitzige Tempo, all dies war von A.E. nicht berücksichtigt worden.

Nach diesen Uhren befanden sich die Raumschiffinsassen in einer Zeitzone, die man auf der Erde als vorgerückte Abendstunde bezeichnet hätte. Die Leitung des Raumschiffes hatte es lediglich versäumt, für ihre Gäste auf den freien Wänden einen Sonnenuntergang zu projizieren. Die Digitaluhren waren für Manfred hinreichend genug, um zu wissen, wann seine Bettgehzeit gekommen war. Manfred vermisste den Radiosender, der zu Hause pausenlos lief, hatte es aber geschafft, mit den Gedanken bei Stefanie zu sein und ohne die übliche Berieselung, einzuschlafen.

Dies war die übliche Zeit, in der Martin in seine Kneipe ging, um ein Minimum an menschlichem Kontakt zu wahren, während Salma zu dieser Zeit gewöhnlich einem Maximum an menschlichen Kontakten entgegenfieberte.

Salma reagierte ärgerlich auf die ungebetene Stimme. "Kann diese Blechdose überhaupt nachempfinden, welch ein Genuss es sein könnte, diese Zigarette zu rauchen, wenn sie nicht andauernd dazwischen quatschen würde? Kann sie sich vorstellen, was es für einen Genuss für sie sein könnte? Weiß sie eigentlich, was sie für eine Scheiße redet?" - "Salma, ich weiß sehr gut, dass dir bei deiner ersten Zigarette am Morgen, vor oder während des Kaffeetrinkens, meistens zum Kotzen ist." - "Woher weiß die das?", fragte Salma Martin.

"Ich vermute, die wissen überhaupt jede Menge. Die Stadt sah so aus wie immer, selbst das Haus, in dem ich wohne.

Ich bin bisher nicht in meine Wohnung hinein gekommen. Ich bin mir ganz sicher, sie wissen jede Menge." - "Auch wie eine Zigarette wirkt? Diese Blechdosen haben doch kein Gehirn wie wir, keine Synapsen, an denen die Nikotinmoleküle andocken. Wie kann eine Blechdose, die weder Synapsen hat, noch jemals eine Zigarette geraucht hat, wissen, wie herrlich der Genuss von diesem Qualm ist." - "Findest du nicht, dass du übertreibst, Salma?", befand SIE.
"Sie sind beinahe wie Gott. Auch wenn sie keine Synapsen haben, können sie deren Wirkungsweise simulieren. Ich habe in Real World "Lord" geraucht, der Geschmack war so schlecht wie erwartet, aber ansonsten wirkten die simulierten Lords wie andere Zigaretten auch. Ich weiß natürlich nicht, mit welchen Taschenspielertricks sie arbeiten. Vielleicht ist der Raum für Real World nur eine Beam Station und alles, was ich erlebte, war real. Es machte nicht viel Sinn, zwischen wirklich und unwirklich zu unterscheiden." - "Vielleicht können sie Gedanken lesen, und während du im Koma warst, haben sie dein Gehirn manipuliert. Ich weiß nicht, ob ich mich dieser Prozedur unterziehen soll. Vielleicht ist Real World nur eine Traummaschine, du träumst von einer Zigarette und der erträumte Glimmstängel scheint auch so zu wirken wie ein wirklicher. Die Blechdosen wissen nicht, wie Zigaretten wirken. Nur wir wissen es."
Martin machte einen letzten Zug an seiner Zigarette, hörte sich verblüfft die Ausführungen von Salma an. "Hast du eigentlich Abitur?" - "Wieso sollte eine Nutte kein Abitur haben? Ich hatte unter anderem Bio-Leistungskurs. Wie viel Tabak haben wir noch?" - "Es müsste noch für drei gute Zigaretten reichen", sagte Martin. "Das heißt, es ergibt noch vier dünne."
Martin überlegte, ob er nicht die letzte, perfekte Zigarette alleine rauchen sollte. Das fast freundschaftliche Verhältnis

zwischen ihnen basierte auf den Zigaretten. Was blieb danach?

"Ich sehe das überhaupt nicht ein, dass die uns keine Zigaretten geben. Mit ihrer unendlichen Supertechnologie könnten sie uns doch von jeder aufkommenden Krankheit heilen. Ich denke da an eine homöopathische Zutat in meinem Bier oder in der Space-"Camel" selber, die erst gar keine Krebsgeschwulst aufkommen ließe. Mit Sicherheit sind sie dazu in der Lage. Es ist total widersinnig. Diese Blechdosen sind Spaßverderber. Nichts weiter. Ihr könntet uns doch vor allem heilen?"

Er stellte diese Frage buchstäblich in den Raum. "Ja sicher könnten wir das. Aber ihr seid nicht krankenversichert. Und Supermedizin hat natürlich ihren Preis. Der kleinste Tagessatz beträgt hier an Bord hundert Mark."

Ein erneut aufkommendes Gefühl, dass sie hier an Bord ganz phantastisch verarscht wurden, konnten weder Salma noch Martin unterdrücken.

"Und vergesst nicht, euer Ausflug dauert vielleicht einen Monat, maximal vielleicht ein Jahr. Die Folgen eures Rauchens können euch aber Jahre später auf der Erde treffen. Die Leitung des Raumschiffes kann dafür keine Verantwortung übernehmen. An Bord ist daher eine gesunde Lebensweise angesagt." - "Das ist ja phantastisch. Von "Galaxy Nine" und "Sternenschlösschen" bekommt man also keine Leberzirrhose", meinte Martin trotzig. "Man muss ja schließlich Kompromisse machen", antwortete SIE. "Und beim teer- und nikotinhaltigen Rauch gibt es keine Kompromisse." - "Diese Stimme spinnt", sagte Salma bestimmt. "Drehst du uns noch zwei?"

"Ich würde noch gern ein Bier trinken". Bier gegen Zigaretten. Das war von seinen phantastischen Geschäftsaussichten geblieben. Trotzt aller Verbrüderung, der wachsenden Vertrautheit und einer Solidarisierung gegen die Maschine, die sie umgab, brauchte er sich nur den Anblick ihrer Schenkeln zu vergegenwärtigen, um sofort einzusehen, dass ihm Salma ferner war als irgendeine Robotertonne.

"Was ist los?", fragte ihn Salma. "Ich hatte gerade zu einem Stück Realität zurückgefunden. Ich habe kurz die Augen aufgemacht und mein Blick fiel auf deine Beine." Er schaute in ihre blauen Augen, die ihm gleichsam nah wie unendlich weit weg vorkamen. "Musst du mich jetzt an meine Arbeit erinnern", sagte sie. Er schaute weiter in ihre Augen und sie wich seinem Blick nicht aus. "Kannst du nicht Arbeit Arbeit sein lassen. Versuch doch mal eine richtige Frau zu sein."

Sie lächelte spöttisch. "Soll ich morgen vorbeikommen, ein bisschen Staub putzen. Akzeptier endlich, dass Sexualität für mich Gelderwerb bedeutet und hier an Bord hat offensichtlich keiner Geld. Muss ich mich denn permanent wiederholen, Tiny?" In diesem Moment war Salma für Martin eine typische No-Future-Frau.

"Ich weiß nicht, ob ich euch darauf aufmerksam gemacht habe, dass wir daran denken, euch an Bord die Möglichkeit zu geben, Geld zu verdienen. Wir überprüfen das", sagte SIE. "Martin, du hättest dann die Möglichkeit, Salma zu bezahlen. Salma könnte sich Krankenversichern und ihre Brüste liften lassen." - "Ich brauche meine Brüste nicht liften lassen." - "Das kann ich nur bestätigen", sagte Martin. "Du hast sie doch noch gar nicht gesehen", sagte SIE. "Das könnten wir ja schnell nachholen. Ich bin sicher, sie brauchen keine Korrektur." - "Das stimmt, Martin, sie brauchen keine Korrektur" - "Aber zeigen willst du mir sie nicht." - "Das würde dich nur irritieren, Tiny. Gibt es hier so etwas wie einen Zimmerservice?" - "Ja, mit fünfzig Prozent Aufpreis", sagte die Stimme. "Dann hätten wir gern zwei Flaschen Bier und ein Päckchen Tabak von dieser Sorte."

Wenig später klopfte es. Es war Candy, die die Flaschen brachte. Sie wandte sich an Martin, ob dieser ihr ein Glas "Sternenschlösschen" ausgeben könne. "Ich kann hier gar nichts ausgeben. Wende dich hier an deine Kollegin." Die verlangte, dass Candy das Bier abstellte, fragte nach dem Preis, zahlte diesen und sagte dann zu Candy, sie solle sich verpissen. Ohne Trinkgeld zu bekommen, entfernte sich Candy, vermutlich um ihre Stellung in der Bar einzunehmen.

Martin öffnete mit seinem Feuerzeug eine Flasche und nahm einen kühlen Schluck.

"Ich mag dich, Salma." - "Ich mag dich auch." Er griff zu seinem Tabakbeutel und begann Zigaretten zu drehen. Dünne, es waren die Vorletzten. "Besteht nicht die Möglichkeit, dass wir zu einem paradiesischen, jungfräulichen Planeten fliegen und dort eine neue Menschheit gründen?", fragte Martin in den Raum. "Tiny, das kannst du nicht bezahlen", sagte eine geduldige Salma. "Ich denke, ich gehe morgen nach Real World", war daraufhin von Martin zu hören.

- 33 -

Gemeinsam hatte man die letzten Zigaretten aufgeraucht und Martin die beiden Flaschen Bier ausgetrunken. Salma aber blieb hart, und so zog er sich frustriert und betrunken in seine Kabine zurück. Im Bett wechselte er noch ein paar Worte mit der Stimme. Er wollte von ihr ihre Meinung hören, wie seine Chancen stünden, Salma rumzukriegen. SIE drückte sich etwas orakelhaft aus, aber soweit er sie verstand, ging sie davon aus, dass er wohl Geld verdienen müsse, um sie zu bekommen. "Niemals", sagte er. "Vorher treibe ich es mit Candy."

Er machte das Licht aus und SIE wünschte ihm eine gute Nacht. Morgen würde ein harter Tag werden, so ganz ohne Zigaretten und er nahm sich vor, sich sofort nach dem Frühstück Real World auszusetzen. Die Chancen dort Fluppen zu bekommen, waren erheblich größer als hier an Bord. Er würde Frau Hütterer aufsuchen, "Lord"-Zigaretten rauchen und gegebenenfalls neckische Messungen mit einem Bandmaß betreiben. Seine rechte Hand griff in die Schlafanzughose und vor seinem geistigen Auge erschienen Frauen von Bedeutung. Er machte das, was er meistens in dieser Situation tat. Die starken Eindrücke der jüngsten Vergangenheit, mit anderen Worten Salma, verdrängten die anderen Frauengestalten, und Salma forderte auch für diesen kleinen Dienst Geld. Er versuchte jene Salma, die er sich zurecht phantasierte, dazu zu bewegen, sich unentgeltlich zu entkleiden, beziehungsweise er bot ihr Zigaretten an, und als dies alles nichts nützte, griff er in die Tasche und zog einen Zweihundertmark-Schein raus. Salma bedankte sich, und er schlief darüber ein.

Sein Schlaf war mehr oder weniger traumlos, jedenfalls konnte er sich am nächsten Morgen an nichts Besonderes weiter erinnern, außer dass er irgendwann den Eindruck gehabt hatte, das Universum wäre nichts weiter als ein gigantisches schwarzes Loch, aus dem nichts rauskommen konnte. Ihm fiel auf, dass dieser Tatbestand ziemlich konträr zu dem war, was die Astrophysiker behaupteten. In seinem Traum stürzte alles weiter zusammen. Das sich die Galaxien voneinander wegbewegten war kein Wunder, da beim Fall in ein schwarzes Loch ja alles auseinander gezogen wurde.

Dann hatte er in seiner Hand schwarzen Sand, und er sagte zu Salma, die am Strand im schwarzen Tanga neben ihm lag, diese schwarzen Sandkörner wären alles schwarze Löcher, und wie zum Beweis dafür, ließ er den Sand auf ihren Bauchnabel rieseln.

Aber an diesen "Beweis" konnte er sich am anderen Morgen praktisch nicht mehr erinnern. Verkatert und schlecht gelaunt begab er sich in die Bar und verlangte eine Tasse schwarzen Kaffee. Er wunderte sich nicht darüber, dass er als Geograph von kosmischen Objekten träumte, er befand sich ja im Weltraum und das konnte seinen Geografenhorizont etwas überborden lassen.

Tobias saß an der Theke und frühstückte. Martin erkundigte sich nach den anderen, erfuhr, dass Petra Yogaübungen in ihrer Kabine machte, Stefanie in der Schiffsbibliothek stöberte und Manfred dieses Computerspiel spielte. Salma hätte er an diesem Morgen noch nicht gesehen. Vermutlich schliefe sie noch.

Martin schlürfte an dem heißen Kaffee, der nicht schlecht schmeckte, aber es fehlte das wichtigste an diesem morgendlichen Ritual, das Anzünden der Zigaretten. Er hatte zudem ein sehr merkwürdiges Körpergefühl. War es der Kreislauf, der verrückt spielte? Jedenfalls war dieses Gefühl eine Zumutung und auf Dauer unerträglich. Tobias, der diese Problemlage sicher nicht kannte, grinste sein muffiges Gesicht an; und Martin hätte nicht übel Lust gehabt, diesen Saustall zu verfluchen, riss sich aber zusammen und fragte Tobias, ob er nicht auch Lust verspüre, Real World auszuprobieren. Der aber hielt nichts von Computerspielen, die Realität (zumal unter diesen besonderen Umständen) wäre tausendmal interessanter. Nur in sexuellen Dingen würde er hier etwas zu kurz kommen.

Von seinem letzten Geld bestellte sich Martin einen weiteren Kaffee, extra-stark und nicht zu heiß, damit er ihn schnell runterkippen könne. Er wusste, das würde nichts helfen. Die Nikotinlosigkeit war wie eine kleine Folter. Das Fehlen eines Stoffes schuf ein aufdringliches, allumfassendes Gefühl, das man nur mit mehreren Zigaretten eliminieren konnte. Die Gefühle wiederum, die die Zigaretten schufen, waren dabei erst einmal völlig unerheblich. Dieses unangenehme Gefühl musste weg. Er kippte den lauwarmen Kaffee runter, ohne die Anflüge von Übelkeit, die auch ihn sonst bei der Kombination erste Zigarette und erster Kaffee überkommen konnten, und verabschiedete sich von Tobias. Auch er würde spielen gehen. Die Atmosphäre war ihm hier zu klinisch.

Er begab sich in den Spieleraum. Dort befand sich der verrückte Manfred unter einer Haube. Seine geschlossenen Augen schienen aktiv zu sein wie bei einer REM-Phase. Das untermauerte allem Anschein nach die These, dass das Spiel so etwas wie ein stimulierter und gesteuerter Traum war. Die offensichtliche Anwesenheit von Manfreds Körper widersprach etwas der Theorie, bei den Hauben könne es sich um eine Beam-Apparatur handeln, aber möglicherweise kopierte die merkwürdige Apparatur den Körper und sandte die Kopie mit einer Art Richtstrahl zur Erde, während ein mehr oder weniger inaktiver Körper hier auf einem Sitz unter einer Haube zurückblieb, nur in der Lage chaotische Augenbewegungen zu machen und ein wenig zu atmen.

"Ich möchte einen weiteren Trip", ließ er die anwesende Tonne im Raum wissen. Pflichtbewusst forderte die Tonne zwanzig Mark für die Benutzung der Haube. Martin hatte keine zwanzig Mark, versuchte die Tonne davon zu überzeugen, dass seine Freundin Salma die Rechnung begleichen würde. Die Tonne stellte sich jedoch stur. Ohne Geld würde gar nichts laufen. Glücklicherweise schaltete SIE sich in diesen unfruchtbaren Streit ein und wies die Blechtonne an, eine Ausnahme zu machen. Wenn Salma die Rechnung nicht bezahlen würde, sagte SIE, müsste er das schuldige Geld abarbeiten und sämtliche Ausflüge würden bis auf Weiteres gestrichen werden. Martin kam sich mittlerweile vor wie ein Strafgefangener, dem man einen Freigang verwehrt.

"Soll ich etwa anschließend in der Küche das Geschirr wegspülen." Er war dennoch felsenfest davon überzeugt, dass Salma wirklich die Rechnung begleichen würde, zumindest für das eine Mal. Das war sie ihm einfach schuldig. SIE klärte ihn noch darüber auf, dass Spülmaschinen den anfallenden Spül effektiver erledigen würden. Über mögliche Arbeitsverhältnisse würden sie sich später unterhalten. "Wie großzügig von dir", war das Letzte, das er zu ihr sagte.

Er setzte sich unter die Haube und die Tonne betätigte an einem ziemlich unübersichtlichen Steuerpult ein paar Knöpfe, um seine Haube zu aktivieren. Ziemlich anachronistische Technik dachte Martin noch. Und die Idee, in einem UFO zum ersten Mal in seinem Leben arbeiten zu müssen, kam ihm äußerst absurd vor. Es wurde sehr blau um ihn, sodass er die Augen schloss, aber das half nichts. Das Blau wurde intensiver, fast konnte man sich darin ganz verlieren, und als das Blau schließlich in ein Dunkelblau überging, bis hin zu einer ihn auflösenden Schwärze, hatte er noch nicht mal das Gefühl nicht zu existieren.

Auf Dauer wurde ihm dies etwas langweilig, zudem bemerkte er einen Luftzug. Daher öffnete er die Augen. Es war recht dunkel, aber immerhin gab es ein paar Sterne und die Straßenbeleuchtung einer entfernten Straße zu sehen. Er saß auf feuchtem Boden, und rasch vergegenwärtigte er sich, dass er im Gras saß. Er stand schnell auf, um ein weiteres Vordringen der Nässe durch seine Hose zu vermeiden. Er war sich nicht ganz sicher, aber wenn er wieder in seiner Heimatstadt gelandet war, dann sprach einiges dafür, dass er sich auf einer Kuhwiese in der Nähe des heimatlichen Flusses befand und ringsherum musste es nur so vor

Rindviechern wimmeln. Er versuchte irgendwelche dunkle Gestalten zu erkennen, achtete auf Geräusche, aber bis auf die Motorengeräusche, die von der nicht zu fernen Autobahn herkamen und die ihm bestätigten, dass er sich wie vermutet in den Flussauen befand, konnte er nichts vernehmen. Ihm war etwas mulmig zu Mute, denn er hatte Angst vor Kühen. Sie hatten ihn früher auch immer davon abgehalten, auf diese Weiden zu gehen, um bestimmte Pilze zu suchen, die sich zur Herbstzeit in Kifferkreisen größerer Beliebtheit erfreuten.

Da er von Weitem die Lichter seiner Stadt sah, musste er sich folglich diesseits des Dammes befinden. Es war eine Erleichterung, als ihm einfiel, dass es auf dieser Seite keine Kuhweiden gab. Hier wurden Rüben angebaut, und es gab einige freiliegende Glasflächen, auf denen hin und wieder Schafe getrieben wurden. Er beschleunigte seinen Schritt in Richtung Licht, und er sagte sich, dass er größere Probleme hatte als Kühe. Er durchsuchte seine Taschen, die weder einen Tabakbeutel, sein Portemonnaie noch Wohnungsschlüssel enthielten.

Die Situation war wie bereits gehabt, nur dass es jetzt dunkel war und er an einer anderen Stelle aufgetaucht war. Die Sterne über ihm sagten ihm nun gar nichts, aber die ungefähre Zeit anhand der Stellung der Sternbilder abzuschätzen, wäre auch für einen Hobbyastronomen keine leichte Aufgabe gewesen.

Als Erstes hatte er die circa fünfhundert Meter zu den Häusern zu überwinden. Es regnete nicht und trotz seiner leichten Bekleidung war ihm nicht zu kühl, sodass hier noch immer die warme Hochsommerwetterlage vorherrschen musste, aber ansonsten konnte man beruhigt die ungünstigsten Umstände, die eintreten konnten, annehmen. Es war mitten in der Woche, nach zwölf, seine Stammkneipe würde spätestens um eins dichtmachen und der einstündige Fußmarsch bis dorthin würde ihn zu verschlossenen Türen führen.

Dieses Spiel war und blieb eine Perfidie und die Betreiber hatten überdies die Unverschämtheit, für eine Runde zwanzig Mark zu verlangen. Für diesen Preis hätten sie ihn ruhig mit dem nötigsten ausrüsten können, mit etwas Geld, mit einem Wohnungsschlüssel. Sie hätten ihn eigentlich gleich in seine Wohnung teleportieren müssen. Stattdessen musste er über Felder stolpern. Tobias hatte mit seiner Skepsis gegen Computerspiele vermutlich recht. Er wollte hier kein Adventuregame mit Kühen spielen, nein, er wollte Zigaretten, in seiner Kneipe Bier trinken, Bärbel treffen und den Rest seiner Tage mit Tabak in seiner Wohnung verbringen. Er beneidete all die simulierten Kunstwesen, die hier in ihren Häusern tun konnten, was sie wollten. Vermutlich schliefen die meisten jetzt, aber was sollte es? Wenn einer von ihnen starker Raucher war wie er und in diesem Moment aufwachen würde, hätte er die Möglichkeit, aufzustehen und sich zielstrebig zu seinen Zigaretten zu bewegen. Hier hatte jeder Penner Zigaretten, was ihm mehr oder weniger einfach verdeutlichte, dass er hier, und ebenso auf diesem verrückten Raumschiff, weniger wert war als ein Penner.

Seine erbaulichen Gedanken wurden durch das laute und penetrante Gekläffe eines größeren Hundes jäh unterbrochen. Er musste feststellen, dass er sich an der Umzäunung eines Grundstückes befand, gegen die eine Bestie wild ansprang. Erschrocken lief er in die Richtung, in der er die Straße vermutete.

- 34 -

Er hatte glücklicherweise die vermeintliche Kuhwiese überlebt und stand nun vor den Abgründen der modernen

Zivilisation, die sich um diese Zeit in ihre Häuser zurückgezogen hatte. Dort liefen die Fernseher, standen die Salzstangen und wärmten die Betten. Er befand sich auf einer Straße, die großzügig von den Laternen ausgeleuchtet wurde. Es war weit und breit niemand. Die Lichter dienten hauptsächlich dazu, Insekten zu verwirren. Was für eine Energieverschwendung im Zeitalter der Bewegungsmelder dachte er sich. Die Bewegungsmelder arbeiteten an den Einfamilienhäusern, an denen er vorbeikam, und hatten wohl auch die Aufgabe lichtscheues Gesindel abzuhalten. Oder war es eine Einladung, in die Vorgärten einzudringen und dank des Lichts problemlos die Klingeln zu finden und zu betätigen? Wie freundlich diese Menschen doch waren. Mitten in der Nacht machten sie einem Fremden Licht, damit er leicht die Klingel finden kann und nicht die Gefahr bestand, dass er über Stufen stolperte.

Wie schön wäre es dann erst, wenn die freundliche Hausherrin im Nachthemd oder nackt unterm Morgenrock die Tür öffnen würde. Nun, man durfte nicht von Frau Hütterer, der so etwas zuzutrauen war, auf andere Frauen schließen. Jedenfalls würden sie sich sogar die Mühe machen, den Haustürschlüssel zweimal umzudrehen, eine Ehre, die einem Gast während des Tages nicht gewährt wurde.

Das Haus, in dem Frau Hütterer wohnte, hatte keinen Bewegungsmelder, obwohl es sich sicher rentiert hätte, da ja viele Parteien in diesem Haus wohnten und daher weit mehr nächtlicher Besuch erwartet werden konnte. Jede Straßenlaterne könnte doch einen Bewegungsmelder haben, dachte er sich, aber sicherlich würden dann die Hausbewohner durch das Ein- und Ausschalten nur in ihrem Schlaf gestört. Dass alle Straßenlaternen leuchteten, gab ihm etwas wie Geborgenheit, denn so konnte man sich besser orientieren und auch absehen, wie weit der Weg noch war.

Nur bei wenigen Häusern schimmerte noch Licht durch die Ritzen, ein Zeichen dafür, dass es spät war, aber vielleicht noch nicht zu spät. Nach ein paar Hundert Meter würde er an einer Kirche vorbeikommen, an einer schönen alten Kirche. Jedenfalls war sie schön von außen, denn wie sie von innen aussah, konnte er nicht sagen, da er sie noch nie betreten hatte. Er hatte seit zwanzig Jahren keine Kirche mehr betreten, und wie die meisten Gebäude kannte er Kirchen nur von außen. Ihm war mehr als sonst bewusst, dass es einen großen Unterschied zwischen den Häusern und den Kirchen gab. Die Kirchen waren um diese Zeit gewöhnlich menschenleer, während in den Häusern, an denen er vorbei kam, in der Regel mehrere Menschen lebten. Die meisten schliefen oder versuchten es und fühlten sich im wesentlichen sicher vor dem Bösen, das nur von draußen kommen konnte.

Jenseits von allem blieb nur der Weltraum, wo folgerichtig das besonders Böse angesiedelt war. Er kam aus dem Weltraum.

Ein altes Vorurteil bestand daraus, dass das Megaböse aus dem Untergrund kam, aus dem Inneren der Erde, von dem mancher Kirchgänger früher vermutet hatte, dass es der Sitz der Hölle mit all ihren Teufeln sei. Aber man hatte die letzen Winkel der Erdoberfläche entdeckt und man konnte mit geophysikalischen und bisweilen auch polizeistaatlichen Methoden grundsätzlich selbst das Erdinnere durchkämmen, um nach dem Urbösen zu suchen. Man würde stets feststellen, dass das Erdinnere zwar sehr heiß, die Hölle sich aber woanders befinden müsste. Dachte man weiter, musste sich die Hölle, die Quelle und Heimstätte alles Bösen ist, außerhalb der Erde, also im Weltraum anzusiedeln sein, während sich der Himmel vor dem Bösen und der Hölle flüchtend, in den Häusern versteckte.

Er kam aus der Hölle. Das konnte er nur bestätigen, denn von dort, von wo er herkam, gab es keine Zigaretten mehr, keine Zigarettenautomaten und auch nur wenig Münzgeld. Der Himmel war anscheinend immer da, wo das Geld saß. Das war einsichtig und man konnte sich dies auch leicht merken. Wer den Himmel in menschlicher Nähe und in Nächstenliebe suchte, war entweder ein Ketzer oder ein Geistesgestörter, denn der Himmel wurde nicht von den Menschen repräsentiert, die schlafen wollten und Angst vor dem Bösen hatten, sondern durch das Geld und den Wohlstand, der in den Häusern steckte. Dies war der Himmel, den man vor dem Bösen wegschließen musste, denn bekanntlich ziehen sich Gegensätze an.

Salma strebte den Himmel an. Er hatte sie nicht gefragt, ob sie hier in der Stadt eine Wohnung hatte. Arbeitete sie in einem Appartement, in einer Anschaffungsanlage, in einem Wohnwagen oder etwa vornehmlich im Auto?

Es war Viertel vor zwölf. Martin fiel so etwas wie ein Stein vom Herzen. Diese Steine fallen in Mitteleuropa mit einer Beschleunigung von neun Komma acht eins Meter pro Sekundenquadrat. Im übertragenen Sinne natürlich. Die Kirchturmuhr zeigte viertel vor zwölf an und in dem Moment, wo er sich nochmal vergewisserte, tönte die Uhr dreimal. Die Stadt wurde gleichsam mit dieser Uhrzeit zum Land der unbegrenzten Möglichkeiten, denn in dieser Stadt gab es eine Kneipe, in der man ihn kannte und die jetzt noch geöffnet hatte und in der es Zigaretten ohne Ende gab. Wenn irgendetwas jetzt den Himmel repräsentierte, dann war es diese Kneipe. Denn dort gab es einen Zigarettenautomaten und man konnte sogar Tabak kaufen, seinen Tabak. Und das Wichtigste, in dieser Kneipe hatte er Kredit. Wenn er wollte, konnte er zwei Päckchen Tabak bekommen, aber vermutlich hätte er nicht die Zeit, zwei Päckchen Tabak aufzurauchen, mochte er sich auch noch so beeilen, da vermutlich vorher ein Möbelwagen vorbeikommen würde, der ihn in eine rauchfreie Hölle zurückkatapultieren würde, aber auch zurück zu der Fata Morgana, sprich Salmas Schenkeln, die man sich insbesondere dann ansehen konnte, wenn man mit Salma zusammen die letzen Zigaretten rauchte. Wenn es doch nur einen Trick gäbe, die Rauchware an Bord zu schmuggeln!

Gab es andererseits die Möglichkeit für immer in dieser Stadt, auf diesem Planeten mit seinen Häusern und seinem Tabak, zu bleiben? Es wäre doch eigentlich ein Leichtes, den ungelenken, tolpatschigen Tonnen zu entkommen. Aber wenn die da oben die Haube abschalteten, würde er sich vermutlich unter einer Haube wiederfinden. Jedenfalls konnte er wesentlich schneller laufen als so eine Tonne, und dieser Gedanke brachte ihn auf die Idee, dass er seinem Ziel entgegenlaufen könnte. Zudem bestand ja auch die Gefahr, dass sein Wirt mangels Kundschaft früher schließen würde. Das kam zwar selten vor, aber hin und wieder war mit recht ungünstigen Wendungen des Schicksals zu rechnen.

Ein wenig euphorisch gestimmt begann er zu laufen, ziemlich ungewöhnlich eigentlich, da er seit Jahren nicht mehr mit überhöhter Geschwindigkeit - sieht man mal von Raumschiffen und Eisenbahnen ab - bewegt hatte. Als vierzehnjähriger war er noch auf den Straßen und Feldern gerannt, mit scheinbar grenzenloser Kondition und einem grenzenlosen Enthusiasmus ausgestattet, der ihm im wesentlichen nur bei Familienfeiern abkam. Nun ja, in der Rücksicht neigt man zu Übertreibungen. Er lief und ein noch schnelleres Auto überholte ihn. Er versuchte meilenweit für seinen Tabak zu rennen, aber er kam mit dieser Bewegungsart letztlich nicht weit. Nach etwa dreihundert

Metern war er an die Grenzen seiner Leistungsfähigkeit gelangt. Erneut verfluchte er dieses Computermodell, da es so verdammt realistisch war. Der Programmierer dieses Spiels musste pervers sein, da die Leistungscharakteristik seiner Raucherlunge offenbar genaustens getroffen war.

Er japste und rang nach Luft. Das Beste schien, für einen Moment stehen zu bleiben. Er befand sich bereits auf der Hauptstraße, die ins Zentrum der Stadt führte. Warum nur war diese Stadt auch so groß. Fast hunderttausend Einwohner, die man nicht kannte, war jede Menge. In dieser Stadt hatte er weder Salma, Manfred, Tobias und Petra, die alle etwa in seinem Alter waren, wahrgenommen. Über die Anzahl der Minibordelle, die in dieser Stadt existierten, war er auch nicht informiert.

Ein Taxi fuhr an ihm vorbei, er besaß aber nicht die Dreistigkeit es anzuhalten, um dann den Taxifahrer mit Geld aus der Kneipe, "Deckelgeld", zu bezahlen. Nach Kneipenschluss und ausgerüstet mit Tabak, würde er sich zuerst zu seiner Wohnung begeben. Wenn diese für ihn verschlossen bliebe, würde er sich einen Spaß daraus machen, Salma zu suchen. Ihm ginge es dabei gut. In der Kneipe würde er auch etwas essen, eine Frikadelle vielleicht, ein paar Bier trinken und dazu könnte er jede Menge Zigaretten rauchen. Das war prima. Wenn er müde wäre, könnte er sich im Stadtpark schlafen legen, da ja die Kirchen für Penner verschlossen waren. Und morgen früh würde er Bärbel Hütterer aufsuchen, die ja vermutlich nicht arbeitete. Ihr Alter wäre auf Arbeit, und sie könnten schöne Dinge machen. Er bräuchte keine "Lord"-Zigaretten zu rauchen und könnte ihr vom bösen Weltraum und den darin befindlichen Raumschiffen erzählen und wie wunderbar ihr Hintern sei. Falls sie ihm nicht glauben würde, würde er sie statt dessen auffordern, sich ihrer Hosen zu entledigen und als eine Art Beweis ihre beiden Hinterbacken küssen. Und wenn sie ihm dann doch glaubte oder Freude an seiner Beweisführung fand, käme es zu Weiterem.

Hin und wieder versuchte er zu laufen, aber bei diesen Bemühungen machte ihm seine Raucherlunge einen ziemlichen Strich durch die Rechnung. Andererseits, hätte er diese Lunge nicht gehabt, hätte auch kein Grund bestanden, zu laufen. Ein Taxi oder ein UFO, das ihn an der Kneipe abgesetzt hätte, wäre höchst willkommen gewesen. Er war es ja überhaupt nicht gewohnt, mit halbwegs nüchternem Kopf und zu Fuß, solche Strecken zurückzulegen. Ihm fiel ein, dass er zu dieser nächtlichen Stunde eigentlich nie nüchtern war. Das Neue, Abenteuerliche und Aufregende seiner Situation hatte ihn vergessen lassen, dass er zu dieser Uhrzeit blau zu sein hatte.

Vermutlich lag es daran, dass man die Schwärze der Nacht, (die ja nichts weiteres als ein gelungenes Abbild des Weltraums um einen herum ist) und das Kunstlicht, das etwas dem schwarzen Weltraum Paroli bot, mit Alkohol im Blut etwas besser vertrug. Vielleicht träumte man auch besser, wenn man besoffen war.

Selten kam es vor, dass man von Polizeistreifen, die Alkoholkontrollen durchführten, träumte und dass die Zunge im Rausch schwerer war, fiel nicht weiter ins Gewicht, da man sie für die Traumsprache nicht benötigte, und der Tunnelblick, den man sich ansoff, verhinderte, dass man die Augen in der Welt hin und her schweifen ließ. Mit halbwegs starren Blick, also mit geringer REM-Aktivität, konnte man sich auf die wesentlichen Aufgaben in der Traumwelt konzentrieren.

Übrigens bestand keine Veranlassung im Traum weiter zu trinken, sodass man keinerlei Alkoholprobleme in der

Traumwelt hatte. Die Traumwelt lag meist in einer anderen Zeitzone, lag im Tageslicht, das von vornherein keinen Anlass zum Saufen gab. Die Sterne über ihm überzeugten ihn, dass man nun tatsächlich den Weltraum sehen konnte, gewisserweise konnte man nachts weitersehen als tagsüber. Vermutlich war der Weltraum so unerträglich, lebensfeindlich und böse, dass zartbesaitete Gemüter zu trinken begannen. Nur mit Alkohol waren die Abende und Nächte zu ertragen.

Irgendwo da oben, vielleicht auch woanders, flog das Raumschiff. Vielleicht war er auch tot und dieses Raumschiff war eine Art Vorhölle, ein Fegefeuer, in dem man nicht rauchen durfte; bestenfalls wie der Münchner im Himmel durfte er bisweilen Ausflüge zu den Menschen machen und rauchen, um sich zu verdeutlichen, wie schrecklich die Hölle war. Dass bei alldem Salma eine Ausgeburt der Hölle war, konnte er sich gut vorstellen. Sie war eine Teufelin, die ihm die letzten Zigaretten weggeraucht hatte und jetzt, ohne Zigaretten, würde sie ihm mit ihrem Feuer, unnahbar, aber doch zu nah, verbrennen. Die anderen Teufel kamen ihm allerdings etwas merkwürdig vor. Er hatte sich nie vorgestellt, dass Teufel Dosenform hatten. Die toten Dosen mochten sein, was sie wollten, Teufel waren sie vermutlich nicht.

Die Vorhölle mit Hyperspaceantrieb war auf dem Weg zu einer richtigen, finalen Hölle, die die Tonnen Lalande 21185 nannten. Vermutlich hieß Lalande in der Dosensprache Hölle und die große Zahl 21185 besagte, dass es die 21185ste Hölle war. Vermutlich wimmelte es im Weltraum nur so von Höllen.

Diese Gedanken waren alles in allem so entsetzlich, dass er sich wieder ans Laufen begab und seine Raucherlunge begann erneut zu ächzen. Er fand, dass er ein wenig abdrehte; einerseits war die Vorfreude, gleich rauchen zu können und auf Menschen zu treffen, die ebenfalls rauchten, ohne dass man deswegen mit ihnen Sex haben wollte, groß, andererseits waren die äußeren und inneren Umstände so verwirrend und ungewohnt, dass man sich solchen Stuss zusammenreimte. Er würde, wenn er zurück war, ein theologisches Gespräch mit Schwester Stefanie anstreben. Sie hatte ja auch "Real World"-Erfahrungen. Wie passten diese zu ihrem theologischem Weltbild? Die Tot-Sein-Hypothese war inzwischen nichts weiter als ein anderes Erklärungsmodell seiner subjektiven Wirklichkeit, eigentlich Gedanken, die er schon bei seinem ersten Besuch vermeiden wollte, da diese Erklärungsversuche zu nichts führen, insbesondere dann, wenn man nichts anderes im Sinn hat, als Zigaretten zu rauchen und neue sexuelle Möglichkeiten auszuprobieren.

Spaßeshalber konnte man mit Stefanie diskutieren, die sicher ernsthaft um Antworten rang und nicht so sehr um Zigaretten, auch mit den leblosen Dosen, um sie von ihrem Schnick-Schnack-Gerede abzulenken und nicht zuletzt mit der fliegenden Holländerin, Kommandantin eines umherirrenden Raumschiffes, von dem und auf dem nur Fehler begangen wurden, und die nicht wusste, ob sie ein Bewusstsein hatte. So zum Zeitvertreib.

Die Dosen waren vielleicht tot, er eher nicht. Zu stark war sein Bedürfnis, sich eine richtige Zigarette zu drehen und diesen Rauch einzuatmen, der sein Innerstes verändern würde und seine Seele in eine Art Gleichgewicht brachte.

Eine der Waagschalen zog ihn nun in ein dumpfes Etwas, das so leer und unangenehm war wie dieser Weltraum, vor dem sich die Menschen in ihren Häusern schützen mussten, besonders im Winter, wenn die Kälte des Weltraums besonders gnadenlos zuschlug und jeder Penner ohne Obdach gerne ein Plätzchen in einem der vielen Kirchenschiffe ergattert hätte. Dort brannten die ewigen Lichter, Feuer für zigtausend Pennerzigaretten, aber Kirchenschiffe und Raumschiffe hatten unter anderem wohl gemeinsam, dass dort das Rauchen unerwünscht war. Man ließ die Penner schon deshalb nicht in die Kirchen, weil sie dort rauchen und saufen wollten. Vermutlich hatten auch sie ein Sexualleben, der Messwein wäre nirgends sicher gewesen und die zerlumpten Gestalten hätten satanische Pennermessen zelebriert. Man hätte Schilder anbringen können, welche wie "wir müssen draußen bleiben", aber es reichte ja, die Kirchen im Winter abends abzuschließen. So wurden die Penner besonders im Winter der Kälte des Universums ausgesetzt. Da hockte man dann irgendwo draußen mit einer Flasche Schnaps, damit es ein wenig wärmer wurde und so schloss sich der Kreis, dachte Martin.

Noch saugten seine Lungen diese nutzlose Luft ein, aber das würde sich bald ändern. Die Schnickschnackfraktion hätte wohl lebhaft behauptet, dass der Zigarettenrauch nutzlos war. Nur noch wenige hundert Meter trennten ihn von seinem Paradies und eine weitere Kirchturmuhr belegte, dass es für das Paradies noch nicht zu spät war. Ihm drängte sich der entsetzliche Gedanke auf, die Erde könnte inzwischen von den Weltraumwesen erobert worden sein. Die wichtigsten Plätze wären von ihnen besetzt und in seiner Kneipe fände er lauter Tonnen vor, die "Sternenschlösschen" tranken und es ließe sich keine Spur von Tabak ausmachen. Wenn man immer mit dem Schlimmsten rechnen musste, sollte man besser das Rechnen aufgeben.

Mit diesem leicht optimistischen Gedanken trat er in die verrauchte Kneipe ein. Sie kam ihm sehr vertraut vor und war für die späte Uhrzeit erstaunlich gut besucht. Aufgeregt musterte er die Gäste, da ihm zudem der Gedanke kam, er selber könne sich unter den Gästen befinden, und das hätte nur zu unnötigen Komplikationen geführt. Es wäre dann allerdings auch glaubhafter gewesen, wenn er al-

len erzählte, aus dem Weltraum zu kommen. Glücklicherweise fand er sich nicht, sodass das weitere Geschehen
einen normalen und realistischen Charakter annehmen
konnte. Fred, der Wirt, begrüßte ihn.
"Fred, kann ich heute einen Deckel bei dir machen? Ich
habe mein Geld vergessen." - "Geht klar, Tiny." - "Ich habe
nicht nur mein Geld vergessen, sondern auch meinen Tabak. Du weißt, ohne Tabak bin ich nur ein halber Mensch.
Mach mir ein großes "Bit", ich habe Durst."
Fred nahm ein sauberes Glas und betätigte die Zapfappara-
tur. Dann legte er Tiny ein Päckchen Tabak mit Blättchen
auf den Tresen. Der nahm diesen fast zitternd entgegen und
versuchte die Frischhaltefolie zu entfernen. Auch in dieser
simulierten Welt legte man anscheinend Wert auf Frische
und Haltbarkeit. "Rauchen gefährdet die Gesundheit" stand
auf dem blauen Päckchen in Goldlettern, nicht etwa Rauchen ist Schnickschnack, was er als eine Art Ironie des
Schicksals verstanden hätte. Dieses "Rauchen gefährdet die
Gesundheit" konnte man beruhigt übergehen, Schnickschnack hätte die Gefahr einer perfiden Verarschung ange-
deutet.
Er versuchte eine gute Zigarette zu drehen, aber er schien
nervöser zu sein als gestern Abend in der Gegenwart von
Salma. Er hatte schon mehr als hunderttausend Zigaretten
gedreht, circa zehntausend pro Jahr, was Anlass zu dem
Schluss geben durfte, er müsste das Zigarettendrehen be-
herrschen, zumal draußen nicht die Kälte des Universums
wütete, aber er hatte bei dieser einen Zigarette gewissermaßen etwas Lampenfieber und fürchtete, sie könne ihm zu
fest geraten. Letztlich siegte die Routine und er fand, dass
dieses besondere Exemplar ganz gut gelungen war. Vielleicht würde er sich sein ganzes Leben an diese eine Zigarette erinnern können, was man nicht unbedingt von den
anderen hundertfünfzigtausend Zigaretten, die er schon ge-

raucht haben musste, sagen konnte. Jede war doch ein kleines Erlebnis gewesen, eine individuelle Sache; insgesamt
eine ziemlich große Aneinanderreihung eines Geschmack-
serlebnisses von Freiheit und Abenteuer, die hintereinander
gelegt zwar nicht bis zum Mond, aber fast bis in die nächste Großstadt gereicht hätte. Es blieb aber so etwas wie die
kollektive Erinnerung, die er nun auffrischen würde, wenn
sein Thekennachbar jetzt Feuer geben würde.
"Hast du mal Feuer?", fragte er den bärtigen Rocker neben
ihm. In puncto Feuer-geben bestand eine grenzenlose Solidarität unter Rauchern. Feuer war kein Problem. Das
Streichholz zündete wie diese in den Kinowerbefilmen und
er war am Ziel seiner Träume. Begierig machte er die ersten Züge, die seine Sinne in einen leichten, nebelumhüllten
Schwindel versetzte, der sodann ein unterschwelliges
Glücksgefühl aufkommen ließ, das durch weitere Züge verstärkt wurde.
Die Wirkung des Zigarettenrauchs zu beschreiben ist ähnlich schwierig wie mit Worten einen Geschlechtsverkehr
nachzuempfinden, aber dies ist für denjenigen, der es tut,
eigentlich vollkommen überflüssig. Hauptsache man tut's,
und es ist gut. Martin dachte nicht an Geschlechtsverkehr
oder seinem Nachbarn hier in der Kneipe mit Worten zu
verstehen zu geben, wie es denn sei, diese Zigarette zu rauchen. Dass ihm das Rauchen ziemlich wichtig war, konnte
man ihm wohl anmerken. Der Schwindel euphorisierte derart, dass er ernsthaft erwog, den anderen hier vom Weltraum zu erzählen, statt in seine übliche Tiny-Verschwie-
genheit zu verfallen.

- 36 -

Fred legte eine neue CD in den CD-Player, programmierte
ein wenig und dann erklang Musik von Tom Petty. Martin

mochte diese Petty-Scheibe. "Into the great wide open" war der Titel des ersten Stücks und Martin dachte, ohne viel von dem Text zu verstehen, er sei doch passend. Er war der Enge des Raumschiffes entkommen und konnte sich nun in seiner Stadt frei bewegen. Endlich mit Tabak ausgestattet, konnte er, wenn er wollte, diese Kneipe verlassen, und er konnte sich in seiner Stadt, wenn auch nachts, aber bei angenehmen Temperaturen, frei bewegen, der sichtbare Sternenhimmel über ihm.

Er konnte, wenn er nur wollte, aber ihm waren seine Kneipe, die Leute, mit denen er praktisch nie sprach, die Musik, die verrauchte Luft und der scheinbar endlose Strom von Bier, der durch die Zapfanlage floss lieber als der Sternenhimmel. "Galaxy Nine" schmeckte zwar besser als ein "Bit", aber was war schon ein Bier ohne Zigarette. Er fragte sich, wie es überhaupt möglich war, ein Bier in der Umgebung von sprechenden Tonnen genießen zu können. Man war wohl doch abgebrühter als man dachte.

Ziemlich schnell hatte er sein erstes Bier ausgetrunken und zuvor schon ein neues Großes von Fred verlangt. Zudem wollte er noch einen doppelten Tequila, den er prompt bekam und den er ohne das übliche Ritual, Zitrone und Salz, hinunterkippte, einerseits um wenigstens annähernd auf das alkoholische Level der übrigen Gäste zu kommen, anderseits um den Ausflug in die Freiheit genießen zu können; und im Übrigen fehlte ihm ein wenig der Mut, von seiner Entführung zu sprechen.

Er mochte den Gedanken ganz und gar nicht, dass die Menschen in seiner Umgebung Roboter waren, genauer gesagt Unterprogramme eines gigantischen Simulationsprogramms, das er als Cybernaut bereiste. Würde er dem bärtigen Roboter neben ihm sagen, er sei eine Maschine, würde ihm dies Unterprogramm vielleicht eins in die Fresse hauen.

Die Gäste in der Kneipe hatten ihre Würde. Vielleicht waren sie hier, weil sie irgendwann in ihrem Leben zu dem Schluss gekommen waren, dass sie die Welt nicht ändern konnten. Die Welt blieb so verrückt und brutal, wie sie war, und das war nicht zuletzt ein Grund zu saufen und zu rauchen. Das zweite Bier kam und gierig, als ob es ums Saufen und nicht ums Rauchen ging, nahm er einen kräftigen Schluck.

"Da hat aber Einer Durst", sagte der bärtige Rocker neben ihm. "Ich hab jede Menge Scheiß in den letzten Tagen erlebt. Glaubst du an UFOs?" - "Ich glaube mehr an Motorräder. Vielleicht gibt's ja auch UFOs, aber was kümmert mich das." - "Und wenn ich dir erzählen würde, dass ich letztes Wochenende von einem entführt worden bin." - "Dann würde ich dich für einen Spinner halten." - "Und wenn ich dir dann erzählen würde, dass die ganze Kneipe hier nur ein Teil eines Cyberspiels ist, das ich in diesem Raumschiff spiele, nicht zuletzt deswegen, um Zigaretten rauchen zu können." - "Ich glaube, du hast einen ziemlichen Dachschaden." - "Ja, das stimmt, ich hätte einen ziemlichen Dachschaden, und wenn ich diese Frau nicht bald wiedersehe, dann kriege ich wahrscheinlich auch einen." - "Welche Frau?" - "Es sind eigentlich zwei Frauen. Eine heißt Bea und die andere Salma. Salma ist eine coole Nutte, die hier in der Stadt arbeitet und Bea, die muss wohl hin und wieder mal in der Kneipe auftauchen. Ich hatte einen heißen Flirt mit dieser Frau und dann..., ja dann kam was dazwischen."

Der Rocker kannte weder Bea noch Salma. "Fred, hat sich die Bea hier noch mal blicken lassen?" - "War das die Frau, mit der du am Samstag rumgemacht hast?" - "Ja, genau die." - "Sie hat nach dir gefragt. Schien ziemlich abgedreht zu sein" - "Hat sie von UFOs erzählt?" - "Ja, ich glaub' das hat sie." - "Weißt du, wir waren in "Independence Day" und sie hatte irgendetwas genommen. Das hat sie wohl ziemlich mitgenommen. Hat sie ihre Adresse für mich hinterlassen?" - "Nein, hat sie nicht." - "Weiß du, wie sie mit Familiennamen heißt?" - "Ich kann dir da nicht weiterhelfen, die Frau ist noch nicht oft in meiner Kneipe gewesen." - "Wenn sie noch mal aufkreuzen sollte, bitte sie einfach, ihre Adresse für mich zu hinterlassen. Sag mal, kennst du eine Nutte namens Salma, der Name ist ja nicht sehr geläufig?"

Fred guckte Martin einen Moment lang erstaunt an. "Seid wann hast du denn was mit Nutten, Tiny?" - "Ich habe nichts mit Nutten. Ich bekomme von Salma noch eine Packung Zigaretten." - "Kann sein, dass ich weiß, wen du meinst. Eine Dunkelhaarige in deinem Alter, ziemlich heißer Ofen. Die sieht man schon mal in der Fußgängerzone. Meistens steht sie an irgendeiner Ausfallstraße, glaub ich. Eher selten in der Fußgängerzone." - "In der Fußgängerzone ist doch nachts auch gar nichts los." - "Die arbeitet hier auch nicht und geht sich bloß amüsieren." - "Wie lange hast du noch auf?" - "Ich mach so in einer viertel Stunde dicht."

Fred nahm dies sogleich zum Anlass, seine Gäste zu einer letzten Runde aufzufordern. Tiny begann, sich hastig eine neue Zigarette zu drehen. Er machte das so routiniert, dass er den Vorgang bewusst fast gar nicht wahrnahm. "Fred, mach mir noch ein Bier. Sag mal, war Salma schon mal hier?" - "Kann schon sein, dass die schon mal hier war." - "An welcher Ausfallstraße steht Salma?" - "An der nach Köln." - "Gibt's da einen Straßenstrich?" - "Eine Handvoll Nutten steht da manchmal rum. Da sind doch die Kasernen."

Bea konnte er diese Nacht nicht erreichen, aber vielleicht konnte er auf Salma treffen, aber bis zu dem Platz, wo sie stehen mochte, waren es fast fünf Kilometer. Sie stand da,

um Autofahrer und Soldaten abzufangen. Er hatte sich vorgestellt, dass Salma in einem teuren Klub arbeitete, stattdessen machte sie einen Straßenjob.
"Hast du zehn Mark für mich, für ein Taxi, Fred" - "Soll
ich dir ein Taxi bestellen?" - "Nein, brauchst du nicht. Gib
mir noch ein paar Groschen." Das war so ziemlich das letzte Wort, das von Martins Lippen kam. Er nahm sein letztes
Bier in Empfang und überlegte sich, was er in der Nacht
noch anfangen könnte. Er würde bei sich zu Hause vorbeischauen, aber zuerst würde er in die Fußgängerzone gehen.
Die war nicht weit von hier. Er würde dort ein wenig Aus-
schau nach Salma halten, aber die Chance, sie dort anzutreffen, war astronomisch klein. Dann ging's wohl nach
Hause, und da er vermutlich wieder nicht in seine Wohnung reinkommen würde, er aber nicht müde war und die
Nacht noch lang, konnte er sich erlauben, einen Fußmarsch
ans Ende der Stadt zu machen. Es bestand immerhin keine
Gefahr, auf irgendwelchen Kuhwiesen zu landen. Er hatte
zwar jetzt seinen Tabak, aber die warme Sommernacht
konnte trotzdem noch recht langweilig werden.

- 37 -

Martin war einer der letzten Gäste, die die Kneipe verließen. Er bedankte sich bei Fred für die geliehenen elf Mark.
Sein Deckel war fast auf dreißig Mark angewachsen, es
war aber fraglich, ob er jemals Gelegenheit haben würde,
ihn zu begleichen. Es war angenehm draußen, aber nach einigen Metern Fußweg ziemlich menschenleer.
Hin und wieder zog er die Einsamkeit ohne Menschen der
vor, bei der man sich unter Menschen befand; wie in der
Kneipe zum Beispiel, in der man ruhig am Tresen sitzt, zu
keinem ein Wort sagt, obwohl man umringt ist von Menschen.

Ohne den zwischenmenschlichen Kontakt und wenn dies auch nur ein Blickkontakt war, war der Aufenthalt in Real World etwas langweilig. Was konnte man schon anderes machen als die ausgestorbene Stadt zu betrachten, dabei seinen Gedanken nachhängen und hin und wieder eine Zigarette rauchen. Er müsste den Morgen abwarten, um mehr erleben zu können. Jetzt, wo er zu rauchen hatte, stellte er fest, dass es nicht alles war, nach Belieben rauchen zu können.

Er nahm sich vor, einen behutsamen Umgang mit den Menschen zu finden. Diese Menschen waren nicht unwichtig für ihn, und es erschien sogar, dass sie ihm nun wichtiger waren als jemals zuvor, das heisst in dem Leben vor der Entführung.

Es hatte überhaupt keinen Sinn, diesen Wesen klar machen zu wollen, dass er ein Besucher und sie ausgeklügelte Unterprogramme waren, die womöglich mathematische Operationen vollzogen. Diese Menschen hatten ihre Würde und ihnen beweisen zu wollen, dass sie im Grunde gar nicht existierten, war sinnlos, führte zu nichts und machte eigentlich auch keinen Spaß. Genauso gut konnte er zu beweisen versuchen, dass er nicht existierte.

Er hatte nicht mehr genau im Kopf, was SIE zum Ausmaß der Simulation gesagt hatte. Wie groß war Real World? Was würde passieren, wenn er sich in ein Taxi setzen würde und dem Fahrer den Auftrag geben würde, in die benachbarte Stadt zu fahren? War Real World eine geschlossene Welt, eine Art "kugelförmige" Stadt, sodass man am eigentlichen Stadtrand an der anderen Seite der Stadt wieder in sie eindrang. Das hätte zu einer Inkonsistenz an den "Rändern" geführt. Modell und Realität würden dort nicht zueinanderpassen.

Vielleicht verlief sich Real World, und um so mehr er die Stadt verließ, desto willkürlicher oder zufälliger wurde die

Landschaft, die Straßen und Gebäude. Möglicherweise gab es innerhalb des Programms beispielsweise ein grobes Modell von Köln, mit einigen wichtigen Straßenzügen, mit dem Dom, aber vollkommen beliebigen Menschen.

Fred aber war wie der Fred gewesen, den er kannte. Falls er bis Köln vordringen könnte, würde er dann dort auf Studenten und Professoren treffen, die er schon einmal gesehen hatte? Die Frage war an sich nicht sonderlich interessant, da er nicht irgendwelche Professoren treffen wollte. Es wäre für ihn ungleich reizvoller gewesen, auf Salma zu treffen; nicht weil er sich ein Abenteuer mit ihr versprach, sondern weil sie zum harten Kern des sexuellen Urknalls gehörte. Er interessierte sich für Salma, diesem Trugbild einer fruchtbaren Oase, einer üppigen Spielwiese, hinter der sich aber vermutlich nur eine Trockenlandschaft verbarg. Kam er hier mit Salma klar?

Aber selbst wenn diese Salma im größten Bordell von Köln gearbeitet hätte, hätte ihn dies nicht nach Köln gezogen, denn hier musste er neue Freiräume ausleben; und eigentlich führte der Pragmatismus, den er sich vorgenommen hatte, nur zu den Überlegungen, wie es wohl am Rand von Real World ausschauen mochte, zumal er hinreichenden Anlass zu der Vermutung hatte, dass Salma am Rand der Stadt arbeitete.

Er wusste einige Details über Salma und hätte sie vielleicht mit seinem Wissen verblüffen können. Gegen seine neue Ethik verstoßend, nur so aus Spaß, hätte er ihr erklären können, dass sie sich in Wirklichkeit auf einem Raumschiff befand, dass sie dort erzwungenerweise ein wenig Urlaub machen würde, da keiner der dort Anwesenden das nötige Kleingeld hätte, ihre Dienstleistung in Anspruch zu nehmen. Sie beide würden sich dort aber ganz gut verstehen und hätten gemeinsam den letzten Tabak aufgeraucht. Die Verhältnisse wären dort nur etwas verwirrend; und bei der

Knappheit von Zigaretten hätten diese fast den Charakter einer harten Währung angenommen, für die man auch so überflüssige Dinge wie Sex kaufen konnte.

Er wusste nicht, ob sie etwas für Phantasten übrig hatte. Ja es wäre fast wirklich so weit gekommen, dass Zigaretten zu einer harten Währung verkommen wären, denn immerhin hätte sie ihn ja für eine Zigarette geküsst. Es könne allerdings auch sein, dass dies eine ungewöhnliche Sympathiebekundungen von ihr für ihn gewesen war oder auch nur ein Spielchen, um Machtverhältnisse zu verdeutlichen.

Die Dinge hätten sich dahingehend entwickelt, dass sich vermutlich keine Zigaretten mehr an Bord befänden, und wenn, dann nur in einem verschlossenen Giftschrank oder in den Händen einer Mafia aus rebellierenden Tonnen. Es gäbe nun leider keine Zigaretten mehr, und wenn es sie noch etwas länger gegeben hätte oder zumindest hin und wieder, hätten sie sich vielleicht doch noch als Währung etabliert; und als ein Herr über Zigaretten wäre er vielleicht schwach geworden und hätte sie bezahlt. Das sei alles gar nicht so absurd, denn immerhin würden wegen Zigaretten auch Menschen umgebracht.

Tiny gab sich diesem inneren Monolog hin, als er die Fußgängerzone betrat. Sie war wie leer gefegt und es war offensichtlich, dass hier keine Salma stand, um auf Kundschaft zu warten. Es gab ein oder zwei Bars in der Stadt, die bis zum frühen Morgen geöffnet hatten. Warum saß sie nicht dort an der Theke oder an einem Tischchen und versuchte, sich einen Kunden zu angeln? Das kam ihm chancenreich vor und er verspürte Lust, ihre mehr oder weniger nackten Beine zu sehen, egal ob sie übereinander geschlagen auf einem Barhocker platziert wurden oder ob sie an einer Straße standen.

Es war vollkommen unglaubhaft, dass es in seiner Stadt einen Straßenstrich gab, auf dem die Nutten sogar nachts standen. Wie gefährlich für die Nutten! Die Fußgängerzone war wirklich überaus tot, und es war irgendwie überhaupt nicht die Atmosphäre, sich Salma vorzustellen, wie sie hier oder irgendwo stand und wartete, sich vorzustellen, wie sie sich vielleicht zu den Autofenstern herunterbeugte, um den Fahrern ihre Angebote zu machen.

Er würde auch liebend gerne Spanner sein und sie unbemerkt beobachten. Was sie heute wohl trug? Das wäre in jedem Fall ein prima Zeitvertreib bis zum nächsten Morgen und er glaubte, dass er sich an ihren Beinen und ihrem knapp verpackten Arsch nie hätte sattsehen können.

Nein, er würde vielmehr ein Gespräch mit ihr suchen, ihr eine Zigarette anbieten. Aber würde dann nicht zwangsweise das Gerede aufkommen, dass er kein Geld für käuflichen Sex habe und das der zugegebenermaßen existierende Thrill, den die Sache für ihn haben könnte, seinen Preis nicht wert sei und bei ihm nur zu Irritation führe?

Ach könnte er doch nur den Tabak mit aufs Raumschiff mitnehmen. Salma war vielleicht schon aufgestanden. Er könnte sie mit ein paar Zigaretten überraschen, könnte versuchen, sein Verhältnis mit ihr zu klären, und gemeinsam könnte man über die anderen lästern und sich weitere Gedanken machen, ob man nicht doch auf dem neuen Planeten eine Familie aus zukünftigen Huren und Zuhälter gründen wollte. Was müsste er unternehmen, um jetzt zurückzukommen? Eine Liste von Möbelspeditionen anrufen?

Tiny hatte den Verdacht, dass er Salma zu wichtig nahm. War es nicht eine verlorene und obendrein verlogene Situation, in der er sich befand. Indem er Salma ausgesetzt war, konnte er in die Unerträglichkeit eines vergeblichen Begehrens geraten, die ihm leider nur zu deutlich bewusst machen würde, dass es neben Zigaretten, Bier und Kaffee noch anderes gab, das einige Wichtigkeit besaß. Wenn er

Salma gegenüber ohne Selbstbewusstsein blieb, konnte er auf dem Raumschiff einpacken.

- 38 -

Martin hatte die Fußgängerzone für sich alleine. Zum Glück waren die Schaufenster beleuchtet. Einige Gitter zeugten aber davon, dass mancher Geschäftsinhaber Angst hatte, in der Fußgängerzone könnten sich unliebsame Vorfälle ereignen, die eine solche Art von Schutzvorkehrung nötig machen.

Der "Aldi" war selbstverständlich nicht vergittert, die Innenbeleuchtung abgeschaltet, nur draußen leuchtete das Firmenlogo mit seinen orange-blauen Farben. Martin mochte Aldi nicht, da dies nachweislich der einzige Supermarkt war, in dem man keine Rauchwaren kaufen konnte. Ihm war auch der Kassenbetrieb zu hektisch. Wie sollte man da seine sozialen Bedürfnisse befriedigen können?

Er setzte sich auf eine der zahlreichen Bänke, die um die wenigen jungen Bäume angelegt waren. Die Bänke waren im Übrigen auch tagsüber, selbst bei bestem Wetter und besten Einkaufsbedingungen, verwaist. Die Menschen strömten an ihnen vorbei oder saßen in den Cafés. Hin und wieder traf man Ausländer auf einer Bank an, oder etwa solche, die sich Cafés, Bistros oder Restaurants grundsätzlich nicht leisten konnten, aber dennoch sitzen wollten. Auch Sonntags bei gutem Wetter war die Fußgängerzone belebt, und sehr oft spielte man das Spiel "sehen und gesehen werden". Niemand wollte auf den Bänken sitzend gesehen werden, was einem Eingeständnis, kein Geld zu haben, gleichgekommen wäre.

Martin drehte sich eine Zigarette, und da es recht windstill war, gelang es ihm schon beim ersten Versuch, die Zigarette mit einem Streichholz anzuzünden. Wie gnädig die Ton-

196

nen doch waren. Er hätte ja auch eine regnerische oder nasskalte Spätherbstnacht vorfinden können, in der man sich einen Virus einfing, wenn es denn in diesem Falle auch nur eine Art Computervirus war.

Die Folgen seines Handelns in Real World waren nicht ausdiskutiert. Konnte man hier eine Krankheit bekommen, sich berauschen oder verletzen, mit nachhaltiger Wirkung für die Realität? Dies war zwar angesprochen worden, aber er hatte es vergessen, und vielleicht musste man zwischen einem Vollrausch und Aids differenzieren. Hätte er hier eine Gelegenheit, so würde er vermutlich auf den Schutz vor Aids pfeifen. Im Übrigen konnten ihn die Tonnen ja nicht so ohne Weiteres sterben lassen; aber so ganz sicher war er sich nicht, da man ihnen auch jede Sinnlosigkeit zutrauen konnte.

Wie sinnlos war es an Bord nicht rauchen zu dürfen, zumal sie mit ihrer Supertechnologie jede vorstellbare Krankheit behandeln konnten. Vermutlich konnten sie ihn sogar gegen jede Spätfolge des Rauchens impfen, ein im übrigen für ihn blasphemischer Gedanke, weil Spätfolgen des Rauchens für ihn keine Rolle spielten. Dies gab er jedenfalls vor. Vermutlich hätten sie ihn auch mit der Injektion einer Droge, die irgendwelche Rezeptoren blockierte, von seiner Nikotinsucht befreien können.

Ein entsetzlicher Gedanke, kein Verlangen mehr nach einer Zigarette zu haben. Der Sinn des Lebens bestand doch darin, Bedürfnisse zu haben und diese zu befriedigen. Es hätte vielleicht Sinn gemacht, ein Bedürfnis, das nie oder nur extrem selten befriedigt wurde, mit einem Schnitt oder einer Droge gar nicht erst aufkommen zu lassen. Dann könnte ihn Salma auch nicht mehr einschüchtern oder an den Rand eines Schweißausbruches treiben. Man sollte aber nichts überstürzen und abwarten, was es wohl mit dem sexuellen Urknall auf sich hatte.

Die Zigarette qualmte vor sich hin, und während er diesem weniger erbaulichen Gedanken nach hing, rauchte er sie, ohne ihre Existenz eigentlich bewusst wahrzunehmen. Dass er sie zu dieser Zeit brauchte, war keine Frage. Es gab keine Menschen, die er brauchen wollte. Das war viel zu schwierig und nur mit Komplikationen und Verletzungsgefahren verbunden. Wie viel einfacher war es, eine Zigarette zu drehen, sie anzuzünden und an ihr zu ziehen.

Dieses Ziehen entsprang vielleicht einem Überlebenstrieb. Die Babys saugten an der Flasche oder an anderem und der alleinstehende erwachsene Mensch hatte seine Zigarette. Ihm kam das in diesem Moment fast wie ein kosmisches Urprinzip vor. Ihm kam weniger der Gedanke, irgendetwas, irgendjemand könne das Prinzip missbrauchen und in Form von Zigaretten eine Art trojanisches Pferd unterschieben, genauer gesagt ein Heer von über hunderttausend trojanischen Pferdchen, die nichts anderes vorhatten, als Unheil in ihm anzurichten.

Ihm fiel die Bar ins Auge und er dachte, dass er fürs erste genug Geld in der Tasche hatte, um nicht auf dieser Bank sitzen zu müssen. Es war außerdem absurd anzunehmen, Salma könne hier irgendwo in der Stadt zu dieser Zeit stehen, um ihren Geschäften nachzugehen. Noch absurder war es, bis ans Ende der Stadt zu marschieren, um sie zu suchen. Zuhause konnte er auch noch später vorbeischauen, im Morgengrauen, wenn die Bar schloss.

Er mochte den "Schlauch", so hieß die Bar, nicht. Zwei- oder dreimal bisher, nach einer stark durchzechten Nacht, war er dort gelandet, weil er vielleicht etwas erleben wollte. Der "Schlauch" war ein Sammelbecken für all die, die nicht aufgeben wollten. Dies war zwar ein sympathischer Gedanke, aber das Publikum blieb ihm irgendwie suspekt, nicht zuletzt deshalb, weil man dort Krawattenträger antreffen konnte. Aber was soll's, dachte er. Es war draußen einfach zu langweilig.

Er bewegte sich die wenigen Schritte hinüber zur Bar, drückte den Klingelknopf und bekam Einlass. Es war erstaunlich, die Bar war halb gefüllt. Einige Männer mittleren Alters und mit gepflegtem Äußeren saßen an der langen Theke und umlagerten die blonde Barfrau. Auch zwei aufgetakelte Frauen waren auszumachen. Selbstverständlich war keine von beiden Salma. Es war aber nicht ganz auszuschließen, dass sie dem selben Gewerbe angehörten wie Salma. Es lief leise Musik von Frank Sinatra. Es herrschte eine eher gedämpfte Stimmung vor und irgendwie passte alles zum Klischee, das sich Martin von dieser Bar machte. Er war hier völlig deplatziert, auch wenn man nur von Äußerlichkeiten ausging. Wer rauchte hier schon Tabak und hatte nur elf Mark in der Tasche?

Er konnte sich leider nicht neben die beiden Frauen gesellen, da sie schon von Männern umringt waren. Sie waren für ihn von einer fragwürdigen Attraktivität, aber dies schien die anderen Männer nicht zu stören. Vielleicht musste man nur länger hinschauen, um auf verborgene Reize zu stoßen.

Tiny nahm seinen Platz ein, holte seinen Tabak aus der Tasche und fragte die Blondine, wie viel ein Bier koste. Das war eine ungehörige Frage, die man sich vielleicht im Jugendzentrum erlauben konnte. Er bekam trotzdem eine Antwort und mit der ließ sich leicht errechnen, dass er sich genau drei Biere leisten konnte. Drei Mark fünfzig kostete ein Bier. Das hieß, dass er noch fünfzig Pfennig fürs Telefonieren übrig behielt, was nur unter der Voraussetzung zu bewerkstelligen war, dass er ein Häuschen fand, in dem ein Münztelefon stand.

"Dann mach mir bitte ein Pils", sagte er. Eine Minute später stand es vor ihm. Er nahm einen vorsichtigen Schluck.

Ihm war egal, wie das Bier schmecken würde. Glücklicherweise war es ein Bier mittlerer Größe, sodass man dem Laden nicht nachsagen konnte, dass er überteuert Bier ver-
kaufte. Es würde allerdings nicht einfach sein, bis fünf Uhr
morgens an drei Bieren zu nippen. Tröstend war, dass er
genügend Tabak besaß, um die mit Sicherheit aufkommende Langeweile zu bekämpfen. Und genau zu diesem Zwecke rollte er sich in dieser Kneipe die erste Zigarette.
Die Blonde war nicht unattraktiv. Sie trug das, was man ein
kleines Schwarzes nennt und neben den Zigaretten konnte
er seine Augen an sie heften, um die Langeweile zu vertrei-
ben, obwohl ihr Bewegungsablauf immer der gleiche war.
Aber es war wohl Schicksal, dass man immer wieder auf
Ausschnitt und Hintern gucken musste, und es brauchte einem auch in keiner Weise peinlich zu sein, denn genau zu
diesem Zwecke hatte man eine Bedienung dieses Kalibers
eingestellt. Nur, er hatte in dieser Bar fast Pennerstatus und
ein Penner konnte sich noch lange nicht die Rechte heraus-
nehmen, die ein Herr mit Krawatte hatte.
Er war noch lange nicht betrunken genug, um sich feucht-
fröhlich gestimmt, ein paar Frechheiten zu erlauben. Nach
ein paar Bieren zu viel wurde er manchmal etwas redselig
und verstand es zu provozieren.
Auf dem Raumschiff machten ihn die besonderen Umstände ein wenig extrovertierter. Hier in Real World war's mal
so oder so, wie ihm seine Begegnung mit Frau Hütterer gezeigt hatte. Er war sehr zielstrebig gewesen. Der Alte von
ihr - er wollte gar nicht wissen, wie alt der Alte war - würde vielleicht um sieben zur Arbeit verschwinden. Wenn
sich nichts Unerwartetes an seiner Wohnungstür ereignen
würde, stände er spätestens um acht bei ihr auf der Matte.
Sie würde ihm im Morgenrock öffnen und dies würde alles
leichter machen. Jedenfalls würde er das Haus beobachten,
aber wer wäre ihr Alter? Es war nicht anzunehmen, dass sie

winkend im Fenster lag, um ihren Macker einen letzten Abschiedsgruß für die Arbeit mitzugeben. Sie stand selber sicher nicht in einem Arbeitsverhältnis und wenn, er würde sie abfangen. Bevor sie zur Arbeit ging, und das war unabdingbar, musste nochmals ihr Hintern vermessen werden. Wichtiges war zu besprechen, und er musste auch noch ein anderes Maß anlegen, bevor er sie der Lohnsklaverei überlassen würde.

Er dachte gerade an diesen vermessenen Hintern, als er den Hintern der Blonden hinter dem Tresen mal wieder zu Gesicht bekam. Dieser Hintern verschwand häufiger hinter dem Tresen und dann blieb nur der Ausschnitt, das überschminkte Gesicht und die Haare. Schaute man das geschminkte Gesicht zu lange an, erwartete dies wahrscheinlich, dass man irgendetwas bestellen würde. Vorsichtig trank er an seinem Bier, da nicht zu erwarten war, dass einer der Gäste ihm Bier ausgeben würde. Dies war ein langwieriges, mitunter fast langweiliges Computerspiel, indem man jede Menge Geduld mitbringen musste, um seine Ziele zu erreichen. Jedenfalls hatte er schon mal Tabak, wenn auch das Rauchen wieder zur Selbstverständlichkeit verkommen war und im wesentlichen zur Überbrückung der Wartezeiten diente.

- 39 -

Die Bar machte um fünf zu und Martin hatte nun drei Stunden mit drei Bieren zu überbrücken; eine Aufgabe, die äußerste Disziplin abverlangte und ihm lag diese Aufgabe überhaupt nicht. Ein stiller Gast, der ein Getränk nach dem anderen trank, war ein halbwegs angesehener Gast. Daher sah sich Martin der Gefahr ausgesetzt, sich unbeliebt zu machen.

Er saß vor seinem ersten Bier, rauchte eine Zigarette nach der anderen und war äußerst schweigsam. Gerade in dieser Bar wurde ohne Ende gesoffen, er aber klammerte sich an seinem Bier, wie ein Schüler, der vorsichtig mit seinem Taschengeld umgeht. Vermutlich ging er hier als Verrückter durch und vielleicht fand sich hier jemand, der ihn verarschen wollte. Ihm hätte dies alles egal sein können, denn er hatte doch sein wichtigstes Ziel, ohne Ende rauchen zu können, erreicht. War's ihm aber nicht.

Die Anwesenden in der Bar kümmerten sich nur wenig um ihn. Man verfolgte seine Ziele, buhlte vor allem um die drei Frauen. Vielleicht war es ja so, dass am frühen Morgen die Frauen mit denen weiter zogen, die am meisten boten. Es wäre ein einträgliches Geschäft gewesen, aber wahrscheinlich war dem nicht so, denn eine Versteigerung hätte mehr Frauen angelockt, und das hätte nach den Gesetzen der Marktwirtschaft wiederum die Preise gedrückt. Dies war eine Halbwelt, in der seine Klischeevorstellungen nicht griffen.

Er war die Rationierung seines Biers satt, trank sein Glas mit einem kräftigen Schluck aus und verlangte von der Barfrau ein neues. "Wie heißt du?", fragte diese, und er war über diese Kontaktaufnahme seitens des anderen Geschlechts recht froh. "Ich heiße Martin." - "Wartest du auf etwas?" Die Frau schien eine gute Beobachtungsgabe zu besitzen. "Ich warte auf einiges."

Dieses Computerspiel war äußerst realistisch, sodass sich die Abläufe in Echt-Zeit abspielten, was manchmal bewirkt, dass die Zeit langsamer vergeht, als sie sollte und als man von ihr erwartet.

"Auf was wartest du denn alles?", fragte die Blondine, die von den übrigen Gästen mit Claudia gerufen wurde. "Ich warte auf das Morgengrauen, und ich warte auf Salma." - "Du hast dich mit dieser Salma zum Sonnenaufgang verabredet?" - "Nein, das nicht. Ich weiß noch nicht mal, wo sie steckt und ich weiß auch nicht, wo sie am frühen Morgen sein wird." - "Vermutlich in ihrem Bett." - "Ja, vermutlich ..., ich kann mir nicht vorstellen, dass sie um diese Uhrzeit noch arbeitet. Die Chance, sie im Bett zu anzutreffen ist im Übrigen recht groß, denn sie arbeitet als Prostituierte." - "Ach, die Salma." - "Ja, die Salma, kennst du sie?" - "Flüchtig." - "Weiß du, wo ich sie finden kann?" - "Keine Ahnung!"

Vielleicht wollte Claudia einer unliebsamen Konkurrentin nicht behilflich sein. Wer mit Salma eine Geschäftsbeziehung pflegte, konnte es ja auch mit ihr versuchen. Das war natürlich seine Unterstellung, aber vielleicht machte ihn die Tatsache, dass er Salma kannte, für Claudia interessanter und dies konnte wiederum die Zeit etwas verkürzen.

"Bist du ein Geschäftsfreund von Salma?" Ein Geschäftsfreund? Sah er so aus? "Nein, weniger, ich bin eher ein alter Schulfreund." - "Du kommst nicht von hier?" - "Doch, doch, ich wohne hier. Ich war mit Salma befreundet, bis sie weggegangen ist und nun habe ich gehört, dass sie wieder hier lebt und arbeitet. Ihre Karriere überrascht mich nicht." - "Ihr ward richtig gut befreundet?" - "Ja, wir sind miteinander gegangen, aber das ist schon fünfzehn Jahre her." - "Bist du sicher, dass sie dich sehen will?" - "Könnte ich mir gut vorstellen. Ich meine, ich hab da keine Vorurteile."

Claudia stellte ihm das Bier auf seinen Platz, machte auf dem Deckel einen Strich und schrieb "Martin" drauf. "Und weswegen wartest du auf den Morgen?" - "Ich habe meinen Schlüssel zu Hause vergessen und im Übrigen ziemlich wenig Geld in der Tasche." - "Das ist blöd. Hast du keinen bei Freunden hinterlegt?" - "Nein, das sollte man besser. Aber hinterher ist man immer schlauer" - "Warum rufst du nicht den Schlüsseldienst an?" - "Ich kann mich nicht ausweisen." - "Das macht wahrscheinlich nichts. Die meisten Leute können sich in dieser Situation nicht ausweisen. Es reicht doch, wenn die Papiere und das nötige Kleingeld in der Wohnung liegen." - "Aber das ist ja unerhört. Dann könnte ja jeder in irgendeine Wohnung eindringen." - "Ich glaub bei Missbrauch kannst du mit einer Anzeige rechnen." - "Ich könnte Papiere, Schlüssel und Geld gemeinsam verloren haben." - "Ja, das soll vorkommen. Dann könnten die Nachbarn vielleicht die Rechtmäßigkeit bezeugen." - "Das ist zu dieser Uhrzeit aber schlecht." - "Stimmt, aber du hast ja deine Papiere zu Hause." - "Hmm, da bin ich mir nicht so sicher."

Die Blondine guckte ihn einen Moment lang erstaunt an. "Claudia, was will der Penner von dir?", mischte sich ein anderer Gast ein. "Der junge Mann hat seine Schlüssel vergessen." - "Und jetzt will er dich anbaggern und bei dir pennen." - "Das hat er nicht gesagt." - "Soll er sich einen Schlüsseldienst bestellen." - "Ich glaube, ihm fehlt das nötige Kleingeld. Vielleicht kannst du ihm mit zweihundert Mark aushelfen." - "Wenn der Penner dich nicht in Ruhe lässt, kriegt er eins drauf."

Martin gab sich Mühe, sich aus der Diskussion rauszuhalten, trank weiter an seinem Bier und drehte sich eine Zigarette. Claudia zog es vor, sich um andere Gäste zu kümmern.

Ralf ließ keine Ruhe. "Du stehst wohl auf Claudia, aber Claudia steht nicht auf so Penner wie dich." - "Stimmt, sie sieht sexy aus. Ich würde sie jedenfalls nicht von der Bettkante stoßen." - "Claudia ist eine Wucht, aber Penner haben keine Chance." - "Ich wäre auch nie auf die Idee gekommen, eine Chance zu haben. Jedenfalls brauchst du keine Angst haben, dass ich dir deine Claudia wegnehme." - "Sie will auch nicht von Spinnern und Pennern belästigt werden."

Wieso war er ein Spinner? Er hatte doch gar nicht erzählt, dass er von einem Raumschiff kam, das über Zeitmaschinen, einer Beamstation und ähnlichem Schnickschnack verfügte und mit ausgefeilter Wurmlochtechnologie ausgestattet war, die die Kraft der Singularitäten nutzte und das Äußerste aus Quantenmechanik und Allgemeiner Relativitätstheorie heraus kitzelte.

Durch die Unterhaltung mit Ralf bekam er leise Zweifel an der Realitätsnähe von Real World. Nicht dass er nichts Ähnliches hier im "Schlauch" erwartet hätte, es entsprach ja irgendwo seinen reduzierten Vorstellungen, aber Martin war sich durchaus bewusst, dass seine Vorstellungen von der Welt nicht die Welt waren, besonders wenn sie wie hier in eine bestimmte Ecke abglitten, aber die reale Konfrontation mit den Klischees ließ den Verdacht aufkommen, dass sich entweder Real World seines Bewusstseins, mitsamt seinem Unbewussten bediente, oder aber die Programmierer recht schlampig recherchiert hatten und selber ihren Vorstellungen, den seinen recht ähnlich, aufgesessen waren.

Andererseits konnte die Wirklichkeit sehr banal sein und selbst die diesbezüglichen Klischees an Banalität noch übertreffen.

Wenn man unterstellte, dass die Besatzung zwar weniger den Zigaretten, aber durchaus dem Alkohol positiv gegenüber eingestellt war, so hatte diese vielleicht ihre Wertvorstellungen ins Programm eingebracht und das Programm verhielt sich überaus freundlich, wenn man an Alkoholika gelangen wollte. Martin beschloss, dieser Hypothese nachzugehen und es war an sich recht ungehörig in dieser beinahe feindseligen Umgebung einen derartigen Versuch zu starten.

"Ralf, wenn du mir schon nicht die zweihundert Mark für den Schlüsseldienst vorstrecken kannst, hast du dann wenigstens ein Bier für mich übrig?" Die Aktion brachte einen einträglichen Erfolg. "Claudia, mach deinem Freund hier ein Bier", befahl Ralf seiner Bedienung. Stammgäste konnten sich hier anscheinend viel erlauben. Sie konnten mit Prügel drohen, beanspruchten die Frauen für sich alleine, und obwohl sie Penner bestenfalls duldeten, konnten sie sich den Widerspruch leisten, ihnen dennoch ein Bier auszugeben.

"Das ist nicht mein Freund, Ralf!" War es ihre allgemeine Höflichkeit gegenüber jeder Art von Gast, dass sie nicht weiter sagte: "Du weißt doch, das ich nicht auf Penner stehe." Das war eine Unterstellung Martins, da die Sache ja unausgesprochen blieb. Martin bekam sein Bier und Claudia lächelte ihn bei dieser Dienstleistung freundlich an.

"Hier, hast du eine Aktive, nicht so eine Pennerzigarette, die hat Stil" Das Angebot von Ralf unterminierte etwas seine Hypothese, aber vielleicht wollte sich das Programm nicht so leicht in die Karten gucken lassen. So kam Martin zu dem Genuss, eine echte "Davidoff" rauchen zu können. Er hatte in seinem Realleben bis dato weder eine "Davidoff" noch "Lords" geraucht und ihm kam der Gedanke, dass, wenn er eines Tages zurückkehren würde und es nicht zu spät wäre, dann könnte er ja tatsächlich versuchen, Frau Hütterer kennenzulernen. Was für eine Aussicht! Er kannte ihr Problem, das er vermessen könnte.

Somit war die Entführung vielleicht ein Glücksfall. Es wäre wohl auch nützlich, den Kontakt zu Salma aufrecht zu erhalten, da eine derartige Bekanntschaft in manchen Kreisen etwas zählte.

Er bedankte sich bei Ralf anständig für Bier und "Davidoff", versuchte genüsslich an dieser Luxuszigarette zu ziehen, die ihm letztlich aber zu stark parfümiert war, nur: Womöglich bekam man beim Rauchen einer solchen Zigarette erst derart optimistische Gedanken. Wahrscheinlich hatte er die Gedanken ja schon mal gehabt, nichtsdestotrotz kamen sie ihm aber recht neu vor.

Es war nicht das letzte Bier, nicht die letzte Zigarette von Ralf, der ihm auch immer wieder versicherte, wie chancenlos er bei Claudia sei. Martin gab sich Mühe, unterhaltsam zu sein, wurde langsam blau, und nachdem Claudia die Bar dichtgemacht hatte, nahm sie ihn, wie zu erwarten war, nicht mit nach Hause.

- 40 -

Im Morgengrauen hatte er vor seiner Tür gestanden, mit aller Ausdauer geklingelt, aber niemand öffnete. Sein Alter-Ego schlief entweder den Schlaf der Gerechten oder zeigte keinerlei Bereitschaft, der noch nächtlichen Störung nachzukommen oder war einfach nicht da und existierte nicht. Diese Minuten hatte er in aufgeregtem Zustand verbracht, möglicherweise wurde die Aufregung nur durch das getrunkene Bier etwas abgemildert.

Er machte es sich unten, neben ein paar abholbereiten Mülltonnen bequem, beschäftigte sich mit dem Rauchen und war den dort postierten Mülltonnen durchaus dankbar, dass sie ihn nicht mit überflüssigen Kommentaren belästigten. Das anschwellende Vogelgezwitscher empfand er nicht wie sonst, wenn er noch um Schlaf rang, als eine Störung. Die Mülltonnen blieben ruhig, und wenn auch der Verwandtschaftsgrad zwischen ihnen und den Tonnen auf dem Raumschiff unübersehbar war, so hätte vermutlich selbst Darwin nicht ahnen können, dass es irgendwann zu solch blödsinniger Mutation der gewöhnlichen Haus-Mülltonne hätte kommen können.

Dass die Kerle Beinchen bekommen hatten, schien ja irgendwo in Ordnung zu gehen, denn dann hätten sie sich im Idealfall selber entleeren können. Für den in Symbiose mit den Tonnen lebenden Menschen wäre es somit noch angenehmer geworden, Müll zu produzieren, was wiederum zu einer noch größeren Menge Müll geführt hätte, aus der eine Erweiterung der Existenzberechtigung der Tonnen und woraus eine unweigerliche Vermehrung der Tonnenpopulation folgte. Ein bisschen Intelligenz und das Vorhandensein von Ärmchen hätten der Mülltonne auch nicht geschadet, was sie ja in die Lage versetzt hätte, die Müllsortierung selber vorzunehmen. Aber niemand wollte doch Tonnen, die einem den letzten Spaß am Leben raubten. Martin konnte sich eine derartige Degeneration nicht erklären.

Die Vögel ließen in ihrem Lärm nach, und das war unter gewöhnlichen Umständen die Zeit, in der er spätestens Schlaf fand, bis Mittags. Martin war kein bisschen müde, hätte sich aber gefreut, bei Frau Hütterer einen Kaffee zu trinken. Irgendetwas hatte zu einer Zeitversetzung geführt, eine triviale Angelegenheit, wenn es sich um ein Computerspiel handelte. War dies aber Realität, so musste man vielleicht so etwas wie die Relativitätstheorie heranziehen. Martin verstand von der Relativitätstheorie noch weniger als von Frauen. Die Uhren an Bord des Raumschiffes waren freundlicherweise denen auf der Erde nachempfunden. Ein Raumschifftag hatte 24 Stunden und Martin war es nicht so vorgekommen, dass dort eine Sekunde wesentlich anders verstrich als gewohnt.

War seine unmittelbare Nachbarschaft in Urlaub oder würde sie sich irgendwann aus dem Haus quälen, um zur Arbeit zu eilen? Martin befürchtete, es könnte eine peinliche Situation entstehen. Er hatte überhaupt keine Lust, die morgendliche Hektik zu stören, etwa um einen Anruf zu bitten oder eventuell den anonymen, fremden Nachbarn zu bitten, mit ihm auf den Schlüsseldienst zu warten, allein um zu bezeugen, dass er der rechtmäßige Bewohner seiner Wohnung war. Es war überdies ja äußerst ungewiss, ob er in seiner Wohnung Geld, eine EC-Karte oder Papiere vorfand. Außerdem war es wohl ziemlich unmöglich, die Nachbarn um Geld für den Schlüsseldienst anzupumpen. Auch wenn die Deckenmauern das einzige Trennende zwischen ihnen waren und er sein Leben im Abstand von wenigen Metern verbrachte, so etwa drei bis sieben meistens, und stets zu befürchten war, dass sich seine Aura mit denen der Nachbarn vermengte, so war er sich immerhin sicher, dass ihm die Aura eines Nachbarn nicht bekannt war. Man konnte soweit gehen zu behaupten, dass ein Nachbar gar keine Aura besaß und sich nur mit irgendwelchen Störgeräuschen aus seiner Nachbarhöhle bemerkbar machte. Andererseits lag immer eine unterschwellige Drohung in der Luft, ein bisschen zu laute Musik könne Anlass für eine Beschwerde sein. Musik war wohl das einzige Lebenszeichen, das hin und wieder aus seiner Höhle drang. Jedenfalls waren es keine Lustschreie oder rhythmisches Hammergeklopfe.

Vielleicht hatte Tobias ja Ahnung, wie weit eine persönliche Aura reichte und ob sie die Betonwände des sozialen Wohnungsbaus durchdringen konnte. Es machte überhaupt keinen Sinn auf seine Nachbarn zu warten. Er konnte sich diese Peinlichkeit ersparen und versuchen, mit dem Kleingeld, das er übrig behalten hatte, aus einer öffentlichen Telefonzelle einen Schlüsseldienst anzurufen, wenn er denn eine Zelle fand, die noch nicht auf Kartenbetrieb umgestellt worden war.

Der Drang in seine Wohnung zu kommen war folglich gar nicht so groß, da dies, wie gesagt, mit einigen Komplikationen und möglichen Unannehmlichkeiten verbunden war. Er war sich jetzt fast sicher, dass er weder Geld noch Papiere in seiner Wohnung vorfinden würde; obwohl man ja von einem anständigen Spiel erwarten konnte, dass das Erreichen eines Zwischenziels mit einer kleinen Belohnung und einer Aufbesserung der Spielressourcen verbunden war, aber die Tonnen beziehungsweise die Erzeuger dieses Spiels besaßen vermutlich keinen Anstand, sondern nur eine fragwürdige Moral, die sich dümmlich übers Zigarettenrauchen auslieẞ. O, wie gnädig diese Götter doch waren, dass sie es zum Beispiel zuließen, dass er, auch hier zwischen den Mülltonnen, rauchen konnte, wovon er ausgiebig Gebrauch machte.

Vielleicht war das Spiel eine konsequente Umsetzung der Gesetze von Murphy, die unter anderem besagten, dass all das, was schief gehen konnte, auch schief ging. Er wollte trotzdem nicht den Versuch aufgeben, in seine Wohnung zu gelangen; wenn er dort seine Schlüssel, ein wenig Geld und seine Papiere fand, hatte er gewonnen und nicht nur ein Etappenziel erreicht, denn er war ja im Grunde recht anspruchslos.

Er machte sich nichts daraus, zwischen den Mülltonnen zu sitzen, fürchtete nicht, dass er mit diesem Verhalten irgendeinen Ruf beschädigen könnte. Vielleicht würden ihn seine Nachbarn ansprechen und er würde ihnen antworten, dass er sich ausgeschlossen hätte und auf den Schlüsseldienst warte. Das würde genügen und seine Nachbarn würden weiter zur Arbeit hetzen.

Als die Müllabfuhr anrückte und seine neuen Freunde geleert werden sollten, suchte er sich ein anderes Plätzchen, ohne zuvor in irgendwelche Peinlichkeiten mit Nachbarn verstrickt worden zu sein. Es musste so gegen acht sein, auf der Straße war schon einiges in Bewegung, als er den Mut fasste, bei Frau Hütterer zu schellen. Diverse Männer hatten schon das Haus verlassen und er rechnete sich eine reelle Chance aus, sie alleine anzutreffen. Der gewöhnliche Mann hetzte vor acht zur Arbeit.

210

Frau Hütterer öffnete, ohne vorher die Wechselsprechanlage zu betätigen, und er hastete das Treppenhaus hoch, überaus nervös. Die Wohnungstür war einen Spalt weit geöffnet.

"Ich bin's nur", rief Martin in der Hoffnung, das Spiel würde eine gewisse Kontinuität aufweisen. Die Tür öffnete sich ein wenig weiter, und er bekam Frau Hütterer zu Gesichte, die im weißen Seidenmorgenmantel und mit unaufgeräumten, blonden Haaren vor ihm stand.
"Was machen Sie denn hier um diese Zeit?" - "Ich habe mich wieder ausgeschlossen, und ich dachte, ich könnte bei Ihnen Kaffee trinken."
Frau Hütterer kam dies zwar etwas seltsam vor, sie schien aber keine Angst vor irgendwelchen Überfällen zu haben und ließ Martin eintreten.
"Sie müssen entschuldigen, ich sehe ganz unmöglich aus, hier sieht es überhaupt ganz unmöglich aus." - "Aber das macht doch gar nichts, und im Übrigen sehen Sie gut aus."
- "Setzen Sie sich, ich mach uns Kaffee und mich ein bisschen frisch."
Martin setzte sich an den Frühstückstisch, der offensichtlich an diesem Morgen schon von einer einzelnen Person benutzt worden war. Eine gebrauchte Kaffeetasse, zerdepperte Eierschalen, ein Streichmesser mit Marmeladenresten und ein benutzter Aschenbecher mit zwei Kippen fielen ihm ins Auge. Die Kaffeekanne und Frau Hütterer verschwanden in die Kochküche. Dort setzte sie routiniert einen Kaffee auf, um gleich darauf ins Bad zu gehen. Martin befürchtete, sie könne sich dort anziehen. Er drehte sich eine Zigarette und sah sich in seinem Paradies um.
Er war wild entschlossen, hier ein paar schöne Stunden zu verbringen. Er hatte ja noch nicht begonnen, sich aufzulösen und die Wohnung machte durchaus auch einen stabilen

Eindruck. Nichts Schlimmeres konnte nun passieren, als dass ein Kommando von Tonnen vor der Tür erscheinen und ihn aus der Wohnung zerren würde.

Die Kaffeemaschine machte schon Geräusche, aber Frau Hütterer schien noch beschäftigt. Die Zeit reichte, sich eine zweite Zigarette zu drehen; und dann erschien sie, mit aufgeräumten Haaren, aufgetragenem Lippenstift und Augen-Makeup, Pantoffelpumps und in dem gleichen Morgenrock, den sie nun aber gestraffter trug. "Kaffee kommt gleich. Sie brachte zwei Tassen mit Untersetzern und räumte den Müll ihres Mannes weg. Dann platzierte sie sich ihm gegenüber, verteilte Kaffee und zündete sich eine ihrer merkwürdigen Filter-Zigaretten an.

"Gedrehte Zigaretten wären mir zu stark." - "Das ist genau das, was ich brauche." - "Haben sie Hunger?" - "Eigentlich nicht." - "Ich kann so früh auch noch nichts essen." Er lächelte sie an, überaus erfreut darüber, dass sie es zwar für nötig gehalten hatte, Make-up aufzulegen und sich zu kämmen, aber für unnötig befand, irgendetwas überzuziehen, aber vielleicht hatte sie sich ja unter dem Morgenrock etwas übergezogen.

"Was machen Sie nur, dass sie immer Ihren Schlüssel vergessen? Dann können Sie mich ja nie zu sich zum Kaffee einladen." - "Bei Ihnen ist es doch auch schön. Das mit dem Schlüssel ist eine lange Geschichte, die ich besser nicht erzähle." - "Haben sie was angestellt?" - "So könnte man das vielleicht bezeichnen." - "Aber doch nichts Schlimmes?" - "Nein, nichts Schlimmes."

Frau Hütterer schaffte es, ihre Neugierde zu zügeln. "Wollen Sie von hier wieder den Schlüsseldienst anrufen?" - "Später vielleicht. Ich wollte Sie eigentlich nur wiedersehen. Ich habe mir die Nacht um die Ohren geschlagen und dachte, es wäre eine gute Idee, bei Ihnen einen Kaffee zu trinken." - "Sie hätten auf meinen Mann treffen können.

Obwohl, der verlässt schon kurz nach sechs das Haus." -
"Ich habe gewartet. Vermutlich habe ich ihn gesehen. Kann
ich ein Foto von ihm sehen?"
Martin versuchte entsprechend verschwörerisch drein zu
blicken, um Frau Hütterer für diese Idee gewinnen zu können. Wer wusste genau, wie oft er morgens noch vor ihrer
Tür warten würde, nur weil er seinen Schlüssel vergessen
hatte. Sie kramte derweil ein Foto aus einem Schrank. "Das
ist schon etwa fünf Jahre alt." Martin sah auf dem Foto
einen Mann, der um einiges älter schien als sie. Er wollte
sich nicht weiter mit dem Äußeren seines Konkurrenten
auseinandersetzen, es genügte, sich das breite Gesicht ein-
zuprägen, was ihm unter diesen Umständen leicht fiel.
"Sie sind sehr nett Frau Hütterer." - "Waren wir neulich
nicht schon bei du und Bärbel?" - "Ja, du bist sehr nett,
Bärbel. Ich habe mich sehr darauf gefreut, mit dir Kaffee
zu trinken und zu plaudern. Was ist aus ihrem ..., deinem
Problem geworden?" - "Ich habe ein halbes Kilo zugenom-
men, und ich nehme immer an den falschen Stellen zu." -
"Ich kann es nicht glauben, die falsche Stelle ist vermutlich
genau die richtige Stelle."
Martin traute sich nicht weiterzugehen, schlürfte an seinem
Kaffee. "Ich hab's Ihnen doch mal beweisen wollen." -
"Findest du mich wirklich attraktiv?" - "Was soll ich dazu
sagen?" -"Sollen wir uns auf die Couch setzen und ein bisschen Sekt trinken?" - "Ja, Sekt ist eine gute Idee!"
Sie stand auf, löste die Schlaufe ihres Morgenmantel und
ließ ihn einfach auf den Boden fallen. Ihr Problem steckte
noch in einem kleinen weißen Slip, der viel Platz für nackte
Problemzonen ließ. Sie ging in die Küche, um eine Flasche
Sekt zu holen. Martin konnte nur mühsam das Gefühl bekämpfen, dass ihn diese Art von Hausfrauenemanzipation
überforderte. Es war offensichtlich, dass sie ficken wollte;
nur im Grunde wusste er gar nicht mehr, wie das ging und

was man anzustellen hatte. Trotz ihres vermeintlichen Problems wirkte Frau Hütterer sehr selbstbewusst und trotz vielleicht weniger Pfunde zu viel, einem kleinen Bäuchlein und einer, in die Jahre gekommenen Brust war sie für ihn überaus perfekt. Er saß wie fast angewurzelt an seinem Frühstückstisch, während Bärbel am Sofatischchen die Flasche Sekt öffnete. Es machte Plopp und sie fragte: "Willst du nicht rüberkommen?"

Er stand auf; sie aber auch, um ihren Morgenmantel wieder anzuziehen. "Warum machst du das?", fragte er. "Ich fühle mich so hässlich", antwortete sie. "Aber du bist schön." - "Du hast ja auch noch was an."
Martin begab sich zum Sektglas, während sie in eins der anderen Zimmer verschwand und mit so einem Plastikding zurückkehrte. "Man weiß ja nie, in welche Situation man gerät."
Sie setzte sich zu ihm und goß Sekt in die Gläser. Dann hob sie ihr Glas und sagte feierlich: "Auf Gute Nachbarschaft!" Martin wiederholte den Trinkspruch und wusste nichts Weiteres zu tun als zu trinken. Er hatte praktisch keine Erfahrungen mit Kondomen und hielt auch Safersex in Real World für völlig überflüssig, aber das konnte und wollte er ihr nicht erklären.
Wenn sich das Unterprogramm Bärbel von ihm virtuelles Aids einfangen sollte, gab's sicher Mittel und Wege für eine begabte, programmierende Tonne, dies kleine Detail rückgängig zu machen. Seine grundsätzliche Verletzbarkeit in Real World war nicht geklärt. Im Grunde genommen wusste er gar nichts. Das musste man ausprobieren. Er setzte gedanklich schon zu der Frage an, ob sie ihm ein Messer geben könne, damit er sich eine kleine Wunde zu-

214

fügen könne. Aber die gute Frau hätte sicher nicht nur einen Schrecken, sondern es mit der Angst bekommen. Aber ihm fiel ein anderer Test ein.

"Bärbel, ich finde dich schön und vor allen Dingen sehr sexy. Dein Hintern ist einfach klasse und ich werde dir das schon beweisen. Diese Gummis sind ja eigentlich überflüssig." - "In den heutigen Zeiten muss man vorsichtig sein. Wie willst du mir das beweisen?" - "Ich habe immer noch einen Ständer." - "Darf ich das überprüfen?" - "Du darfst alles!"

Frau Hütterers linke Hand untersuchte daraufhin den Wahrheitsgehalt von Martins Aussage. "Es scheint zu stimmen, aber das beweist gar nichts." - "Seit einem Tag träume ich davon, dich von hinten nehmen zu können oder wie du rücklings auf mir reitest. Dein Hinterteil ist dermaßen genial, dass ich es stundenlang betrachten könnte. Ich wünschte mir, diese genialen Arschbacken zu liebkosen. Genügt dir das?" - "Ich finde sie fett und vulgär." - "Nichts davon ist wahr, dein Hintern verkörpert wahre Erotik." - "Du bist lieb." - "Darf ich ihn küssen?" - "Jetzt gleich?" - "Nein, zuerst deinen Mund."

Sie näherte sich ihm und der Duft ihres Parfüms signalisierte ihm, dass er ganz nah an seinem Ziel war. Als er sie küsste, erinnerte er sich daran, wie es war, mit einer Frau zusammen zu sein. Eine ihrer Hände rieb an seiner Hose, und er schob eine der seinen unter ihren Morgenrock, um ihre warmen weichen Brüste zu berühren. Sie löste sich ein wenig von ihm und begab sich daran, seine Hose zu öffnen. Er half ihr, sie auszuziehen. Dann saß er in Unterhose neben ihr und bestand darauf, dass sie sich auszöge.

"Ich mach mal was Musik, dann ist es gemütlicher." Sie stand auf, bediente die Stereoanlage und tänzelte etwas. "Wollen wir tanzen?", fragte sie. "Ich kann nicht tanzen.

Aber tanz du nur, du machst Träume wahr, junge und alte Träume."

Frau Hütterer bewegte sich in ihren hochabsätzigen Pantoffeln leicht unbeholfen, aber das machte Martin nichts. Er wartete gebannt darauf, dass sie wieder ihren Morgenmantel lösen würde. Es handelte sich wohl um einen kosmischen Zufall, dass erneut Musik von Frank Sinatra lief.

"Jetzt werf deinen Morgenmantel ab!" Frau Hütterer tänzelte in Richtung des Tisches und nahm einen kräftigen Schluck Sekt. Sie hatte dann wohl genügend Mut, sich von ihrem Morgenmantel zu befreien und weiter zu tanzen. Wie wunderbar doch diese Frau war. Nur für ihn machte sie kreisende Bewegungen mit ihrem Becken, streckte ihm dabei das Corpus Delicti entgegen, und das, obwohl sie so geringschätzig von diesem dachte.

"Jetzt willst du sicher, dass ich mein Höschen ausziehe, aber das musst du schon selber machen."

Die Vorstellung war plötzlich beendet. Vielleicht fehlte ihr der Mut weiterzumachen und ihre Minderwertigkeitskomplexe bezüglich ihres Hinterteils waren keine Koketterie. Sie setzte sich und goss Sekt nach.

"Du warst sehr gut, aber leider hast du nicht weitergemacht." In einer Cyberwelt durfte man nicht bescheiden sein. "Das macht nur Spaß, wenn man die richtige Figur dafür hat." - "Du spinnst total. Man sollte dir dieses famose Hinterteil versohlen, damit du auf andere Gedanken kommst." - "Willst du?" - "Du denkst doch dann nur, dass dein Hintern die Schläge verdient, weil er einen Makel hat. Es ist albern, deinen Po zu versohlen." - "Findest du es nicht geil?" - "Wir haben genug von ihm geredet. Es wird Zeit, dass ich ihn ganz zu Gesichte bekomme. Im Übrigen finde ich nicht nur deinen Hintern geil, alles an dir ist geil."

Frau Hütterer machte sich Platz, kniete sich auf dem Sofa, von ihm abgewandt, und streckte ihm ihr Problemteil entgegen. In dieser Position trank sie auch Sekt, was nicht ganz einfach war.

"Du wirst schon sehen, wie hässlich er ist. Er ist alles andere als knackig." - "Hör auf Blödsinn zu reden. Dein Höschen ist so unverschämt klein, dass die Anatomie gut erkennbar ist. Aber ein Arsch ist erst dann perfekt, wenn man dabei noch etwas anderes sieht."

Martin kam sich vor wie ein erfahrener Erotomane. Dann küsste er endlich die begehrten Hinterbacken, leckte an ihnen und Frau Hütterer stöhnte auf. Das war wohl der richtige Augenblick, dieses kleine Höschen langsam und behutsam runter zu ziehen, um den ganzen Po freizulegen. Er machte es wirklich recht langsam, um die Spannung für beide zu steigern. Er bebte dabei, schaute gefesselt auf die intimen Stellen und war überaus fasziniert von den wenigen blonden Schamhärchen, die man in dieser Position sah.

Er zog das Höschen auf mittlere Schenkelhöhe und küsste wieder den nun vollkommen nackten Hintern, während sie akustisch zu erkennen gab, dass sie derartige Liebkosung mochte. Er fuhr mit seiner Zunge durch ihre Po-Ritze und versuchte dabei auch ihr Geschlechtsteil zu finden. Eine gezielte Aktion war in dieser Stellung aber eher schwierig.

"Willst du mir jetzt den Arsch versohlen?" - "Du spinnst", sagte er, gab ihr aber ein paar fast kräftige Klapse auf die Backen und dies übertönte sehr kurzfristig die Musik und ihr Schnurren. Entschlossen zog er das Höschen über die Pantoffel, die er dann ebenso auf den Zimmerboden warf. Sie trank wieder etwas Sekt und konnte nun endlich etwas weiter die Beine spreizen. "Ist er nicht hässlich?" - "Bärbel, ich sag jetzt gar nichts mehr."

Er wusste nicht, was nun zu tun war und sie erwartete wohl, dass er seinen Slip auszog, dass er dieses Gummi überstreifen würde, um dann in sie einzudringen. In dieser gespreizter Pose bewegte sie geradezu auffordernd etwas den Hintern, aber er war wie paralysiert. Fassungslos schaute er auf das, was sich ihm darbot.

"Kannst du mir helfen?" - "Womit?" - "Ich hab keinerlei Erfahrung mit den Dingern." - "Ach so." Sie drehte sich um und dann saßen sie wieder nebeneinander. Er schaute unwillkürlich auf ihren blonden Bären; aber sie küsste ihn, griff in seine Unterhose und er sah nicht mehr viel. Sehr zielbewusst zog sie ihm seine Unterhose aus. Aufgrund einer gewissen Überforderung befand sich sein Glied in einem nur noch als halb erigierten Zustand.

Bevor sie dazu kam, dem Glied nachzuhelfen, forderte er von ihr: "Bärbel, mach mir einen Knutschfleck. So einen richtigen Knutschfleck. Ich möchte den haben, um mich an dich zu erinnern." Bärbel gehorchte und sorgte am Hals für den von Martin gewünschten Bluterguss

Sie saugte dann sanft an seinem Schwanz, und Martin bat um Einhalt. "Hör auf Bärbel, ich komm vermutlich ganz schnell. Es ist mehr als ein Jahr her, dass ich mit einer Frau geschlafen habe." Jetzt war es raus und Frau Hütterer sagte nur: "Du Ärmster."

Schnell und gekonnt und streifte sie ihm das Gummi über und forderte Martin auf sich hinzulegen. Da lag er nun, und sein Schwanz strebte nach oben. Dann spreizte sie mit ihren Händen seine Beine und versuchte, seinen Traum wahr zumachen.

"Das mache ich nur für dich", sagte sie und kehrte ihm den Rücken zu, setzte sich über ihn, packte seinen Schwanz und führte ihn an den Rand ihrer Vagina. Sie fing an sich zu bewegen, während er zum Beten zurückfand. Sie stimulierte, sein Glied in der Hand, sich und ihn, und dann begann sie zu ficken. Das Hinterteil bewegte sich auf und ab, und es wirkte auf einmal wirklich sehr gigantisch. Es war schwierig zu sagen, was sie dabei empfand, aber sie stöhnte unentwegt. Er klammerte sich an die angehimmelten Arschbacken, und während Erregungsstöße seinen Körper überfielen, guckte er gebannt auf diesen Hintern und auf sein Glied, das periodisch auftauchte und wieder verschwand, und er wusste eigentlich nicht ganz, wie ihm geschah.

Das erste Mal nach langer Zeit ist nie ganz einfach, aber dieser Zustand der Verwirrung dauerte erwartungsgemäß nicht so lange. Als es ihm cybermäßig kam, setzte sein Denken endgültig aus. Sie bewegte sich weiter und täuschte dann vielleicht einen Orgasmus vor. Irgendwann stieg sie von ihm, und er entfernte das gefüllte Beutelchen.

Nach einer kurzen Pause sagte er: "Es war so kurz, wie ich befürchtet habe. Was soll man auch machen, wenn man diesem genialen Hintern ausgesetzt ist?" - "Ich versuche, dir zu glauben, aber jetzt rauchen wir erstmal eine Zigarette!"

- 42 -

Er hatte noch kurz Gelegenheit, sie in voller Nacktheit zu bewundern, bevor sie sich wieder den seidenen Morgenmantel schnappte und ihn überzog. Dann suchte sie ihre Pantoffeln und stöckelte zurück zum Sofa. Ein wenig Scham oder einfach nur Anpassung veranlasste ihn, seinen Slip anzuziehen. Sie bot ihm eine von ihren komischen Zigaretten an, aber er drehte sich lieber eine von seinem Tabak.

"Dann dreh mir auch eine." - "Die sind aber ganz schön stark für jemanden, der sie nicht gewohnt ist."

Er drehte zwei Zigaretten aus bestem Cybertabak, gab ihr eine und das Feuer, ohne das das Unterprogramm Zigarette nicht abbrennen konnte.

Das Inhalieren brachte sie offensichtlich in Schwierigkeiten, aber sie rauchte tapfer weiter. Man trank Sekt, tauschte Streicheleinheiten aus, und wenn sich auch der Morgenmantel schön anfühlte, hielt sich seine Hand am liebsten bei ihren Brüsten auf.

"Ich würde dich am liebsten den ganzen Tag lang lieben und morgen auch", sagte er. "Ja, ich will auch den ganzen Tag ficken." - "Mindestens zehnmal, bis ich dich restlos davon überzeugt habe, wie wunderbar du mit deinem Problem bist."

Frau Hütterer wusste sehr wohl diese Komplimente zu schätzen. "Wenn wir weiteren Sex wollen, musst du Kondome kaufen. Bei der Apotheke gibt's einen Automaten." - "Machst du es mit deinem Mann auch mit Gummi?" - "Nein, aber das ist ja was anderes." Sie hatte keine Lust, sich darüber weiter auszulassen.

Er zog sich an und fragte, ob sie das nötige Kleingeld habe. "Du hast auch nie Geld." - "Das stimmt irgendwie." Sie begleitete ihn zur Wohnungstür, gab ihm einen Kuss und sagte: "Du siehst sehr gut aus." Zeig dich mir nochmal, wollte er sagen, aber da hatte sie schon die Tür geschlossen.

Martin hastete die Treppe runter, aufgewühlt, aber auch bemüht, seinen Auftrag schnell zu erledigen.

Er wechselte die Straßenseite und hätte noch ein paar hundert Meter zur Apotheke gehabt, aber von ihm unbemerkt näherte sich ein Möbelwagen und hielt mit offener Verladetür vor seiner Nase. "Sie müssen zurück", rief ihm der erregte Fahrer zu. Vermutlich hatten die Tonnen überhaupt keine Fahrerlaubnis.

Er wollte keinesfalls zurück, aber bevor er die Flucht antrat, rief ihm die Tonne zu: "Sie müssen zurück. Sie lösen sich ja schon auf. Schauen Sie nur auf ihre Hände." Und er schaute auf seine Hände, die teilweise schon durchsichtig waren, und er hatte den Eindruck, dass sie zunehmend durchsichtiger wurden. Was für ein gemeiner Trick! Aber vielleicht waren das lebensgefährliche Anzeichen der Auflösung.

"Schnell in den Wagen, unter die Haube!" Er folgte der Aufforderung, die Türen des Wagens schlossen sich, und er begab sich geschlagen unter die Haube und schloss die Augen.

Ein intensives Blau verdrängte bei ihm die bewusste Ohnmacht, dieses Gefühl der absoluten Machtlosigkeit. Während das Blau immer dunkler wurde, war es kinderleicht an gar nichts zu denken. Erfahrungsgemäß dauerte der Zustand nicht allzu lange an und irgendwann wurde das schwarze Nichts um ihn herum recht langweilig, sodass er aus leichter Neugierde die Augen öffnete.

Martin wunderte sich nicht, dass er sich im Spieleraum des Raumschiffs befand. Die anderen Haubenplätze waren verwaist. Eine Tonne begrüßte ihn und fragte, ob er alleine den Weg zur Bar fände. Sollte sich das Raumschiff in der Zwischenzeit nicht verändert haben, war es überhaupt kein Problem zur Bar zu gelangen. Verächtlich schaute er die Tonne an, sagte nichts, verließ den Raum und ging die wenigen Meter zu der Bar.

Da saßen sie alle an der Theke, unterhielten sich, und es gab wohl noch reichlich zu trinken, aber niemand rauchte, nirgendwo standen Aschenbecher und es lagen keine ausgetretenen Kippen auf dem Boden. Sein Tabak lag auf dem Sofa von Frau Hütterer, aber ein Schmuggel materieller Güter aus Real World war ohnehin nicht möglich oder bestenfalls nur unter Einsatz einiger Tricks.

Er fühlte sich besoffen, verzweifelt und glücklich zugleich, wusste nichts zu sagen außer Hallo und setzte sich still neben Salma, die für ihn ein Bier orderte.

Salma wirkte auf ihn überhaupt nicht so beunruhigend wie sonst, obwohl sie natürlich noch genauso aussah wie immer.

"Gibt es Zigaretten?", fragte er. "Nein es gibt keine Zigaretten." - "In Real World gibt es Zigaretten." - "Du scheinst ziemlich fertig zu sein. War es so furchtbar?" - "Ich glaube, es war eher das Gegenteil. Ich hab da eine Freundin." - "Oh, gratuliere, man sieht auch, das sie ganze Arbeit geleistet hat." - "Was meinst du?" - "Deinen Knutschfleck am Hals." - "Wie ist das möglich?" - "Ich weiß nicht. Ich meine, ich habe dich nicht gebissen, als du unter der Haube saßt. Du weißt, ich mache so etwas nur für Geld." - "Vielleicht war es ja eine Tonne, Candy, aber die hat ja gar keinen Mund. Vielleicht machen sie es mit den Fingern." - "Candy würde so etwas nur für Geld tun." - "Bärbel tat es aus freien Stücken." - "Das kann ich nicht nachvollziehen. Ich habe übrigens in Real World gearbeitet. Allerdings unter etwas erschwerten Umständen." - "Lass mich raten. Du hattest keine Gummis und keine Schlüssel für dein Appartement." - "Ich arbeite in meinem Wohnmobil. Aber du hast recht, ich kam zuerst nicht rein."

"Ich hab dich gesucht, aber es war mitten in der Nacht und ich wusste nicht, wo du steckst. Ich habe im "Schlauch" nach dir gefragt. Aber die wussten auch nichts genaues. Aber man kennt dich." - "Ich stehe in der Nähe der belgischen Kasernen." - "Du machst es mit Soldaten?" - "Es kommen auch andere vorbei, die ficken wollen." - "Du hattest nichts besseres vor, als in Real World zu arbeiten?" - "Dummerweise kann man die Kohle nicht mit rüber retten. Außerdem finde ich, dass diese Variante was hat. Du empfindest rein gar nichts und die Cyberkreaturen sind geil auf dich." - "Ist es wirklich Cybersex?" - "Muss wohl, ansonsten war es so wie immer."

"Hättest du eine Variante vorgezogen, bei der dir einer abgegangen wäre?" - "Gott behüte!" - "Du weißt, wie das ist?" - "Es gibt Zufälle!" - "Ich mache es zu selten, darum kann ich mögliche Unterschiede zwischen Sex und Cybersex nicht beurteilen. Wir wollten den ganzen Tag Sex, aber ich musste zurück." - "Ja, die Umstände dabei sind etwas merkwürdig." - "Ich vermute, ein Möbelwagen fuhr vor mit einer neuen Wohneinrichtung für dein Wohnmobil." - "Du bist ja doch ganz gut drauf." - "Ich muss das erstmal verdauen, was passiert ist." - "Vermutlich ist gar nichts passiert. Alles nur in deinem Kopf und in diesem Computer hier." - "Und woher dann dieser Knutschfleck?" - "Soll ich dir beim nächsten Mal Händchen halten und zusehen, wie sich der Knutschfleck bildet?" - "Das würdest du tun?" - "Natürlich nur gegen Bezahlung!" - "Ich kann dich nicht mehr bezahlen. Ich habe keinen Tabak mehr. Bist du auf dein alter-ego getroffen?"

"Nein, ich war nirgends aufzutreiben. Vielleicht existieren wir in diesem Programm gar nicht. Aber wahrscheinlich ist es noch komplizierter und der eigene Körper, den wir wahrnehmen, ist Teil des Programms." - "Ja, das ist natürlich so!" - "Und warum sollte es uns dann zweimal geben?" - "Bist du da drauf gekommen?" - "Nein, das hat Stefanie gesagt. Die hat in der Beziehung echt was drauf. Sie sieht es allerdings nicht ein, dass man in meinem Job weiterkommt als wenn man den Beruf Nonne ausübt. Sie will doch keinen Kerl."

Stefanie saß am anderen Ende der Bar und unterhielt sich mit Tobias und Petra. "Waren Tobias und Petra in Real World?" - "Unsere Nichtraucher haben beide keine Lust auf diese Spielerei. Sie unterhalten sich über Esoterik und trinken Orangensaft."

"Und der da?" Martin zeigte auf Manfred, der alleine in der Mitte saß und vor sich hin lachte. "Der kommt gerade von seinem Trip runter. Wenn er nicht darauf hängen bleibt. So weit ich das verstanden habe, hat er in Real World LSD geschmissen und hat sich über Blumen gewundert. Es war vorhin ganz abartig. Er wollte mich sogar lecken." - "Stefanie hat er in Ruhe gelassen?" - "Ja, schon, hin und wieder guckt er sie schüchtern an. Er sagt kaum

223

sinnvolle Sachen. Tobias hat versucht, ihn zu verarschen. Er solle es mal mit Schwanzlutschen versuchen und bei ihm anfangen."

"Und Stefanie ist nicht in ihre Kabine gegangen?" - "Die hat das, glaube ich, nicht mitgekriegt. Tobias war allerdings nicht so erfolgreich und Manfred hat immer wieder gesagt, dass dieser keine Ahnung habe, und hat ihn ein wenig in seiner Eitelkeit gekränkt und ihn wegen seiner Brille runtergeputzt. Ich habe übrigens auch keine Ahnung." - "Das ist ja nichts Neues." - "Manfred ist von der Realität seiner Erlebnisse überzeugt. Er denkt Real World ist eine Parallelwelt, was immer das auch sein mag. Er ist regelrecht begeistert von dieser Idee."

"Zu diesen Schlüssen kommt man wohl unter LSD. Ist doch vollkommen absurd, da taucht er in eine Fantasiewelt ab, nimmt dort eine halluzinogene Droge und ist vollkommen von der Wirklichkeit überzeugt. Na ja, eine Fantasiewelt ist es eigentlich nicht. Es ist ja alles sehr realistisch, wenn ich auch zugeben muss, dass mein Treffen mit Bärbel etwas aus dem Rahmen fällt. Aber möglich wäre es ja!" - "Du denkst, es ist ein Spiel?" - "Eigentlich ist es mir egal. Entscheidend ist, dass ich dort nicht bleiben kann. Könnte ich bleiben, würde ich es vollständig als Realität begreifen. Was denkt Stefanie?"

"Sie ist sich uneins, diskutiert mit SIE, aber das meiste habe ich nicht mitgekriegt. Sie kommt sich wohl auch ein bisschen vor wie Jesus in der Wüste und insgeheim denkt sie vielleicht, dass der Teufel sie auf die Probe stellt. Die Fähigkeiten der Raumschiffkonstrukteure erscheinen einem ja fast göttlich."

Martin war etwas verblüfft über Salmas Ausdrucksweise. "Wenn sie irgendwann deine Klamotten anzieht, hat sie die Prüfung bestanden", sagte er dann.

Das Ungewöhnliche an dieser Entführung war nicht, dass man Sex mit Außerirdischen hatte, sondern dass sie Martin ermöglicht hatten, ein Abenteuer mit einer richtigen Frau zu haben, wenn sie vielleicht auch nur simuliert war. Er vertraute aber in die Realitätsnähe von Real World, sodass er es für möglich hielt, die wahre Frau Hütterer kennenzulernen und er zweifelte nicht daran, dass sich diese genauso freundlich und offen ihm gegenüber verhielt, wie die, die er kennengelernt hatte. Möglicherweise aber war er nicht derselbe, da er unter diesen spielerischen Umständen selbstbewusster und mutiger war als in einem alien- und weltraumfernen Alltag, von gewöhnlichen Menschen umgeben, deren Zahl in die Millionen ging und die die einzigen Fremden weit und breit waren.

Sein starker Groll gegen die Tonnen verflog zunehmend, und Bea verblasste zu einer Randerscheinung in seinem Bewusstsein. Bestimmt war es aufregender, die verheiratete Frau Hütterer kennenzulernen und mit ihr ein Verhältnis zu pflegen, das wahrscheinlich ohne große Verpflichtung auskam, und ohne jene Anpassungsakrobatik, die zu viel von ihm verlangen würde. Er würde sein Leben weiterführen können wie bisher und dieses mit einem regelmäßigen Stelldichein würzen.

Zufrieden war er natürlich nicht mit seiner neuen Situation, da sie vollkommen unberechenbar war, jedenfalls anders als das Leben in dieser unsozialen Gesellschaft, aus der er kam, und die sich abmühte, das Leben nach rechtsstaatlichen Prinzipien zu organisieren und die, wenn sie ihn auch nicht akzeptierte, dennoch seine Lebensweise tolerierte, da er mit etwas Geld und einer Wohnung ausgestattet war und sich ansonsten konform zu ihren geschriebenen und ungeschriebenen Spielregeln verhielt. Man konnte sich in diesem Rahmen stärker der Illusion einer Sicherheit hingegeben, wenn gleich es dadurch nicht einfacher wurde, ein Leben in Einsamkeit zu führen. Seine Sicherheit in der Gesellschaft war natürlich nur eine scheinbare, aber immerhin hatte er es geschafft in ihr die letzten Jahre vollkommen ereignislos zu verbringen, ohne dabei in Depressionen zu verfallen. Hier an Bord war er einer absurden Willkür ausgesetzt, auch einer permanenten inneren Anspannung, denn er verfügte weder über Geld noch über sein täglich Brot, den Zigaretten. Aber dieser neue Rahmen ermöglichte es, dass etwas passierte in seinem Leben; und es war schon erstaunlich, dass inmitten dieser sterilen Atmosphäre seine schon verschüttet geglaubte Sexualität aufgemischt wurde.

Die Tonnen hätten für ihn das Paradies arrangieren können, aber absurderweise geschah das nicht, stattdessen wussten sie, ihm das Leben zu vermiesen. Seine Ausflüge in Real World musste er mittellos unternehmen, sodass er die Realität aus einer ungleich härteren Perspektive kennenlernte; und die Geschichte mit Frau Hütterer blieb vielleicht ein wahnsinniger Glücksfall in einer Kette von ansonsten nicht aufbauenden Zufälligkeiten, ein Zuckerstückchen, mit denen die Tonnen sein Spiel versüßen wollten, und es war wohl auch eine Zufälligkeit, dass es nicht zu einem Coitus Interruptus kam, bei dem er sich womöglich noch in seine Bestandteile aufgelöst hätte.

Von einer pragmatischen Grundeinstellung ausgehend, hatte er sich ja stets geweigert, über Real World tiefer zu philosophieren,

aber das Nachdenken darüber ließ sich nicht vermeiden. Einerseits war es ärgerlich, dass er nicht selbst bestimmen konnte, wann und unter welchen Umständen er Real World verlassen konnte, andererseits wünschte er sich, es wäre Realität, der Eintritt ins Spiel lediglich ein Beamvorgang, denn dann könnte er bei seiner Rückkehr auf die Erde an das Erlebte anknüpfen und bräuchte nur eine gute Ausrede, um Frau Hütterer plausibel zu machen, warum er sich im unpassendsten Moment aus dem Staub gemacht hatte. Er hatte sie ja nicht verlassen, um Zigaretten zu holen, sondern Kondome, und sie hatte es so gewollt.

"Du bist so still", sagte Salma. "Ich denke an meine Freundin", sagte er geistesabwesend. "Du bist frisch verliebt und ich brauche nicht mehr zu befürchten, dass du mir etwas vorjammerst und Sex ohne Bezahlung von mir willst."

Martin fand, dass ihr leicht hämisches Grinsen vollkommen überflüssig war. "Ich glaube nicht, dass ich verliebt bin. Vielleicht nur etwas berauscht. In wenigen Stunden will ich unbedingt wieder so etwas erleben. Mit welcher Frau ist mir egal. Ich werde es bald bedauern, dass du dafür keinen Sinn hast. Aber das ist ja ausdiskutiert. Ja, vielleicht nicht ganz. Wenn wir nicht bald zurückkehren und das Taschengeld nicht mehr reicht, um einen Abstecher nach unten zu machen, werde ich dir vermutlich wieder auf die Nerven gehen. Deine Ausstrahlung ist vollkommen sinnlos, dein Parfüm reine Verschwendung."

"Du meinst, weil mich hier keiner bezahlen kann." - "Genau, Salma, du bist arbeitslos und das wirst du vielleicht auch für den Rest deines Lebens bleiben." - "Das wäre ja furchtbar." - "Dir bleibt ja noch ein bisschen Taschengeld, um Real World zu besuchen und dort zu arbeiten. Vielleicht lässt man dir ja was Zeit, dein Geld dort zu verprassen. Von dort mitnehmen kannst du es jedenfalls nicht. Deshalb ist dein ganzer Aufzug anachronistisch und du könntest auch in den Klamotten von Stefanie oder Tobias rumlaufen. Die Verhältnisse hier sind anders ausgewürfelt. Vielleicht findet sich ja noch ein Kartoffelsack für dich. Aber die Verhältnisse sind auch so, dass sich Stefanie und diese langweilige Petra umorientieren müssen, denn es gibt so etwas wie eine koloniale Verpflichtung." - "Was bitte?"

- "Das war vielleicht etwas unzutreffend formuliert. Ich finde nur, Stefanies Glauben macht wenig Sinn, hat er ja nie, aber vielleicht öffnen ihr die neuen Verhältnisse die Augen. Jedenfalls wird sie uns nicht zu ihrem Orden bekehren und sie selbst auch kein geregeltes Ordensleben führen können." - "Ja, wir sind alle irgendwie verarscht. SIE sagte doch etwas davon, dass an Bord Möglichkeiten bestehen, Geld zu verdienen." - "Sicher, vermutlich kann man hier für einen Stundenlohn von drei Mark fünfzig spülen. Du erwartest doch nicht, dass ich spüle, nur um dich dann auszuhalten. Wir werden uns bald noch nicht mal mehr Bier leisten können, auch keine Ausflüge mehr. Wenn sie uns wenigstens mit Nikotinpflaster oder Ähnlichem versorgen würden. Und ich würde auch gerne zur Erde telefonieren, um mich bei Bärbel zu entschuldigen."

"Wir haben keinen Vertrag mit der "Telekom" abgeschlossen", sagte SIE lakonisch. "Und mit eurem Zigarettenwahn müsst ihr schon selber klarkommen."

"Die Leitung des Raumschiffes spinnt", meinte Martin. "Wenn sie uns nicht mit Rauchwaren versorgen wollen, könnten sie uns entweder mit Pflastern versorgen oder in zehn Minuten mit einem High-Tech-Entzug versehen, meinetwegen auch über Nacht. Offen gesagt weiß ich gar nicht, ob ich das will. Wenn ich's bedenke, fühle ich mich hier richtig elend." - "Ja, es ist schon eine schöne Scheiße. Ich werde mich möglichst schnell wieder nach Real World absetzen", sagte Salma.

"Du bist wohl ganz scharf darauf, deine Profession auszuüben." - "Nein, Kleiner, es geht mir nur um etwas Abwechslung und ums Rauchen. Auf die behaarten Männersäcke kann ich gerne verzichten, wenn es doch nichts real einbringt. Man müsste mit dem Geld dort seinen Aufenthalt verlängern können." - "Frag doch mal, jedenfalls wär's 'ne lustige Vorstellung. Du müsstest bezahlen, damit du weiter ficken kannst, genauso wie ich, wenn ich es über einen ganzen Morgen und Nachmittag mit Frau Hütterer treiben will." - "Wieso sollte ich sie fragen, SIE hört doch sowieso alles."

Manfred grinste ihnen zu. "Richtig, SIE ist eine Göttin, aber eine schlechte Göttin, weil sie zum Beispiel etwas gegen die Tabakpflanze hat".

Er rückte etwas näher zu ihnen. "SIE ist eine alte Göttin, denn sie tischt hier hervorragenden Wein auf und der Wein ist eine Pflanze der Alten. Junior hat etwas mit der Tabakpflanze zu tun. Aber sie erlaubt wenigstens, in diese wunderbare Parallelwelt hinüberzugleiten. Davon habe ich immer geträumt." - "Und hast du noch genügend Taschengeld, um dir den nächsten Trip zu leisten?" - "Das ist allerdings ein Problem."

"Ich finde, wir sollten so etwas wie eine Vollversammlung einberufen", empfahl Martin spontan. "Kannst du uns einen Tisch, mit Platz für sechs und sechs Stühle besorgen?", fragte Martin in den Raum hinein. SIE blieb stumm. "Ich meine dich, Holländerin!" SIE bedauerte. "Dann setzen wir uns eben auf den Hosenboden." Zum ersten Mal in seinem Leben spielte sich Martin als politisch handelnde Person auf, was ja an sich im vollkommenen Widerspruch zu seiner introvertierten Persönlichkeit stand. Salma nahm den Vorschlag an und Manfred war davon begeistert, sich wie ein Indianer in die Mitte des Raumes zu setzen. Ihm fehlte nur noch die Pfeife mit dem Tabak und das Lagerfeuer.

Martin wandte sich an die anderen: "Wir wollen eine Versammlung abhalten und über Dinge von allgemeiner Bedeutung reden. In aller Offenheit." - "Ich spiele aber gerade eine Partie Schach mit ihr", sagte Stefanie. Martin versuchte ein Schachbrett auszumachen, sah aber keins.

"Im Kopf?" - "Ja, klar, wie denn sonst!"

Martin spielte hin und wieder ganz gerne Schach, in seiner Kneipe. Dann brauchte man sich nicht unterhalten. Es wäre für ihn vollkommen unmöglich gewesen, eine Partie im Kopf zu spielen. "Und gewinnst du?", fragte er sie. "Wir sind im fünfzehnten Zug und ich sehe schon ziemlich alt aus. Es war für mich ja schon schwer gegen ein modernes PC-Programm zu bestehen. Aber SIE spielt nicht wie die Computerprogramme, die ich kenne. SIE spielt wie der Teufel!"

"Die Idee mit der Vollversammlung ist lustig. Kommst du mit?", fragte Tobias Petra. Die zeigte sich nicht begeistert, willigte aber ein.

"Dann machen wir eben eine Hängepartie", meinte Stefanie, und dann bewegte man sich zu den anderen, jeder mit seinem Getränk in der Hand. Man platzierte sich im Kreis, und zuerst sagte niemand ein Wort.

"Wir müssen uns mal in aller Offenheit unterhalten: Das heißt, wir müssen unsere Gegensätze akzeptieren, unsere Verschiedenheit." Mit diesen Worten ergriff Martin erneut die Initiative und kam sich vor, als hielte er eine Festtagsrede. Er konnte sich aber eigentlich gar nicht so vorkommen, da er sich vor Geburtstagsfeiern immer gedrückt hatte und noch nie eine Rede gehalten hatte.

"Sie sind Götter", warf Manfred ein. "SIE ist vielleicht der Teufel", entgegnete Stefanie. "Egal, was sie sind, sie haben uns in der Hand", meinte Martin. "Sie haben jede Menge Tricks drauf", sagte Salma, um die theologische Diskussion auf einen Nenner zu bringen.

Nur Tobias konnte die Aufregung nicht ganz verstehen. "Es geht uns doch gut. Wir haben zu essen, es ist warm und alles in allem ist es eine schöne Abwechslung. Zugegeben, mir fehlen meine Lover. Ich versuche mich schon umzuorientieren, jeder ist doch schließlich etwas bi." - "Ihr Männer habt doch immer nur Sex im Kopf", kommentierte Petra.

"Wir bilden vielleicht den Stammbaum einer neuen Menschheit. Da muss man Kompromisse machen. Salma, Stefanie und du, ihr seid die neuen Evas." - "Ich fürchte, Stefanie ist nicht sündig genug, um eine Eva abzugeben", ätzte Salma.

"Und du machst die Eva nur für Geld. Auch in dieser Hinsicht müssen wir uns umorientieren." - "Umorientieren ist gut", meinte Tobias gewichtig. Es war nicht ganz klar, wer sich umorientieren sollte.

"Du und Petra könnt ja eigentlich nicht mitreden, ihr habt ja keine Real World-Erfahrung", betonte Martin. "Ich stehe nicht auf Computerspiele", sagte Tobias.

"Du könntest dort auf deine Lover treffen und wüsstest nicht, ob es wirklich ist, Real World ist nämlich gefühlsecht. Ja, es scheint nicht einmal ausgeschlossen, dass wir tatsächlich auf die wahre Erde gebeamt werden und es volle Realität ist, was wir dort erleben. Ich zum Beispiel habe dort eine Frau kennengelernt und diesen Knutschfleck zurückbehalten. Wenn es ein Spiel, eine Simulation ist, ist es teuflisch gut und nicht von der Realität zu unterscheiden."

"Stefanie könnte dort mal ausprobieren, wie es ist, ihre Unschuld zu verlieren. Es wäre, so wie ich es sehe, nur eine kleine Sünde und kein massiver Verstoß gegen ihr Gelübde. Aber vermutlich hätte sie ihr Jungfernhäutchen für alle Zeiten verloren."

"Salma, du kannst so gemein sein. Manchmal habe ich den Verdacht, dass du zu den uns umgebenden Teufeln gehörst, wenn sie denn welche sind. Real World ist wie ein Alptraum. Aber ich will noch mal hin, um festzustellen, was es wirklich ist."

"Es ist eine Parallelwelt. Da bin ich sicher", meinte Manfred. "Und hast du dich selber getroffen?", fragte Martin interessiert.

"Das geht wahrscheinlich nicht, obwohl ich das bedauere. Es gibt in der Physik ein sogenanntes Pauli-Prinzip, gleiche Teilchen können nicht gemeinsam auftreten. Es gibt einiges in der Quantenmechanik, dass ich mag. Es gibt die Quantenverschränkung, die Bellsche Ungleichung, die viel mit meiner Resonanzvorstellung zu tun haben. Vielleicht gilt ja auch dieses Pauli-Prinzip" - "Ich verstehe zwar nicht viel von Physik, aber glaubst du, du bist ein Elementarteilchen?", wollte sich Martin vergewissern.

"Warum sollte ich nicht wie ein Elementarteilchen sein?", antwortete Manfred mit aller Selbstverständlichkeit. "Vielleicht ist das Universum auch ein Elementarteilchen. Vielleicht ist das Universum aber auch eine Lunge, die gerade einatmet."

Seine Bemerkungen bekamen kein anerkennendes Nicken. Verständnislos widmete man sich wieder dem alten Thema.

"Du könntest in Real World zum ersten Mal deinen pädophilen Neigungen nachgehen", provozierte ihn Salma. "Ich bedauere, dass ich dir das gegen Aufpreis nicht anbieten kann." - "Du bist schlecht, Salma."

"Ich glaube, ich befinde mich unter Verrückten. Anstatt zu beraten, was wir in unserer Situation alles tun können, geht es hier nur um Sex und wirre Vorstellungen", warf Petra ein. "Aber das ist doch wirklich interessant, Schätzchen. Vergiss mal deinen Mann und lass dich auf das kosmische Geschehen ein", beschwichtigte Tobias.

"Und es ist echt geil mit Real World?", wollte er dann wissen.

"Ich hatte den ersten Sex seit Jahren und fand es super und absolut wirklich", gestand Martin und Stefanie guckte ihn dabei verdutzt an.

"Ich wünschte, es wäre Realität und ein höchst komplizierter Mechanismus hätte mich zuerst auseinandergenommen, zur Erde gestrahlt und dort dann wieder zusammengebaut.

Ich hätte mich dann als meine Kopie in der wirklichen Welt bewegt und der Einzige, der nicht ganz echt gewesen wäre, wäre ich gewesen. Es erscheint mir ungleich komplizierter, all das andere zu kopieren und zu simulieren." - "Das stimmt", sagte Stefanie. "Aber dennoch ist es nicht ausgeschlossen, dass es eine Simulation ist und das wäre nahezu göttlich. Andererseits kann ich mir nicht vorstellen, dass Gott einen solchen Unsinn macht und ein solches Theater aufzieht. Daher erscheint es mir eher teuflischer Natur zu sein. Wie dem auch sei, es können auch harmlose Computer im Spiel sein, mit nahezu unvorstellbaren Möglichkeiten."

"Es sind Götter, die mit dem Alten zusammenhängen. Sie bieten uns Reisen an, um daraus zu lernen. Ich war bei mir zu Hause; es war alles so, wie ich es kannte und meine Mutter hat angerufen." - "Wie bist du in deine Wohnung rein gekommen?", wollte Martin dann von Manfred wissen. "Ich kann Schlösser knacken. Wenn's sein muss mit einem Draht." - "Und dann hast du einen LSD-Trip geschmissen und warst der Schrecken aller kleinen Mädchen." - "Wenn ich LSD nehme, bin ich nicht geil, erst später, wenn ich vom Trip runtergekommen bin. Wenn ich Dope rauche, ist es genau umgekehrt. Es kann dann sein, dass ich 'ne ganze Woche lang nicht mehr geil bin."

"Muss ich mir das alles anhören?", fragte eine verzweifelte Petra. "Jetzt hör mal gut zu", fauchte   Salma sie überraschend an. "Wir sind hier eine Solidargemeinschaft, die fest zusammenhalten sollte. Was aber nicht heißen soll, dass mich jeder Typ hier für Mau ficken kann." - "Das gehört aber zu einer guten Solidargemeinschaft. Ich bin, glaube ich, aber noch nicht so weit, dass ich es mit dir könnte. Es wäre aber bestimmt reizvoll, es mal zu versuchen", witzelte Tobias.

"Ich finde auch, wir sollten zusammenhalten, so etwas wie eine urkommunistische Zelle bilden. Dazu gehört natürlich auch, dass Salma und Stefanie ihre komischen Frauenrollen überdenken, für die es hier an Bord und auf dem neuen Planeten keinen Platz mehr gibt", versuchte Martin die Diskussion zu versachlichen.

Die sehr merkantil denkende Salma guckte ihn entgeistert an und Petra stöhnte verzweifelt: "Das sind hier alles Irre"; und ein bisschen bezog sie auch ihren Tobias mit ein, wenngleich der ihr so unendlich überlegen war, was das Wissen über Esoterik anbetraf.

- 44 -

"Ich verwehre mich dagegen, mit dieser Frau in einen Topf geschmissen zu werden", kommentierte Stefanie und deutete auf Salma. "Ich denke, ich bin auch keine Nonne und lasse mich in keiner Weise enteignen und beschlagnahmen. Mein Körper gehört mir, das ändert sich auch nicht, wenn ich mit ihm keinen Geschäften nachgehen kann. Und Stefanie hat ein Recht, ihren Körper ihrem Jesus Christus zu verschreiben. Wir sind keine Zuchtstuten, die nebenbei noch zur Lustbefriedigung der Kerle hinhalten sollen. Die Menschheit, auch die neue, kann mich mal." - "Es ist doch nur eine Spekulation, dass wir auf einen fremden Planeten verschlagen werden", beruhigte Martin die aufgebrachte Hure, und: "Stefanie, glaubst du, es würde denn noch Sinn machen, in gewohnter Weise deinem Gott zu dienen. Du bist die Jüngste. Läge nicht auch ein Stück Verantwortung bei dir, zur Wegbereiterin einer neuen Menschheit zu werden?" - "Er spekuliert darauf, dass du dann meine Klamotten trägst."

"Haha, das ist lustig, ich werde Papa, aber ich trau mich noch nicht. Vielleicht sollte ich zu Anfang die Hilfe einer

234

Professionellen in Anspruch nehmen", rief Tobias dazwischen. "Wenn das wie auf der Erde mit der Fickerei losgeht, dann geht sowieso alles den Bach runter. Damit will ich nichts zu tun haben. Aber es ist absurd anzunehmen, dass die Götter uns auf einem Planeten absetzen, damit wir uns einem neuen "Hier" aussetzen. Im Gegenteil, die Götter wollen uns lehren, dass es eigentlich kein "Hier" gibt, dass "Hier" eine Illusion ist." - "Es gibt keine Götter, außer dem einen", meinte Stefanie fest. "Und der hat mit diesem Unsinn nichts zu tun. Wenn Gott es zulässt, dass ich auf einen fernen Planeten verschlagen werde, so werde ich von dort zu ihm beten und nach den Vorschriften meines Gelübdes leben."

"Fragt doch Petra, ob sie die Urmutter einer neuen Generation von Idioten sein will. Die ist doch Sekretärin." - "Petra ist verheiratet. Die ist noch nicht soweit." - "Ich kann schon für mich selber reden, Tobias. Erstens bin ich verheiratet. Zweitens lasse ich mich nicht mit Irren ein und drittens hoffe ich, dass das alles hier nur ein Alptraum ist und ich möglichst bald aufwache." - "Du würdest mir auch keine Chance geben?" Tobias tat etwas beleidigt und Petra antwortete nicht.

"Wir sind hier, um zu lernen. Es gibt keinen Unterschied zwischen Realität und Traum. Das ist genau das, was wir hier lernen sollen." - "Und du hast noch eins drauf gesetzt, indem du LSD geschluckt hast. Das verwischt natürlich alle Unterschiede. Nun hast du keine Pillen mehr, um von deinem Trip runterzukommen."

Manfred antwortete, die bräuchte er ja auch gar nicht mehr, weil er nicht mehr arbeiten müsse und seine Mutter nicht in der Nähe sei. Dies könne ein endloser Trip werden, wo jeder Zwang, sich in eine Begebenheit hineinzusteigern, wegfalle. Er sagte Begebenheit.

"In unserer neuen Gesellschaft sind alle Minderheiten toleriert, akzeptiert und geschützt. Ob man nun schwul ist, ein Irrer wie unser Freund Manfred, Hure oder Nonne. Zu welcher Minderheit gehörst du eigentlich?" Diese Frage stellte Tobias an Martin.

"Ich bin Außenseiter, hartnäckiger Außenseiter!" - "Das kenne ich, ich war früher auch Außenseiter. Und du hast keine Freundin im wirklichen Leben?" - "Ja, das Leben ist alleine schwierig genug." - "Dann musst du ja Sex kaufen." - "Das ist mir zu luxuriös und zu kompliziert." - "Du bist also ein richtig armseliger Außenseiter. Wieso klappt es denn nicht mit dem Sex? Verliebst dich wohl immer. Du bist bestimmt so einer, der sich beim ersten Mal gleich verliebt. Das hält natürlich keiner auf Dauer aus. Entweder bleibt man beim erstbesten hängen oder man gerät von einer Katastrophe zur nächsten und unbewusst weicht man diesen drohenden Katastrophen immer mehr aus. Du Ärmster." - "Ich wusste gar nicht, dass du Psychologe bist", verteidigte sich Martin. "Alles Erfahrung! Ihr Heterosexuellen seid ja oft so verquer."

"Martin ist ganz in Ordnung, und er reagiert vollkommen normal, er ist nämlich scharf auf mich und auch nicht doof. Du glaubst doch nicht im Ernst, dass er annimmt, wenn ich mit ihm bumse, würde ich mich in ihn verlieben. Außerdem hat er eine Freundin in Real World und würde sie am liebsten gleich mit mir betrügen. Du bist und bleibst ein Schwätzer, Tobias."

Martin wusste nicht, warum sich Salma so für ihn ins Zeug legte.

"Und unser Pussischlecker ist was ganz Besonderes, weil er nur jungfräuliche Pussis schlecken will. Es sei denn, er hat gerade LSD genommen. Da zählen die Unterschiede dann nicht mehr." Tobias gab sich alle Mühe zu provozieren.

"Du bist widerlich, Tobias. Ich habe mit euren sexuellen Kisten nichts zu tun", protestierte Stefanie. "Ich auch nicht!" Petra schloss sich der Entrüstung von Stefanie an. "Aber das ist doch ein ganz normales Problem von gemischten Raumschiffbesatzungen. Auch auf den Antarktisstationen, wo Frauen und Männer für Monate auf engstem Raum zusammenleben, gab es schon diese Konflikte" - "Aber wir sind doch erst drei Tage zusammen." Petra war über ihren Alptraum ganz verzweifelt, aber etwas in ihr zwang sie, in einer merkwürdigen Ruhe auszuharren.

"Es ist etwas sehr Schönes, an der Blüte einer Jungfrau zu kosten. Sie wird dadurch nicht zerstört. Im Übrigen ist es vollkommen harmlos, was man vom Ficken nicht sagen kann. Man macht damit keine Kinder, es kommt auch nicht zur Kindstötung. Ich würde niemals mit einem Mädchen ficken. Mit diesen Fickern, Vergewaltigern und Abtreibern habe ich nichts zu tun. Ich will nur zärtlich sein und etwas Zärtlichkeit bekommen. Hat einer schon einmal davon gehört, dass ein Mann eine Frau vergewaltigte, indem er sie leckte."

"Siehst du, Stefanie, Manfred ist ganz harmlos. Er will gar nicht mit dir schlafen, nur an deiner Blüte lecken. Er meint es nur gut mit dir. Ich kann ihn da verstehen."

"Vielleicht ist es ja dein sexueller Notstand schuld, Tobias, dass du so ätzend bist. Setz dich mal nach Real World ab und besuch deine Lover. Falls du es nicht weißt, eine beliebte Vergewaltigungsform ist es, eine Frau unter Androhung von Gewalt zu nötigen, dem Vergewaltiger einen zu blasen. Es ist ja nahezu wunderbar, mit welch klaren Worten Manfred seine sexuelle Perversion verteidigen kann. Diese pädophilen Wichser sind da richtig einfallsreich." Salma nahm von irgendwo Wut. Es hätte ihr eigentlich gleich sein können, denn ihre Geschäfte waren nicht betroffen.

"Ich kann das Getue vom edlen Pädophilen nicht mehr hören. Der sich zu gut ist, um sich auf die böse Erwachsenenwelt einzulassen" - "Ihr wolltet doch Minderheiten akzeptieren!", warf Manfred ein. "Aber keine pädophilen Wichser"; Salma blieb hart. "Salma, du müsstest Manfred davon überzeugen, dass es auch geil sein kann, wenn so eine wie du ihm einen bläst. Wenn er schon partout nicht ficken will." Tobias bemühte sich, die besten Vorschläge zu machen.

"Wenn er dafür bezahlt." - "Ich will das Schöne, das Reine, das Unschuldige. Aber das wird ja gesetzlich verfolgt. Daher muss ich meine Pillchen nehmen, um mich so von dem ganzen Scheiß zu distanzieren. Ich hatte noch nie etwas mit einem Mädchen. Ich habe immer nur davon geträumt." Manfred hörte sich traurig an. "Hast du diesen Ausflug nach Real World nicht genutzt, um deine Neigung auszuleben?", wollte Martin wissen. "Nein, Real World ist keine Märchenwelt, sondern eine Parallelwelt, die in enger Resonanz mit der Welt steht, die wir kennen. Ich habe aber mal gepinkelt", sagte er dann. "Wie?..., auf 'nem Kinderspielplatz?", platzte es Tobias raus. "Mein Schwanz ist nicht böse", verteidigte sich Manfred. "Unser Manfred ist also ein pädophiler Exhibitionist", kommentierte Tobias das Gesagte.

"Es wird ja hier immer schöner. Unter einer Vollversammlung habe ich mir etwas anderes vorgestellt." -"Petra, es gibt auch noch etwas anderes als Kaffee und Kuchen, Schreibmaschinen, - entschuldige, ich wollte Computer sagen - ,Horoskope, Tarot und Bachblüten." - "Bachblüten sind ja gar nicht so schlecht. Dieser Typ hat sich etwas dabei gedacht" - "Lass mich doch ausreden, Manfred", bat Martin.

"Es ist okay, wenn wir uns hier so geben, wie wir wirklich sind. Wenn es hier Spannungen gibt, dann sind es sexuelle." - "Wie spannend", rief Salma dazwischen. "Wir werden vielleicht einmal aufeinander angewiesen sein. Noch kann hier jeder für sich leben. So wie das für mich immer der Fall war. Vielleicht kann ich hier wirklich etwas lernen. Damit sie die Tragweite dessen erkennen, was hier abläuft, wäre es wirklich angesagt, dass Tobias und Petra unter die Haube gehen." - "Unter die Haube?" - "Ich meine den Zugang zu Real World. Und vielleicht sollte auch Stefanie, weil sie vermutlich die Intelligenteste von uns ist. Sie sollte versuchen, rauszufinden, was Real World wirklich ist, Argumente beibringen, die die Realität oder die Simulation belegen, und das alles möglichst ohne Gott oder den Teufel ins Spiel zu bringen." - "Und ich soll das bezahlen?" - "Salma, du bist vermutlich die Einzige, die noch das Geld dafür hat." - "Ich habe gerade noch etwas über sechzig Mark." - "Das reicht für die drei Reisen. Wir müssen alle Opfer bringen. Ich verzichte darauf, meine Geliebte wiederzusehen, auf meine geliebten Zigaretten, Manfred auf seine Camel, auf die Blumen, Bäume und Elfen seiner Parallelwelt und Salma, du verzichtest im wesentlichen nur auf deine Marlboro" - "Ich verzichte auf jede Menge Luxus, den ich mir da unten leisten kann. Und was soll das, wenn diese dumme Kuh von Sekretärin auf die Reise geht? Die will doch sowieso nicht." - "Sind wir jetzt eine Solidargemeinschaft oder nicht?"

"Ich finde den Vorschlag von Martin gut. Das ist zum ersten Mal etwas, was nicht mit euren sexuellen Obsessionen zu tun hat. Es gibt im Leben noch etwas anderes als Sex, vielleicht kann ich euch das irgendwann einmal zeigen." - "Ich müsste verrückt sein, Stefanie, wenn ich mich darauf einließe", meinte Salma. "Sind wir nicht alle ein bisschen verrückt?", sprach Tobias und grinste in sich hinein. Salma willigte schließlich überraschend ein und schaute, ob sie noch etwas Geld zum Trinken übrig behielt. Sie händig-

te das nötige Geld an die drei Reisewilligen aus. "Ihr wisst ja, wo der Spieleraum ist. Vorsitzender Martin, kommst du mit ins Separee? Und trage bitte das Bier!"
Damit war die erste Vollversammlung beendet.

- 45 -

Tobias, Petra und Stefanie begaben sich in den Simulationsraum. Es würde blau um sie werden, immer dunkler und dann würden sie sich irgendwo in ihrer Stadt wiederfinden. Salma und Martin waren in die Kabine der Hure verschwunden und Manfred hatte es versäumt, ihnen einen Spruch wie "Passt auf beim Ficken" mit auf den Weg zu geben.
Manfred war mit den Göttern allein. Er hatte gerade noch das Geld, sich ein Glas Rotwein leisten zu können. Er hatte keine Angst, aber die Gottheiten des Raumschiffs waren merkwürdig. Obwohl die Götter überlegene Wesen waren, lag er wohl ganz richtig, wenn er sie vermenschlichte. Diese Götter waren nicht allmächtig, sondern allenfalls geschäftstüchtig, sie verlangten Geld dafür, dass er Wein trinken wollte, verlangten Geld dafür, sich in die Parallelwelt zu versetzen und schikanierten ihn dadurch, dass sie ihn am Zigarettenrauchen hinderten. Sie beliebten zu scherzen, die Götter. Anders konnte er sich ihre Versessenheit auf Geld nicht erklären.
Schon das Raumschiff war ein Scherz, denn wozu brauchte man es, wenn man mühelos in jede Parallelwelt reisen konnte. Ein Raumschiff, welches fähig war, andere Welten aufzusuchen, war eigentlich ein verzweifelter Versuch, die Illusion vom "Hier" aufrechtzuerhalten. Für ihn gab es eigentlich kein "Hier", denn alles stand mit allem in Verbindung, Ähnliches beeinflusste Ähnliches, und zwar in einem

240

so starken Ausmaß, dass nicht nur ein Atom dem anderen glich, sondern dass auch Parallelwelten existierten, die sich mehr oder weniger stark ähnelten. Selbst zwischen den Parallelwelten funktionierte die Resonanz, die unter anderem bewirkte, dass alles ähnlich blieb, was ähnlich war.

In dieser Welt der Ähnlichkeiten spielten die Götter ein Spiel, auch und gerade mit den Menschen, und indem sie ein Spiel spielten, sollten er und die anderen Menschen von diesen lernen.

Er hatte damals jede Menge gelernt. Chaotische Verwirrungszustände, totaler Verlust des Ichs. Erst später lernte er, dass das "Ich" ebenso eine Illusion war wie das "Hier", um zu einer wunderbaren Vorstellung zu kommen, wie die Welt zusammenhing. Zentraler Begriff war die Resonanz; die Ursache dafür, dass alles zusammenhing. "Hier" und "Ich" waren Krücken, um einen kleinen Ausschnitt der Welt verständlich zu machen. Aber "Hier" und "Ich" bedeuteten für die meisten Menschen fast alles, und somit wurden zwei Krücken zum Weltbild der meisten Menschen. Sie hatten "Ich" im Kopf und fickten ohne Rücksichtnahme auf die Folgen, die in Krebs und Überbevölkerung bestanden. Eine befruchtete Eizelle stand in Resonanz zu allen übrigen Zellen, die ihr ähnlich waren, und wenn sich diese im Anfangsstadium undifferenziert teilte, so bedeutete dies, dass bei verwandten Zellen eine Neigung bestand, ebenso eine undifferenzierte Teilung einzuleiten, nur dass diese nicht eine Schwangerschaft, sondern Krebs einleitete. Und wenn jemand Geschlechtsverkehr hatte, ohne bewusst aufzupassen, führte die Resonanz dazu, dass viele es taten. Krebs und Überbevölkerung waren die logischen Konsequenzen.

"Das siehst du doch auch so?", fragte er SIE. "Ich kann deine Gedanken nicht lesen, Manfred. Du musst schon aussprechen, was du denkst." - "Es ist erstaunlich, dass Götter keine Gedanken lesen können. Diese Behauptung scheint mir Teil des Spiels zu sein." - "Manfred, ich bin keine Göttin, ich bin, wenn man so will, der Output eines Programms." - "Das ist lächerlich, wie alles lächerlich ist, was hier inszeniert wird. Ich blicke noch nicht dahinter, was das alles soll. Um Real World kennenzulernen, braucht man sich nicht in den Weltraum mit einem Raumschiff zu begeben, man könnte überall unter diese Hauben gehen. Ich kann sehr wohl den Unterschied zwischen der Realität und, im weitesten Sinne, einem Zeichentrickfilm erkennen. Das du ein Programm bist ist eine unverschämte Lüge. Das Real World Produkt eines Programms ist noch eine dreistere Lüge. Was soll diese Feindseligkeit gegenüber Zigaretten?"

"Sie schaden eurer Gesundheit!" - "Will der Alte alles zerstören?" - "Rauchen führt zu Krebs, Herzinfarkten, Gehirnschlägen, Husten mit Schleim, Atemnot und zu einer entwürdigenden Abhängigkeit." - "So spricht keine Göttin, sondern eine Apothekerin oder die Bundesministerin für Gesundheit. Der Tabak ist eine göttliche Pflanze. Tabak ist aber eine Pflanze der Neuzeit, somit hast du etwas mit dem Alten zu tun."

"Ich weiß nicht, wen du meinst." - "Selbst wenn du ein Programm wärst wie auch Real World, ihr beide Programme ein und desselben Computers, müsstest du wissen, was ich meine, denn dieser Computer könnte mich perfekt simulieren." - "Ich bin leider nicht auf dem Laufenden, man kann sich ja auch nicht um alles kümmern." - "Das sind alles faule Ausreden. Alles ist ein Täuschungsmanöver. Was hast du wirklich gegen das Rauchen?"

"Rauchen verursacht Krebs!" - "Ficken verursacht Krebs!" - "Ich denke, da besagt jede Statistik etwas anderes" - "Glaub keiner Statistik, die du nicht selber gefälscht hast. Ich glaub nicht daran, dass ich Krebs durchs Rauchen kriege. Ich kriege überhaupt keinen Krebs." - "Woher willst du das wissen?" - "So etwas muss man eben wissen. Wenn ich ficken würde, würde ich aufpassen. Wieso sollte ich ausgerechnet Krebs kriegen?" - "Das weiß man vorher nie so genau!"

- 46 -

"Mit den drei Flaschen Bier, die wir für den Rest an Knete gekriegt haben, können wir nicht gerade ein Fest steigen lassen", bemerkte Salma.
"Es gibt noch zwei in meinem Zimmer. Ich bin aber schon ganz schön betrunken. Außerdem fühle ich mich ziemlich elend. Ich habe in etwa seit drei Stunden keine Zigaretten mehr geraucht. Mein Körper gerät in ein unangenehmes Spannungsfeld." - "Ich bin es diesmal nicht schuld?" - "Ich hätte den Tauschhandel Sex für Zigaretten gar nicht genießen können. Ein Todkranker macht keinen Sex." - "Übertreibst du nicht ein bisschen?" - "Du kannst es nicht nachempfinden. Deswegen wärst du auch nie für das Geschäft bereit gewesen." - "Ich finde es ja auch unangenehm. Aber deshalb würde ich mich nicht gleich als todkrank beschreiben" - "Du bist eben immun gegen Spannungsfelder. Ein Körper bewirkt bei dir gar nichts."
"Stimmt, er bewirkt fast gar nichts, außer den Gedanken, dass der Körper mit Arbeit verbunden ist. Körper sind lästig, und wenn man Köpfchen hat, lässt man sich dafür bezahlen, weil sie einem lästig sind." - "Bist du dir selber lästig? Oder nimmst du vielleicht deinen eigenen Körper nur am Rande wahr? Das würde einiges erklären: Dass du es einfacher hast, auf die Zigaretten zu verzichten und dass es dir viel weniger ausmacht, dich von einem stinkenden, schwitzenden Arsch ficken zu lassen. Du kannst nicht den

Orgasmus einer normalen Frau nachvollziehen, allerdings auch nicht den übergroßen Widerwillen, den Abscheu und den Ekel, den diese empfinden würde, müsste sie sich von x-beliebigen Männern ficken lassen. Du bist körperlich zu wenig existent, Salma, du bist ein Geistwesen, trotz deiner Titten, von denen du behauptest, dass sie echt sind."

"Willst du mich blöd anmachen? Hab ich dich mitgenommen, um mir so einen Scheiß anzuhören?" - "Du bist ein Engel, Salma. Ein körperloser Engel und dieser Körper, den du mitschleppst, ist nur Fassade, weil er vollkommen empfindungslos ist, und weil das so ist, kannst du ihn beliebig vermieten und Kapital daraus schlagen." - "Jetzt reicht es! Du hast von mir nicht die geringste Ahnung. Es gibt Leute, die können nur mit einem vögeln, andere finden es toll, es mit vielen zu tun und wiederum andere machen es eben für Geld. Tobias hat recht. Du bist einer, der sich gleich verliebt. Wenn du einen Ständer kriegst und die Frau dich ran lässt, verändert sich dein ganzes Weltbild. Und wenn die Frau dich abstößt, fällst du in Depressionen. Du stürzt in eine Sinnkrise und stellst alles infrage, insbesondere dich selber. Du hast recht, ich könnte dich zerstören, würden wir miteinander schlafen. Du bist der Kranke und es ist zudem eine sonderbare Art von Geisteskrankheit. Jemand der vergewaltigt wird, kriegt mit einiger Berechtigung einen Knacks, aber du kriegst den ja bereits als Folge einer freiwilligen Handlung, wenn nämlich danach nicht alles so läuft, wie es deinem Wunschdenken entspricht. Und weil du das alles selber weißt, jagt es dir Angst ein und du stehst irgendwie hin und her gerissen da und kriegst gar nichts geregelt. Und darum machst du daraus so eine große Sache."

"Es ist auch eine große Sache. Es dreht sich doch alles drum. Wirklich alles!" - "Und darum bist du auch in deinen Augen ein Nichts, da du auf diesem Feld nichts geregelt

kriegst." - "Das stimmt so nicht, ich habe Bärbel kennengelernt." - "Bei Computerprogrammen traust du dich mehr.
Wie mir scheint, bist du auch gar nicht richtig verliebt." -
"Weißt du überhaupt, was das ist?" - "Ich sehe doch auch
hin und wieder Fernsehen. Bärbel ist nur ein Computerprogramm. Deswegen bist du cooler als sonst." - "Du kennst
mich doch auch nicht. Außerdem wage ich nicht zu ent-
scheiden, ob Real World ein Computerprogramm ist oder
einfach die Wirklichkeit" - "Aber der Gedanke, es könne
sich um ein Spiel handeln, hat dich mutiger gemacht. Die
merkwürdigen Umstände, in denen wir uns befinden, machen dich so konfus, dass du versucht hast, mich anzubag-
gern."
"Ich habe dir ein paar Zigaretten angeboten. Außerdem fas-
zinieren mich Engel." - "Dich fasziniert etwas ganz anderes. Vielleicht bewunderst du mich ja, weil ich mich nicht
zur Sklavin unbefriedigter Gelüste mache so wie du, sondern bei etwas, das dir, abgesehen von deinen Zigaretten,
fast alles bedeutet, so cool bin und Kohle daraus machen
kann. Sexualität dient mir weder zur Fortpflanzung, noch
um Gesellschaft und Spaß zu finden, geschweige denn Liebe, sondern nur als Geldquelle. Das ist evolutionärer Fortschritt." - "Ich wundere mich immer wieder über deine
Ausdrucksweise. Aber du hast ja Abitur." - "Mit Abitur vö-
gelt es sich besser. Man kann über die hedonistische Sinnkrise philosophieren. Aber ich fürchte, du fällst weniger in
die hedonistische Sinnkrise, wenn es für dich nichts zu vögeln gibt, als vielmehr in eine moralische, wie auch tiefe
metaphysische Krise."
"Verstehst du überhaupt die Worte, die du da benutzt, Salma?" - "Nicht wahr, ich kann damit Eindruck schinden. Ich
bin eine gebildete Nutte." - "Mir ist ganz elend." - "Soll ich
dich etwa an meinen Busen nehmen und dich trösten?" -
"Ich würde ihn mir gerne mal ansehen." - "Er ist recht

groß." - "Das sieht man." - "Ich glaube, dir würde es aber nicht besser gehen, wenn ich ihn dir zeigen würde." - "Vorübergehend schon." - "Ich müsste eigentlich schon dafür Geld nehmen, dass du mich ständig in meiner Berufskleidung betrachten kannst. Normalerweise sind das ja Werbungskosten, die man hinterher wieder reinholt, aber hier kann man ja nichts reinholen." - "Wenn wir zurückkehren, kriege ich ein Erinnerungsphoto von dir, in Pumps, schwarzen Hot-Pants, Netzstrumpfhose und mit diesem Ausschnitt." - "Du kommst wieder ins Schwärmen." - "Ja, ich hänge das Foto über meinen Schreibtisch und philosophiere über die Ungerechtigkeit in der Welt." - "Und dabei steckst du dir eine an und bist ganz zufrieden." - "Hör auf, davon zu reden." - "Na gut, reden wir von dem Foto. Das kostet natürlich auch Geld. Ein Kunde, der ein Erinnerungsfoto von mir will, muss einen guten Aufpreis bezahlen." - "Hast du schon mal Fotos für ein Magazin machen lassen?" - "Ja, für ein Magazin und für eine CD." - "Aber es war nicht der Playboy." - "Nein, es war nicht der Playboy." -
"Wenn ich nochmal nach Real World runtergehe, werde ich mit dir ficken." - "Siehst du, in dieser Computerwelt wirst du richtig mutig. Die Frage ist nur, ob ich dazu mitkommen muss Du musstest ja den Vorschlag machen, dass die Drei runtergehen." - "Ich wunder mich dabei immer noch, dass du das bezahlt hast. Dafür hättest du jede Menge "Sternenschlösschen" trinken können." - "Das ist auch das Einzige. Siehst du, ich bin ein richtig guter Mensch." - "Ja, du bist ganz okay. Mir ist so schlecht, Salma. Wenn du ein wirklich richtig guter Mensch wärst, könnte ich meinen Kopf an deine Brust oder zwischen deinen Schenkeln legen." - "Suchst du deine Mama, Tiny?" - "Meine Mutter hatte ganz kleine Brüste. Aber vielleicht suche ich so etwas wie eine Urmutter." - "Und an welche Brust lege ich meinen Kopf?" - "Meine ist relativ breit und behaart." - "So schlecht

scheint es mir noch nie gegangen zu sein, um auf so etwas zurückgreifen zu müssen." - "Auch nicht als Kind?" - "Im Gegensatz zu dir , Tiny, bin ich erwachsen. Und mit meinen Titten mache ich ein Geschäft und spiele nicht die Mutter."

"Salma, mir ist ganz elend bei dem Gedanken, die ganze Zeit ohne Zigaretten auskommen zu müssen. Das kann ja Monate dauern, bis ich davon los bin. Vielleicht komme ich nie davon los. Die Zigaretten waren meine einzigen Freunde." - "Ja, es ist schon bitter. Auch wenn ich ein Engel bin, schmachte ich. Die "Marlboros" gehörten schon zu meinem Leben, und ich habe eine Scheißwut auf unsere Entführer. Niemand hat ein Recht sich in dieser Form in mein Leben einzumischen. Da können sie mich ja gleich vergewaltigen." - "Salma, so wie du aussiehst, hätten sie das auch bestimmt getan, aber die Tonnen haben nun mal keine Schwänze." - "Gott sei Dank. Und sie haben vermutlich auch keine Lungen oder irgendwelche Geschmacksnerven und können daher das Rauchen in keiner Weise beurteilen. Es sind blöde Wichser."

- 47 -

Stefanie kannte die Prozedur; es wurde blau und immer dunkler, und dann öffnete man die Augen und befand sich irgendwo. Sie öffnete die Augen und fand sich diesmal in einer Umkleidekabine wieder, die aber nicht zu einem Schwimmbad gehörten. Glücklicherweise war es nicht wieder dieser knappe Tanga, sondern ihre schwarzweiße Nonnentracht, die sie trug. In der Kabine fand sich nirgends ein Stück Stoff, das sie stattdessen hätte anziehen können. Da sie nicht ausgezogen war, schob sie den Plastikvorhang beiseite. Sie stand wirklich, wie vermutet, in der Abteilung für Damenbekleidung eines Kaufhauses.

Niemand wunderte sich, als sie aus der Kabine trat. Das Programm oder der Teufel, was immer es sein mochte, wollte sie verführen oder eben auch nur verarschen. Dass sie in der Umkleidekabine für Damenbekleidung gelandet war, konnte kein Zufall sein, sondern erschien ihr zumindest wie Ironie.

Ihr Weg nach draußen führte vorbei an bunten Blusen, Strumpfwaren und unverschämt kleinen Slips. Eine Plastikpuppe bot sich in Reizwäsche dar, und sie sagte sich, dass, wenn sie auch so eine Puppe werden wollte, sie auch so aussehen müsste Sie befand sich in einem "C&A" und vermutlich in dem "C&A" ihrer Stadt. Sie orientierte sich nach den Schildchen und fand schnell den Ausgang, vorbei an Tausenden von Stücken bunter, schöner Kleidung. Nonnenkleidung konnte man in diesem Haus nicht erwerben.

Das Sommerlicht überraschte mit seiner Grellheit und sie spürte, dass es in ihrer Kleidung sehr warm wurde. Ihre Kleidung wurde den klimatischen Verhältnissen nicht gerecht. Es ist ein wohlbehütetes Geheimnis, was Nonnen unter ihrer Nonnentracht tragen.

Erfreut stellte sie fest, dass sie sich in ihrer Stadt befand. Sie konnte die Abtei sehen, in der seit einiger Zeit ihr Leben stattfand. Die Abtei befand sich auf einem kleinen Hügel und thronte gewissermaßen über dem Kreisstädtchen. Der Fußweg dürfte zehn Minuten dauern, und dann könnte sie sich mit ihrer Oberin wie mit den anderen Schwestern unterhalten.

Sie war aufgeregt und hätte am liebsten eine Zigarette geraucht, aber wie beim ersten Mal hatte sie, außer ihrer dem Wetter unangepassten Kleidung, nichts mit sich; kein Geld und auch keine Zigaretten.

Sie fragte einen Penner nach Tag, Uhrzeit und einer Zigarette. Dieser machte sich über sie und über die Kirche lustig, gab aber auch halbwegs zufriedenstellende Antworten und rückte tatsächlich mit einer Filterzigarette raus.

Es scheint so, dass im Wohlfahrtsstaat sich sogar die Penner Marlboro leisten können, was leichter zu verstehen ist, wenn man bedenkt, dass von den fünf Mark für die Schachtel beinahe vier Mark an den Staat zurückgehen.

Selbstverständlich musste sie ihn auch um Feuer bitten. Sie bedankte sich und erklärte dies alles zu einem Sieg der Nächstenliebe.

Erregt zog sie an ihrer Zigarette und begann mit Überlegungen, wie sie vorgehen könnte. Ihr fiel ein, dass sie in dem Kaufhaus hätte fragen können, ob man sie beobachtet hätte, als sie es betrat oder in die Umkleidekabine ging. Dies hätte aber mit Sicherheit Verwunderung ausgelöst und nun war es wohl auch zu spät dafür.

Eines war sicher, hier könnte sie nicht bleiben. Sie hatte gewissermaßen den Auftrag von der Vollversammlung bekommen, sich über die Realität all dessen, was sie hier vorfand, Gedanken zu machen und Schlüsse daraus zu ziehen. War es ein Traum?

Es war unglaublich, jedes Detail erschien stimmig, aber was sie bisher angetroffen hatte, waren ja nicht jene Details, die sie so genau kannte. Das Grobmuster stimmte ohnehin, der Himmel war überwiegend blau, die wenigen Wolken in ihm weiß, und die Sonne zu grell, sodass man nicht hineingucken konnte.

Die Geschäfte und die Menschen in der Fußgängerzone sagten ihr wenig. Sie kannte hier eigentlich niemanden und die Geschäfte hatten sie nie sonderlich interessiert, sodass ihr eine kleine Veränderung nicht aufgefallen wäre. "C&A" und auch "Kaufhof" waren schon an ihrem angestammten Platz. Der Gedanke lag wirklich nahe, dass sie zurück war, aber, wie bei einem Zauber, nur auf Zeit. Unvorstellbar groß erschien ihr die Machtfülle, dies alles simulieren zu können. Nicht nur unvorstellbar, die gesamte Welt in Zahlen oder - genauer gesagt - in einem Zahlenfluss zu fassen, der sich im einzelnen verhielt wie die Teile der wirklichen Welt. Noch wundersamer erschien es ihr, dass die Menschen in dieses Zahlenmodell so perfekt eingebunden waren, dass dieses wie die wirkliche Welt erschien.

Noch ein Zug und die Zigarette war aufgeraucht. Sie schmiss sie nicht achtlos weg, sondern suchte nach einem Weg, sie umweltfreundlich zu entsorgen.

Die meisten Naturwissenschaftler verglichen das menschliche Gehirn mit einem Computer, genauer gesagt war das Gehirn für sie ein besonderer Computer mit neuronalen Netzen und einige Versuche zielten darauf ab, elektronische Computerschaltkreise einem biologischen Gehirn nachzuempfinden. Ein Computer verarbeitete Informationen, bzw. was dem äquivalent war, Zahlen, denn die Information konnte man durch Zahlen festschreiben. Wenn aber das menschliche Gehirn ein Biocomputer, ein natürlicher Computer war, so verarbeitete dieser auch nur Informationen und die Gedanken waren demzufolge ein unvorstellbarer Zahlenfluss.

Aber ihr erschien die Welt unmittelbar, obwohl sie gelernt hatte, dass allein ihre Sinnesorgane ihr die Welt vermittelten. Ohne Augen könnte sie nicht das Blau des Himmels wahrnehmen, ohne Ohren nicht die Geräusche der Stadt hören; noch schwieriger war es für sie, sich vorzustellen, wie es wäre, wenn ihr der Tastsinn fehlen würde oder wenn sie zum Beispiel nicht spüren könnte, wie heiß der Tag wäre. Die Peripherie ihres Körpers war eine Art Sinnesorgan, über Nervenbahnen mit dem Gehirn verbunden und diese Nervenbahnen waren im Grunde elektrische Leiter. Die Realität strömte als eine Folge von elektrischen Impulsen von den Sinnesorganen zum Gehirn und wurde dort zum Gesamtbild zusammengesetzt, und da Nervenbahnen sehr langsame elektrische Leiter waren, gab's dabei auch noch eine nicht unerhebliche Zeitverzögerung von einer zehntel Sekunde und mehr. Verdrängte man dies, so war das zusammengesetzte Gesamtbild die Realität, in der man sich orientieren konnte.

Die Abfolge der elektrischen Impulse in den Nervenleitungen war aber nichts anderes als eine mathematische Folge von Zahlen. Wenn man dies alles wusste, musste man da nicht zwangsläufig zwischen der Realität und dem, was man als Realität empfand, unterscheiden? Und andererseits, konnte die Quelle der mathematisch verschlüsselbaren Nervenimpulse nicht auch dann ein Computer sein, der vielleicht die Sinnesorgane überging und direkt auf die Nerven wirkte und alles ununterscheidbar für den Menschen machte? Stefanie mochte diese Gedanken nicht.

- 48 -

Ihr Weg durch die Stadt versetzte sie in eine Euphorie. Ihr wurde bewusst, dass ihr diese ans Herz gewachsen war, dass sie ihre Menschen liebte und das bisschen Landschaft, das durch den Hügel erkennbar war, führte zu dem Gedanken, dies alles wäre in einer lieblichen, reizvollen Landschaft eingebettet, die sich im Lichte eines mitteleuropäischen Traumwetters ausbreitete. Wie freute sie sich doch, auf die Oberin und ihre Mitschwestern zu treffen. Sich über die Realität dieses Szenarios Klarheit zu verschaffen, hieß, eventuell einen schönen Traum zu entlarven, aber wie ließ sich dies alles entlarven?

War nicht alles Gottes Werk? Die Idee stand gewöhnlich im Hintergrund, wenn man sich inmitten einer Geschäftsstraße befand. Befand man sich aber in einem Wald, ganz allgemein in einer vom Menschen halbwegs unberührten Natur, so sah und spürte man Gottes Werk. Diese Geschäftsstraße war das Werk emsiger Kapitalisten und ihrer Arbeiter. Grundsätzlich hätte Real World Gottes Werk und das Werk der Kapitalisten simulieren können. Dies war, informationstechnisch gesehen, ein unvorstellbar kompliziertes Problem. Vielleicht bediente sich das Programm ihrer ureigenen Erinnerungen, dann wäre alles nichts anderes als ein detailgetreuer Traum gewesen. Der Computer konnte möglicherweise in phantastischer, kongenialer Weise mit ihrem eigenen Unbewussten zusammenarbeiten. Im Gegensatz zu einem gewöhnlichen Traum, erschien das Erlebte als besonders realistisch, uferte nicht aus oder war zerrissen und konfus. Wenn der Computer einen Traum stimulierte, so sorgte er auch dafür, dass die Zeit und die Handlungen kontinuierlich abliefen. Der Computer vermochte zu stabilisieren, etwas, dass das Traumhirn im Schlaf nicht konnte. Hieß das nicht auch, dass die Maschine vorgab, was sie letztlich dachte?

War ein Bild, das man in einem Traum sah, ein Gedanke? Gab es einen qualitativen Unterschied zwischen Gedanken (wie zwei und zwei sind vier oder ich glaube an Gott, weil ... und den "Sinneswahrnehmungen") im Traum? Man träumte von Personen, die etwas sagen konnten. Wenn die Maschine schon nicht vorschrieb, was sie dachte, konnte sie dann ihre Gedanken lesen? Eine Technologie, die in der Lage war, einen Traum realitätsnah zu gestalten, musste auch ihre Gedanken in die Irre leiten oder sogar steuern können.

Andererseits, eine Kopie von Menschen zu machen und diese Lichtjahre weit an einen bestimmten Ort zu senden, erforderte eine Technologie, die noch aberwitzigeres zustande brachte. Sie wäre dann so eine Kopie, die recht genau, vielleicht atomgenau dem Original nachempfunden war. Sie führte als Kopie ihr Eigenleben. Wurde diese anschließend wieder zerstört? Wie kamen die Erinnerungen, die Erfahrungen von ihr, der Kopie, in den zurückgebliebenen, wie träumenden Körper? Wurde die Kopie, sie, wieder vernichtet? Aus eins mach zwei und aus zwei wieder eins. Womöglich war das Bild der Kopie falsch.

Bestand man nicht physikalisch aus Teilchen, die wiederum auch Wellen waren und war nicht das Konglomerat des Körpers eine Wellenüberlagerung an einem bestimmten, räumlich begrenzten Ort? Konnte aber ein quantenmechanisches Teilchen nicht gleichzeitig an verschiedenen Orten sein? Diese Eigenschaft war für makroskopische Körper ausgeschlossen. Aber vielleicht brachte das diese Maschine hier zuwege. Wie sollte sie das wissen können?

Sie hatte in der Schule ein starkes Interesse für Physik entwickelt, aber ihr erworbenes Wissen ging jedenfalls nicht über den Schulstoff hinaus. Ihr war in der Schule immerhin bewusst geworden, dass Physik eine sehr komplizierte, undurchschaubare Angelegenheit war, mochten die Physiklehrer auch mit ihren zahlreichen, einfachen Bildchen daherkommen. Bildchen, mit denen man mit einfachen logischen oder mathematischen Regeln spielen konnte, mit denen man vielleicht auch einiges ableiten und aussagen konnte, die aber nicht darüber hinwegtäuschen konnten, wie unergründlich Gottes Schöpfung war. Ihr Schulwissen langte nicht, um zu einer realistischen Beurteilung dieses Wunders hier zu kommen, aber hätte dafür das Wissen eines Nobelpreisträgers für Physik ausgereicht? Jedenfalls wurde ihr klar, dass die Idee mit der Kopie auch nur ein mehr oder minder einfaches Bild war, das wahrscheinlich irgendwo nicht passte

Vielleicht brauchte man eine Festplatte, die so groß war wie das gesamte Universum, um die Informationen aufzuschreiben, die benötigt wurden, um eine genaue Kopie von ihr zu beschreiben und bilden zu können. Vielleicht brauchte man so gut wie keine Information, um aus einem Wellenpaket zwei zu machen, die sich dann an verschiedenen Orten gleichzeitig befanden. Dann wäre sie also unvollständig, nur vollständig in der geheimnisvollen Addition mit jener Stefanie, die fern von hier in einem Raumschiff unter einer Haube schlief. Aber vielleicht waren die Teile nur räumlich betrachtet Teile, physikalisch gesehen, vielleicht etwas Zusammenhängendes und sie konnte sich als vollständig fühlen und begreifen. Im Traum war man im Übrigen nie vollständig.

Ein alberner Gedanke kam ihr in den Sinn, die Programmierer des Spiels hätten auf der Erde jedes Atom vermessen, ihre Lage und Bewegung zueinander, diese Informationen in ihren Supercomputer eingegeben, zudem noch die vielleicht wenigen Gesetzmäßigkeiten, Spielregeln, nachdem sich die Welt entwickelte, und die in ihrer äquivalenten Form in den Schaltkreisen des Computers die Informationen, (vielleicht die Ein-Aus-Zustände, die ein genaues statisches Abbild der simulierten Welt darstellten), verarbeiteten, sodass die neu entstehenden Informationsmuster wiederum Abbild einer fortschreitenden Welt hätten sein können. Sie wären auch ein gutes Abbild der sich entwickelnden Realität gewesen, wenn die Chaostheorie nicht einen Strich durch die Rechnung gemacht hätte.

Um diese Informationsmenge zu speichern und zu verarbeiten hätte man vielleicht so viele Festplatten bedurft, wie es Elementarteilchen im Universum gab; alle mit einer Größe, die an die Größe des Universums heranreichte. Unvorstellbar war die Anzahl der Datentypisten, die man benötigte, um in vertretbarer Zeit die Daten einzugeben, aber möglicherweise hatten die Tonnen ja auch einfach den universellen Scanner und die Erde oder auch nur ihre Stadt bloß eingescannt.

Wenn Real World nur ein grobes Abbild der Welt bot, das im Detail mit der Realität nicht übereinstimmte, brauchte man weniger Datentypisten, die Sache war gewissermaßen vorstell- und nachvollziehbarer, wenn auch in der Verwirklichung ungeheuer kompliziert. Die Details mussten einem Füllprogramm entstammen.

Sie sah sich ihre Handinnenseite an, betrachtete die Finger, vermochte aber nicht zu sagen, ob deren Fingerabdrücke ihre eigenen, wahren Muster waren oder einfach nur typische, vom Programm erstellte. Hatten die anderen Menschen um sie herum überhaupt Fingerabdrücke? Es wäre noch ein Einfaches gewesen, ein gutes Abbild ihrer wahren Finger in das Programm zu überspielen, aber wie verhielt es sich mit den Händen ihrer Oberin? Hatten die Wesen um sie herum Blut? Sicherlich, aber war dieses Blut, wenn man es untersuchte, wie richtiges Blut beschaffen, also mehr als eine rote Flüssigkeit, eine die man auch einer genetischen Untersuchung aussetzen konnte? Wieder war es nicht ausgeschlossen, dass das Programm die persönlichen Daten von ihr und den anderen Besatzungsmitgliedern kannte und diese in das Modell eingebaut hatte, aber in Bezug auf all die anderen Menschen erschien das unmöglich. Es war für sie aber auch unmöglich eine genetische Sequenzierung vorzunehmen, und zudem fehlte das Vergleichsmaterial der Realität. Da dies ohnehin fehlte, war sie voll und ganz auf ihr Gedächtnis angewiesen.

Der Teufel steckte im Detail. Oft wusste man doch noch nicht mal das Muster der Socken, die man am Morgen angezogen hatte. Es gab allerdings einige Sachen, die sie recht gut kannte. Diese befanden sich in ihrem Zimmer. Sie kannte ihre Bücher, insbesondere die Schachbücher, ferner müsste sie die Notationen ihrer eigenen Partien vorfinden.

Aber vielleicht hatten die Programmierer selbst in ihrer Privatsphäre gründlich recherchiert. Der Sinn für die Simulation blieb schleierhaft und der eventuell dafür betriebene Aufwand unverständlich.

Es schien Stefanie so, dass durch reines Nachdenken nicht zu beantworten war, in welcher Welt sie sich befand. Aufschluss darüber konnten vielleicht unstimmige Details geben. Fand sie die nicht vor, ließ sich nicht viel aussagen, außer dass der Teufel hinter allem stecken mochte.

- 49 -

Sie überquerte den belebten Marktplatz und nahm die Straße, die den Hügel hinauf zum Kloster führte. Die Steigung machte ihr nichts aus, sie bemerkte sie fast gar nicht, sie ging rasch und konnte es gar nicht erwarten, in die Abtei zu gelangen. Nur noch wenige Minuten und sie würde sicher mehr wissen.

Junge Menschen saßen auf den Rasen, abseits der Straße, aber ihr wäre nie die Idee gekommen, sich zu ihnen zu gesellen. Das Kloster duldete, dass die Menschen der Stadt in seiner Parkanlage Entspannung suchten, wenn sich auch an manchen Ecken hin und wieder Drogenabhängige breitmachten.

Da sie keine Schlüssel hatte, musste sie klingeln. Schwester Gunhilde öffnete die Tür. "Da bist du ja. Wo hast du gesteckt? Du sollst sofort zur Äbtissin!", sagte diese überrascht und ohne zu überlegen.

"Das ist eine längere Geschichte", antwortete Stefanie knapp. Sie sah sich nicht in der Lage, eine kurze und stimmige Antwort zu geben.

"Die Äbtissin ist ganz besorgt."

Konnte es sein, dass dieses Wiedersehen nicht zu dem freudigen Ereignis wurde, das sie erwartet hatte? Gunhilde klopfte an der Tür der Äbtissin. Eine Stimme forderte auf, einzutreten. Gunhilde öffnete die Tür. "Schwester Stefanie ist zurück!" - "Lass uns bitte allein", befahl ihr die Äbtissin. Stefanie ging in den Raum, sah die Frau, die Ende fünfzig sein mochte und fürchtete, die Welt könne nunmehr zusammenstürzen. "Ich will eine Erklärung!", forderte die Nonne. Stefanie schwieg. Was konnte sie schon erklären. Die Äbtissin sah so aus wie immer, obwohl, man sah ja nie aus wie immer. Jedenfalls sah dieser Mensch aus wie ihre Äbtissin und hörte sich genauso an. Sie strahlte die gewohnte klerikale Autorität aus. Obwohl die Äbtissin nur wenige Worte gesagt hatte, war es dennoch völlig unvorstellbar, dass ihr Gegenüber Teil eines Programms war. Da hätte sie genauso gut annehmen können, auch sie wäre ein Programm. Eins, das sich selbst täuschte und fest daran glaubte, ein Mensch zu sein.

"Was ist los, Stefanie? Hast du Zweifel bekommen? Ist es ein Mann? Du bist für drei Tage verschwunden, ohne etwas zu sagen, ohne dich zu entschuldigen. Wir haben bei deinen Eltern angerufen. Seit gestern ist die Polizei eingeschaltet." Im Leben einer Nonne gab es keine Lüge, auch keine Notlüge. Wenn Nonnen auch sündigten und regelmäßig beichteten, so waren die Anlässe, aufgrund dessen eine gute Nonne log, doch selten. Die Sünden, die die Nonnen beichteten, waren meist welche, die sich in ihren Köpfen abgespielt hatten. Stefanie hatte schon deshalb keinen Grund zu lügen, weil ihre Äbtissin immer verständnisvoll gewesen war. "Du bist so ein kluges Mädchen", sagte diese.

"Man hat mich entführt. Ein UFO hat mich entführt. Als ich vor drei Tagen abends im Park einen ..."

"Schweig!", unterbrach ihre geistliche Vorgesetzte sie. "Bist du noch bei Trost?" - "Es ist wahr und alles in Wirklichkeit noch viel verwickelter." - "Was ist verwickelter?" - "Ich zweifle an der Existenz unserer Realität."

Das begabte Mädchen sprach offenbar irre. Die Äbtissin hatte Stefanie gemustert, sie sah nicht wie jemand aus, der sich drei Nächte lang draußen ziellose herumgetrieben hatte.

"Kind, du brauchst einen Arzt." - "Mutter Oberin, ich bin aber bei Sinnen, ich rede die Wahrheit."

Die Äbtissin griff zum Telefon, wählte eine Nummer, die sie anscheinend auswendig kannte. "Ich bin's, könntest du gleich vorbeikommen. - Es ist wichtig. - Ja, jetzt gleich. - Gut!"

Glücklicherweise waren die Zeiten selbst auf kirchlichen Boden nicht mehr ganz so autoritär wie ehedem. Es bestand also keine Gefahr, dass Stefanie in ein dunkles Verlies eingesperrt oder gar als vermeintliche Ketzerin verbrannt würde, ihr drohte nur eine Zwangseinweisung in eine psychiatrische Heilanstalt. Es galt zu verhindern, dass sie weiter wirres Zeug sprach.

Stefanie kamen die Tränen. "Ich bin bei Verstand. Ich muss in mein Zimmer, um Antworten zu finden."

Wie konnte sie nur erwarten, dass ihre Äbtissin all das verstand. Warum log sie nicht? Es war doch keine Sünde, ein Programm zu belügen, jedenfalls dann nicht, wenn es sich um ein Spielprogramm handelte.

"Die Außerirdischen haben einen Computer, der vielleicht in der Lage ist, die Unterschiede zwischen Fiktion und Wirklichkeit aufzuheben. Um das zu überprüfen, bin ich hier."

Für die Äbtissin stand fest, dass Stefanie irr redete. Das intelligente Mädchen musste schizophren sein. Vielleicht hatte sie Drogen genommen. "Es wird alles gut, Stefanie. Gleich kommt Dr. Langhol und wird dir ein paar Fragen stellen." - "Aber Äbtissin, hätte ich denn lügen sollen? Bei allem, was mir heilig ist, ich bin nicht verrückt, ich spreche die Wahrheit, so unglaublich sie sein mag." - "Ein UFO ist

Blasphemie." - "Es war vielleicht der Teufel, der mich verführen wollte." - "Das, mein Kind, kann eher sein." - "Aber helfen sie mir doch." - "Wir werden dir helfen, mein Kind. Du wirst zuerst einmal Ruhe brauchen."

Stefanie überlegte kurz und log. "Kann ich mich auf mein Zimmer zurückziehen, um etwas zu schlafen? Ich bin sehr müde." - "Wir warten hier auf den Doktor."

Der ließ nicht lange auf sich warten. Eine Schwester meldete den Doktor an.

"Schön, dass du direkt gekommen bist", begrüßte die Äbtissin ihren langjährigen Bekannten. "Was gibt's?" - "Schwester Stefanie redet irres Zeug. Sie war für drei Tage spurlos verschwunden und behauptet jetzt, sie wäre von einem UFO entführt worden."

Der Arzt schaute sich Stefanie genauer an, und die schaute ängstlich zurück. "Du warst drei Tage nicht im Kloster. Wo hast du also gesteckt?"

Das, was hier vorging, konnte nicht die Wirklichkeit sein. War nicht diese Abgestumpftheit der Äbtissin, dieser Mangel an Vertrauen, ein Indiz dafür, dass sie nicht von den wirklichen Menschen umgeben war. Sie kannte Dr. Langhol, den Hausarzt des Klosters, der hier hin und wieder Krankenbesuche machte. Sie selber war ja noch nicht so lange Zeit im Kloster, als dass sie bereits von ihm behandelt worden wäre. Dieser Arzt und diese Äbtissin waren vielleicht Teil eines Programms. Programme durfte man belügen, wenn es nur Spiele waren und es sich nicht um Geldautomaten oder andere Dienstleistungsprogramme handelte. War es aber ein Programm, dann konnte man auch die Wahrheit sagen, dann war eigentlich eh alles egal, es sei denn, man hätte mit einer Lüge das Programm einfacher als solches entlarven können.

"Ja, es stimmt. Ich bin von einem UFO entführt worden und bin hier, um die Wahrheit herauszufinden." - "Mein

Kind, du warst immer hier, gerade um der Wahrheit zu dienen, die in unserem Glauben verankert ist, jene Wahrheit, die immer und immer wieder verkündet wird. Welche Wahrheit du auch meinst, mein Kind, der Glaube ist es nicht." - "Glauben Sie mir doch Äbtissin, es war ein UFO." - "Wie sahen die Marsmenschen denn aus? Haben sie dir etwas angetan, mein Kind", wollte der Arzt wissen.

Zuerst protestierte Stefanie. "Ich bin kein Kind mehr!" - "Ja, du bist eine erwachsene Person. Aber erzähl, wie sahen die Marsmenschen aus?" - "Es sind keine Marsmenschen, jedenfalls ist es sehr unwahrscheinlich, dass sie vom Mars stammen. Sie sehen aus wie Mülltonnen auf dünnen Beinen. Sie tun so, als ob sie harmlose Roboter wären, vielleicht steckt aber der Teufel dahinter, der mich auf die Probe stellen will. Ich muss in mein Zimmer, um Gewissheit zu erlangen." - "Haben sie, hat der Teufel dir etwas angetan?"

Stefanie überlegte kurz, was damit gemeint sein könnte. "Ich bin körperlich unversehrt. Wenn es der Teufel ist, dann ist es ein sehr perfider, ein sehr moderner Teufel. Einen Gehörnten habe ich nicht gesehen. Es sind ‚wie gesagt, Tonnen." - "Und du bist diesen Tonnen entkommen", wollte der Arzt wissen. "Ich bin eigentlich nur auf Zeit hier. Es ist kompliziert zu erklären."

"Du brauchst Hilfe, Stefanie, medizinische Hilfe, und zwar rund um die Uhr. Deswegen wirst du für eine Weile im katholischen Sanatorium St. Hildegard untergebracht werden müssen. Dort wird man dich hoffentlich von deinem Wahn befreien können."

Dr. Langhol war ein guter Katholik und rief einen Krankenwagen. "Ich will in mein Zimmer", insistierte Stefanie verzweifelt. Die Autoritätspersonen reagierten nicht darauf. Da unternahm sie einen Fluchtversuch, aber der Arzt hielt sie auf. Stefanie konnte und wollte nicht gewalttätig wer-

260

den. Ihr flossen die Tränen. Sie musste nicht nach St. Hildegard, sondern in ihr Zimmer. Die Äbtissin wies eine Schwester an, ihr das Wichtigste zusammenzupacken.
"Stefanie, das ist das Beste für dich, glaub dem Doktor."
Stefanie hatte aber keinen Grund mehr, der Äbtissin oder dem Doktor zu glauben. Sie verstummte, wie manchmal es auch die Kranken tun.
Ein Krankenwagen kam und ohne Widerstand zu leisten, begab sie sich in den Wagen. Der Wagen fuhr eine Weile, hielt dann an, und mit ihrer Begleitperson geschah eine seltsame Metamorphose: Sie entpuppte sich als Tonne, nachdem sich die menschliche Maske gänzlich in Luft aufgelöst hatte.
"Ich halte es für das Beste, sie begeben sich jetzt unter die Haube und seien Sie froh, diesem Irrenhaus entkommen zu sein", sagte die Tonne.

- 50 -

Man traf sich am nächsten Morgen, zu einer im Grunde genommen unbekannten Zeit, in der Bar. War es Zufall, dass alle mehr oder weniger zur gleichen Zeit in der Bar eintrafen? Vielleicht hatte SIE ja allen im Schlaf "Aufwachen" ins Ohr geflüstert und die Menschen aus ihren selbstbestimmten Träumen gerissen. Es verging jedenfalls keine halbe Stunde und man saß vereint am Tresen.
Alle machten einen eher müden Eindruck und forderten Kaffee. Dieser und die Brötchen mit Marmelade kosteten ja glücklicherweise nichts. Petra, die auf Kaffee verzichtete, da dieser negativ den Mineralstoffwechsel beeinflusste, fragte, ob die lila aussehende Konfitüre gezuckert sei. Sie fragte immer nach, ob die Marmeladen Zucker enthielten. Man bekam sehr exotische Diätmarmeladen angeboten, aus unbekannten Früchten eingekocht, die aber grundsätzlich

alle etwas nach Fruchtzucker, Fruchtsäure und Vitamin C schmeckten und zusätzlich mit einer geschmacksneutralen Süße unterlegt waren. Man konnte aber auch unbekannte, geheimnisvolle Aromen herausschmecken, von denen man erahnen konnte, dass sie sich nur in Früchten, die an fernen Plätzen, unter fremden, südländischen Sonnen wuchsen, entfalteten.

Petra beschwerte sich überdies, dass man ihnen keinen großen Frühstückstisch bereitstellte. Statt Kaffee bekam sie einen Kräutertee mit unbekannten Ingredienzien. Sie interessierte sich sehr für diese Kräuter, aber die bedienende Tonne bedauerte, keine näheren Auskünfte geben zu können, die Kräuter befänden sich ja auch im Beutel. Petra hatte sich jedoch vergewissert, dass die Kräuter keine aufputschenden Wirkstoffe enthielten. Die Tonnen bestätigten ihr immerhin, dass die Kräuter vollkommen wirkungslos seien. Petra wollte sich mit dieser Antwort schon zufriedengeben, aber Tobias widersprach dem und betonte, dass jedes Kraut seine esoterische Wirkung hätte.

"Ich müsste die Form der Blätter sehen können, um etwas über die Wirkung der Kräuter sagen zu können", meinte Manfred. "Sind es runde Blattformen oder spitze? Eine Eiche hat zum Beispiel eine gerundete Blattform. Ich mag keine Eichen."

Mit dieser Ansicht begab er sich quasi schon in die esoterische Ecke, wenn er auch selbst dort die Rolle eines Sonderlings einnahm. Tobias fand die Idee jedenfalls nicht uninteressant, vom Aussehen der Pflanzen auf ihre Wirkung zu schließen. Petra wunderte sich bei dieser Gelegenheit darüber, dass man Eichenblätter zu den Kräuter zählte.

Die Kräuter in den Beuteln waren jedenfalls dermaßen fein geschnitten, dass man über ihre ursprüngliche Form nichts mehr aussagen konnte. Waren sie nun spitz oder rund? Diese etwas eingeschränkte Fragestellung, auf die Manfred immer wieder monoton zurückkam, hatte für ihn einen tiefen, sexuellen Bezug.

"Beim Lecken macht man eine spitze Zunge", hob er mysteriös an, aber fast alle hatten an diesem Morgen keinen Nerv, sich über seine merkwürdige Resonanztheorie den Kopf zu zerbrechen. Er fuhr dennoch fort. Forme man die Zunge spitz durch Strecken, was durchaus praktisch sei, um bestimmte Stellen zu erreichen, stünde sie in Resonanz mit einer spitzblättrigen Pflanze.

"Bevor ich mich wieder beleidigen lassen muss, weil ich einen spitzen Bartwuchs habe, sollen die Anderen mal erzählen, was sie in Real World erlebt haben", forderte ein eigentlich desinteressierter, geistesabwesender Martin, der sich im freien Fall in einer zigarettenlosen Hölle wiederfand, boden- und hoffnungslos.

Tobias lachte und meinte, man müsse sich über die spitzen Bärte noch mal unterhalten. Er war überaus gut gelaunt, und da er sich in esoterischer Hinsicht auf einer anderen Erkenntnisstufe befand als Petra, trank er selbstverständlich auch Kaffee.

"Es war geil. Ich hatte den besten Sex seit Langem", begann er. "Ich habe mich mit meinem Lover köstlich amüsiert. Mit dem Bewusstsein, dass man in Wirklichkeit auf einem Raumschiff steckt, lässt sich alles viel lockerer angehen. Mein Lover fand die Geschichte um mein Verschwinden recht komisch." - "Hat der dir geglaubt?", wollte Stefanie wissen. "Aber sicher doch hat er mir geglaubt. Es passt ja auch alles zu der Prophezeiung." - "Welche Prophezeiung?" - "Die Prophezeiung des Nostradamus."

"Du hast also auf meine Kosten herumgevögelt. Normalerweise ist das ja eigentlich umgekehrt. Hier, der ja auch." Salma zeigte auf Martin. "Kommt sonst nie zum Zuge, aber in Real World verführt er die Nachbarin, und das auf meine

Kosten." - "Real World ist besser als Bangkok", sagte Tobias und stopfte sich eine Brötchenhälfte in den Mund.

"Ihr habt wieder nur dieses eine im Kopf", beschwerte sich die gerade mal erwachsene Stefanie bei den über Dreißigjährigen. "Ja, die sind völlig unmöglich", bestätigte Petra. "Es war nun mal geil, Schätzchen", lenkte Tobias ein. "Ich stand im Übrigen unter einem furchtbaren Entzug. Diese beiden Herren hier haben ja nur das andere im Kopf." - "Das andere?" - "Das andere Geschlecht. Ich konnte sie bisher nicht von meinen Qualitäten überzeugen. Ich brauche nun mal Sex genauso wie das tägliche Brot und ich konnte es noch nie unter so witzigen Umständen tun. Wir haben uns köstlich amüsiert."

"Hältst du es für wirklich, was du erlebt hast?", unterbrach ihn Stephanie mit ihrer Frage. "Aber sicher doch, Kind!" - "Sag du nicht auch Kind zu mir!" Manfred hörte aufmerksam zu, wollte aber nicht dazu beisteuern, dass die Bezeichnung "Kind" schließlich keine Beleidigung sei. Stefanie befand sich allerdings in einem problematischen Alter. "Du hattest vermutlich sexuell weniger ausgeprägte Erlebnisse", meinte Salma zu ihr. "Ich bin jedenfalls froh, dass ich wieder hier bin", antwortete eine ansonsten resignierte Stefanie.

"Es ist unbedingt die Wirklichkeit", fuhr Tobias fort. "Und ich konnte noch nie so gelassen loslassen. Es ist doch einiges dran an Einsteins Theorie, dass alles relativ ist. Es ist so wie mit den esoterischen Stufen. Die uns bekannte Wirklichkeit ist auf einer bestimmten Stufe, und hier befinden wir uns auf der nächsthöheren Stufe einer Wirklichkeit. Ich bedaure nur, dass ich hier, in gewisser Hinsicht, keine Möglichkeiten habe. Ich sehe auch nicht ein, dass man in höherer Vervollkommnung keinen Sex haben soll; na ja, es gibt ja die Möglichkeit der Reise. Es ist unbedingt die Wirklichkeit, wie alles nur eine Illusion ist."

Petra sah Tobias etwas verständnislos an. Stellte er hiermit die Wiedergeburt infrage? Tobias wusste doch so unendlich viel mehr als sie. Er hatte ihr versprochen, zu zeigen, wie man Horoskope erstellt. Diese Außerirdischen machten alles nur komplizierter.

"Es ist eine Parallelwelt", warf Manfred dazwischen. "Ist eine Parallelwelt ebenso wirklich?", wollte Stefanie von Manfred wissen. "Zur Wirklichkeit gehört, dass es unendlich viele Parallelwelten gibt, die sich alle mehr oder weniger ähnlich sind und somit in Resonanz zueinanderstehen. Wie könnten wir sonst träumen?"

"Was hast du eigentlich erlebt, Petra?", fragte Tobias. "Mein Mann hat mir eine Szene gemacht. Irgendwie kann ich ihn ja auch verstehen, weil ich einfach so, für mehrere Tage verschwunden bin" - "Hat er dich geschlagen?" - "Natürlich nicht!" - "Hat er dir geglaubt?" - "Natürlich auch nicht. Er glaubt, ich habe ein Verhältnis mit einem anderen Mann. Und er hat gesagt, er hätte noch nie so eine dreiste Ausrede gehört." - "Hast du ihm von uns erzählt, Schätzchen?" - "Es war mitten in der Nacht. Ich habe ihn aus dem Bett geklingelt. Es gab eine ärgerliche Diskussion. Daraufhin hat er sich wieder schlafen gelegt." - "Und du hast dich vermutlich zu ihm gelegt." - "Ich habe aber kein bisschen geschlafen. Er ist dann morgens zur Arbeit und ich hatte mich gerade krankgemeldet, da wurde ich wieder abgeholt." - "Fandst du es wirklich?", fragte Stefanie wieder. "Was sonst? Es ist eine Unverschämtheit, dass uns die Tonnen nicht da lassen, wo wir hingehören. Mein Mann ist bestimmt wieder verzweifelt."

"Und was meint unsere Himmelsbraut?", wollte Tobias wissen. "Wenn es die Wirklichkeit war, so war unsere Reise mit einer kleinen Zeitreise verbunden, weil wir gleichzeitig gestartet sind, Petra aber mitten in der Nacht eintraf, während ich mich um die Mittagszeit in einem Kaufhaus wiederfand. Aber ich verstehe von diesen Dingen viel zu wenig, um beurteilen zu können, ob so etwas überhaupt möglich ist. Ich verstehe nichts von Physik, ich verstehe ein wenig vom Schach und vom katholischen Glauben." Sie ergänzte dann noch, dass sie vermutlich mehr vom Schach verstehen würde.

"Mein Aufenthalt war ja nur von kurzer Dauer. Eine gute Stunde vielleicht. Gott sei Dank, muss ich dazu sagen. Ich denke, dass man durch Überlegungen alleine nicht weiterkommt. Ich wünschte, es wäre nicht die Realität." - "Wie, hat dir eine Betschwester eine Szene gemacht?", stichelte Tobias. "Du bist ein gefühlloses Arsch, Tobias." - "Die Nonne sagte tatsächlich Arsch. Das ist aber ein böses Wort", meinte der Beleidigte. "Stimmt, das ist ein böses Wort", pflichtete Manfred bei. "Sie wollten mich in die Klapsmühle stecken. In eine katholische Klapsmühle." - "Du bist doch schon hier im Irrenhaus", meinte ein immer noch sehr Gegenwartsarchitektur Martin. Die Wirklichkeit schien ohne Irrenhäuser nicht auszukommen.

"Ich verstehe", meinte Tobias. "Man hätte dir nie unterstellt, dass du irgendwelche Lügen auftischst. Also musst du verrückt geworden sein, während der Mann von Petra glaubte, dass sie ein Verhältnis hat und sich bloß verrückt stellt. Vielleicht sind wir Schwulen ja doch die besseren Menschen. Ich hatte da ja öfter meine Zweifel, aber mein Lover hat mir alles geglaubt und fand es auch noch lustig. Es war eine herrliche Erfahrung, obwohl, es ist ja eigentlich alles gleich, aber mit dem Wissen um diese Doppelbödigkeit... Ich würde gerne hier eine Arbeit anfangen, um mir den nächsten Trip leisten zu können. Einmal am Tag, für mehrere Stunden, würde mir reichen. Es ist doch ganz nett hier. Man kriegt kostenlose Brote. Mir fehlt hier allerdings meine Musik."

"Wenn es nicht die Wirklichkeit ist, sind die Fähigkeiten unserer Entführer gottähnlich." - "Ist das nicht aber Blasphemie?", unterbrach Martin Stefanie. Martin glaubte in diesen Momenten an ziemlich wenig, im wesentlichen, dass er zu einer elenden Nikotinlosigkeit verdammt war, die vermutlich an seinen Nervenenden einen höchst unangenehmen Kitzel auslöste.

"Ich habe manchmal den Verdacht, dass hinter allem der Teufel steckt. Es macht alles so wenig Sinn, aber vielleicht ist diese Verwirrung ja vom Teufel beabsichtigt." - "Du denkst, du sollst verführt werden", meinte Salma zu ihr. "Aber dann hätte der Teufel doch sicherlich schönere Männer ausgesucht."

Martin enthielt sich eines Kommentars und Tobias fühlte sich nicht angesprochen.

"Der Teufel will mich vielleicht dazu verführen, an meinem Glauben zu zweifeln." - "Und wir sind die Statisten in diesem Kammerspiel." - "Stimmt, das ist egozentrisch gedacht, aber ich kann mir das alles nicht erklären. Meine Äbtissin hat mich für verrückt erklärt. Sie hat mir nichts geglaubt. Dabei hatte sie mein volles Vertrauen. Was blieb mir denn anderes, als die Wahrheit zu sagen. Sie hielt mich dennoch für verrückt, obwohl ich vollkommen klar war." - "Und, willst du dich jetzt aus dem Nonnengeschäft zurückziehen?" fragte Tobias.

"Ich bin sehr verunsichert." - "Salma hat ja mehrere Klamotten dabei. Die könnt ihr ja dann schwesterlich teilen". Salma grinste und Stefanie schwieg. Es war ihr nicht anzusehen, ob sie Derartiges erwog, jedenfalls war man zumindest bei Salma vor Überraschungen nicht sicher, hatte sie doch in den letzten Stunden erschreckend viele altruistische Züge gezeigt, möglicherweise alles Symptome einer ernsthaften Raumkrankheit.

Martin verfolgte das Gespräch am Rande mit, ohne sich an ihm beteiligen zu wollen. Sein Kaffee konnte ihm nicht darüber hinweghelfen, dass er Zigaretten brauchte, aber keine besaß. In ihm hatte sich ein dominantes Gefühl der Anspannung aufgebaut, das er glücklicherweise während seines Schlafs ignorieren konnte; aber seitdem er wach war, glaubte er sich in einer anderen Realität vorzufinden. Vielleicht so ähnlich wie bei einer Schizophrenie, war er vom Rest der Welt in einer merkwürdigen, nervenden und anspannenden Weise getrennt. Sein Kreislauf drohte ihm Streiche zu spielen, er wusste nicht, was es war, aber er war sich sicher, dass einzig und allein Nikotin ihn in die Realität zurückversetzen konnte. Ein widerliches Gefühl, das ihn vom Leben abschnitt, beherrschte ihn.

Selbstverständlich gehörte zu einem Kaffee eine Zigarette, und für das wach werden waren die ersten Zigaretten noch unabdingbarer als ein Kaffee. Ohne Kaffee hätte ihm zwar etwas Elementares gefehlt, aber zigarettenlos zu sein, war eine Katastrophe.

Ein halbwegs sensibler Mensch hatte seine Schwierigkeiten mit dem wach werden, mit dem Sich-Orientieren in der eigentlich bekannten Welt. Es konnte sich vielleicht ein gewisses Minderwertigkeitsgefühl einstellen, wenn man selber den Eindruck gewann, als frisch Aufgestandener noch nicht ganz den Erfordernissen des Tages gerecht werden zu können. Um so arger war es, wenn sich die Normalität nur mit der richtigen Mischung aus Nikotin und Koffein einstellen wollte. Das, was er jetzt tat oder sagte, geschah irgendwie unabhängig von ihm, und der Nikotinmangel führte zu einer speziellen Art der Selbstentfremdung.

Es interessierte ihn nicht mehr, dass er Stefanie beauftragt hatte, das Wesen von Real World zu erkunden und herauszufinden; und das, weil er dort eine kleine Affäre hatte, die, je nachdem, wie sich die Dinge entwickeln mochten, etwas Dauerhaftes werden konnte. Die anderen Raucher ließen sich nicht anmerken, dass es um sie ebenso entsetzlich stand. Sie diskutierten jedoch eifrig mit. Tiny wollte schon den nervigen Manfred fragen, wie er den Begriff "Parallel-welt" definiere. Vermutlich berührten sich zwei Parallel-welten im Unendlichen.

Ihm wurde überaus deutlich, dass die Sucht der größte An-triebsmotor für die Handlungen der Menschen war. Sein Hunger nach Nikotin hätte ihn zwar nicht zu Schweinereien geführt, höchstens in Real World, das heißt, vielleicht hätte er die Zigaretten eines anderen geklaut, und er wollte sich gar nicht vorstellen, was in einem Heroin-Abhängigen, der auf Entzug war, abging. Die klauten und prostituierten sich, um an ihren Stoff zu kommen, und viele Polizeipräsidenten in dieser verrückten Gesellschaft aus der Tiny kam, forder-ten die kontrollierte Freigabe von Heroin an Schwerstab-hängige, auch um die Beschaffungskriminalität unnötig zu machen. Das musste man sich mal vorstellen: Für Stoff wurde wahllos und heftig geklaut, von Menschen, die im eigentlichen Sinn nicht kriminell veranlagt waren; Geld, Luxus und ein Leben ohne den Zwang zu einer regelmäßi-gen, stumpfsinnigen oder stressigen Arbeit boten offenbar weit weniger Anreiz, Verbrechen zu begehen.

So weit war er noch nicht, aber jedenfalls weit genug, um Wut auf seine Entführer zu haben. Diese meldeten sich ge-rade zu Wort. "Es wird euch vielleicht freuen, dass wir in circa vierzehn Stunden auf dem ersten Planeten von Lalan-de 21185 landen werden. Erschreckt nicht, die Sonne dort erscheint etwas groß geraten, aber sie wird euch schon nicht auf den Kopf fallen. Ich habe übrigens mit Interesse eurer Diskussion verfolgt" - "Ihr seid totale Arschlöcher. Wenn ihr uns wenigstens Nikotin-Pflaster geben würdet.

Was ihr mit mir macht, ist Tierquälerei. Selbst wenn Menschen hingerichtet werden, kriegen sie als letzten Wunsch noch eine Zigarette. Bei jeder normalen Entführung bekommt man von seinen Entführern Zigaretten. Das ist das Mindeste. Als Gefangene haben wir zudem ein Recht auf Besuch. Da dies in technischer Hinsicht vermutlich etwas schwierig zu realisieren ist, fordere ich die sofortige Rückkehr zum Planeten Erde, und für mich während der Reisedauer angenehmen Tiefschlaf. Falls diese Forderung nicht erfüllt wird, fordere ich – zumindest - freien und unkontrollierten Zugang zu Real World, damit wir unsere Verwandten und Bekannten treffen können, wenn auch nur scheinbar."

Er führte tatsächlich "Verwandte" an, dabei hätte er jetzt für eine Zigarette jeden Verwandten stehen gelassen und vergessen, zumindest Verwandte zweiten Grades.

"Martin, ich brauche dich doch nicht über die Schädlichkeit von Zigaretten aufklären. Du kannst doch von uns nicht erwarten, dass wir hier auf unserem Raumschiff diese perverse Qualmerei dulden. Sei doch froh, dass du auf unserer Reise die einmalige Chance hast, von dem Dreckszeug loszukommen."

SIE, künstliche Intelligenz, und eine gewisse Intelligenz konnte man ihr sicher nicht absprechen, ereiferte sich in dieser Frage so, als wäre ihr eigener Vater von Lungenkrebs oder durch einen verfrühten Herzinfarkt dahingerafft worden.

"Können wir denn auf dem Planeten rauchen?", fragte Martin noch.

"Gibt es bereits Leben auf diesem Planeten?", wollte Stefanie wissen. "Vermutlich ist der Planet ein Spiegelbild der Erde", quatschte Manfred dazwischen. "Da gibt's bestimmt auch Eichen mit Eichenblättern", ergänzte Tobias.

"Wir haben eine Reise von knapp zehn Lichtjahren gemacht. Die Chance, nach einer so geringen Entfernung auf ein Spiegelbild der Erde zu treffen, dürfte extrem gering sein", gab SIE zu verstehen. "Vermutlich ist dafür noch nicht mal das Universum groß genug." - "Das Universum ist unendlich", widersprach Manfred.

Fassungslos hörte Martin zu, wie dieser Kettenraucher scheinbar unbekümmert zu einer seiner Theorien ansetzte, obwohl er eigentlich Wichtigeres im Sinne haben sollte, nämlich Zigaretten. Auch Salma war erstaunlich friedlich. Vielleicht hatte sie ja zwischenzeitlich einen Deal mit einer der Tonnen gemacht. Aber dann hätte sie ihn doch sicherlich eingeweiht und ihm etwas Tabak oder Zigaretten abgegeben.

"Der Planet besitzt Leben, so ähnlich wie ihr es von der Erde kennt", ergänzte SIE. "Wir können auch mit dem Mutterschiff auf dem Planeten landen, da wir hier nicht mit einer primitiven Reaktion rechnen müssen." - "Gibt es keine intelligenten Wesen, die feindselig werden könnten?", wollte Stefanie wissen. "Ich hoffe nur, es ist nicht ein Planet voll mit schwachsinnigen Tonnen, die alles besser wissen", fügte Martin hinzu.

"Es gibt mehrere intelligente Formen auf diesem Planeten. Zu Lande existiert eine Spezies, die euch womöglich an Kartoffeln beziehungsweise Erdbeeren erinnern wird." - "Erdbeeren und Kartoffeln? Warum gibt es dort nicht intelligente Tabakpflanzen, die man rauchen kann?" - "Die Knollen sind mit euren Gehirnen vergleichbar, die zudem über eine Art Wurzelgeflecht verbunden sind. Es gibt Milliarden von diesen Knollen, vergleichbar mit der Anzahl der Neuronen in euren Gehirnen und diese sind auf ähnliche Weise verbunden" - "Das sind ja schöne Aussichten", kommentierte Stefanie. "Ist der Planet erdähnlich?", fragte sie weiter. "Ja und nein. Der ausgesuchte Landepunkt befindet sich an Land, die Luft wird euch frisch und die Temperaturen angenehm erscheinen. Die Schwerkraft liegt ein paar Prozentpunkte unter Erdniveau. Ein wenig windig ist es."

Martin wünschte sich eine Atmosphäre, in der es ein Nikotingas gab oder in der die Nikotinteilchen wie Aerosole durch die Luft schwebten. Besser waren natürlich Bäume, auf denen zu jeder Jahreszeit Zigaretten wuchsen, vielleicht als abgestorbene und gerollte Blätter, die wie Laub abfielen. Das wäre ein klasse Planet gewesen, zu erwarten war hingegen ein Planet der Erdbeeren, die man nicht pflücken durfte und die kein bisschen Nikotin enthielten.

- 52 -

Die Nachricht der nahen Ankunft auf einem fremden Planeten hatte die Frühstücksgesellschaft nachhaltig belebt. Man würde auf intelligente Kartoffeln treffen, die man zwar nicht pflücken durfte, die aber einen bestimmt mit roter ätzender Farbe besprühten, wenn man auf sie versehentlich trat. SIE hatte nichts über die Fruchtgröße ausgesagt.

"Ich will nicht auf einen fremden Planeten. Ich will zurück zu meinem Mann", protestierte Petra. "Aber Schätzchen, der hat doch sowieso kein Verständnis für dich und glaubt dir nicht", provozierte Tobias. "Das ist mir egal. Ich will kein Star-Trek-Abenteuer erleben, das hat mich noch nie interessiert, ich will auch keine Außerirdischen kennenlernen. Was soll ich überhaupt auf diesem blöden Raumschiff?"

SIE entschuldigte sich erneut damit, dass ihre Reise mit großer Wahrscheinlichkeit ein Fehler sei, und ließ alle wissen, dass so etwas auch nicht mehr so schnell vorkommen würde.

"Mir scheint, Euer größter Fehler war es, Raucher zu entführen. Ein paar weitere Nichtraucher hätten es doch auch getan", maulte Martin. "Ich finde, ihr schwerwiegendster Fehler ist, dass sie so materialistisch eingestellt sind. Für fast alles wollen sie Geld. Das ziemt sich doch nicht für eine überlegene, galaktische Kultur. Eine erleuchtete Mülltonne legt keinen Wert auf Geld und materiellen Besitz", kommentierte Tobias.

SIE wollte von Tobias wissen, ob er sich denn nicht auch freue, einen fremden Planeten in einem anderen Sonnensystem kennenzulernen. Das wäre ja alles schön und nett, meinte dieser, aber man solle ihm da möglichst schnell Arbeit anbieten, damit er sich weitere Ausflüge nach Real World leisten könne. Er würde fast jede Arbeit machen, selbst, wenn es sein müsste, sogar seine Gefährten bespitzeln und ihre Geheimnisse ausplaudern.

"Das würdest du machen?", fragte Petra ehrlich entsetzt. "Ach Schätzchen, SIE ist doch sowieso allgegenwärtig, hört und versteht jedes Wort, das wir sagen, und kann vielleicht sogar unsere geheimsten Gedanken lesen." - "Kann ich nicht", beschwichtigte SIE. "Wenn Real World eine Simulation ist, dann können sie vermutlich auch unsere Gedanken lesen", sagte Stefanie. "Der Zugang zu Real World ist nur unter der Haube möglich. Selbstverständlich sind Vorkehrungen zum Datenschutz getroffen. Ihr könnt praktisch Real World "lesen", das Programm reagiert nur auf euren virtuellen Körper als Schnittstelle, liest also in gewisser Hinsicht eure Gedanken, die zu Bewegungen oder auch zum Sprechen führen, und normiert diese so, dass sie physikalisch im Modell realitätsgetreu bleiben und ihr somit nicht zu Traumtänzer werdet."

"Wirklich eine erschöpfende Auskunft", meinte Martin, der gerne auch gewusst hätte, wie er sich etwas verdienen könnte, um zumindest in Real World rauchen zu können, wenn es die Umstände dort auch nicht leicht machten, an Zigaretten zu kommen. Des weiteren auf Frau Hütterer treffen zu können, wäre natürlich das Größte gewesen. Er betonte nochmals die Dringlichkeit umzukehren, weil es auf der Erde völlig problemlos war, Zigaretten zu rauchen. Und dort konnte er sich sooft mit Frau Hütterer treffen, wie sie wollten. Es verstieß irgendwie gegen die Menschenrechte, einem starken Raucher die Existenzgrundlage zu entziehen. "Gewiss, schon eine Entführung verstößt gegen die Menschenrechte, man könnte dies aber mit ein paar Gefälligkeiten stark abmildern", rief er etwas zusammenhanglos in die Runde hinein.

"Ich kann nicht glauben, dass Real World eine Simulation ist, alles ist total unglaubhaft, man könnte selbst den Glauben an sich verlieren", sagte Stefanie. "Aber Schätzchen, wenn diese Tonnen schon so mächtig sind, dass sie mit den Wirklichkeiten spielen können, wie mächtig ist dann erst dein Allmächtiger? Der wird's schon irgendwie richten und hin zum Guten wenden", kam von Tobias.

"Wenn's doch so einfach wäre. Aber alles verliert an Sinn." - "Jeder macht einmal eine solche Sinnkrise durch. Und meistens sind es außergewöhnliche Umstände, die sie auslösen." - "Alles erscheint so lächerlich, auch mein Leben. Es ist, als ob ich mich immer von einer dummen Fassade habe blenden lassen." - "Auch was ich trage, ist nur Fassade, Kleines", mischte sich Salma ein. "Aber du glaubst nicht dran." - "Ein bisschen schon."

Petra konnte überhaupt nicht nachvollziehen, wer oder was Stefanie so sehr bewegte. Gut, sie verstand nicht, wie das Raumschiff funktionierte, genauso wenig wie das mit Real World möglich war, aber das war doch normal. Sie benutzte in ihrem Alltagsleben verschiedene Sachen, von denen sie nicht wusste, wie sie funktionierten. Sie konnte beispielsweise telefonieren, aber wie das Telefon funktionierte, würde sie nie verstehen, interessierte sie auch gar nicht; und für gewöhnlich würde ihr auch gar nicht auffallen, dass sie ein Telefon nicht verstand. Wie viel absurder war es da, diese Hauben zu hinterfragen? Es war an und für sich ja schon phantastisch, aber selbst sie kannte so etwas vom Fernsehen. Als Frau mit einem Sinn für Realitäten stand für sie nicht nur fest, dass die Hauben einem nichts vorgaukelten, sondern dass es sich dabei um ein modernes Fortbewegungsmittel handelte. Ein wenig irritierte es sie, dass die Hauben jemanden verdoppeln konnten; aber wenn sie anfing, darüber nachzudenken, würde sie noch so enden wie Stefanie.

"Ich fordere eine sofortige Rückkehr, wenn es sein muss auch mit einer Haube, aber ohne anschließend von einer Tonne belästigt und genötigt zu werden, in dieses blöde Raumschiff zurückzukehren", sagte sie. "Und dir würde es nichts ausmachen, dass sich dein zweites Ich, hier im Sessel sitzend, unter einer Haube befinden würde, für immer träumend?", fragte Tobias belustigt. Ihm fiel ein, dass diese Situation ein wenig Ähnlichkeit mit australischer Mythologie hatte. Die stets an esoterische Fragen interessierte Petra sagte ganz einfach: "Das wäre mir egal." - "Mir wäre es auch egal. Mich interessiert der ganze theoretische Hintergrund von Real World überhaupt nicht. Nur, wieso hat das ganze eigentlich einen englischen Namen?", fragte Martin dann.

Das wäre den Computerspielen auf der Erde nachempfunden, die üblicherweise einen englischen Titel hätten, antwortete SIE. "Diese Entführung und auch dieses Spiel haben ziemliches Chaos in mein Leben gebracht, und ich hätte gern wieder etwas geordnete Bahnen." - "Aber du hast doch Bärbel kennengelernt", reagierte SIE beleidigt. "Und wenn du auch schon keine Gedanken lesen kannst, so belauschst du doch unsere Gespräche. Ich würde gerne in

Real World bleiben, weil die Welt dort so ist, wie ich sie kenne und schätze."

"Aber das weißt du doch gar nicht so genau", protestierte Stefanie. "Bis auf die blöde Sache, dass ich nie Geld habe und keine Wohnungsschlüssel, sind die kleinen Abänderungen in dieser Welt ganz positiv." - "Du willst doch nicht ernsthaft dein ganzes Leben lang an einer Maschine angeschlossen sein?", hakte Stefanie nach. "Ich bin doch immer von Maschinen umgeben, ohne die nichts läuft", antwortete Martin.

"Aber anscheinend kann man nicht für immer bleiben. Meine Hand löste sich auf. Aber vielleicht war es auch nur ein Trick; vielleicht braucht man auch gar nicht unter die Haube." - "Aber, dann können sie auch einfach so unsere Gedanken lesen", entgegnete Stefanie. "Hast du irgendetwas zu verbergen, Schwester?", fragte da Martin. "Sie muss ihren Körper verbergen", warf Tobias ein.

"Ihr könnt mich mal. Ihr denkt wirklich nur an Sex und an eure Gelüste. Das ist primitiv. Ihr seht überhaupt nicht die Chance, die euch hier geboten wird!" - "Was mich interessiert, ist, ob wir in dem Gravitationsfeld des Planeten Real World weiter besuchen können; immer vorausgesetzt, wir kriegen endlich einen Job, vielleicht als Gärtner, um die Erdbeerfelder vom Unkraut zu befreien". Tobias zeigte sich mit diesem Gedanken von seiner praktischen Seite.

SIE sah sich nunmehr genötigt, ein paar Antworten zu geben. "Die Entwicklungskosten von Real World waren immens. Ein längerer Aufenthalt in Real World führt zu einer Überlastung des Programms. Jedenfalls ist ein verlängerter Aufenthalt für euch nicht ganz billig." - "Wenn ich dort anschaffen ginge, könnte ich es mir dann leisten?" - "Das käme auf deinen Tagesumsatz an." - "Ich habe natürlich schon immer davon geträumt, eine Blechtonne als Zuhälter zu haben. Aber was machen die Tonnen eigentlich mit dem

Geld?" - "Sie gehen wahrscheinlich damit zu Nutten, die besser aussehen als du", triezte Tobias Salma. "Welche im Metalllook. Leder ist out." - "Wieso soll ich mich von einem Pisser, so einem Arschgesicht wie dir, provozieren lassen" - "Stimmt, er hat ein Arschgesicht", pflichtete Manfred bei. "Ich war doch nur ehrlich", verteidigte sich Tobias.

"Selbstverständlich kann Real World auch auf dem Planeten benutzt werden", unterbrach SIE den aufkommenden Streit. "Wie heißt eigentlich der Planet?", wollte Tobias wissen. "Die Erdbeerkartoffeln, die keine Sprache im üblichen Sinne haben und im wesentlichen über ihre Wurzeln kommunizieren, haben natürlich eine Bezeichnung für ihre Welt. Diese Bezeichnung, die mehr oder weniger ein Gedanke ist, könnte man eventuell akustisch umsetzen, aber vermutlich wäre es für euch zu kompliziert, diese dann auszusprechen. Am besten sucht ihr euch selber einen Namen aus." - "Wie nennt ihr denn diese Welt?" - "Für uns ist diese Welt eine sich verändernde Menge von Raumzeitkoordinaten, wobei die Schwerpunktskoordinaten quasi eine Art Namen darstellen."

Stefanie öffnete leicht den Mund. "Ich glaube, dass verstehe ich", sagte sie dann. "Die Sonne heißt Lalande einundzwanzigtausendirgendwas?", fragte Martin. "Ja, 21185, so wird sie von euren Astronomen bezeichnet. Diese haben übrigens den größten Planeten schon entdeckt." - "Wie wäre es mit Eden?", schlug Tobias vor. Martin hätte fast Neu-Hasberg als Name vorgeschlagen, wollte sich aber lieber erst einmal von der Umgebung inspirieren lassen, sofern sein Nikotinmangel so etwas wie Inspirationen überhaupt zuließ.

53

"Es sieht schlecht aus, was Arbeit anbelangt", sagte SIE.
"Was soll das denn heißen?", fragte Martin in den Raum.
"Nun ja, es gibt praktisch keine Arbeit. Wir könnten Salma
und Stefanie vielleicht einen Job als Kellnerinnen oder Bardamen geben, aber die Bar ist vermutlich ein Zuschussbe-
trieb, da die anderen ohnehin kein Geld haben, um sich dort
zu amüsieren. Wir hatten auch schon daran gedacht, euch
als Laienschauspieler zu engagieren, um einen Spielfilm zu
drehen, aber uns fiel letztendlich auch kein passendes
Drehbuch ein." - "Das könnte ich schreiben", unterbrach
Tobias; "natürlich gegen eine entsprechende Bezahlung!"
SIE nahm von dem Spielfilmprojekt Abstand, da es ohnehin nur so eine Art ABM-Maßnahme für die Menschen sei,
da sich in ihrem Umfeld niemand für einen Spielfilm mit
menschlichen Akteuren interessieren würde. "Das ist doch
alles total idiotisch", stöhnte Stefanie. "Wir könnten doch
so eine Art Science-Fiction-Film drehen, den wir nach unserer Rückkehr an RTL verkaufen. Was wollen wir denn
mehr? Wir sind auf einem Raumschiff mit beeindruckenden, nahezu unbegrenzten technischen Möglichkeiten. Wir
schlagen tricktechnisch bestimmt jeden Effekt, den es bisher gab, und das Größte ist, wir landen irgendwo auf einem
fremden Planeten und können dort ebenfalls eine natürliche
Kulisse nutzen. Die Geschichte würzen wir mit ein paar
erotischen Affären, wobei die pikanteren, gegen entsprechende Mehrbezahlung, von Salma und mir dargestellt
werden. Ich brauche natürlich eine Liebesszene mit einem
Boy."
Tobias schaute interessiert in die Gesichter von Manfred
und Martin, die aber nichts Weiteres als Misswillen aus-
drückten. Man enthielt sich aber eines Kommentares. SIE

wandte ein, dass die Finanzierung des Projektes äußerst unsicher sei. Sie wären alle keine Profis, es fehle eine vernünftige Story, jeder Geldgeber wäre nur eine imaginäre Größe; und zudem wüsste sie nicht, wann und ob sie überhaupt zurückkehren würden. Der letzte Satz war ein Tiefschlag für die Entführten.

"Das gibt es nicht", sagte Petra und Martin dachte daran, dass das Zigarettenrauchen immer mehr zur Utopie verkam. Man stellte SIE in verschärfter Tonart zur Rede, und die redete sich damit raus, dass sie doch über den weiteren Verlauf der Reise nicht informiert sei. "Welchen Sinn macht das für einen Supercomputer, uns zu belügen?", fragte Stefanie. "Das wäre offensichtlich sinnlos", antwortete SIE. "Das Problem ist, dass Supercomputer an sich sinnlos sind", sagte Martin. "Aber wenn sie uns helfen, eine Spaßwelt zu kreieren?", warf Tobias, ganz hedonistisch gestimmt, ein.

SIE sagte, es gäbe nicht die geringste Chance, ein Filmprojekt zu realisieren. "Vielleicht können wir ja wirklich als Gärtner arbeiten", meinte Manfred. "Völlig ausgeschlossen", lautete ihre Antwort. Die Kartoffeln bedürften keiner Gärtner, und außerdem würden sie in einer vegetationslosen Zone landen, um sich nicht nachhaltig in die Biosphäre des fremden Planeten einzumischen.

"In eine Wüste?", fragte Martin. "Ja sozusagen, aber mit Meeresblick", tröstete SIE. "Ihr wärt auf der Erde besser auch in einer Wüste gelandet. Am besten in einer Eiswüste, auf dem Südpol zum Beispiel". Manfred zeigte sich ebenso enttäuscht, da er gern ein wenig die neue Pflanzenwelt studiert hätte. Ihm kam es, wie er sagte, vor allem darauf an, neue Beweise für seine Resonanztheorie zu finden.

"Das ist doch alles uninteressant. Wir müssen an Geld kommen, eine Arbeit finden, damit wir unsere Ausflüge in Real World finanzieren können. Der eine will seinen Lover sehen und der andere vielleicht bloß Zigaretten rauchen oder in die heilige Messe gehen", kommentierte Tobias. Stefanie enthielt sich zu letztgenanntem eines Kommentars. "Und wenn wir schon keine Arbeit kriegen, dann haben wir wenigstens Anspruch auf Arbeitslosengeld". Offensichtlich meinte Tobias den Vorschlag ernst.

"Ich zweifle daran, dass ihr einen Anspruch auf Arbeitslosengeld nachweisen könnt", warf SIE ein. "Aber du bräuchtest doch nur in der Datenbank von Real World nachgucken", entgegnete Stefanie.

SIEs Antwort war typisch. Man würde hier auf dem Raumschiff einen vorbildlichen Datenschutz praktizieren. Es wäre ihr in keiner Weise möglich, in personenbezogene Daten der Passagiere Einblick zu nehmen. "Und im Übrigen, wer hätte von euch schon Anspruch auf Arbeitslosengeld? Martin ist Student, Stefanie ist Nonne, Salma Hure. Was hast du eigentlich gemacht, Tobias?", fragte SIE schon fast scheinheilig. Der antwortete stolz: "Ich habe vom Weiterverkauf von Sperrmüll gelebt!"

"Manfred und Petra sind die einzigen, die einer geregelten Arbeit nachgegangen sind, aber die können das nicht nachweisen." - "Ich bin sehr wohl einer geregelten Arbeit nachgegangen", protestierte Salma. "Ich habe immer meine Steuern bezahlt. Was kann ich dafür, dass die spießige Gesetzgebung und die Etablierten mit ihrer Doppelmoral meinen Job nicht anerkennen und mir keine Möglichkeit zur Sozialversicherung bieten?" - "Ich habe auch ehrlich gearbeitet", fügte Tobias hinzu. "Aber du hast vermutlich keine Steuern bezahlt", maulte Salma. "Alle möglichen Arten von Steuern, auch wenn ich nicht rauche oder keinen Alkohol trinke. Vor allen Dingen Mehrwertsteuer. Außerdem habe ich am Rande des Existenzminimums gelebt." - "Und vermutlich Sozialhilfe kassiert", fügte Salma hinzu.

"Sozialhilfe, das isses, wenn uns das Recht auf Arbeit verweigert wird, beziehungsweise in dieser Hinsicht keinerlei Möglichkeiten geboten werden und wir kein Arbeitslosengeld oder Arbeitslosenhilfe kassieren können, dann steht uns Sozialhilfe zu. Uns allen steht Sozialhilfe zu!"
SIE schien einen Augenblick zu überlegen und sagte dann. "Da ist was dran, Tobias." - "Vermutlich scheitert die Sache noch daran, dass wir hier an Bord kein Papier haben, um unsere Anträge zu stellen", meinte Martin. "Es wird wohl reichen, wenn die Anträge formlos und mündlich gestellt werden", sagte SIE. "Und wo ist hier das Sozialamt?" Manfreds Frage ging irgendwie unter. "Entscheidend ist, wie lange es dauert, bis unsere Anträge bearbeitet werden und wie lange die Bearbeitung dauert", argwöhnte Martin, aber SIE beschwichtigte sofort, dass die Antragsbearbeitung mit modernster Datenverarbeitung erfolgen würde.
"Merkt ihr nicht, wie wir verarscht werden. Das ist doch alles teuflische Willkür", sagte eine böse Stefanie. "Das ist doch immerhin ein Fortschritt, und wir müssen uns auf die Situation, wie sie ist, nun mal einlassen", antwortete Tobias weise.
Da die Passagiere voll verpflegt würden, Strom- Heiz- und Mietkosten entfielen, keine Kleidungskosten anfielen, da man keine Kleidung erstehen könne, bliebe als Sozialhilfe eine Art Taschengeld von hundert Mark im Monat übrig, rechnete SIE vor.
Martin stöhnte: "Wie soll man sich denn da Bier und etwaige Ausflüge leisten können. Wir brauchen mindestens 500 Mark Sozialhilfe" - "Ich glaube, ich brauche etwas zu trinken, etwas Alkoholisches. Was war nochmal das Billigste? Ich brauche sofort diesen Wein!" - Alle schauten Stefanie fasziniert an und keiner hatte eine Ahnung, was in dieser jungen Frau vorging.

"Du bist ein interessanter Mensch, Stefanie. Vielleicht denkst du jetzt nicht mehr, ich bin der Teufel, wenn ich dir eine Flasche guten Landweins ausgebe. Ich verdiene auch nicht soviel, dass ich mir das jeden Tag leisten könnte." - "Die sind doch total bekloppt", faselte Stefanie.

Martin konnte nicht anders, als Stefanie für diesen kleinen Satz zu bewundern. Er sah das auch so, die waren bekloppt. Sie waren in den Händen von ganz besonderen Geistes- kranken, die Kapitalismus oder irgend so etwas spielten. Vollkommen idiotisch war das. Der Umgang mit Geld drückte ohnehin eine Entfremdung aus, weil in der moder- nen Gesellschaft ein unmittelbarer Tausch von Waren oder Dienstleistungen ausgeschlossen war; bestenfalls existierte ein zukünftiges Sich-Revanchieren-können für irgendeine Leistung. Mit Geld konnten Fremde handeln. Und dann kam noch die Mathematik ins Spiel. Für Geld brauchte man die natürlichen Zahlen, Geld summierte sich so wie die na- türlichen Zahlen. Persönliche Freundschaftsdienste, die man sich gegenwärtig lieferte, gehorchten einer anderen Logik und waren in diesem Sinne nicht aufrechenbar. Geld war vielleicht ganz praktisch, wenn Fremde sich austausch- ten. Es gab viele Menschen und daher schien man Geld zu brauchen. Man brauchte Geld, weil man sich fremd war. Wenn man in einer Großstadt lebte, in der man nur einen kleinen Bruchteil eines Prozents der Menschen kannte, brauchte man das Geld, um die Entfremdung zu handhaben. Aber wozu brauchte man hier an Bord Geld? Wozu brauchte eine Tonne Geld? Jenseits der Entfremdungskom- pensation war Geld absurd. Ebenso absurd war es, dass ausgerechnet er zum Kreis der Entführten zählte.

54

Die Bedienung brachte Stefanie eine Flasche Wein und ein Glas. Der Service ging allerdings nicht so weit, dass man ihr auch einschenkte. Etwas konsterniert saß Stefanie nun vor ihrem Wein und keiner konnte so recht glauben, dass sie sich nun zu besaufen beabsichtigte. Im Übrigen erwartete niemand, dass Stefanie mehr als zwei Gläser vertrug. Manfred war begeistert und erlaubte sich die Frage, ob sie ihm ein Glas ausgeben würde. Sie hatte nichts dagegen, etwas von dem Wein abzugeben und die bedienende Tonne stellte ihm wortlos ein Glas hin.

Salma konnte sich noch nicht mit der drohenden Aussicht abfinden, einen ganzen Monat mit nur hundert Mark zu bestreiten. Daher erkundigte sie sich, was sie als Bardame und Kellnerin verdienen würde. SIE erklärte, dass sie mit einem Bruttostundenlohn von zehn Mark rechnen könnte, davon gingen dann die Steuern und der Sozialversicherungsbeitrag ab. Es gäbe jedoch keinen Arbeitgeberanteil an den Sozialversicherungsbeiträgen, da man die Lohnnebenkosten so gering wie möglich halten wolle. Eine Tonne wie Candy würde weit weniger verdienen und die Gesetze der Globalisierung würden auch für den Weltraum gelten. Unterm Strich würden für sie etwa 5 DM pro Stunde rausspringen und das wäre gemessen, an den kosmischen Durchschnittslöhnen, sehr viel, aber sie wäre auch geradezu prädestiniert für den Job und würde die Gäste bestens zum Trinken animieren.

"Die wirkt doch sowieso nur auf Martin. Vielleicht sollte ich besser den Job übernehmen, weil Schwule immer eine besondere Wirkung auf Frauen haben, und vielleicht wirke ich ja auch unterschwellig auf unsere Heteromänner, die das natürlich noch nicht wahrhaben wollen", wandte Tobias ein.

"Ich prügle mich nicht um den Job. Für fünf Mark die Stunde arbeite ich sowieso nicht. Vielleicht sollte auch Stefanie den Job machen, damit Manfred weiterhin zum Weintrinken animiert wird."

Bei dieser Diskussion wurde vollkommen außer Acht gelassen, dass es sich bei Martin und Manfred um ausgesprochene Trinker handelte, die von nichts und niemandem zum Trinken animiert werden brauchten. SIE gab zu Bedenken, dass es gewiss etwas komisch aussehen würde, wenn Stefanie in ihrer Kleidung hinter dem Tresen arbeiten würde. Der Job als Animierdame käme für sie folglich gar nicht infrage. SIE wollte zwar niemanden wegen seiner Kleidung diskriminieren, aber Stefanie in diesen Klamotten, das wäre ein Unding.

"Sie könnte doch Klamotten von Salma tragen. Das würde in puncto Stimmung viel auflockern. Stefanie sieht doch so einfach absurd aus", meinte Martin. Er wusste nicht, warum er das gesagt hatte, jedenfalls wollte er Stefanie nicht verletzen. Vielleicht sagte er sich, wenn er weder rauchen noch saufen könnte und man seine Bewegungsfreiheit derart extrem einschränkt, dann müsse zumindest das sexuelle Reizklima am Tresen aufgewertet werden.

Martin litt inzwischen fürchterlich am Nikotinmangel. Die Höhe der in Aussicht gestellten Sozialhilfe hob nicht gerade seine Stimmung. Mit dem Geld konnte er nicht häufiger als einmal die Woche Zigaretten in Real World rauchen, und da der Aufenthalt anscheinend nie länger als einen Tag andauerte, musste er dann fast eine ganze, quälende Woche warten, bis er einen weiteren Ausflug in sein Zigarettenparadies machen konnte. War es nicht einfacher, vielleicht sogar ganze zwei Wochen durchzuhalten, dann hätte er das gröbste hinter sich.

Ein Leben ohne Zigaretten lag jenseits seiner Vorstellungskraft, so wie es für ihn völlig klar war, dass er immer Zigaretten rauchen wollte, aber vielleicht hatte diese Quälerei des Entzuges einmal ein Ende. Er war süchtig, bekannte sich zu seiner Sucht, weil Bier und Tabak seinem Leben einen gewissen Halt gaben. Was sollte diese Entführung, die nichts weiter war als eine absurde Quälerei mit sinnlosen Schikanen? Was hatte sich die Raumschiffleitung auch um seine Gesundheit zu scheren?

Das Raumschiff versorgte ihn, hatte ihn zu versorgen, warum dann nicht auch mit Tabak und Bier? So musste er sich wirklich wie ein Gefangener fühlen. Warum gestalteten seine Entführer das Ganze nicht wie einen Urlaub? Es hätte ein, in jeder Hinsicht, phantastischer Urlaub sein können, und die Rechnung für Verpflegung, Bier und Zigaretten hätte er bei seiner Rückkehr beglichen. Und überhaupt, diese dämliche Restriktion ohne Schlüssel und Papiere zu sein, wenn er Real World aufsuchte, war ebenfalls vollkommen überflüssig und rein willkürlich. Die in Aussicht gestellten hundert Mark Sozialhilfe war nichts anderes als perfider Sadismus.

Er hätte vielleicht das Geld für ein oder zwei Bier am Abend, aber was waren schon ein oder zwei Bier am Abend? Bier kam erst dann richtig zur Geltung, wenn die Anzahl der getrunkenen Gläser zweistellig war. Wenn das verfügbare Geld an Bord so knapp gehalten wurde, hätte man zumindest eine billige Einkaufsmöglichkeit gebraucht, einen Supermarkt mit Tabak und Zigaretten an der Kasse, statt dessen musste er überhöhte Kneipenpreise bezahlen. Zugegeben, der Wein war bezahlbar, aber er trank nicht gerne Wein.

Er war vielleicht eine aufregende Sache, zu den ersten Menschen zu gehören, die zu einem neuen Planeten unter fremder Sonne flogen, und er besaß auch ein gewisses Maß an Interesse, was Landschaften anbetraf. Es war nicht reiner Zufall gewesen, dass er vor Jahren Geographie als Studienfach gewählt hatte, aber wirkliches Interesse für den Planeten hätte er nur gehabt, wenn man dort Zeitschriftenkioske hätte entdecken können, mit einer Auswahl an billigen, schmeckenden Tabaken. Nicht zwangsläufig müsste die Tabaksteuer auf dem Planeten so hoch sein wie in Deutschland. Wenn er sich vor Augen führte, dass Deutschland weit weniger als ein Prozent der Landfläche der Erde einnahm und die Deutschen keine zwei Prozent an der Weltbevölkerung ausmachten, in naher Zukunft eher ein Prozent, aber Deutschland in der Tabaksteuer eher führend war, konnte man sich durchaus der schwärmerischen Vorstellung hingeben, auf dem Planeten Kioske zu finden, an denen Tabak nicht mehr als zwei Mark kostete.

Ein Planet war nach menschlichem Ermessen natürlich riesengroß. Ein Planet war quasi ein Universum, auch wenn man in einem Universum wie der Erde mit einem Flugzeug innerhalb von vierundzwanzig Stunden von einem Punkt zum entferntesten anderen reisen konnte und somit das Flugzeug die Illusion vermittelte, die Erde wäre gar nicht so groß. Wollte man aber jeden Quadratkilometer der Landfläche auch nur annähernd kennenlernen und nähme man sich für jeden Quadratkilometer bloß eine Minute Zeit, was nicht besonders viel ist, so reichten die Minuten, die man im Leben hatte, vermutlich nicht aus. Aber nicht nur aufgrund der zig Millionen Quadratkilometer, also der enormen Größe eines Planeten wie der Erde, bekam man den Eindruck, die Welt, auf der man lebte, sei ein Universum. Nein, für fast alle Menschen galt und hatte bisher gegolten, dass sie an ihren riesigen, für ein Individuum unentdeckbaren Planeten gebunden waren. Sie waren nun mal auf der Erde und konnten nirgendwo anders sein.

Die meisten Menschen hatten noch nicht mal ihr Land verlassen, in dem sie lebten. Gott sei Dank, könnte man vielleicht sagen, angesichts der Tatsache, dass diese übergreifenden Bewegungen vermutlich noch überwiegend aufgrund von Flüchtlingsproblemen und Kriegen als durch Tourismus verursacht wurden. Die Welt war abgeschlossen, da man praktisch nicht raus konnte, und nur ein kleines Häuflein von Menschen, die Mondastronauten, hatten das für die Menschen bestimmende Universum verlassen, ohne sich aber davon vollständig abnabeln zu können, denn sie waren darauf angewiesen, nach wenigen Tagen in ihr Universum zurückzukehren. In einem pragmatischen Sinne stellte die Erde alles dar, was es gab und die Lichter am nächtlichen Himmel waren nur eine Randerscheinung und rein punktuell. Wen interessierte schon, dass die Welt von außen beleuchtet und erwärmt wurde? Hauptsache, die Welt hatte Licht, und im Übrigen konnte man die Sonne zum Inventar der Erde rechnen.

Nun flog man zu einem anderen Universum, einem Planeten, dessen Luft man atmen konnte, aber vermutlich würde man sich nur an wenigen Orten aufhalten und die Erwartung, man lerne einen anderen Planeten kennen, war demnach eine Illusion. Sie würden vielleicht nur einen atomhaft kleinen Teil des Planeten kennenlernen. Die Chance, neben einem Zeitschriftenkiosk zu landen, war eher gering, zumal intelligente Kartoffeln vermutlich nicht lasen, keinen Bedarf an Tittenblättern hatten und darüber hinaus würden sie nicht rauchen.

Vielleicht produzierten sie ihr eigenes Nikotin, eine Tabakpflanze konnte das doch auch. Vermutlich tat sie das nicht, um sich wohl zu fühlen, denn das in den Pflanzen vorhandene Nikotin war nicht mit den menschlichen Endorphinen vergleichbar. Vermutlich sollte das Nikotin irgendwelche Tiere, die beabsichtigten, die Pflanze zu fressen, vergiften.

Erstaunlicherweise entwickelten sich in der Tierwelt kaum Resistenzen gegen das Nervengift. Eine andere, d.h. berauschende Wirkung der Droge auf die Nervensysteme der Tiere hätte vermutlich das Ende der Pflanze bedeutet. Vorstellbar war jedenfalls, dass bei den beseelten Kartoffeln Nikotin zur Abschreckung und gleichzeitig als immer präsente Stimulans diente.

Ein bisschen hatte Martin sich auf eine völlig fremde Vegetation gefreut, aber ihnen wurde in Aussicht gestellt, in einer Wüste zu landen. Nun gut, er konnte versuchen, Salma zu erklären, was eine Wüste war.

- 55 -

Stefanie trank Wein und Tobias drängte auf eine schnelle Auszahlung der Sozialhilfe, da er möglichst schnell einen seiner Lover aufsuchen wollte. SIE hatte definitiv ausgeschlossen, dass jemand der Entführten als Kneipenmitarbeiter eingestellt werden würde. Es rentiere sich einfach nicht, und man stelle inzwischen sogar Überlegungen an, die Tonne Candy zu entlassen. Martin hätte es nie für möglich gehalten, dass es auf dem Raumschiff arbeitslose Tonnen gab, auch nicht, dass sich in einer kleineren Roboterpopulation der Kapitalismus durchsetzen würde. Sollte ein von den Prinzipien der Marktwirtschaft geleiteter Roboter etwa effektiver arbeiten als ein Robotersklave?

Martin konnte sich nicht vorstellen, dass Roboter für irgendetwas Geld brauchten. Sie waren bei Planung und Herstellung auf Funktionieren getrimmt worden, ob mit oder ohne Bewusstsein. Die Tonnen kamen ihm irgendwie deppert vor und von einem ausgeprägten Selbstbewusstsein war nicht viel zu spüren. Es war und blieb ein Witz, dass die Kerle Geld bekamen. Wenn die Tonnen überhaupt eine Funktion hatten, (immerhin hatten einige von ihnen ihn entführt, sie hatten also zumindest einen begrenzten Nutzwert), dann war es doch ausschließlich im Interesse der Leitung der Mission, die Kerle bei einem vielleicht möglichen Defekt wieder ans Laufen zu bringen. Warum sollte eine Tonne auch noch dafür zahlen? Wenn es aber für die Tonnen nichts gab, wofür sie Geld bezahlten, mussten sie dieses wohl horten, und vielleicht konnte man sie überreden, es zu verschenken. Vielleicht musste man nur ein bisschen nett sein, und man bekam das Geld geschenkt.

Martin fand nicht, dass der Gedanke unmoralisch war, da es sich bei den Tonnen um seelenlose Automaten handelte, ohne jedes Empfinden, allenfalls mit ein bisschen maschineller Intelligenz ausgerüstet, mit der die Tonnen, im Bedarfsfall, in der Lage waren, Bewusstsein vorzutäuschen. Er hatte sich noch nicht länger mit einer Tonne unterhalten und daher auch keine Veranlassung gehabt, sein Vorurteil zu revidieren.

Er hatte das unbestimmte Gefühl, dass SIE es mit der Wahrheit nicht so genau nahm. Man musste sich an das Faktische halten und das besagte, dass sich seine Situation in den letzten Stunden entscheidend verschlechtert hatte. Es gab keinen Zigarettenrauch, kein Bier und auch keinen Sex mehr. Er wollte nicht zu viel verlangen, denn üblicherweise gab es für ihn ja auch keinen Sex mit dem anderen Geschlecht, aber dieser Missstand war immerhin mit Zigaretten auszuhalten. So manches war nur mit diesen weißen Glimmstängeln auszuhalten. Mit einer brennenden Zigarette konnte man sich über die Widrigkeiten des Alltags hinwegsetzen und sich mit sich selber beschäftigen. Wenn man eine Zigarette brauchte und sie mehr oder weniger das wichtigste im Leben wurde, nahm man sich einfach eine, und das war sehr schön. Auf Zigaretten war einfach Verlass, und wenn man auch nicht ganz verleugnen konnte, dass der Heißhunger nach ihnen oder, wie jetzt, dieses übersteigerte Verlangen durch sie selber erzeugt worden war, so konnte man über die kleinen Helfer immer verfügen, selbst in einem Land wie Deutschland, in dem Tabak und Zigaretten künstlich überteuert verkauft wurden.

Bei diesem Gedanken erlitt er einen leichten Hustenanfall.

Ihre Gastgeber konnten ein Päckchen Zigaretten für weniger als eine Mark verkaufen, und die kommende Sozialhilfe hätte dicke für seinen Bedarf an Zigaretten gereicht.

Nochmals versuchte er, SIE in eine Diskussion darüber zu verwickeln, warum man Erwachsenen nicht die Möglichkeit gab, zu rauchen, wann immer sie wollten.

SIE bemerkte daraufhin, dass sich sein Husten nicht gut anhören würde.

Arg verbittert antwortete er, sie müsse einer gefühls- und bewusstlosen Maschine entstammen, da sie sich offensichtlich überhaupt nicht vorstellen könne, welche Quälerei es wäre, unfreiwillig auf Zigaretten verzichten zu müssen. Es wäre ja schon nicht einfach, wenn man von selber aufhören wollte - habe er gehört - und er könne sich gar nicht vorstellen, wie in einem gesunden Menschen solch ein Entschluss heranreifen könnte. SIE meinte, er solle jetzt endlich versuchen, sich etwas zusammenzureißen.

"Ja, ja, das ist alles ein großer Fehler", meinte SIE dann noch und Martin hatte das Gefühl, dass es keine Hoffnung mehr für ihn gebe. Er war verdammt. An dem Ort, wo sie bald sein würden, würde es keine Kioske geben, die Kartoffeln bzw. Erdbeeren enthielten kein Nikotin und es bestand, aus ethischen Gründen, ein striktes Verbot, intelligente Kartoffel zu essen.

Er fragte sich, worin der Sinn für eine Kartoffelspezies bestehe, Intelligenz zu entwickeln. Dieser Gedanke konnte ihn aber nur kurz von seinem Elend ablenken. Selbst wenn man ihn zu einer sexuellen Orgie einladen würde, könnte er sich nicht aus seinem Stimmungstief bewegen. Sicher, er hätte die Einladung nicht ausgeschlagen, aber konnte man ohne Zigarette überhaupt etwas genießen?

Die Zigarette danach war genauso wichtig wie die Zigarette nach einem Essen und es war offensichtlich kein Zufall, dass so schöne Dinge wie Sex oder Essen nicht mehr Zeit in Anspruch nahmen als die von einer Zigarette zur nächsten. Selbstverständlich sollte man auch in den Rauchpausen schöne Dinge tun, aber bitte mit dem Bewusstsein, dass sie nichtig wären ohne die Zigarette danach.

Glücklicherweise bekam man während des Schlafes nicht mit, dass man keine Zigaretten rauchen konnte, aber unmerklich baute sich beim Schlafenden eine unbewusste Vorfreude auf, den nächsten Morgen mit mindestens zwei Zigaretten vor dem Frühstück zu beginnen. Auch der Traumregisseur hielt sich bedächtig zurück und machte den Schlafenden nicht darauf aufmerksam, dass er das Rauchen vergaß, und so waren in der Regel Träume ums Rauchen sehr selten.

Es gab keine Rettung für ihn. Die mickrige Sozialhilfe machte nur noch alles komplizierter, aber hätte ihm irgendeine Tonne nun die hundert Mark überreicht, er hätte sich sofort unter die Haube gesetzt. Er verfluchte die jetzige Situation, da sie ihm den Spaß an allem nahm. Was interessierte ihn der anvisierte Landungsplatz? Was Salma? Und Stefanie konnte seinetwegen in ihrer Nonnenkluft verschimmeln!

Wie viele Tage würde dieser entsetzliche Zustand andauern? Er hätte sogar lieber Schmerzen ertragen, was sehr einfach zu belegen war, da er nicht immer bei Kopfschmerzen zu einer Tablette griff, obwohl die sicher geholfen hätte. Zur Zigarette aber hätte er unter allen Umständen gegriffen, selbst dann vielleicht, wenn die Risiken für die passiven Mitraucher größer wären als seine eigenen.

Er erschrak vor seiner Skrupellosigkeit und wollte lieber diese dunkle Seite in ihm nicht weiter ausleuchten. Selbstverständlich wusste er, dass zu starkes Rauchen sein Leben verkürzte, aber ein Leben ohne Zigaretten erschien ihm so wie gar kein Leben. Der letzte Spaß, der letzte Halt in diesem Unsinn, der mit Schmerzen begann und meist mit Schmerzen endete. Mit Zigaretten war er bereit, die Schmerzen, die das Leben brachte, zu ertragen.

Das Schmerzen sekundär waren, bewies dann ja auch der Umstand, dass er manchmal so viel rauchte, bis er davon unbestreitbar Kopfschmerzen bekam, und er ließ es dennoch nicht. Zuviel war zwar zu viel, aber was sein musste, musste sein. Auch ein Trinker war bereit, für seinen Rausch am nächsten Tag einen Kater einzukassieren. Mehr als Schmerzen mutete man ihm zu. Sicher, es gab Schmerzen, die sprengten jedwede Kategorie, aber auf den leichten, gewöhnlichen Alltagsschmerz trafen seine Überlegungen sicherlich zu.

Manfred war in dieser Hinsicht ausgesprochen friedlich. Als starker Raucher musste er doch genauso leiden wie er. Vermutlich war er von allem Vorgefallenen so fasziniert, dass er seine Camels etwas vergaß. Vielleicht brauchte er wirklich weniger Zigaretten, sofern er sich nur in einem gehörigen Abstand zu seiner Mutter befand. Selbst das Fehlen seiner Antipsychosemittel hatte ihn nicht zu einem vernehmbaren Ausrasten gebracht. Vielleicht kam das ja noch. Er hatte an Parallelwelten geglaubt und dank Real World eine Art Beweis für deren Existenz bekommen. War er gut gelaunt, weil irgendetwas mit Einsteins Relativitätstheorie nicht stimmte, die ihm immer einen Strich durch sein "Jetzt" gemacht hatte? Vielleicht war er auch einfach gut drauf und friedlich, weil er sah, wie Stefanie an ihrem dritten Glas Wein trank. Vielleicht hoffte er auf ein gutes Gespräch mit ihr.

Würde es etwas ändern, so fragte sich Martin, wenn er hier an Bord Amoklaufen würde? Die Tonnen würden bestimmt hinter ihm herlaufen, ihn einfangen und ihn mit irgendeiner außerirdischen Superdroge ruhigstellen.

Konnte man einen Entzug auch im Schlaf ausführen? Dann wäre es das Einfachste gewesen, er hätte sich für zwei Wochen schlafen gelegt, besser wohl für vier. Ihm war bewusst, dass sich seine Gedanken im Kreis drehten, aber wie sollte es in seiner Situation auch anders sein. Er war verzweifelt und am Ende, während Tobias anscheinend obenauf war, obwohl die Sozialhilfe etwas bescheiden ausfallen würde. Das waser brauchte, konnte er kriegen. Er brauchte nun keinen Sperrmüll mehr abzufahren, und wenn er in der Szene glaubhaft machen konnte, dass er wie ein Außerirdischer aus dem Weltraum kam, um seine Lover aufzusuchen, konnte er potenziell jeden Lover bekommen.

Im Großen und Ganzen herrschte aber Missmut an Bord. Nur die kurz bevorstehende Landung auf dem unbekannten Planeten zügelte die Wut auf die Entführer. Natürlich dachte niemand an einen Aufstand oder daran, die angestellten Tonnen zu einer Meuterei zu bewegen. SIE verfolgte alles und konnte sie vermutlich in einem Augenblick buchstäblich in Luft auflösen. Es schien sogar aussichtslos, dass Überzeugungskraft half. Nur ein gütiges Schicksal konnte die Lage umkehren.

Martin wollte Zigaretten und eventuell etwas Geld für Bier, Petra wollte zurück zu ihrem Mann und in ihr Büro zurück, und Tobias etwas mehr Sozialhilfe oder einen Job. Salma fand es ganz und gar unmöglich, kein Geld zu haben, und sie hatte auch keinerlei Reserven mehr. Manfred wollte neben den Zigaretten, die er vermisste, die Pflanzen des Planeten sowie Stefanies Muschi in Augenschein nehmen.

Aber was wollte Stefanie? Ruhig saß sie da, trank an ihrem Wein und grübelte darüber nach, womit sie die Risse in ihrem Weltbild kitten könne oder ob dieses Weltbild überhaupt zu halten war. Es machte vermutlich keinen Sinn SIE zu fragen, ob sie Jesus Christus kenne und gegebenenfalls anzunehmen, dass er auch für die Tonnen gestorben sei. Diese könnten dann, nachdem sie auf einer kosmischen Müllhalde gelandet waren, auf den jüngsten Tag warten, um ins Paradies einzuziehen. War auf dem unbekannten Planeten ein zur Kartoffel gewordener Gott den Kartoffelkäfern zum Fraß vorgeworfen worden, damit alle anderen Kartoffeln himmlische Erlösung erlangen konnten? Es war unfassbar! Soweit sie verstanden hatte, waren die Kartoffeln eigentlich keine Individuen, sondern bildeten in ihrer Gesamtheit eine Wesenheit, sie waren ein vernetztes Kollektiv von Kartoffeln, aber jede Knolle war vermutlich einzigartig und auch alleine lebensfähig. Hatte diese vielleicht eine Seele wie sie? Vielleicht übertraf das Ausmaß ihrer kollektiven Vorstellungskraft sogar das, was dieses Computerraumschiff vermochte.

Inwieweit hatten die Kategorien Mensch und Gott ihre fundamentale Bedeutung, wenn es doch nur Begriffe unter abermillionen anderer waren? Gott, Mensch, Tier und Pflanze. Was war, wenn diese Begriffe im Kosmos nicht passten und alles fließend ineinander überging? Ihr kam es absurd vor, die traditionelle Rolle einer Nonne zu spielen, das heißt zum Beispiel außerirdische Intelligenzen zu missionieren, Kartoffeln etwa. Ihn ihr brannte ein Feuer der Rebellion, das sich nicht gegen ihre Entführer richtete, sondern gegen das geistige Korsett, das sich in ihrer Nonnenkluft ausdrückte.

- 56 -

Das Raumschiff ächzte etwas, als es landete. Martin bekam das nicht mit, weil er fest schlief. Es war wirklich eine

Wohltat, dass während des Schlafes das übergroße Verlangen nach Zigaretten nicht verspürt wurde. Der Körper eines gewöhnlichen Rauchers konnte sich ein wenig von der Tortur des Vortages erholen, wenn dies auch nicht ausreichte, den zugefügten Schaden rückgängig zu machen. Mit anderen Worten: Hätte die menschliche Spezies nicht schlafen müssen, wären die verheerenden Folgen des Rauchens stärker zutage getreten und die durchschnittliche Lebensspanne eines Rauchers wäre noch um einiges kürzer ausgefallen.

Am nächsten Morgen wachte Martin auf und es war keine Frage, dass die fehlende Möglichkeit, unmittelbar nach Zigaretten zu greifen, zu einem Verbleib der Benommenheit führten. Wieder stellte er fest, dass seine Klamotten wie frisch gewaschen und gebügelt aussahen und ordentlich gefaltet auf einem der Stühle lagen. Die Vorstellung, dass während seines Schlafs irgendwelche tonnenförmigen Heinzelmännchen in seinem Zimmer zugange waren, behagte ihm gar nicht, andererseits war es natürlich praktisch, die wenigen Wäschestücke sauber vorzufinden. Er nahm sich vor, sich in einer der nächsten Nächte schlafend zu stellen, um die fleißigen Gesellen auf frischer Tat zu ertappen.

"Guten Morgen, Martin", meldete SIE sich. Etwas unwirsch grüßte er zurück. "Wir sind gelandet, Martin. Die anderen frühstücken schon."

Ein wenig Aufregung packte ihn, und er beeilte, sich seine Klamotten anzuziehen. Dann ging er in die Bar, wo die anderen saßen und verlangte die doppelte Menge Kaffee. Wie anders sollte er versuchen, das fehlende Nikotin auszugleichen?

SIE begann, ein paar wissenswerte Fakten über den Planeten zu referieren. "Es handelt sich bei der Sonne um einen sehr kleinen roten Zwergstern, der weniger als ein Hundertstel der Leuchtkraft eurer Heimatsonne hat." Von alldem angewidert, versuchte Petra wegzuhören.

"Da der Planet quasi erdähnliche Bedingungen aufweist, kreist er notgedrungen sehr nahe um seine Sonne. Daher gibt es keinen Tag/Nacht-Wechsel, der Planet rotiert gebunden und auf der hellen Seite des Planeten steht die Sonne praktisch fest am Himmel. Durch ihre Nähe erscheint sie als überaus groß, obwohl sie ja eigentlich ein sehr kleiner Stern ist. Erschreckt nicht, denn dies dürfte ein ziemlich gewöhnungsbedürftiger Anblick sein, aber die Strahlung ist vollkommen harmlos, da sie praktisch frei von ultraviolettem Licht ist. Ihr holt euch keinen Sonnenbrand und braucht auch keine Sonnenschutzcreme."

In diesem Moment wurde das Raumschiff von irgendetwas durchgeschüttelt und Martin klammerte sich in diesen wenigen Sekunden ängstlich am Tresen fest.

"Dies war ein kleines Seebeben. Der Planet ist geologisch recht aktiv, aber die Luft ist für euch bestens einzuatmen. Zudem schützt euch daher ein starkes Magnetfeld vor den Plasmaauswürfen der nahen Sonne."

"Du meinst, die Parkinsonsche Krankheit des Planeten schützt uns davor, dass uns seine Sonne ankotzt", fragte Martin fachkundig. "So ungefähr", meinte SIE säuerlich.

"Wir sind auf einer Wüsteninsel gelandet, etwa 3000 Quadratkilometer groß, und diese ist dem einzigen Kontinent auf der hellen Seite des Planeten um ein paar hundert Kilometer vorgelagert. 97 Prozent der Oberfläche des Planeten besteht aus Wasser, wobei mehr als sechzig Prozent davon vereist sind.

"Wie einladend", sagte Salma. "Ich dachte, wir machen so eine Art Ausflug in die Karibik des Weltraums." - "Du hast wohl davon geträumt, Roberta Crusoe zu sein und wir sollten die Freitage abgeben, ich meine die Tage als Freier fristen." Tobias versuchte witzig zu sein. "Ich nehme jeden, wenn er zahlt, selbst wenn er aus Blech ist oder Blech redet", antwortete die Hure schlagfertig.

"Der Kontinent liegt im Zentrum der von der Sonne beschienenden Seite", versuchte SIE fortzusetzen, "und an jedem beliebigen Ort bläst der Wind immer aus der gleichen Richtung." - "Wen interessiert denn das, das Gequatsche ist ja nicht mehr auszuhalten", rief Petra dazwischen. Die anderen schienen aber durchaus ein gewisses Interesse an diesen Informationen zu haben. "Zugegeben, es ist für eure Verhältnisse ziemlich windig, sogar konstant windig und die Biosphäre hat jede Menge Arbeit, gegen die Folgen der Erosion anzukämpfen."

Vielleicht war SIE etwas beleidigt über Petras Reaktion, jedenfalls schloss sie ihren kleinen Vortrag ab. Manfred war sehr enttäuscht darüber, in einer Wüste gelandet zu sein. Zumindest hätte er gerne Bildmaterial über die planetare Pflanzenwelt gesehen, um sich über bestehende Resonanzen eine erste Orientierung zu verschaffen und um sexuelle Bezüge herstellen zu können. Stefanie schaute etwas verkatert aus der Wäsche. Am letzten Tag war es nicht bei drei Gläsern Wein geblieben. Sie versuchte den Mut zu fassen, eine Bitte auszusprechen.

"Salma, ich würde gerne das Raumschiff verlassen. Und dafür würde ich gerne ein paar deiner Klamotten anziehen." Martin und Manfred durchschüttelte es. "Viel Auswahl ist da aber nicht". Dann machte sie Stefanie den Vorschlag, sich gemeinsam in ihre Kabine zurückzuziehen. Manfred wollte noch anmerken, dass Stefanie konsequenterweise nackt den Planeten betreten müsse. Martin konnte sich nur wiederholt über den Altruismus von Salma wundern. Vielleicht war es bloß so, dass ihr der Anblick der Nonnentracht auf den Senkel ging.

In der Kabine zog sich Stefanie aus und Salma, mit Kennerblick ausgestattet, bewunderte die Figur der jungen

Nonne. Sie war bis auf Gesicht und Arme etwas blass. Sie hatte wunderschönes, langes dunkelbraunes Haar. Die beiden diskutierten ein Weilchen darüber, ob Stefanie die Netzstrumpfhose anziehen solle, was Stefanie aber eine Spur zu nuttig vorkam, aber sie ließ sich von Salma überzeugen, dass, um einen gesunden Mittelweg einzuschlagen, man mit dem neuem Extrem das alte kompensieren müsse. Außerdem könnte es draußen kühler sein, als man denke.

Stefanie ließ sich in allen Punkten überzeugen und damit erübrigte sich die Diskussion, ob sie mit den halbhohen Pumps oder barfuß in die neue Welt gehen sollte. Die schwarzen Schuhe passten und auch die schwarzen Hot-Pants saßen. Die rote Seidenbluse rundete das Bild ab. Mithin war sie nicht ganz ihren alten Farben treu geblieben. Salma versuchte ihr ein dezentes Make-up aufzulegen, ihre schönen braunen Augen zu betonen und der Lippenstift, passend zur Bluse war natürlich obligatorisch. Stefanie meinte zwar etwas verunsichert, dass sie ohne Make-up, nur mit Shorts und Bluse bekleidet, etwas natürlicher ausgesehen hätte, aber vielleicht bedurfte sie ja einer neuen Maske, um gegen die neuen Herausforderungen des Lebens zu bestehen.

Martin war der erste, der seinen Fuß nach draußen setzte. Eine Tonne begleitete ihn dabei, und als sich die Tür des Raumschiffs öffnete, empfing ihn ein ohrenbetäubender Lärm. Er schätzte, dass dies hier gut und gerne Windstärke acht sein musste Ein riesiger, geradezu monströser roter Ball, auf dem es gefährlich waberte, hing seitlich über ihm. Er sah das Meer in rötlich gelben Farben, die Farben eines unheimlichen Himmels widerspiegelnd. Wenige, fast mühsame Schritte, und er stand an der Klippe, die vielleicht hundert Meter steil abfiel. Hochhaus-hohe Wellen brandeten gegen den Fels.

"Das Meer wimmelt von Leben", sagte SIE mit einigerma-
ßen vernehmbarer Stimme. "Auch von intelligentem, be-
wusstem Leben: Kraken, mit einer Art Hände an den Enden
ihrer Tentakeln, einzellige Neuronenketten, die durch Den-
driten verbunden sind."

Aber keine fliegenden Zigaretten, dachte Martin bedau-
ernd. Wäre aber auch schwierig, sie hier anzuzünden. Eine
Gestalt drängte sich neben ihn und nahm seine linke Hand.
"Es ist phantastisch", brüllte die Gestalt gegen den Wind
an. Martin brauchte einen Moment, um zu erfassen, dass es
Stefanie war.

"Man hält es hier aber keine fünf Minuten aus", brüllte er
zurück. Stefanies Haare wehten landeinwärts, wie eine
Flagge im Sturm. Er traute sich nicht, sie in ihrer neuen
Kleidung genauer zu betrachten, auch zogen ihn dies völlig
fremde Meer und der unheimliche Himmel in ihren Bann.

Sie hielt seine Hand und sie standen eine Zeit lang völlig
ruhig nebeneinander. Nur ihre Klamotten und Haare schlu-
gen im Wind. Etwas abseits stand Manfred und wusste
nicht, wo er hingucken sollte. Die anderen hatten es wegen
des Windes und des Lärms vorgezogen, im Raumschiff zu
bleiben.

Man stand vielleicht noch ein paar Minuten draußen und
Martin vernahm noch ein paar Mal ein gebrülltes "Phantastisch", bis sich bei ihm der Gedanke durchsetzte, es könne
im Raumschiff angenehmer sein. Er löste sich von Stefanie
und schrie: "Lass uns umkehren."

Die Wüstenlandschaft war im Vergleich zu Himmel und
Meer eher uninteressant. Manfred blieb noch ein Weilchen
und fragte sich unentwegt: "Was soll ich denn bloß hier?"

Die unvermittelte Ruhe im Raumschiff tat gut, und als
Martin Stefanie im richtigen Licht sah, vergaß er noch ein
paar weitere Momente lang die Zigaretten. Er schaute fasziniert auf den Hintern und die Beine der Ex-Nonne und

dachte sich, dass die das jetzt wohl okay finden würde. An Salmas aufreizenden Anblick hatte er sich ja gewissermaßen schon gewöhnt, aber nun gab es eine weitere Salma an Bord.

"Der Planet ist eine einzige Katastrophe. Das ganze kann man nicht mehr als Urlaub betrachten", fluchte die. "Der Planet ist doch vollkommen egal", stellte Tobias fest. "Hauptsache wir haben eine gute Zeit an Bord, die Verpflegung stimmt und wir können öfter in Real World rein."

"Tobias hat Recht", begann SIE und sagte dann, sie müsse ihnen eine unangenehme Mitteilung machen.

"Die wollen uns doch hier nicht aussetzen und wegfliegen?", fragte ein plötzlich verängstigter Tobias. "Das Raumschiff kann nicht mehr wegfliegen. Es ist defekt, unwiderruflich beschädigt und wird für immer an diesem Ort stehen bleiben. Es wird somit keine Rückkehr geben!" SIE schien die Entführten schocken zu wollen. Bei den meisten machte sich eine größere Fassungslosigkeit breit. "Daher hat die Leitung entschieden, euch freien und unbegrenzten Aufenthalt in Real World zu gewähren. Und ab sofort sind an Bord sämtliche alkoholischen Getränke frei." Man müsse sehen, dass man das kleine Beiboot flott bekäme. Dann könnten sie an planetaren und interplanetaren Ausflügen teilnehmen. Selbstverständlich in Begleitung landeskundiger Roboter.

Tobias war wohl der Erste, der erfassen konnte, was dies alles zu bedeuten hatte und Salma orderte Sekt für alle. "Ihr bekommt eine Telefonnummer für den Fall, dass ihr den Aufenthalt in Real World abbrechen wollt. Jederzeit könnt ihr wieder an Bord zurück oder erneut Real World aufsuchen." - "Bis die Anlage nicht mehr funktioniert", argwöhnte Martin, aber eine gewisse Freude setzte bei ihm ein, da er sich bald wieder zu Tode rauchen könnte. Die Aussicht auf eine brennende, rauchende Zigarette interessierte ihn mehr als die neugeborene Stefanie oder die in den Hintergrund getretene, beunruhigende Erscheinung von Salma.

"Ich bleibe erst mal hier", sagte Stefanie, die sich wohl nicht im Klaren darüber war, ob sie ihr Nonnen leben in Real World fortsetzen wollte. Sie würde später vielleicht herausfinden, was es mit Real World auf sich hatte. Überdies war SIE eine kluge Gesprächspartnerin, eine überlegene Schachspielerin, und Stefanie wusste immer noch nicht, ob SIE Bewusstsein hatte oder womöglich sogar eine Seele.

"Wir können ja unsere Telefonnummern austauschen", sagte Martin. Eine Tonne brachte ausreichend Bierdeckel und etwas zum schreiben. Nach dieser Austauschaktion trank Tiny sein Sektglas aus, verabschiedete sich und begab sich in den Spielraum, wo ein paar Tonnen zwei weitere Hauben herrichteten.

- 57 -

Es wurde blau um ihn, was ihm aber schon vertraut vorkam. Diszipliniert hielt er die Augen geschlossen. Irgendetwas beruhigendes musste von dem Blau ausgehen, denn in der Farbe verloren sich seine Gedanken und vermutlich dachte er an gar nichts, als um ihn herum die Farbe intensiver und langsamer dunkler wurde. Als es so richtig schwarz war, fing er an, sich zu langweilen und öffnete die Augen.

Er befand sich in einem halbdunklen großen Raum, in dem ein paar Kerzen brannten und ein wenig Licht durch bunte Fenster einfiel. Wie furchtbar! Er hatte registriert, dass er sich in einer Kirche befand, die er obendrein nicht kannte. Dies war an sich nichts Beunruhigendes, da er Kirchen nur von außen kannte. Unwillkürlich schaute er sich nach Stefanie um, die aber nicht aufzufinden war. Wieso sollte sie auch hier sein?

Ein nächster Gedanke sagte ihm, das alles könne ein Traum sein. Warum sonst sollte er in einer Kirche sein? Nur deshalb, weil ihm das kleine, kurze Erlebnis mit der Nonne nahe gegangen war. Ein weiterer Gedanke sagte ihm, dass er in Real World sei und dass es vermutlich die erste Komplikation war, dass die Türen der Kirche verriegelt waren und er irgendeinen Aufstand machen musste, um aus diesem Gotteshaus wieder rauszukommen. Das Programm war einfach zynisch, spielte mit den Inhalten seines Unbewussten und seinen an sich geheimen Wünschen. Er ging schnell zum Ausgang und öffnete, ohne jedes Problem, eine Tür und wurde vom Mittagslicht der Augustsonne erschlagen. Beruhigt stellte er dann fest, dass der Himmel blau war und nicht gelb.

Es war praktisch windstill und er befand sich in unmittelbarer Nähe seiner Wohnung. Es waren vielleicht fünf Minuten zu Fuß. In diesem Moment schlug die Kirchturmuhr eins. Er prüfte seine Taschen. Hatte ihn das Programm diesmal mit einem Wohnungsschlüssel versehen? Nein, der Zynismus ging also weiter. Er fand keinen Schlüssel, aber den Bierdeckel mit den Namen und den Telefonnummern der Entführten und ein Visitenkärtchen, auf dem stand "Real World Management" und eine Telefonnummer mit einer ihm unbekannten Vorwahl. Er betrachtete die Namen auf dem Bierdeckel, und sie kamen ihm irgendwie unwirklich vor.

Niemals würde er diese Petra aufsuchen. Der Name von Stefanie fehlte, aber wenn sie hier war, würde sie im Kloster sein, wo sonst. Die Menschen im Freien sahen ganz normal aus und ließen nicht erkennen, dass sie eine Ahnung von dem Alptraum hatten, der hoffentlich nun hinter ihm lag. Zielstrebig bog er in seine Straße ein, und er hätte die

Welt umarmen können, wenn jemand da gewesen wäre, der sich hätte umarmen lassen. Wenige Minütchen noch und er konnte Frau Hütterer umarmen, wenn sie denn da war; und noch viel wichtiger, er könnte nach Belieben Zigaretten rauchen. Nur noch ein paar Meter und er könnte diese Klingel drücken, die ihm Einlass ins Paradies gewährte.

Nein, dieser Po war wirklich nicht zu dick. Er würde es ihr immer wieder vergewissern. Die Haustür stand offen, ein Zeichen, er hetzte die wenigen Stockwerke hoch und vernahm dann das befreiende Summen seines Klingeln. Die Tür öffnete sich vorsichtig einen Spaltbreit. Frau Hütterer war offensichtlich im Morgenmantel.

"Ich bin zurück", stammelte er. "Ich kann nicht", sagte sie. "Warum?" - "Ich habe Besuch."

Der kleine Hauch von Eifersucht, der sofort von ihm Besitz ergriff, wurde ebenso blitzschnell von einem Survival-Gedanken ersetzt.

"Kannst du mir wenigstens eine Zigarette geben, Streichhölzer und drei Groschen zum telefonieren. Ich komme nämlich nicht in meine Wohnung rein."

Diese blöde Masche von Martin schien Frau Hütterer zu nerven. "Aber dann verschwindest du", zischte sie und schloss die Tür. Würde sie ihn hier stehenlassen? Wenig später öffnete sich die Tür erneut und ohne viel von ihrem Gesicht sehen zu lassen, überreichte sie ihm eine offene Packung "Lord", ein Wegwerffeuerzeug und drei Groschen. "Du siehst gut aus", wollte er noch sagen, aber da knallte sie ihm schon die Tür vor der Nase zu.

Er stieg drei Stufen des Treppenhauses runter, setzte sich auf die Treppe und schaute in die Zigarettenpackung. Es befanden sich darin fünf göttliche "Lords". Begierig nahm er eine in den Mund und Cyberspace sei Dank, das Feuerzeug funktionierte und mit der Kraft eines Staubsaugers

saugte er ersten Qualm in seine angeschlagenen, vorge-
schädigten Lungen.

Von den ersten Zügen spürte er gar nichts, aber dann umgab ihn ein leicht unangenehmer Schwindel, der ihm verdeutlichte, wie sehr er gelitten haben musste. Man konnte
immer noch nicht sagen, dass die "Lord" schmeckte, aber
das war egal. Das Rauchen beschäftigte ihn so, dass er keinen Gedanken an seine Helferin verschwendete. Er küm-
merte sich auch nicht darum, wohin er sachte. Erst nachdem er die Zigarette auf der Steintreppe ausgedrückt und
die Kippe achtlos das Treppenhaus hinunter geworfen hatte, sinnierte er darüber, ob wohl ein anderer die Rolle des
Po-Begutachters eingenommen hatte.

Er saß auf der Treppe und versuchte, einen Plan zu fassen.
Damit die Überlegungen richtig in Gang kamen, war es das
Beste, man zündete sich eine weitere Zigarette an. Er musste Frau Hütterer sein unentschuldigtes Verschwinden erklären, aber das wichtigste war, eine gewisse Normalität in
sein Leben zurückzubringen. Er rauchte die Zigarette auf
und machte sich auf dem Weg zu einer Telefonzelle. Er
würde zurückkommen, dachte er sich. Mit Zigaretten in der
Tasche wähnte er sich als halber Sieger. Die erste Zelle, die
er ansteuerte, war auf Kartenbetrieb umgestellt und so
musste er noch zwei weitere Zellen ausprobieren, bis er
eine fand, die Münzen nahm. Dies kostete ihn fast eine halbe Stunde und zwei weitere Zigaretten. Seine Gedanken
kreisten in dieser Zeit einzig und allein um das Ziel, eine
brauchbare Telefonzelle zu finden.

Hastig und nervös durchblätterte er dann das zerfledderte
Telefonbuch, bei dem immerhin die entscheidenden Seiten
nicht fehlten. Das Problem bestand natürlich darin, den
richtigen Schlüsseldienst zu wählen, aber das Problem wurde dadurch vereinfacht, dass es nur einen einzigen Ortsan-
sässigen gab.

Ein verfluchter Groschen wollte nicht so recht und fiel mehrmals durch. Aber dann hatte er endlich den richtigen Mann am Apparat. Er gab seine Adresse an. Geld und Papiere wären in der Wohnung. "Ist das ein Problem?" - "Nein", sagte der Mann vom Schlüsseldienst. "Es kann etwa eine halbe Stunde dauern".

Glücklich machte er sich auf dem Weg zu seiner Wohnung. Irgendwelche Bedenken, er könne auf sein Spiegelbild treffen, hatte er nicht mehr. Das waren Probleme von gestern! Die anderen waren auch in ihren Wohnungen gewesen, ohne auf irgendwelche Doppelgänger zu treffen. Er war einmalig in dieser Welt. Das kam ihm stimmig vor, mochte diese Welt sein, wie sie wollte. Er dachte sich, wenn seine Wohnung in den Details nicht so war, wie er sie kannte, würde ihn das nicht weiter stören. Schließlich stand er vor seiner Haustür, setzte sich vor sie und zündete seine vorerst letzte Zigarette an. Bald würde er Besseres rauchen.

Er fasste allen Mut zusammen, sein ereignisloses Leben wieder aufzunehmen. Es musste noch Bier im Kühlschrank sein. Nachdem er die letzte Zigarette, in Begleitung eines leichten Hustens, ausgedrückt hatte, rechnete er sich aus, dass keine Viertelstunde vergehen würde, bis er in seiner Wohnung wäre. Nachdem sein Nikotinspiegel leicht angehoben war, ließ sich die Wartezeit leicht ohne Zigaretten aushalten. Der kleine Lieferwagen kam pünktlich und glücklicherweise erblickte Tiny keine Tonne, die ihn unfreiwillig aus dieser Welt zog.

"Ich wollte einkaufen gehen, aber dummerweise waren Schlüssel und Portmonee nicht in meiner Tasche. "Kein Problem", sagte der Mann. Er drückte die Klingeln sämtlicher Nachbarn und zufälligerweise war jemand im Haus, der einen Türöffner betätigte. "Das ist meistens so", sagte der Mann. Das Schloss an Martins Wohnungstür war kein großes Problem und musste nicht aufgebohrt werden. Als die Tür aufsprang, war der Wiedererkennungstest ziemlich groß und Tiny suchte schnell nach Geld, um den freundlichen Mann zu bezahlen. Der verlangte knapp hundert Mark und eine Unterschrift. Sein Portmonee lag auf dem Wohnzimmertisch und in ihm befand sich Geld und Ausweis. Eigentlich hätte es sich ohne Geld auf dem Raumschiff befinden müssen, in der Gesäßtasche einer leblosen bzw. träumenden Gestalt, die sich unter einer Haube befand. Dann war der Mann weg, und er hatte endlich Ruhe.

Seine Wohnung war in einem recht unaufgeräumten Zustand, so wie das üblich war. Es war eindeutig seine Wohnung und er hatte keine Lust nach irgendeinem Indiz zu fahnden, das sie als Illusion oder Täuschung entlarven könnte. Sollte sich doch Stefanie um solche Fragen kümmern. Auf dem Wohnzimmertisch befand sich auch ein geöffneter Beutel mit Tabak. Endlich war er frei und das natürlichste der Welt war es nun, sich endlich wieder eine Zigarette zu drehen. Der Tabak war etwas trocken, und sein Rauch kratzte im Hals. Er ging in die Küche, zum Kühlschrank, in dem sich zwei kalte Bierflaschen befanden. Er öffnete eine und nahm einen kräftigen Schluck aus der Flasche. Schmeckte erfrischend, aber bei weitem nicht so gut wie "Galaxy Nine". Aber "Galaxy Nine" war ein Traumbier und so unwirklich wie tonnenförmige Roboter, bildhübsche Nutten und Nonnen, sowie Planeten mit gelben Himmeln und Meeren. Es kam ihm nicht so vor, dass er Traum und Wirklichkeit verwechselte. Jetzt, wo alles überstanden schien, schien ihm das Vergangene wirklich wie ein Traum.

Er hätte diese Idee gerne akzeptiert, aber da war die Visitenkarte und dieser Bierdeckel, auf dessen Vorderseite ein Fass abgebildet war, auf dem "Galaxy Nine" geschrieben stand. Auf der Rückseite standen die Namen vier anderer

Entführter mit ihren Telefonnummern. Das war doch Gelegenheit sein Telefon auszuprobieren.

Er wählte Salmas Nummer und ein Anrufbeantworter stöhnte ihm sofort entgegen: "Willst du ein Date mit mir, Baby, dann gib deine Nummer nach dem Ton an. Ich bin ganz heiß auf dich und mach's dir so, dass du es dein Leben lang nicht vergessen wirst". Dann stöhnte sie nochmals in einer Weise auf, die jeden kommerziellen Telefonsex überflüssig machte.

Nach dem Piepen sagte er: "Hier ist Tiny. Ich wollte mal hören, ob du zurück bist. Bei mir ist alles okay, habe Geld, aber ins Geschäft miteinander kommen wir beide, glaube ich, nie. Vielleicht können wir Freunde bleiben. Im Übrigen hätte ich erwartet, dass sich dein Anrufbeantworter sich etwas sachlicher gibt. Hundert Mark und du kannst mich ficken, oder etwas ähnliches, hätte ich erwartet. Melde dich mal." Er gab dann noch seine Nummer durch, und nachdem er aufgelegt hatte, fand er, dass er ganz schön cool am Telefon gewesen war. Er hatte sich noch eine kratzende Zigarette und ein weiteres Bier verdient.

Als Nächstes würde er in den nahen Supermarkt gehen und sich gleich mehrere Päckchen Tabak kaufen. Etwas zu essen brauchte er auch. Der Supermarkt war so herrlich anonym; hin und wieder sagte die Kassiererin "Guten Tag", "Auf Wiedersehen" oder sogar "Schönes Wochenende". Heute Abend würde er in seine Kneipe gehen, seine Schulden bezahlen, sich besaufen und rauchen, bis er Kopfschmerzen bekam. Das war kein Schnickschnack, das war sein Leben. Er würde niemandem ein Wort zu viel erzählen, vielleicht würde er, wie so oft, die ganze Zeit schweigend, an der Theke sitzen, aber möglicherweise traf er auf Bea, heute oder irgendwann später, und sie könnten ihren Versuch wiederholen.

Er schaltete den Fernseher ein. Er funktionierte. Auf dem Nachrichtenkanal meldete man keine UFO-Entführungen, statt dessen die sensationelle Klonung eines erwachsenen Schafes. Das war alles sehr beruhigend. Sein ganzes Leben lag noch vor ihm. Ein wenig aus Neugier und weil er bei seinem ersten Telefongespräch so cool gewesen war, wählte er die Nummer der Visitenkarte.